CONSTANTIN MELNIK PRÉSENTE

LE RICAIN

ROGER BORNICHE

LE RICAIN

FRANCE LOISIRS
123, boulevard de Grenelle, Paris

Édition du Club France Loisirs, Paris,
avec l'autorisation des Éditions Grasset

ISBN 2-7242-0620-7

Certains événements de ce récit font partie des archives de la police, qu'elle soit américaine ou française.

Il est possible que des personnes actuellement vivantes soient confondues à tort avec des personnes du récit en raison d'une similitude dans les positions qu'elles ont occupées. Ces ressemblances sont pure coïncidence et n'engagent en aucun cas la responsabilité de l'auteur.

R. B.

PREMIER ROUND

1.

La ronde se termine. La Ford verte de New York City Police glisse, massive et silencieuse, dans la fournaise de juillet. L'humidité noie Manhattan. Ni les climatiseurs, ni les bouches d'incendie décapuchonnées n'ont réussi à endiguer la vague de chaleur qui fait de New York une ville éblouissante de crasse.

— Bon Dieu, qu'est-ce qu'elle fout, cette limace !

Le sergent Mike Diamond râle. La limace, c'est un « mobile home » moyenâgeux qui se dandine au milieu de South Street sans se soucier de ses appels de phares. Depuis combien de temps se promettent-ils, Mrs Diamond et lui, d'embarquer leurs rejetons dans une maison roulante de ce type, moins délabrée bien sûr, et de foncer vers l'ouest à la découverte des Rocheuses et du merveilleux Grand Canyon. Mais voilà, le temps et les moyens manquent pour préparer une telle expédition. De plus, les vacances scolaires ne coïncident jamais avec les congés que le commandant de la police de circulation distribue à ses ouailles, quand il en a envie.

Le coup de sirène, bref, impératif, oblige le « mobile home » à dégager la voie. L'apparition des chemisettes bleu marine, surmontées de casquettes à visière, à large plaque argentée, donne à son conducteur barbu, flanqué de deux filles maigres, aux cheveux tressés à l'indienne, un regain de nervosité.

— Encore un qui se prend pour le Christ, grogne Diamond.

La vue de ces paumés, hirsutes et mal habillés qui ternissent l'image de « son » Amérique, achève de le mettre de mauvaise humeur. L'agent Robbins, le compagnon de patrouille, est là, tout exprès, pour en faire les frais.

— Dis, Frankie, tu trouves normal, toi, que ce soit toujours moi qui tienne le volant ?

Frankie Robbins, un calme, a l'art et la manière de mastiquer son chewing-gum avec de fréquentes et sonores aspirations de salive. Il prend son temps pour faire basculer l'amalgame caoutchouté d'une joue à l'autre, ce qui a pour effet de déformer encore plus son visage buriné, avant de répondre d'une voix vaguement moqueuse :

— Pourquoi tu dis ça, Mike ?

— Parce que tu allonges les jambes, tu admires le paysage, tu comptes les mouettes pendant que, moi, je fais le larbin. Si tu veux que je te dise, j'en ai plein le cul. Je suis ton chef, après tout !

Frankie ouvre la vitre, crache son chewing-gum d'un coup de langue nerveux, referme la vitre. L'air brûlant du dehors a envahi l'habitacle climatisé. Mike grogne un peu plus. Frankie pêche, au fond de la poche de sa chemise d'uniforme, une nouvelle tablette que ses doigts boudinés extraient délicatement de l'enveloppe protectrice.

Il mâche quelques secondes avant d'énoncer :

— C'est parce que tu conduis mieux que moi, Mike !

Diamond hausse les épaules. Il mesure d'un regard las l'immensité du ciel de New York qui n'est plus qu'une énorme méduse échouée. Le macadam se liquéfie. Tout à l'heure, lorsqu'il abandonnera la Ford verte au Police Administration Building, il recevra en pleine face les puanteurs d'essence et de friture, mêlées aux relents de fruits pourris et de viandes avariées.

Une masse humide et chaude remonte l'Hudson à l'assaut de Manhattan, prise au filet comme un poisson qui s'asphyxie hors de son élément.

— Si ces salauds du syndicat des éboueurs maintiennent l'ordre de grève pour jeudi, bougonne Diamond, ça va être du propre !

— Pourquoi veux-tu qu'ils le maintiennent pas ? dit Frankie Robbins, placide... Tu sais qui dirige tout ça, hein ! Pas besoin de te faire un dessin...

Une seconde, dans la Ford, plane l'ombre de la Mafia, maîtresse occulte et toute-puissante, aussi bien des mouvements de capitaux que des mouvements sociaux...

— Quand je pense, soupire Mike, rageur, qu'on ne peut rien contre ces salopards !

— Bah, concède Robbins, il faut de tout pour faire un monde.

Mike lui jette un regard soupçonneux. Ce gros lard n'a-t-il pas la réputation de manger à tous les râteliers ? Décidément, il a tout pour plaire, le Robbins. Un flic marron, gourmand, brutal, obsédé sexuel de surcroît... D'accord, il sait rédiger des rapports sans fautes d'orthographe, mais tout de même... Comme coéquipier, on fait mieux.

Cent fois, Mike a failli demander son remplacement. Cent fois, il a craint de passer pour un mouchard aux yeux du capitaine. Après tout, un sergent de la police est aussi payé pour contrôler la conduite de ses hommes...

Mike Diamond, dont la coupe de cheveux militaire couronne les oreilles décollées, est un flic comme les décrivent les manuels optimistes en usage dans les écoles de police. Il aime son métier. Il aime l'Amérique. Il aime Dieu. Il est fier de la vie saine et propre qu'il ménage à sa famille, loin de la corruption de la ville. Quand il atteindra l'âge de la retraite, il se retirera dans un coquet ranch de l'Utah. Il y élèvera ses petits-enfants, au milieu des poneys et des troupeaux de vaches, dans le respect des traditionnelles valeurs américaines.

Ce flic modèle n'était pas né pour être flic. Il se destinait à la carrière des armes. A la base aérienne de Salt Lake City, il avait appris que les services de police de New York recrutaient. Il aimait la vie militaire et, cependant, il s'était tout de suite décidé. Au début, la vie de policier l'avait enchanté. Le métier semblait convenir à la loyauté de son caractère, à son esprit de discipline. Hélas, il n'avait pas tardé à s'apercevoir que c'était précisément ce qui manquait à beaucoup de ses collègues. Pire encore, il était partagé entre la déception et la colère depuis qu'il avait mesuré les ravages que causait la corruption dans les rangs du Traffic Police, et même dans ceux du Criminal Investigation Department.

Justement, Frankie Robbins est un de ces flics sur lesquels courent les bruits les plus fâcheux. D'abord, il ne se plaît que dans la compagnie des putains. Aussi s'ennuie-t-il lorsqu'il patrouille avec le vertueux Mike Diamond. Ensuite, son compagnon favori est ce porc de Sam White, que le vaste siège de la Ford peut à peine contenir et qui roule sans cesse de petits yeux cruels en mâchonnant un cure-dents afin, dit-il, de s'empêcher de fumer.

Les patrouilles du tandem Frankie-Sam, c'est quelque chose à Manhattan ! Tout le monde sait qu'ils s'emplissent les poches et personne ne dit mot. A croire que le corps urbain tout entier est pourri, du capitaine au sergent radio ! Les deux compères écument les commerçants de Chinatown où dix mille Chinois et presque autant de restaurants s'activent, jour et nuit. Sous prétexte de dons destinés aux invalides de l'amicale de la police, ils raflent des cartouches de cigarettes dans les drugstores. Chez les bouchers, Sam reçoit sa ration hebdomadaire de viande premier choix. Comme il est végétarien, il revend le tout à un restaurant de Brooklyn. Puis, la Ford, suivant un itinéraire bien précis, s'arrête quelques minutes, le temps de faire le plein de marchandises, devant les épiceries, les pharmacies, les magasins de vêtements et de chaussures... S'ils étaient mieux organisés, Frankie et Sam pourraient, au lieu de revendre la marchandise à perte, ouvrir un drugstore plus que rentable. En tout cas, ils sont tabous. Aucune victime n'a, jusqu'alors, osé se manifester.

— Oh ! là là ! soupire Frankie.

Il s'étire, ajuste sa casquette, se tourne vers Mike Diamond.

— Ça se tire ! soupire-t-il. Huit heures moins cinq... C'est que la grosse June n'attend pas...

Mike Diamond feint de ne pas entendre. Il sait que, dès que la conversation glisse sur les femmes, Robbins porte la main à son bas-ventre et le masse avec une application qui, pour être touchante, n'en est pas moins répugnante.

La grande et grasse June le dégoûte plus encore. C'est une marchande d'amour, aussi repérable que clandestine, qui vit comme un rat dans son fromage au sein de ce Greenwich

Village colonisé par les antiquaires, les brocanteurs et les petits cafés de hippies.

Mike ne sait pas si Frankie, oui ou non, le fait exprès pour l'exaspérer lorsqu'il insiste lourdement :

— Elle a de ces nichons, la grosse June...

Mike tapote le volant. Si Frankie ne veut pas comprendre que ça suffit comme ça... Les seins des putains n'intéressent pas le sergent Diamond de la police de New York. Ils ne l'ont jamais intéressé.

Il s'efforce de se calmer, d'être philosophe comme ne cesse de lui recommander sa blonde épouse aux yeux bleus, à la peau de porcelaine et à la fidélité garantie. Il la rejoindra dans moins de trois quarts d'heure, quand il aura laissé le volant à Dean Pratt, de l'équipe de nuit. Un gars sérieux, Pratt. Un mormont, comme lui. De Vernal. Non, de Wendover, à la frontière du Nevada, là où se niche le musée de la Course automobile. Auparavant, il remettra le rapport de tournée, vierge pour une fois, au lieutenant de permanence. Il le rédigera sans l'aide de Robbins, puis il déposera sa casquette enveloppée de plastique sur l'étagère de son armoire métallique. Il troquera son uniforme pour des vêtements civils, après avoir vidé ses poches de l'attirail qui rend si peu mobiles les policiers américains en tenue : le revolver, les cartouches, les menottes, le talkie-walkie, le couteau, le bâton, le sifflet, la lampe, l'insigne, les crayons à bille, l'un rouge et l'autre bleu, le carnet de contraventions et le plan de la ville. Ensuite...

Ensuite, il enfourchera son Harley Davidson et il foncera vers la plage de Coney Island, fourmilière noire et grouillante, paradis des attractions et des assoiffés de Coca-Cola.

La Ford approche du Municipal Building, qui enjambe Chambers Street, lorsque retentit la voix nasillarde de l'opérateur du Central Police :

— Unité A 31 : conduite intérieure noire Cadillac, Connecticut, aile arrière enfoncée, angle Water Street-Peck Slip.

— Unité A 31, bien reçu, marmonne Robbins.

Il est si furieux, soudain, qu'il a du mal à raccrocher le micro. Bon Dieu, il faut qu'une affaire lui tombe dessus deux minutes avant le gong, juste à la fin de la patrouille ! Déjà, il salivait en pensant aux seins de June ! Et, si ça se trouve, un appel pour rien ! Avec ces toquards du Central, on ne sait jamais où on met les pieds. Il suffit qu'une vieille chouette se mette à divaguer parce qu'une voiture accidentée s'éternise sous ses fenêtres et c'est le cirque : bouclage du quartier par toutes les voitures disponibles, recherche mouvementée d'une bande supposée de jeunes voleurs de bagnoles, mauvais comme des teignes, dangereux comme des serpents à sonnette.

Si c'est ça, la soirée est foutue. Parce qu'elle n'attend pas, la grosse June. Elle a autre chose à faire.

Ce n'est pas pour rien qu'elle est à pied d'œuvre à huit heures trente précises, déambulant dans les rues tortueuses de Greenwich, le cul moulé dans sa jupe de satin rose, la poitrine laiteuse débordant du chemisier de soie blanche, deux fois trop étroit. Si le premier client a assez de dollars pour payer une folle nuit de boîtes et de plumard, l'affaire est conclue. Et tintin pour Frankie Robbins. Ils devraient savoir ça, eux, les planqués de la radio, qui n'ont rien d'autre à faire que de presser des boutons en ébonite pendant que bobonne prépare le maïs bouilli du soir.

Mike Diamond a branché la sirène. Un demi-tour hurlant... Il écrase l'accélérateur. La Ford, ivre de puissance, se couche sur ses amortisseurs. Le grand jeu de la force policière, qui ne laisse jamais Mike Diamond indifférent ! Une excitation presque joyeuse s'empare de lui, quand la lueur rouge du gyrophare balaie, à intervalles réguliers, les façades des immeubles.

Les avenues défilent, les visages tendus des automobilistes entrevus comme dans un film accéléré, tout se mêle en un tourbillon qui évoque une poursuite. Les pneus crissent, protestent, finissent par obéir à Mike qui négocie le dernier virage, s'immobilise à l'angle de Water Street et de Peck Slip.

Frankie ajuste sa casquette d'un geste sec. Puisqu'on y est, on va voir ce qu'on va voir. La main sur la crosse de son Smith et Wesson, il saute à terre, progresse vers la Cadillac accidentée, avec la démarche chaloupée et la mine menaçante du flic de série B.

— C'est bien ce que je pensais, grommelle-t-il. Elle est vide... Le mec est parti chercher une dépanneuse... Quelle bande de cons !

Mike Diamond s'est approché. Il ouvre la portière, se penche à l'intérieur, fait un bond en arrière, soudain livide.

— Regarde ! balbutie-t-il d'une voix presque inaudible.

Robbins se penche à son tour, pas rassuré. Si Mike Diamond, l'un des flics les plus courageux de l'Etat, reste groggy au bord du trottoir, c'est qu'il a vu quelque chose de pas ordinaire...

Oui, il en a vu des cadavres, Mike Diamond, dans sa carrière de flic new-yorkais... Des très jeunes et des trop mûrs. Des pendus, des noyés, des asphyxiés, des brûlés. Lardés de coups de couteau ou découpés à la mitraillette. Broyés dans les tôles de leur cher véhicule, ou gonflés par l'eau grasse du port... Il en a vu, mais pas comme ça.

Saucissonné dans la position fœtale, le torse nu, l'homme n'est plus qu'une plaie sur la banquette arrière. Le sang continue à dégouliner, se mêle à l'urine et aux excréments.

La mort, brutale, a relâché le sphincter. L'odeur est insupportable.

La tête a éclaté. Des bribes d'os et de cervelle ont giclé sur les vitres. Les paupières ont été arrachées. Un liquide blanchâtre s'écoule des yeux crevés. Un fil de cuivre enserre le cou. Enfoncé dans la chair, il dessine une spirale rouge.

La langue, raide, violacée, s'est frayé un chemin entre les dents serrées. Des trous sanglants percent la poitrine et les épaules. Les mains, amputées de tous les doigts, ne sont plus que d'affreux moignons qu'emprisonne, ficelée dans le dos, une cordelette de nylon.

Par un effort de volonté surhumain, Mike Diamond a repris ses esprits, furieux de ce moment de faiblesse. Il est vrai que Robbins n'a pas l'air frais, lui non plus...

— Jamais vu pareille boucherie, lâche Mike en refermant la portière. Il saigne encore. Ça a dû se passer il n'y a pas très longtemps.

— Dix minutes ! lance une voix.

Les deux flics lèvent la tête avec simultanéité. Une femme, en peignoir de bain, les cheveux prisonniers d'un filet de papillotes, tremble dans l'embrasure d'une fenêtre du premier étage.

— C'est moi qui vous ai appelés, dit-elle. Mon bain coulait, quand il y a eu le choc. Sur le coup, je n'y ai pas prêté attention. Il y a souvent des accidents dans le coin... Mais, quand j'ai entendu les hurlements, j'ai eu peur. Je me suis cachée derrière les rideaux. J'ai vu deux hommes qui sortaient de la Cadillac, les mains rouges de sang. Ils sont montés dans une voiture grise à pneus blancs. Ils ont filé vers Fulton Street.

— Le numéro ?

Robbins est conscient de la stupidité de sa question. Avec la trouille qu'elle a eue ! La femme fait un signe négatif de la tête.

— Ce doit être une Buick, pareille à celle de mon profes seur de bridge. Grise avec des glaces teintées...

Elle rabat son peignoir sur sa maigre poitrine. Comme si Frankie avait le cœur à batifoler !

Déjà, surexcité, il hurle dans le micro :

— Identification Cadillac 4371 CT. Envoyez ambulance, prévenez Division Homicides. Il y a un macchabée.

— Bien reçu ! nasille le haut-parleur. Médecin ?

— Pas la peine, dit Robbins en crachant son chewing-gum C'est de la bouillie.

Il s'éponge le front, soulève sa casquette, la remet en place, signe d'une intense agitation.

Mike Diamond, lui, demeure figé devant le capot de la Cadillac.

Des automobilistes commencent à ralentir à la vue des deux policiers. D'un mouvement automatique de la tête, Mike les invite à circuler.

A l'occident de chacune des rues de Manhattan, le soleil couchant a découpé les gratte-ciel. Les fenêtres s'allument, yeux brillants d'un immense troupeau. Le ronronnement des voitures sur le pont de Brooklyn se mêle au clapotis des vagues, au cri des mouettes qui tournoient au-dessus du port.

La radio se réveille :

— Ambulance et Division Homicides prévenues. Cadillac à

Hugo Battaglia, 524 College Street, New Haven. Pas signalée volée. Ne rien toucher avant l'arrivée des détectives.

— Unité A 31, bien reçu...

Dès que Robbins a coupé le micro, il fulmine :

— S'ils croient que c'est facile, ces embusqués du central... Ne rien toucher !

D'un coup de pied rageur, il claque la portière de la Ford, s'avance vers Mike :

— On ne peut tout de même pas laisser cette bagnole au milieu de la rue ! Je m'en vais te la garer un peu mieux, moi...

— Tu as tort, dit Mike, tandis que Frankie met le contact de la Cadillac. S'ils s'aperçoivent qu'on l'a déplacée...

Il ne termine pas sa phrase. Un tremblement de terre le soulève, le projette de l'autre côté de la rue. Une déflagration si puissante que le ciel s'illumine, tandis qu'une gerbe de feu, de métal, de poussière multicolore, s'élève dans une fumée opaque à l'emplacement de la voiture accidentée.

Mike respire tout à coup une odeur de soufre. Il reste là, assis contre un pylône, hébété, sans force, sans voix, incapable du moindre mouvement. Sa tête lui fait mal à crier. Il a un goût de sang dans la bouche.

Quand il reprend ses esprits, au bout de quelques secondes, ses yeux se portent sur sa casquette, qui se consume à deux pas de là, dans un brûlot de goudron. Il lève les yeux, puis il réalise... La Cadillac était piégée. Elle a éclaté sous l'effet d'un dispositif qui l'a coupée en deux lorsque Frankie a tourné la clé. De hautes flammes dévorent la carcasse avec des crépitements de feu de bois.

Une odeur de chair grillée empuantit l'air.

Le sergent Diamond se redresse péniblement, touche son front, retire sa main ensanglantée.

Il vit, lui... Mais l'agent Robbins ?

Devant le radiateur de la Cadillac, catapulté à trois mètres du lieu de l'explosion, le corps décapité de Frankie Robbins gît dans une mare de sang. Son bras droit s'est volatilisé.

Mike Diamond ferme les yeux. La grosse June pourra l'attendre longtemps, l'agent Robbins. Très longtemps, même !

2.

— Désolé de me répéter, Borniche, mais un vrai flic ne prend pas de vacances !

C'est bref, c'est net, c'est précis et c'est tout.

Le Gros insère le télégramme dans l'épaisse chemise cartonnée, me la tend puis, d'une chiquenaude dont il a le secret, il rabat sur son nez ses grosses lunettes d'écaille. Il se plonge dans le pointage du courrier que lui expédient, chaque jour, pour information, les dix-sept services régionaux de police judiciaire.

Le dossier sous le bras, je referme la porte. Je traverse le couloir où la chaleur de l'été exalte une forte odeur d'encaustique.

Dans la solitude de mon bureau — un rectangle de quatre mètres sur trois qui domine la cour carrée de la Sûreté nationale —, je rumine, la bouche amère, la phrase que mon chef vénéré, le commissaire Vieuchêne, vient de m'envoyer en pleine gueule.

Je m'en moque ! Vrai flic ou pas, ce soir je pars en congé. Je vis mes derniers moments de subordination — j'allais dire de servitude. Ma table est un glacis de propreté. Mes dossiers sont alignés sur les tablettes du classeur sans tablier que j'ai obtenu après des mois de palabres. Les deux chaises de bois peint, où se sont assis pas mal de criminels, dorment contre la cloison, juste au-dessous du clou de charpentier qui, l'hiver, nous sert de portemanteau. Je note, une fois de plus, que la plus haute a besoin d'être consolidée. Lorsque Hidoine réintégrera notre gourbi, le 2 août, il appréciera ma méticuleuse propreté.

Hidoine, c'est mon double, ma « flèche » dans le vocabulaire flic. Ce long pince-sans-rire tout maigre, avec ses traits délicats, ses yeux vifs et gais, c'est l'ancien sous-officier de cavalerie que l'Occupation a précipité dans la police, quand les autorités allemandes ont dissous l'armée de l'armistice. On s'entend bien. On a le même âge, le même goût du risque, le même mépris pour les fonctionnaires modèles animés d'un zèle servile. Ceux-là mêmes que le Gros doit considérer comme de « vrais flics ».

En ce moment, il est sur la route, le cher Hidoine. Je l'imagine, crispé au volant de sa 203 Peugeot aux ailes froissées, remplie jusqu'à la gueule de matériel de camping. Il les avait souhaitées ses vacances bretonnes... Il les a eues ! Avec la pluie en supplément. Pendant les trois premières semaines de juillet, il n'a cessé de pleuvoir sur la France en général et sur la Bretagne en particulier. Seule, comme d'habitude, la Côte d'Azur a eu droit au soleil.

Par chance, depuis deux jours, il fait beau un peu partout. Et les experts de la météo, qui ne se trompent jamais, comme chacun sait, ont juré leurs grands Dieux qu'on aurait un mois d'août chaud et ensoleillé.

— Chic, a dit ma blonde Marlyse, qui partage mes joies et mes angoisses dans mon trois pièces-cuisine de Montmartre. On va pouvoir laisser les chandails au vestiaire. On sera bien en Corrèze, tu ne crois pas ?

Les vacances en Corrèze, c'est une idée à elle, son dada depuis trois ans. Marlyse ne se lasse pas de pédaler à travers la campagne. Moi, je préfère la magie de la Côte, les filles demi-nues offertes au soleil et au regard des amateurs qui surveillent les progrès de leur bronzage sur les plages de Saint-Tropez ou de Juan-les-Pins. Le virus m'a gagné quand j'enquêtais sur le fameux vol de bijoux de l'hôtel de la Murène[1]. Alors, le vélo, la bouse de vaches, les ploucs à chapeau rond, je vois ça d'un sale œil. Mais l'argumentation de Marlyse est sans appel. Nul ne saurait y résister :

1. Voir *le Play-boy*.

— Tu en as de l'argent, toi, pour passer des vacances dans le Midi ? Non ? Alors, la question ne se pose pas.

Pourtant, elle s'était posée, la question, lorsque j'avais fait part au Gros de notre charmant projet. Assis derrière son bureau de hêtre verni, jouissant de toute sa corpulence dans le costume bleu foncé serré aux entournures, spécialement choisi par son rejeton, apprenti coupeur chez Bodygraph, les cheveux noirs brillantinés sur son faciès de Bouddha, il avait relevé lentement ses lunettes :

— En Corrèze ? Mais qu'est-ce que vous allez foutre en Corrèze, Borniche ?

Je me le demandais aussi !

— Me reposer, patron. Je n'ai pas pris un jour de congé depuis trois ans...

Il s'était renversé dans son fauteuil, respirant fort, les extrémités des doigts jointes dans une attitude quasi religieuse.

— Mon pauvre Borniche ! Est-ce que j'en prends, moi, des vacances ? En Corrèze, par-dessus le marché ! Vous devriez savoir qu'un vrai flic ne prend pas de vacances... Enfin, si vous ne pouvez pas vous en passer !

J'avais rédigé sur-le-champ la sacro-sainte demande, indispensable même lorsqu'on veut se rendre dix minutes au chevet de sa mère mourante. J'avais scrupuleusement indiqué l'adresse du village où les gendarmes, affectueuses nounous, pourraient me trouver « en cas de nécessité de service ». Et j'avais couronné le tout par une de ces formules alambiquées qui pourfendent les réticences administratives les plus acharnées.

Marlyse, le soir, m'avait écouté. Puis elle avait conclu, la lippe boudeuse :

— Tu veux mon avis, Roger ? Ton Vieuchêne, c'est un vicieux. Il va encore trouver un truc pour nous empêcher de partir !

Pendant une semaine, nous avons vécu sur un cratère. Chaque jour, Marlyse et moi guettions le retour de ma légitime revendication.

— Alors ?

— Rien.

— Tu ne crois pas qu'il le fait exprès ?

— Va savoir...

Je commençais à désespérer. Nos valises béantes sur le parquet de la chambre, les vapeurs antimites qui me chatouillaient les narines, la lettre comminatoire de l'hôtelier de Chabrignac (Corrèze) réclamant ses arrhes et la confirmation de notre arrivée, voilà qui ne justifiait que trop bien les prévisions pessimistes de Marlyse. On était déjà le samedi 31 juillet... J'étais allé au Venezuela, à la poursuite d'Ange Malaggione, l'insaisissable empereur du crime [1], je n'irais pas à Chabrignac !

— Entrez, Borniche !

Le bec-de-cane n'a pas encore basculé que le Gros m'a déjà deviné. Il est plongé dans un dossier dont je tente, en vain, de déchiffrer le numéro.

Tout commence, dans la police, par la consultation des archives. Celles de la Sûreté nationale occupent, juste au-dessus de mon bureau, au sixième étage du building, une salle immense, peuplée de comptoirs et de classeurs géants. C'est là que des millions de fiches, classées alphabétiquement et phonétiquement, attendent, dans des casiers mobiles, l'éclair d'actualité qui les sortira de leur léthargie.

Les innocents sont notés aux archives à la suite d'une demande de carte d'identité, de passeport, de permis de conduire ou de chasse. Ils sont là parce que la police, dans sa sagesse, sait que les innocents se transforment parfois en coupables, et qu'il vaut mieux tout savoir sur eux à l'avance. Les renseignements qui les concernent sont groupés dans les dossiers administratifs, ou D.A.

Quant aux coupables, leur biographie souvent mouvementée, leurs photos, leurs jugements, leurs transferts d'une prison à une autre, sont consignés dans les dossiers individuels, les D.I. Leurs méfaits, et ceux de leurs complices, s'entassent dans les D.C., les dossiers criminels.

... Le bonze gominé lève enfin la tête vers moi :

1. Voir *l'Archange*.

— Votre congé est accepté, Borniche... Avant de partir, faites-moi donc la synthèse de ce D.C., en double exemplaire. Vous avez le temps, d'ici ce soir...

Je balbutie un remerciement. Tandis que ma main va à la rencontre de la chemise cartonnée, il ajoute, l'œil dédaigneux :

— Désolé de me répéter, Borniche, mais un vrai flic ne prend pas de vacances...

La table d'Hidoine, vide, s'offre à la chemise que j'ouvre, et qui dégurgite un fatras de documents. Je pique tout de suite sur le papier bleu du télégramme que triturait le Gros.

Il porte le traditionnel cachet du service de transmissions, la date, 31 juillet, et l'heure d'arrivée, 9 h 35. Je lis :

« Interpol Washington à Interpol Paris. Selon renseignement confidentiel reçu F.B.I. Messina Rocco dit le Ricain serait actuellement Paris pour opération importante. Stop. Correspondait avec Cerisole Liliane et Langousta Franco sans autres indications. Stop. Messina a quitté U.S.A. après assassinat Battaglia Hugo dans Cadillac piégée New York. Stop. Pourrait se rendre discrètement Sicile. Stop. Fournir tous renseignements sur activité et intention retour U.S.A. ainsi qu'antécédents Cerisole et Langousta. Stop. Agent spécial Richard Baker sera Paris lundi 2 courant. Stop. Prière répondre par radio. Fin. Interpol Washington. »

Le front me brûle. Très vite, je relis... Le Ricain est à Paris ! Rocco Messina que toutes les polices du monde considèrent comme l'un des nouveaux loups de la Mafia !

Marlyse ne s'est pas trompée ! Le Gros est un vicieux. Si le lancer de peaux de banane était une discipline olympique, le commissaire Vieuchêne, chef du Groupe de Répression du Banditisme de la Première Sous-Direction des Affaires Criminelles de la Direction des Services de Police Judiciaire de la Direction Générale de la Sûreté Nationale du Ministère de l'Intérieur — ouf ! — en serait le champion toutes catégories. A nous, alors, les médailles de bronze, d'argent et d'or, pourquoi pas ?

Mauvais flic mais bon chasseur, guidé par une veine insolente, décelant le truand comme le setter évente le faisan, je lui ai déjà rapporté pas mal de « crânes », comme il dit si gentiment, d'Emile Buisson à René la Canne, de Pierrot le Fou à Jean-Baptiste Buisson et autres Ange Malaggione [1]. Et, aujourd'hui, il compte sur moi pour dénicher le beau Ricain...

Dans le fond, vous avez raison, chef ! Un vrai flic ne prend pas de vacances !

1. Voir *Flic Story, René la Canne, le Gang, l'Indic, l'Archange.*

3.

— C'est donc au *Luna's* de Greenwich Village que vous avez entendu ça ?

— Oui, *cop,* c'est bien ça.

Cop, flic... Trop familière, cette expression, surtout dans la bouche peinte de la grosse June. Mais il n'y a rien à faire, elle y tient... Le sergent Diamond a bien tenté de la raisonner à plusieurs reprises en clignant de l'œil :

— On ne parle pas comme ça à l'inspecteur Jack Briend, du quartier général de la police, chef de la Division Homicides !

Mais il faut autre chose qu'un titre ronflant pour faire plier les habitudes de langage de June Bickman, tapineuse de choc. Pour elle, gradé ou non, en civil ou en tenue, un flic est un flic. Elle ne va quand même pas donner du « Monsieur l'inspecteur-chef assistant » à cet avorton quinquagénaire grisonnant, à la gueule en lame de couteau ébréché, qui s'agite sous son nez dans le bureau de la troisième division du quartier de Times Square chargé de la prostitution, des bars et des drogués.

Elle en a marre de ce bureau. Le climatiseur fait des siennes, la sueur ruisselle dans le profond sillon qui sépare ses seins savamment baleinés pour allécher le passant. Les poitrines volumineuses sont pour beaucoup dans le chiffre d'affaires de ces dames, mais elles nécessitent ce petit coup de pouce à la nature, qui les soutient, certes, mais se révèle bien incommode dans le torride été new-yorkais.

— ... Vous étiez assise près de la caisse... C'est bien ce que vous avez déclaré au sergent Diamond le lendemain du meurtre ?

— C'est ça, *cop.*

Ça y est, la sueur a gagné sa belle robe verte. Elle ne va quand même pas s'asperger de déodorant sous les yeux de l'inspecteur-chef assistant... Elle se trémousse sur la chaise de bois, trop étroite pour son postérieur. Elle ne supporte pas le manège de ce policier qui virevolte autour d'elle. Ses yeux vont du sergent à l'inspecteur. Elle ne sait plus elle-même ce qui se passe dans sa cervelle. Ce dont elle est sûre, c'est que si elle avait su se taire, elle serait sous sa douche, goûtant une détente bien méritée. Elle serre nerveusement sur ses genoux le minuscule sac à main de satin noir qui contient la recette dc la nuit. Pas fameuse, pour couronner le tout. Quand ça va mal, ça va mal.

Lame-de-couteau s'immobilise enfin, après un temps de silence :

— La conversation roulait sur Battaglia ?

— Hé, là, *cop...* C'est pas tout à fait ça ! Faudrait pas me faire dire ce que je peux pas dire ! Le gars n'a pas parlé de Battaglia.

Jack Briend reste planté devant elle, le front ridé :

— Je ne comprends pas vos réticences, dit-il d'une voix plus forte, plus dure. Vous étiez beaucoup plus communicative avec le sergent... Vous avez peur ou quoi ?

June Bickman, déconcertée par le clignement d'œil que Mike Diamond lui adresse, hésite une seconde :

— J'ai dit tout ce que je savais, *cop...* Pas vrai, sergent ? Je vois pas pourquoi vous m'avez fait revenir. Ces histoires-là, je préfère pas m'en occuper. Vous vous en foutez, vous, si on me retrouve un jour les bras en croix dans Mac Dougal Street. C'est pas vous qui me ferez du bouche à bouche. D'ailleurs, ça serait plus la peine... Vous vous planterez là, vous tirerez votre calepin, vous demanderez s'il y a des témoins... Il n'y en aura pas, comme d'habitude. Alors, vous écrirez « assassin non identifié » et vous refoutrez votre carnet dans votre poche. Adieu, June ! C'est parce que Robbins était un brave type que j'avais téléphoné à son coéquipier. Maintenant, je ne veux plus être mêlée à ça...

Jack Briend reprend sa marche agitée dans la pièce. Le climatiseur fait de plus en plus de bruit, et de moins en moins de froid. Briend, en bras de chemise, transpire presque autant que la grosse June. Son holster vide pend à son épaule gauche. Ça sent le débraillé, la fatigue... Il tire une chaise de derrière son bureau, la place devant celle de June, s'assied à califourchon.

— Récapitulons, dit-il. Si je me trompe, vous m'arrêterez. Vous aussi, sergent.

Mike Diamond esquisse un signe de tête.

— ... Ce soir-là, vous avez donc rendez-vous avec l'agent Robbins au *Luna's* à huit heures et demie. Il est en retard. Pour l'attendre, vous vous installez sur un tabouret devant le comptoir. Quand vous avez vidé votre bourbon, il est neuf heures moins le quart.

— Non, *cop,* neuf heures. C'est là que j'ai entendu les informations... L'histoire de la Cadillac et tout... Ce pauvre Robbins...

— Bon. La nouvelle vous stupéfie. Vous descendez de votre tabouret, quand deux Italiens viennent s'asseoir à côté de vous. Le plus petit a l'air éméché... Le plus grand, vous le connaissez, c'est le Ricain...

— Non, coupe la grosse June, le sourcil froncé. Vous déformez tout. Je le connais pas plus que ça. C'est un beau mec, ça oui, alors un jour, je demande qui c'est à Carmelita Morelli, la rouquine qui se défend à *Little Italy*. Elle me dit que c'est un compatriote de Sicile, un gentil garçon... Elle a entendu dire qu'il s'appelle Messina, Rocco Messina, mais qu'il préfère qu'on l'appelle Rocky.

Little Italy ! Jack Briend ne le connaît que trop bien ce quartier de la Petite Italie encastré dans Greenwich Village, Soho et Chinatown ! Il sent bon le café et la pizza. Le linge multicolore y sèche entre les murs, comme à Naples, à Gênes ou à Palerme, aux balcons des vieilles rues teintées d'ocre et de soleil. Les émigrants s'y sont agglutinés depuis plus d'un siècle, emportant dans leurs maigres bagages les traditions ancestrales, leur mode de vie, leur code de l'honneur, de la famille et du silence. Dans cet univers d'hommes chaleureux et violents, le sang parle plus fort que l'intérêt. Les mafiosi y sont chez eux, respectés, protégés.

Jack Briend dévisage June avec attention. Il lui trouve un air bestial qui n'est pas du tout de son goût. Est-elle vraiment trop bête pour mentir ? Ou donne-t-elle le change ? Il reprend :

— C'est à ce moment que vous enregistrez la conversation...

June Bickman s'agite sur son siège qui gémit sous le poids.

— J'enregistre rien du tout, *cop !* J'écoute. C'est pas pareil ! Vous cherchez à me foutre dans la merde ou quoi ? J'avais le dos tourné, j'écoutais comme ça, vu que Robbins ne risquait plus de venir, le pauvre, et que j'avais le temps, du coup...

Elle renifle un peu. Elle l'aimait bien, l'agent Robbins...

— ... J'avais le dos tourné. Le plus petit venait de s'envoyer un double scotch, cul sec. Il avait l'air plus bourré encore qu'à son entrée... Il disait comme ça, d'une voix de fausset : « Il voulait pas parler, cette salope, alors on l'a saucissonné et on l'a accroché par le dos dans le frigo, pendant une heure. Tu me croiras si tu veux, rien à faire ! Toujours muet, l'ordure. On lui a balancé des coups de pic à glace. On y allait de bon cœur... Toujours rien ! Même quand on lui a arraché les paupières avec la tenaille... »

June respire un bon coup. Diamond détourne les yeux des seins plus arrogants encore, pailletés de sueur.

— ... Moi, poursuit-elle, j'en menais pas large, vous pouvez me croire. J'avais les fesses collées à la moleskine. Le petit poivrot, lui, il rigolait...

L'inspecteur-chef assistant, agacé, hausse les épaules :

— Continuez !

— Il a dit encore : « Il a gueulé quand on lui a coupé les doigts au sécateur, mais rien de plus. Un dur !... On l'a fini dans la bagnole. Ça a fait floc, quand je lui ai décapsulé le crâne à la batte de base-ball. J'avais mis le paquet, faut dire... Et ce con de Jimmy qui nous suivait dans la Buick, voilà-t-il pas qu'il nous rentre dedans ! Des coups à alerter les témoins... Heureusement qu'il y avait personne... Nous, on n'aurait jamais pensé qu'un flic mettrait le contact... Joe avait branché le truc pour que ça saute avec l'associé de ce salaud qu'on avait prévenu de venir chercher les morceaux... Coup double, on aurait fait. Parce qu'il ne l'avait pas volé non plus l'autre. Seulement, voilà... »

June soupire de nouveau :

— Voilà, c'est tout ce que je sais, *cop.* C'est ce que j'ai dit au sergent.

Mike Diamond revit la scène comme un cauchemar. Il a bien failli y rester, lui aussi... Le cœur serré, il revoit à travers un brouillard rouge l'arrivée du coroner chargé de déterminer les causes du décès... Les gestes hâtifs des ambulanciers qui engloutissaient dans des sacs mortuaires les restes sanglants de Battaglia et de Robbins, après les avoir étiquetés du traditionnel carton d'identification.

Les photographes du service de l'identité avaient mitraillé les lieux, mais la Cadillac, carbonisée, déchiquetée, n'avait pas livré la moindre empreinte. Quand il était revenu au service, le lendemain matin, après une nuit blanche au dispensaire de la police, Mike avait trouvé le message de la grosse June. Il avait d'abord hésité à se rendre au rendez-vous qu'elle lui donnait. Puis, en souvenir de Robbins, il s'était décidé. Fonctionnaire modèle, il avait retransmis à ses supérieurs les informations recueillies. L'inspecteur-chef assistant Jack Briend était de permanence le soir du meurtre. Il a sauté sur l'occasion d'une enquête qui promettait d'être de première importance.

Il a besoin de Messina, Briend, pour savoir qui était son copain de bistrot, le faire mettre à table et confondre ainsi les deux frères, les deux durs, les deux tueurs de la Mafia, que sont Joe et Jimmy Gaeta qu'il n'a jamais pu accrocher. Mais, tout ce qu'il a pu apprendre, c'est que le Ricain avait, lui aussi, brusquement quitté son motel de Brooklyn. Selon la logeuse, il se pouvait bien qu'il fût reparti en France pour affaires... Pour affaires !... Il n'était guère difficile de deviner de quelles affaires s'occupait un Rocco Messina ! La logeuse, dûment cuisinée, avait communiqué les noms de Liliane Cerisole et Franco Langousta, avec lesquels il correspondait en français. La diffusion générale avait touché le F.B.I. à Washington pour une recherche Interpol et le *Special Agent* Richard Baker avait été chargé des investigations sur le plan fédéral.

Jack Briend n'aime pas Baker. Il l'a connu à la *National Police Academy* où tous deux suivaient un entraînement intensif. Le *Commissioner*[1] de New York avait délégué Briend à l'Académie pour le récompenser d'une année passée dans le Bronx. Il y avait, en tant qu'inspecteur-chef des détectives du comté, solutionné onze meurtres. Il était le doyen des étudiants.

Son diplôme de sortie l'aurait comblé d'une joie sans mélange, n'était l'éclat incomparable de Richard Baker, au succès insolent. Play-boy à la stature d'athlète, Baker était sorti major de sa promotion. Baker, toujours Baker... Il n'y en avait que pour Baker lors des félicitations officielles dans le *Constitution Hall* de Washington, en présence du directeur du F.B.I. en personne, le bouledogue J. Edgar Hoover... Richard Baker, premier au relevé des empreintes digitales sur le lieu du crime... Richard Baker, premier au calcul de la vitesse d'un véhicule d'après les marques de pneus laissées par le freinage... Premier des techniques et des méthodes de renseignements, premier des moyens de défense et de l'utilisation des armes, premier, toujours premier...

Tout de même... Si le *Special Agent* Richard Baker est un tireur d'élite, aussi précis au pistolet qu'au fusil et à la mitraillette, s'il parvient à dégainer son arme en une fraction de seconde, à atteindre neuf fois sur dix la cible mouvante, il ne connaît pas la pègre de New York comme Jack Briend, qui la pratique depuis vingt ans.

Et, pour le moment, c'est la pratique qui compte.

Battaglia a été liquidé par ses petits camarades. Jack Briend connaît les méthodes de la Mafia. Le poinçon ou le pic à glace, la strangulation par fil de cuivre, les doigts coupés, les yeux crevés, l'explosion ou l'incendie de la voiture, la noyade dans l'Hudson après un bon coup de batte de base-ball, autant

1. Préfet de police.

d'avertissements pour les inconscients, réfractaires à l'*Omerta,* la fameuse loi du silence...

Les services de l'identité n'ont pas trouvé la veste de Battaglia. Mike Diamond est formel : le torse était nu. Et, lorsque la Mafia a exécuté un rival ou un traître, elle a pour charmante coutume d'expédier à son entourage la veste, la chemise, ou le pardessus de la victime, saucissonnée par une énorme ficelle, à laquelle est attaché un poisson mort, en état de décomposition avancée. Ce mode de faire-part, adressé aux proches, leur donne au moins la satisfaction d'être fixés, une fois pour toutes, sur le sort du défunt. Aussi Jack Briend ne s'étonne-t-il pas de la disparition de la veste. Mais il y a bien peu de chances pour que l'associé ou les parents de Battaglia prennent le risque de se manifester pour lui faire part de leurs soupçons... Qui aurait l'envie d'entrer à son tour dans le cycle infernal ?

Oui, Jack Briend est à la fois irrité et perplexe. Richard Baker n'a pas à s'immiscer dans une affaire survenue à New York. Elle appartient à la police locale, cette affaire. Mais il importe de dénicher au plus vite Joe et Jimmy Gaeta à défaut de pouvoir mettre la main sur Messina. Car le F.B.I., lui, a des moyens que la *City Police* n'a pas. Il dispose de ses fameux fichiers, robots électroniques auxquels rien n'échappe. Baker est bien capable de faire un saut en France pour retrouver le beau Ricain et le faire parler. C'est pourquoi Jack Briend ne sait plus sur quel gril cuisiner June Bickman, seul jalon d'une piste bien pauvre...

Elle commence à regretter de s'être fourrée dans ce guêpier, la grosse June. Elle ne cesse de se tortiller sur son siège :

— Dites, *cop,* j'ai pas beaucoup dormi... Je peux partir ?

En même temps, elle adresse à Mike Diamond un regard interrogateur et suppliant. C'est en souvenir de Robbins qu'elle s'est adressée à lui, et voilà où ça la mène... Il pourrait bien l'aider à sortir de là, au lieu d'agiter sans cesse sa paupière gauche !

L'inspecteur Jack Briend feint de ne pas entendre. Il a recommencé son exaspérante navigation dans la pièce. De profil, son crâne en pain de sucre, cerné de poils grisonnants, évoque les sommets des monts Adirondacks émergeant des nuages.

— Dites donc, la Rouquine les connaît bien, Joe et Jimmy, non ? C'est une Sicilienne comme eux ?

June se sent mal. Elle voit le danger. Ce roquet de flic va lui demander de tirer les vers du nez à Carmelita... Il compte sur elle pour jouer à l'indic ! Ça, c'est le bouquet ! Elle a suffisamment collaboré comme ça, en mémoire de Robbins, et ce n'est sûrement pas ce qu'elle a fait de mieux. Il ne faut pas que l'inspecteur machin-chose pousse le bouchon trop loin... Et ce grand con de Diamond qui ne dit rien, planté au garde-à-vous comme un lycéen qui fait dans son froc devant le censeur ! Il a l'air fin avec ses mouvements de paupière ! L'explosion de la Cad lui a fêlé le crâne, c'est pas possible !

— June Bickman, vous entendez ?

June sort un mouchoir de son sac à main, s'éponge le front, le décape d'une double épaisseur de fond de teint. Elle replie le mouchoir, le remet en place, entre la boîte de préservatifs et la trousse de maquillage.

— ... Oui, j'ai entendu, *cop.* Seulement, faut pas compter là-dessus. Je ne veux pas être transformée en passoire par les Ritals. Et puis, les mouchards, moi, ça me donne la nausée...

— Dommage...

Le ton est menaçant, ne présage rien de bon. Elle a l'impression de tomber au fond d'un puits. Elle regarde Briend, ahurie. Il répète :

— Dommage...

Elle subit l'inquiétante magie de ce mot lourd d'un sens caché qu'elle ne va pas tarder à découvrir.

— Ça veut dire quoi, dommage, *cop ?*

Sa voix tremble d'angoisse. Mielleux, Jack Briend répond :

— Ça veut dire, ma toute belle, que lorsqu'on n'est pas avec moi, on est contre. Vous comprenez ?

Pour ça oui, elle comprend ! Elle ne comprend que trop. Bon Dieu, dans quelle galère s'est-elle embarquée, comme une conne de première grandeur, tout ça pour ce Frankie Robbins qui, d'ailleurs, se foutait d'elle comme de sa première culotte... Et qu'est-ce que ça peut lui faire, à Robbins, vu que ses morceaux ont volé dans tous les coins de la rue ? C'est pas l'inspecteur truc-chouette qui va le ressouder et le remettre sur pied ! Et elle, June, est bien dans la merde ! D'accord, il savait s'y prendre, Robbins... Mieux que les autres. C'est pour ça qu'elle lui faisait des prix. Mais de là à se fourrer dans une pareille gelée de groseilles ! La prochaine fois, ils pourront tous se faire transformer en chair à pâté, les flics... Elle ne risque pas d'y mettre son nez.

— Et quand on est contre, ajoute Jack Briend avec un rapide sourire de ses lèvres minces, il vous arrive des ennuis... Regardez...

Il ouvre un tiroir du bureau.

— Cet engin-là, c'est un magnétophone. Ça enregistre tout ! Quel dommage si ces messieurs de la Mafia apprenaient que c'est vous qui avez balancé Messina... Car, c'est bien vous qui avez parlé de Rocco et des autres, n'est-ce pas ? Et, vous savez ce qu'avec la Mafia *parler* veut dire... Voilà ! Je vous donne la semaine pour me faire savoir où sont Joe et Jimmy. Pas un jour de plus. Salut.

Personne ne raccompagne June, qui s'est levée pesamment, marche, hébétée, vers la sortie. Personne, même pas le sergent Diamond qui n'ose plus la regarder. Il n'y a rien à répondre, elle le sait. Toute protestation serait inutile. Pour la première fois de sa vie, June la grosse se sent coincée.

4.

Au-dessus de mon pigeonnier, le soleil de juillet embrase le zinc des toitures. Il décalque, sur la grisaille des murs, les bras démesurés des antennes de transmission de la Sûreté nationale. Le crépitement des machines à écrire jaillit des baies grandes ouvertes. Devant le majestueux portail qui commande l'entrée des bureaux, le flot languissant des voitures s'étire au long du faubourg Saint-Honoré.

Le télégramme d'Interpol m'a fait digérer l'insulte du Gros. Fébrile, je sors deux fiches vertes de mon tiroir. Dans le coin de chacune d'elles, en haut et à gauche, j'inscris PJ/1, abréviation de Police judiciaire, première section. Je note sur l'une le nom de Cerisole, sur l'autre celui de Langousta. Je les signe. Je les dépose dans le panier du monte-charge à destination du sixième. J'actionne la sonnette. Au-dessus de moi, dans la pénombre de la cage, une tête apparaît.

— Dites à Roblin de faire les recherches en urgence. C'est pour le patron...

L'inspecteur principal Roblin, un grand maigre tatillon et courtois, a pour manie de caresser, dans les moments d'intense réflexion, les favoris argentés qui lui donnent un air de lord anglais sur le retour. C'est un cerveau, Roblin, une mémoire à lui tout seul. Il règne, dans son capharnaüm, sur une centaine d'inspecteurs-archivistes en blouse grise. Depuis mon entrée dans la boîte, il aime me servir de mentor, m'abreuve de bons conseils. Mon caractère fougueux le séduit, l'amuse et l'inquiète.

Là-haut, dans la semi-obscurité, la tête se secoue :

— D'accord, je donne ça au principal...

Je referme le guichet, réintègre mon bureau, tire une cigarette de ma poche.

— On fume trop dans la police, m'avait dit le toubib de la rue Cambacérès qui fait des prix aux flics de la Sûreté.

L'index menaçant, il ajoutait :

— Attention, mon vieux, vos bronches sont aussi encrassées que la voûte d'un tunnel au temps des locomotives à vapeur...

Le fait est que, depuis quelque temps, je tousse comme un vieillard. Le matin, surtout. Ça indispose Marlyse. Il a raison, le toubib, avec son air de papa grondeur. Il est temps de faire un effort. Je vais diminuer ma dose de Philip Morris. Pas facile !

Demain, je me mettrai au chewing-gum. Ça me fera la mâchoire américaine. Fifty, fifty. Une tablette, une cigarette. Ça limitera aussi les dégâts. Mais aujourd'hui ? Eh bien aujourd'hui, j'ai besoin de ma ration de nicotine. J'en suis à ma quatrième cigarette lorsque le grand Roblin me tend le dossier Cerisole. Il a l'œil rigolard :

— Voilà pour une. C'est une Rital qui habite le seizième. Un joli lot doublé d'une belle pute. Je t'ai sorti le D.A., il n'y a rien d'autre. Pour Langousta, tu repasseras. Inconnu au vivier.

Tant pis. Je vais faire avec ce que j'ai. Elle est jolie, en effet, Liliane Cerisole. Elle réside 5, rue Lekain. En avant pour le repérage de l'immeuble et la petite conversation de routine avec la concierge. A moins qu'elle ne soit déjà partie pour la Corrèze, elle aussi !

La cigarette au bec, je déambule dans les vieilles rues de Passy où les laboureurs, les vignerons et les tuiliers d'autrefois se groupaient autour de la chapelle Notre-Dame-de-Grâce Les temps ont changé. Les cultures et les vignes se sont muées en un quartier élégant que les résidents fortunés ont déserté pour les plages snobinardes de Deauville, de Biarritz ou de Juan-les-Pins. Je passe deux fois devant les vitrines de la pâtisserie Coquelin où s'étalent les savarins et les assiettes d'éclairs et de choux à la crème, et j'abandonne l'ancienne halte de la Mairie, devenue la charmante place de Passy, d'où démarraient, jadis, les fiacres de la compagnie « Les Accélérées », à destination du lointain Palais Royal. J'enfile la rue de l'Annonciation. La plupart des commerçants ont fermé boutique.

Bon Dieu, qu'il fait chaud ! Le soleil dévore l'étroite rue Lekain et ses façades à guirlandes XVIIIe. Je transpire. Ce n'est vraiment pas un temps pour interroger une pipelette. La Corrèze, elle-même, vaut mieux que le pavé parisien quand il brûle !

Je n'ai pas déjeuné. Je n'ai pas faim. Le dossier Messina m'a coupé l'appétit. J'ai passé près de deux heures à le décortiquer, à transcrire, d'une écriture appliquée, sur des feuilles quadrillées, des lignes et des lignes de notes, à l'intention du Gros.

Il faut rendre aux Américains ce qui leur appartient. Ils ont une façon si personnelle et si précise d'exposer les renseignements dont ils disposent, dans leurs demandes de recherches, que nos professeurs des écoles de police feraient bien de suivre les cours de la *National F.B.I. Academy* avant d'enseigner à leurs ouailles les techniques modernes d'investigations.

Rien ne manque dans leurs circulaires. De la photographie du suspect, digne du meilleur portraitiste d'Hollywood, à ses mensurations de front, de nez, d'yeux, de bouche, d'oreilles, de menton, de cou, de thorax, de membres, de doigts, d'orteils ! La couleur de la peau, des yeux, des ongles, leur forme, la longueur des cicatrices, la grosseur des grains de beauté, tout est noté, décrit, répertorié, dans une forme qui permet au débutant flic l'identification immédiate. C'est tout simplement fantastique ! Les empreintes des doigts complètent celles des paumes de mains. Celles des pieds, avec ou sans chaussures, s'ajoutent au détail des tics et des attitudes. L'énumération des vices s'ajoute à l'annotation des habitudes, des fréquentations, des préférences pour certains types de femmes, de jeux, d'alcool, de cigarettes, de voitures ! Ce n'est plus le Bottin de la pègre, c'est le Who's who du parfait agent fédéral. Même l'échantillon des cheveux de Rocco, que les fédéraux ont dû recueillir lors d'une perquisition clandestine, est annexé, sous plastique, à la circulaire !

Il n'est pas vilain garçon, d'ailleurs, l'Italo-Américain Messina ! Du genre beau ténébreux, avec son air d'amoureux mélancolique, son regard velouté sous la chevelure noire, tel que Marlyse aime les admirer sur les écrans de cinémas des boulevards où je l'emmène, lorsque le Gros n'est pas trop exigeant sur mes heures de service. Il sourit à pleines dents devant l'objectif du service américain de l'immigration. Peut-être pense-t-il à la razzia de bijoux qu'il a faite avant de quitter son Italie natale et à la mobilisation policière romaine qu'il a déclenchée. La comtesse Biazzani n'avait aucun soupçon. Elle était dans son bain lorsque l'audacieux cambrioleur avait gagné sa chambre, par la fenêtre ouverte, au troisième étage. Le temps d'enfiler un peignoir, la cassette avait disparu. Tout comme avaient disparu le magot du producteur Samuel Fredstein, la coqueluche des starlettes de Beverly Hills à Los Angeles, et la paie des ouvriers d'une des plus grandes aciéries du Michigan, à Gary. Un million de dollars envolés ! Avant chacun des coups, la présence du beau Rocco avait été remarquée. Mais, malgré les vérifications dont il faisait l'objet, la diligence de la police italienne et la technicité de la police américaine, le Ricain avait toujours réussi à se faufiler à travers les maillons du filet.

Le Gros m'a fait un sacré cadeau...

A midi, j'avais décroché le téléphone :

— Je suis content que tu sois là, chérie... Je voulais te dire...

Chaque fois que j'amorce ce préambule, je sais ce que pense ma Marlyse. Elle a pris l'habitude de mes comédies. Elle attend, imperturbable, la fin de mes jérémiades. Mon œil suit les fils des P.T.T. pour la voir, adossée déjà à la porte de notre petit logement, son pied mignon posé sur une valise bourrée de tous les chandails qu'elle a embarqués, malgré l'optimisme de la météo, parce qu'on ne sait jamais... Sa façon de répondre, son « dis toujours, chéri » aigre-doux, voilà qui ne m'avait pas rassuré.

Pourtant, il fallait que je me jette à l'eau. Avec prudence, je devais lui annoncer ma décision de retarder nos vacances.

— Tu sais, chérie, tu avais raison, l'autre jour... C'est un vicieux, Vieuchêne ! Il me l'a collée son affaire de dernière minute sur les bras... Et quelle affaire, si tu savais !

Je m'attendais au long silence qui s'est ensuivi. Je lui ai laissé le temps de déglutir l'information. Puis, j'ai continué, hypocrite :

— Devine un peu ce qu'il me propose en échange ? De prendre mon congé en octobre... Pour les vendanges, comme il dit. Ce n'est peut-être pas une mauvaise idée. On pourrait être bien...

J'ai réalisé, un peu tard, que la Corrèze produit plus d'hommes politiques que de vin. Je percevais, dans l'écouteur, la respiration régulière de Marlyse. Enfin, sa voix me parvenait, grave. Calme comme l'organe d'un procureur général :

— Je vais te dire quelque chose, Roger. Tu es un vrai flic.

C'est à Vieuchêne qu'elle devrait lancer ça, pas à moi !

— ... Oui, un vrai flic ! Restes-y avec ton Gros, puisque tu ne peux pas t'en passer. Moi, je pars en vacances...

Et elle a raccroché.

J'avais reposé, hébété, le combiné, avec le regard vide du boxeur qui vient de prendre un méchant coup. J'ai eu du mal à retrouver mes esprits. J'ai pourtant glissé mes notes dans le dossier. Je me suis propulsé jusqu'au bureau du Gros. La porte était verrouillée. J'ai ouvert, sans frapper, la porte voisine, violant l'univers de son secrétariat. La dactylo, un échantillon de la presse du cœur sur les genoux, rêvassait devant sa machine silencieuse.

— Donnez ça au patron quand il arrivera. Et dites-lui que son congé, je m'en tape !

Elle m'a dédié un regard encore chaviré par les amours du bel industriel avec la juvénile secrétaire qu'il ne manquerait pas d'épouser.

— Marlyse, dans tout ça ?

Sa voix inquiète, navrée, faisait peine à entendre.

— Marlyse ? Oh, Marlyse...

J'ai claqué la porte derrière moi. Toutes pareilles, ces filles ! Est-ce qu'elle compte, Marlyse, quand Rocco Messina, le seigneur de la Mafia, se balade impunément dans Paris, peut-être sous mon nez ?

Par chance, le *Café de la Poste* est sombre et frais. Instantanément, je me détends. J'avale mon premier demi avec la frénésie du méhariste qui se jette à plat ventre pour boire à la source de l'oasis. De ma place, à l'extrémité du zinc, spectateur invisible de la rue, je ne perds rien de ce qui se passe au-dehors. Et il s'en passe, des choses...

Qu'est-ce qu'il fait ce petit homme chauve planté devant l'immeuble de Liliane Cerisole ? Il m'a intrigué quand je passais, tout à l'heure, traînant les pieds comme un flâneur fatigué. J'ai tourné autour de lui comme un dogue flaire un basset, avant d'entrer dans le bistrot.

Oui, qu'est-ce qu'il peut faire, ce type-là, dans une pareille fournaise, au lieu d'aller déjeuner ou travailler ? Il regarde devant lui, immobile, les mains dans les poches de sa salopette. J'ai beau écarquiller les yeux, martyriser le tréfonds de ma mémoire, je ne le connais pas. En tout cas, il n'a pas une dégaine de flic. Je le verrais, je le sentirais. Les flics, ça me connaît ! J'ai le flair pour les repérer. Je les respire à cent pas. Comme les voyous.

Seule explication à sa faction insolite : c'est un copain de Rocco, un garde du corps de la Mafia, qui surveille les environs tandis que le beau Messina s'envoie en l'air, là-haut, avec Liliane. J'ai bien fait de débarquer. Je sens qu'il va y avoir du nouveau d'ici peu. Je suis sur le gril. Un second demi ne suffit pas à refroidir la braise.

S'il reste figé comme ça pendant des heures, il va ramasser un sérieux coup de bambou, le gorille *made in Italy*... Moi, bien au frais, je resterai ici à le surveiller, le temps qu'il faudra. J'ai l'après-midi devant moi.

Je n'ai aucune envie de rentrer à la maison. Si je me pointais maintenant, j'aurais trop de choses à expliquer à Marlyse. Il vaut mieux la laisser mariner, ça lui éclaircira les idées.

Je commande un troisième demi. La sortie de Marlyse m'a

contrarié. Profondément affecté même, plus que je n'aurais pu le croire. Je l'aime bien, Marlyse, et sa présence me réconforte lorsque je rentre au bercail, moulu, vanné par des journées de planques ou de filatures. Plus que jamais, j'aurais besoin d'elle, avec cette affaire que le Gros, mine de rien, m'a refilée... Et puis, en cette période désolée des vacances, qui va s'occuper de mon linge et de ma bouffe ? Le restaurant coûte cher. Et pas question d'aller m'empoisonner à la cantine de la Sûreté.

« Un chien reconnaissant vaut mieux qu'une femme ingrate », dit un proverbe arabe. Je ne passe pas pour misogyne, mais je commence à penser que c'est vrai. Très vrai, même. Marlyse est une ingrate. Est-ce que le bonheur d'une femme réside dans ce dont je la prive, les cadeaux et l'intimité, les dîners et les spectacles, les dimanches et les jours fériés ? Bien sûr, j'ai un métier impossible, et de plus, mal payé. Mais je lui assure l'ordinaire, tout de même. Ce n'est pas si mal ! Elle le sait bien que je fais ce que je peux...

Qu'elle y aille donc, dans sa campagne pourrie. Je m'en contrefous. On verra si elle y reste longtemps, si elle ne rapplique pas au triple galop, ne serait-ce que pour vérifier ce que je fabrique, seul dans ce Paris du mois d'août plein de tentations étrangères... Eh bien, elle peut être tranquille, je n'ai pas l'intention de m'embêter. A moi les petites *Gretchen,* les Anglaises et les Suédoises !

Pour rompre le cours de ces pensées moroses, je glisse une pièce dans la fente du juke-box. La voix éraillée de la môme Piaf mugit dans le haut-parleur. Elle a de la chance de voir « la vie en rose », celle-là ! Je hausse les épaules. Je suis décidément de plus en plus de mauvais poil. Le tueur de la Mafia n'a même pas tourné la tête quand a éclaté la goualante. Le patron, derrière son *France-Soir,* me lance des coups d'œil furtifs. Je suis le seul client. Une pancarte, calligraphiée en lettres faussement gothiques, se balance sur la glace au tain oxydé : « *La maison sera fermée du 1er au 31 août.* »

— Vous bouclez demain ?

J'ai dit ça comme j'aurais dit autre chose, histoire de tuer le temps. Le tenancier abaisse son journal, le plie avec les gestes précis d'un archiviste, insolites en ce lieu, puis le glisse entre deux rangées de bouteilles. Un sourire balaie son visage. Il commençait à se demander si je n'étais pas muet...

— Eh oui, on boucle ce soir ! Demain, je suis au pays... à Brive.

Décidément, elle me colle à la peau, la Corrèze ! La phrase du Gros me revient en mémoire : « Qu'est-ce que vous allez foutre en Corrèze, Borniche ? »

Pour un peu, je la retournerais au patron du café, qui s'est accoudé au zinc, en face de moi, et m'inonde d'effluves de saucisson et de vin rouge. Je m'écarte d'un pas.

— C'est drôle, dis-je, le regard plein de sollicitude, moi je vais à Chabrignac...

Sans Marlyse, je n'aurais jamais entendu parler de ce trou. Je lui adresse, malgré ma rancune, une pensée reconnaissante. Tandis que je trempe mes lèvres dans la mousse, le front du patron se plisse en un visible effort :

— Ce ne serait pas du côté de Juillac, par hasard ?

C'est à moi qu'il demande ça ! Apparemment, il connaît mieux Paris que son bled. Moi aussi. Il n'y a pas longtemps que je bénéficie d'une carte de circulation sur les chemins de fer, et d'ordres de mission distribués gratuitement par le ministère de l'Intérieur...

— Exact, dis-je, triomphant, en reposant mon verre. C'est bien du côté de Juillac.

Je n'en sais rien, à vrai dire, mais il faut savoir mentir dans la police, histoire de ne pas décourager les bonnes volontés. D'ailleurs, du moment qu'on est devenus copains, j'aurais tort de me gêner. J'y vais carrément :

— Dites-moi, la belle fille qui habite en face... Liliane Cerisole... vous la connaissez ?

Je me suis composé la mine du dragueur affamé. Ça fait tilt ! Il se penche vers moi, tout enduit d'une grasse complicité masculine :

— Et comment ! Un joli lot. Malheureusement, c'est pas pour vous. Elle est maquée avec un vieux plein aux as. Elle vient pas souvent par ici. Elle a gardé son studio comme pied-à-terre, sans plus.

— Ah !

— Oui. Même que j'aimerais bien la revoir. Elle m'a laissé

une ardoise de téléphone et de cigarettes... C'est marrant, ces poupées, ça a le téléphone chez soi et, pour pas payer les communications, ça vient bigophoner au troquet!

Je m'efforce d'encaisser le coup sans broncher en pensant tout de même que la belle Liliane avait ses raisons pour appeler ses correspondants de l'extérieur.

La goualante de la môme Piaf s'est arrêtée sur un miaulement d'accordéon. Le disque retrouve son alvéole.

— Et la concierge, elle ne sait pas où elle est?

— Elle? Elle sait jamais rien. Elle suppose qu'elle est avec Pénélope, une copine... Mais moi, j'y crois pas : un cul, celle-là, mon cher... Et des nichons...

J'approuve d'un hochement de tête, qui signifie aussi « au revoir ». Je laisse la monnaie sur le comptoir. Je sors dans la fournaise. L'homme à la salopette est toujours en faction. Je l'évite. M'a-t-il seulement jeté un coup d'œil? J'enfile la rue de l'Annonciation. Sitôt l'angle tourné, je reviens sur mes pas. Je me glisse sous une porte cochère. Dès que le mafioso aura levé la séance, j'irai interroger la concierge et les locataires du 5, ou le garagiste voisin. Dans combien de temps? Si je le savais... Au fond, je m'en moque. J'ai appris à être patient, et puis j'ai des heures à tuer...

J'allume une cigarette. Ça ne rate pas, je me mets à tousser. La quinte s'amplifie. C'est le toubib de la rue Cambacérès qui me porte la poisse! Pas le moment de me faire repérer. J'émerge à l'air libre. Je vais cracher mes poumons un peu plus loin.

Et si le tueur en salopette était un rival du quai des Orfèvres? Mais non, puisque mon flair ne me trompe jamais... L'ennui, c'est que nos concurrents de la Préfecture de Police savent, aussi bien que moi, se servir d'un fichier et de leurs méninges. Ils peuvent connaître Liliane, ils ont pu découvrir qu'elle fréquente le beau Messina. Heureusement que le Gros veille au grain! Sa méthode n'est pas jolie, jolie, mais elle est efficace... Dès qu'un truand important fait des siennes, dès qu'éclate une affaire qui intéresse le ministre de l'Intérieur, Vieuchêne fait sortir les dossiers du fichier central et il les planque dans le dernier tiroir de son bureau. Cela a créé des incidents entre les deux administrations, mais il n'a pas changé sa tactique d'un iota ! Si le concurrent du quai des Orfèvres est un bon bougre, le Gros lui distille, au compte-gouttes, quelques informations en échange des siennes. Il offre même le pastis de l'amitié chez Victor, le sympathique tenancier de la rue Gît-le-Cœur[1]. Si l'autre a, par malheur, l'ambition de tirer la couverture à lui, haro sur le poulet ! Vieuchêne se fait un plaisir de l'aiguiller sur une piste parsemée de peaux de banane, où il patine pendant un bon bout de temps, tandis que nous autres, Hidoine et moi, cavalons ferme dans l'ombre, pour arriver les premiers. Des esprits chagrins appellent ça « la guerre des polices ». Le Gros, magnanime, dit que c'est ça l'émulation !

C'est en bon élève de Vieuchêne que j'ai planqué le télégramme d'Interpol. On ne sait jamais ! Pas la peine de claironner la venue du Ricain en France ! J'ai aussi caché le dossier Cerisole Liliane. Le rapport de la brigade mondaine ne la gâte pas, la belle enfant ! Etabli à la suite d'une procédure de flagrant délit de galanterie, elle y est décrite comme « vindicative, hautaine avec les représentants de l'ordre dans l'exercice de leurs fonctions »... D'autres procédures sommeillent dans les archives de la Préfecture de Police. J'irai, dès que possible, les consulter.

Tout un programme... En somme, une belle pute comme dirait Roblin, qui s'y connaît, à force d'éplucher les pedigrees de ces dames, dans son inépuisable fichier.

Mes pas me portent, au hasard, jusqu'à un hôtel à la façade étroite, sale, qui porte le nom des fleurs que je déteste : « *Les Chrysanthèmes* ». Mais j'ai besoin d'un téléphone. Je surmonte ma répulsion, j'entre. Je ne sais pas si c'est mon imagination qui me joue des tours, mais ça sent la nécropole, là-dedans. L'ancien cimetière de Passy est à deux pas... Personne au bureau de réception. J'appuie sur la sonnette. Aucun son. Je lève les yeux vers le plafond craquelé, constellé de chiures de mouche. Des générations de propriétaires se sont acharnées à superposer des couches de papier peint,

1. Voir *Flic Story*.

arrachées par endroits. Au-dessus de la cheminée en faux marbre, elles ont l'aspect d'un mille-feuille durci.

De nouveau, j'appuie sur la sonnette. Mon doigt s'acharne en vain. Le silence persiste. Mes yeux errent sur ce triste décor. Une pile de draps stagne sur une antique machine à coudre. Dans l'évier, une serviette, qui pue l'eau de Javel, évoque le cadavre d'un animal...

— Il y a quelqu'un ?

J'ai lancé ma question au pied de l'escalier au tapis usé. J'attends. Pas de réponse. Les chrysanthèmes auraient-ils porté malheur à l'hôtelier ? Digère-t-il son trépas ? Seul le bruit de la rue apporte quelque vie à cet univers sinistre. Tant pis, je me servirai du téléphone sans permission. J'ai du mal à déchiffrer le numéro de l'abonné sur le cadran jauni.

— Ici l'hôtel des *Chrysanthèmes,* Passy 11.17... C'est pour signaler qu'un type fait le guet devant le 5 rue Lekain. Le complice d'un cambrioleur, sans doute. Un petit en salopette. Vous devriez venir voir.

J'ai à peine raccroché que la sonnerie tinte faiblement. Je m'attendais à ce que Police-Secours contrôle l'appel. Je décroche aussitôt :

— Oui, c'est *les Chrysanthèmes.* Le type est là. Faites vite.

Je quitte le bureau, ni vu, ni connu. Je me retrouve sur le trottoir. Un taxi maraude sans conviction, rue Jean-Bologne :

— Hep !

Je flanque ma plaque sous le nez du chauffeur, qui me gratifie d'un sourire aussi amical qu'inattendu. En voici un qui aime la police.

— Brigade anti-gangs ! Vous faites le tour du pâté de maisons et vous revenez vous poster au coin de la rue de l'Annonciation !

Le chauffeur, subjugué, baisse son drapeau, s'exécute. J'ai hâte d'assister au spectacle, et je ne suis pas déçu... Un car de Police-Secours, sirène au vent, débouche dans la rue Lekain, freine pile devant le 5. Un brigadier en surgit, suivi de trois gardiens armés de mitraillettes. Le tueur en salopette lève les bras. On le fouille. Je m'étrangle de joie quand on sort un revolver de sa poche. Mais que se passe-t-il ? Le gorille discute, baisse les bras, exhibe une plaque... Un flic ! Les gardiens s'excusent, parlementent, réintègrent le car bleu marine...

— Une bavure, dit mon chauffeur, goguenard. Vos collègues se sont encore gourés !

Et moi donc !

Je garde le silence de l'homme atterré. Il m'a eu, mon flair. Mon coup de téléphone a pourtant payé puisque le collègue abandonne la planque, l'air furibond. Ouais... Ça m'apporte quoi, au juste ? Rien de rien, chanterait la môme Piaf dans le *Café de la Poste*. Je ne me vanterai pas de ce loupé dans mes Mémoires !

Un malheur n'arrive jamais seul.

Quand j'arrive, essoufflé, à mon cinquième sans ascenseur, quand j'ai poussé la porte, ayant fourbi mes arguments pour dissuader Marlyse de partir en Corrèze avant quelques jours, je repère tout de suite la feuille de papier... Elle me saute à la face, cette feuille coincée sous le cendrier hideux, lourd cadeau de la belle-mère :

« *Roger, tu mens comme tu respires. Je ne sais pas ce que tu fabriques. J'ai appelé ton Gros, il n'était pas au courant de nos vendanges en Corrèze. Je m'en vais. Bonnes vacances quand même.* »

Je reste là, les bras ballants.

Il est immensément vide, mon minuscule logement, ce soir. Un interminable soir d'été. J'ai perdu Marlyse et je n'ai pas retrouvé le Ricain !

5.

Un salaud. L'inspecteur-chef assistant Jack Briend, du quartier général de la police, est un salaud. Un vrai, un beau salaud. Et un incapable, en plus. Non content de cuisiner June, de lui tirer les vers du nez, de coller ses réponses sur bande magnétique pour tenter de la faire chanter, il a eu le culot de lui demander de faire le travail à sa place ! Ni plus, ni moins. Il fallait qu'elle lui apporte sur un plateau les noms des refroidisseurs de Battaglia.

— Dites donc, la Rouquine doit les connaître, Joe et Jimmy, non ?

Ben voyons ! Bien sûr qu'elle les connaît, la Rouquine, les porte-flingues de la Mafia ! Elle est Sicilienne, elle aussi. Elle est maquée avec Joe, le frère de Jimmy... June elle-même les connaît bien, les frères Gaeta ! Seulement, elle n'a pas intérêt à le dire, ça non ! Elle est trop jeune pour faire une morte. Puisque cet avorton de Jack Briend est sur la piste, c'est à lui de faire son enquête. Qu'il aille lui poser des questions à la rousse Carmelita ! Il n'a qu'à la convoquer sous un prétexte bidon. Si elle cause, tant mieux pour lui !

N'empêche qu'elle a déjà trop parlé, June Bickman. Elle en a des sueurs froides. Elle en a trop dit à Diamond, la première fois, sous le coup de l'émotion. Ils peuvent être sûrs qu'elle fermera sa grande bouche, maintenant, les gars de la flicaille, même si cet abruti de sergent se fait découper sous ses yeux à la tronçonneuse. Il n'a cessé de lui adresser des clins d'œil encourageants, pendant l'interrogatoire. Mais, lorsque le nabot a menacé de tout dévoiler à la Mafia, il n'a pas bougé le petit doigt.

— Je vous donne la semaine, glapissait l'avorton, pour me faire savoir où sont Joe et Jimmy !

Tous les mêmes, ces flics ! Même langage, mêmes gestes, même connerie. Tous d'accord pour s'engraisser aux dépens des contribuables, pour ponctionner la malheureuse qui survit en trimant chaque nuit comme une bête... Des salauds, oui. Des maquereaux, en fait. Des incapables qui se servent du pauvre monde pour obtenir des tuyaux qu'ils ont la flemme d'aller chercher eux-mêmes. La flemme ou la trouille. Parce qu'on le lui fera pas croire, à June, que Briend ignore où sont les frères Gaeta, tout de même ! Qui ne les connaît, à Brooklyn ? Ils sont toujours fourrés à la *Cardiello's Tavern*. Ils écument Manhattan au nez et à la barbe de tous les services de police, qui n'essaient même plus de leur créer des ennuis. On se demande qui des deux, Joe ou Jimmy, est l'exécuteur le plus raffiné des hautes œuvres de Don Guidoni, le Parrain de New York...

Il faut être un flic drôlement minable pour ne pas avoir fait « tilt » quand June a prononcé les deux prénoms ! Ou alors, c'est plus que probable, Briend veut s'abriter derrière un écran avant de les interroger. Dans le genre :

— Excusez-moi, messieurs, je vous ai demandé de venir parce que June nous a parlé de vous... Vous savez bien, June, celle qui se défend à Greenwich Village... Je ne fais que mon travail, vous le comprenez...

L'ordure ! Bien sûr, il n'y aura contre eux que le témoignage de June. Bien sûr, elle sera la seule à se retrouver ligotée sur une chaise, dans le grenier d'un entrepôt de Brooklyn, dès qu'on les aura rendus à l'air libre. Elle lui en a raconté un bout, la Rouquine, sur le tribunal des Ritals ! La cour Kangourou... Un immense crucifix barre le mur de la salle à manger, au-dessus de la tête de Don Guidoni, qui trône au bout de la longue table de chêne. Les volets sont clos. La flamme vacillante d'une bougie fait danser, sur les murs blanchis à la chaux, les ombres des quatre tueurs convoqués en session extraordinaire.

Dans un silence de cathédrale, Don Guidoni ouvre la

séance. Il a disposé sur la table le pain, le sel, le vin et l'ail. Il rompt le pain en cinq morceaux, qu'il place sur un plat, aussitôt recouvert d'une serviette noire à croix d'argent. Il fait tourner le plat à cinq reprises, tandis que, dans la pénombre, il récite les commandements rituels : crains Dieu d'abord, honore ta mère avant tout, puis ton père... aide ton prochain, et aime la Sicile.

Chacun des participants tire, à tour de rôle, un morceau de pain, le trempe dans l'assiette de sel, en mange la moitié. Il le pose devant lui. Il boit, recueilli, la moitié du verre de vin. Le regard du Don fixe alors le mafioso que le sort a désigné en lui réservant la plus petite part. Il prononce, d'une voix monocorde :

— Au nom du Père, de son Fils et de l'Esprit Saint, va exécuter ton travail, mon fils. Nous t'attendrons pour terminer notre repas.

L'homme quitte la pièce, galvanisé. Il doit prouver qu'il est digne de revenir se placer à la droite de l'honorable représentant de Don Calo Puzzoli, le chef suprême de la Mafia, qui de sa Sicile natale, dirige l'Honorable Société ! Le pain signifie l'union, le sel lui donne le courage, le vin appelle le sang, l'ail astreint au silence. Il ne peut se dérober. La mission qu'il a reçue est sacrée. S'il n'accomplissait pas sa besogne, la flétrissure des lâches le marquerait à jamais. Il l'accomplira... Et la grosse June sera rayée du nombre des vivants...

Elle avait demandé un jour à Carmelita, la grosse June, s'ils faisaient souffrir ceux qui tombaient entre leurs pattes.

— Tout dépend, avait répondu Carmelita, avec un calme affecté. Tout dépend s'ils se sont conduits comme des ordures. Un bonhomme, ça peut se découper avant l'exécution ou après. Avant, ça fait plus mal, naturellement. Parfois, ils expédient à la famille des morceaux de bras ou de jambes, en guise d'avertissement, à moins qu'ils ne mettent le cadavre tout entier dans une malle... La chaux et l'acide sulfurique ne laissent aucune trace... S'ils ne veulent pas faire souffrir le client, ils le liquident d'une balle dans la nuque ou d'un coup de batte de base-ball derrière le crâne. Ils ont d'excellents professionnels pour ce genre de business.

June sue de peur, de plus belle. Ce n'est pas le moment de

trahir des types aussi dangereux. Elle a eu un geste humanitaire, sans plus, après l'assassinat de Robbins. Battaglia, elle s'en fout. Elle regrette d'autant plus de s'être confiée à Diamond, que Briend, lui, ne s'intéressc qu'à Battaglia ! Pas un mot de compassion pour feu Robbins, le malheureux collègue défunt ! Bien sûr, Diamond serait plus sensible, mais il n'a pas voix au chapitre... Et puis, c'est toujours un flic !

June a une idée. Elle décroche le téléphone. A cette heure-ci, la Rouquine est chez son coiffeur. Elle se fait chaque jour donner un coup de peigne, entre midi et trois heures. Ça coûte une fortune. Heureusement, ça lui évite de bouffer à midi, ça compense un peu... Mais comment Joe, ce garçon blond, pas mal du tout, peut-il supporter la tignasse rousse de Carmelita, qui descend jusqu'au sillon des fesses ?

— Je peux te voir au *Gino's ?*

Carmelita a l'habitude des conversations sibyllines :

— A quatre heures, pas avant.

— O.K. Tu ne le regretteras pas.

June est soulagée d'un grand poids. Si Briend croit qu'il va la griller aux yeux de la Mafia, il se met la menotte dans l'œil, le gringalet. Elle n'a peut-être pas inventé la poudre, June, mais depuis qu'elle martèle de ses hauts talons le macadam de Greenwich, elle a appris à devenir aussi vicieuse qu'un flic...

Jusqu'à ce jour, June Bickman n'a jamais connu la peur. Elle a vendu ses charmes pendant trop d'années pour ne pas être protégée par une solide armure. Eh bien, malgré tout, dès qu'elle a réglé le taxi d'un jaune éclatant qui l'a laissée devant le 780 Lexington Avenue, la voici secouée par une vague de tremblements, accompagnée de la prise de conscience d'un danger réel. Elle aurait peut-être dû se faire déposer à quelques centaines de mètres de là, ne pas donner l'adresse... A New York, à peine le chauffeur a-t-il pris son client en charge qu'il se jette sur son carnet pour noter l'heure et la destination. Pour renseigner la police, pardi !

June reste quelques minutes dans le building où elle vient d'entrer, avant de galoper vers l'issue secondaire. Elle connaît bien le *Gino's.* C'est là qu'elle donne ses rendez-vous. L'établissement est discret, presque désert l'après-midi.

Quand elle se retrouve assise sur un siège capitonné, June est certaine d'avoir semé d'éventuels suiveurs. Son estomac n'est plus crispé. Elle respire normalement. Elle commande un bourbon, tout en sortant un poudrier de son minuscule sac de satin noir. De son index, elle ajuste une mèche rebelle, manège de féminine coquetterie qui lui permet de jeter un coup d'œil dans le miroir rond, qui lui renvoie le fond de la salle. Tout à fait rassurée, désormais, elle se sent d'attaque pour affronter la Rouquine.

Lorsqu'elle était entrée dans l'antre des flics, elle se berçait encore d'illusions... Tu parles ! Il ne lui avait pas fallu plus de cinq minutes de conversation pour réaliser qu'ils étaient tous à fourrer dans le même panier à salade... Tous des pourris. Et un pourri d'entre les pourris, c'était bien ce Briend de malheur. Voilà pourquoi Mike Diamond lui faisait des clins d'œil de prudence, tiens ! Est-elle bête, de ne pas avoir compris plus tôt que ça signifiait : « Attention à ce que tu dis, ma fille... Ne parle pas trop ! » Elle n'avait pas réalisé tout de suite. Mais, en sortant, elle était tombée sur Carole la Moutarde — ainsi surnommée parce qu'on ne se souvenait pas de l'avoir vue habillée d'une autre couleur depuis son corsage jusqu'à ses talons :

— Briend ? s'était exclamée la Moutarde, mais il en croque, ma sœur ! Comme tous les gars des Mœurs !

Heureusement, June a eu la présence d'esprit de lui annoncer que les flics l'avaient emballée. Ça fait plus sérieux qu'une convocation. Très louche, ce Briend, en vérité... Prétendre ne pas savoir où sont les frères Gaeta ! Un détail encore ! D'habitude, les flics étalent photos sur photos sous le nez des témoins... Des photos comme s'il en pleuvait ! Et là, rien ! Briend s'était contenté de sa petite question, pendant que Diamond, à l'arrière, battait de la pupille :

— Dites, la Rouquine doit les connaître, Joe et Jimmy, non ?

Elle était à double sens, cette fameuse phrase, maintenant qu'elle y pensait... Une chance : June n'avait eu que des réponses évasives, tandis que l'avorton Briend monologuait...

Durant le trajet en taxi, derrière la vitre blindée qui sépare le chauffeur de ses clients, sécurité oblige, elle a répété sa leçon :

— Figure-toi, Carmelita, que j'ai été emballée par les hommes de Briend. Ils voulaient m'interroger sur mes passes... J'attends dans un bureau, et qu'est-ce que j'entends ? Des discussions au téléphone, des ordres... Briend, l'avorton, gueule tant qu'il peut : « C'est ce Rocco Messina que je veux, vous m'entendez, les gars ! Faut me le retrouver ! C'est lui qui me dira si les frères Gaeta sont dans le coup. Je suis sûr, moi, qu'ils ont trucidé Battaglia et Robbins... En piste ! » C'est comme ça que, quand je suis sortie, je t'ai appelée !

Elle est aux anges, la grosse June. Du coup, elle se concilie les bonnes grâces de Joe et de Jimmy... Il peut aller se rhabiller, le Briend, avec son magnétophone de bazar ! Ça ne vaut pas tripette, ce qu'il y a sur la bande. Tout bien pesé, June ne risque rien. La Mafia la remerciera, au contraire. Si Briend sort son magnéto, ça passera pour un montage de flic. C'est lui qui faisait les demandes et les réponses. Les clins d'œil de Diamond avaient évité à June de se mouiller...

Encore quelques minutes et tout sera consommé.

June Bickman nage en pleine euphorie. Elle s'apprête à commander un nouveau bourbon, sans se soucier de sa ligne, quand la porte s'ouvre, livrant passage à Carmelita... June a du mal à changer sa grimace en sourire. La rousse Carmelita n'est pas venue seule. Joe Gaeta la suit à un mètre. June s'est toujours étonnée de voir un Sicilien aussi blond !

Elle sort de chez le coiffeur, Carmelita. Sa longue chevelure rousse, qui rehausse si bien ses yeux émeraude, sent encore le parfum chaud du séchoir. Une sacrée concurrente, la Rouquine, avec sa peau tachée de son, son petit tailleur vert et les escarpins assortis ! Heureusement qu'elle ne tapine pas dans le secteur de June !

Joe ne manque pas d'allure, lui non plus, jeune et svelte dans son costume prince-de-galles clair et les mocassins de crocodile noir. Ses cheveux blonds soulignent son teint mat et ses yeux noirs, où perce une lueur cruelle. Carmelita s'assoit devant June. Joe, à côté de la Grosse, pour faire face à la porte d'entrée, la main dans la poche de sa veste. Il est toujours prêt à la riposte, Joe le Dingue et ses réactions sont difficiles à prévoir. Il fait un effort pour sourire, tandis qu'il demande :

— Alors, il paraît que tu as des choses intéressantes ?...

June ravale sa frousse et débite son petit boniment. Ses yeux vont du visage de Joe à celui de la Rouquine. Elle se demande si ça marche... Oui, la mayonnaise a l'air de prendre. Quand elle a fini sa péroraison, Joe le Blond hausse les épaules :

— Ce Briend est vraiment un enfoiré, dit-il. Il bouffe à tous les râteliers et il faut encore qu'il vienne nous emmerder ! Merci de tes tuyaux, mais nous, on n'a rien à voir là-dedans... Le copain dont tu parles non plus. D'ailleurs, il n'est pas là !

Son regard se fixe sur un couple qui vient d'entrer. Ses sourcils se froncent. Quand il a radiographié les inconnus sous toutes les coutures, il reprend :

— Et il n'est pas près de revenir... Briend et le F.B.I. s'en occupent, d'après ce que je sais. Tes tuyaux confirment ceux de l'Organisation. Je saurai m'en souvenir.

Sa voix est froide, glaciale même. Mais ça dit bien ce que ça veut dire... Que personne, désormais, ne touche à un cheveu de la grosse June ! Elle se félicite de son initiative. La Mafia l'a crue. Elle sent s'éloigner le spectre du sort réservé aux traîtres...

6.

Je n'ai presque pas dormi de la nuit. Je me suis tourné et retourné sur ma couche. Sans cesse, ma main partait à la recherche du corps ferme et parfumé de Marlyse. Elle ne rencontrait qu'une place vide et froide.

Au petit matin, je me suis assoupi. Des hommes en salopette ont surgi dans la rue où je me disposais à prendre la surveillance. Je me suis réfugié dans une chambre de bonne. Ils m'ont suivi, le visage grimaçant, déformé de colère. Il y en avait partout, devant, derrière, sur les côtés, depuis le faîte des cheminées jusqu'aux gouttières de l'immeuble qui se cachaient, qui rampaient, qui donnaient l'assaut en poussant des cris hostiles, sous la conduite d'un petit gros au crâne chauve qu'encadraient un brigadier et trois gardiens de la paix, armés de chrysanthèmes. J'avais émergé de la mansarde, les mains vers le ciel, momifié de trouille, immobilisé par la poigne du Gros qui vociférait : « Vous n'allez pas à Chabrignac, vous n'allez pas à Chabrignac. »

La sonnerie du téléphone me tire de mon tourment. Je lâche un juron. J'ai heurté au passage le guéridon de l'entrée. Je vais lui dire ce que je pense de sa conduite, à l'ingrate Marlyse ! Tant pis si elle le prend mal. Les caprices des femmes, j'en ai par-dessus la tête. J'arrache le récepteur du support. C'est Vieuchêne.

— Vous n'allez pas à Chabrignac ?

Je me demande si je ne continue pas à naviguer dans les

profondeurs de mon absurde cauchemar. Non, je suis réveillé, c'est bien la voix onctueuse du Gros :

— Excusez-moi, patron, je sommeillais...

— Ça ne m'étonne pas ! (Mon regard s'accroche aux aiguilles de la pendule-baromètre. Elles marquent dix heures et le soleil ruisselle.) Qu'est-ce que c'est que cette histoire dont m'a parlé Mme Lœil ? Vous ne partez plus ?

Je m'extirpe tant bien que mal de ma chrysalide de brouillasse. Mme Lœil, c'est Paulette, la dactylo-sténo-secrétaire-décolorée-ultra-décolletée de la section, que nous surnommons familièrement Pépée et que de fins esprits apostrophent avec des mots du genre : « Bon pied, bon Lœil », ou même : « Avec Lœil, quel pied ! » Le Gros ne prise guère ces plaisanteries de commissariat. Malgré l'échancrure émouvante de son corsage, il témoigne, à l'égard de sa proche collaboratrice, de la dignité et de la réserve d'un véritable P.-D.G.

Je bredouille :

— Ce n'est pas une histoire. J'ai pensé qu'en restant à Paris...

En cette matinée dominicale, le ton de Vieuchêne me paraît d'une dangereuse bonhomie :

— Voilà qui est parfait, Borniche. Si vous êtes libre pour déjeuner, on pourrait peut-être faire le point sur l'affaire Messina. C'est intéressant une histoire de Mafia ! Amenez donc Marlyse avec vous !

Ou il se moque ou il ne peut imaginer les réactions de la compagne d'un policier, sevrée de vacances pendant trois ans. Je prends, in extremis, la tangente :

— Ce n'est pas de chance, ma sœur nous a invités il n'y a pas dix minutes ! Mais je peux vous rencontrer à onze heures, au *Cluny*...

Il semble déçu, Vieuchêne. Il a un faible pour les femmes de ses collaborateurs. Il faut le voir, lors des remises de médailles ou de départs à la retraite, batifoler devant elles, la bedaine comprimée, les yeux étirés de plaisir et leur conter les exploits de leurs maris, qu'il s'approprie avec des rengorgements de vieux cabot. Ce n'est pas grave. La galerie s'amuse et cela a, du moins, l'avantage de le mettre de bonne humeur pour le restant de la journée.

— Bon. Onze heures mais chez *Lipp,* laisse-t-il tomber. Pas plus tard.

Je replace le combiné sur le socle. Tout en bâillant, je m'approche du placard à vaisselle. Le bocal de café soluble manque s'échapper de mes mains. Je préfère le moka en grains mais je n'ai ni le temps ni le courage de le moudre. Je pose une tasse sale devant la boîte à sardines, vide de la veille, sur la planche qui recouvre la baignoire et nous sert de table de cuisine. Tandis que l'eau s'échauffe sur la cuisinière achetée avec la prime que m'a value la capture d'Emile Buisson[1], je me hisse sur le bout de la table. Les jambes dans le vide, je songe à Messina. A en juger par les descriptions de la belle Liliane Cerisole, il n'est pas comme moi, le Ricain ! Les problèmes de femmes ne doivent pas beaucoup le préoccuper.

Lipp, m'avait dit le Gros, est une institution nationale. C'est la brasserie du boulevard Saint-Germain où, chaque jour, le Tout-Paris des arts et de la politique se retrouve pour commenter les dernières nouvelles et déguster, devant un ***sérieux*** de bière ou un ***haut-laffite,*** le hareng de la Baltique, le bœuf gros sel ou la choucroute maison.

Le cœur serré, je pénètre dans la longue salle, ventrue à ses extrémités, aux glaces entourées de faïence. Le charme du décor 1900... Une cloison vitrée sépare la pièce principale en deux parties distinctes. A gauche, la brasserie proprement dite sert de purgatoire au client. Il attend, docile, l'appel de son nom pour passer à table. A droite, la salle réservée où se côtoient les hommes politiques et les vedettes consacrées. C'est le coin privilégié d'où l'on voit et où, surtout, l'on est vu. Mais le propriétaire quadragénaire aux cheveux courts et à la carrure de demi de mêlée — Roblin m'a appris qu'il se nomme Roger Cazes — en surveille jalousement la passe. Cerbère

1. Voir *Flic Story*.

intraitable, il distribue les places convoitées avec la parcimonie d'un économe d'internat.

C'est sous l'escalier de bois qui mène à la salle plus commune du premier étage que le Gros s'est installé pour s'impatienter devant un Ricard bien tassé.

— Juste deux minutes de retard, Borniche. Il y a du mieux. Savez-vous à quoi j'ai pensé ?

Je préférerais ne pas le savoir. Je m'assois, face à lui, et je commande un demi de blonde au maître d'hôtel qui s'est présenté. J'ai une soif de tous les diables. J'ai couru, tel un dératé, dans les couloirs du métro. De la place de l'Odéon à Saint-Germain-des-Prés où la *Brasserie Lipp* tient ses assises, j'ai dû battre les records de vitesse. Je réfléchis un long moment avant de répondre :

— Non, patron.

Vieuchêne pose sur moi un regard narquois.

— La lecture du message aurait dû vous inspirer, Borniche. Si Messina n'utilise pas de faux nom, c'est qu'il a un passeport en règle. Bon. Avant de débarquer, il a obligatoirement rempli une fiche de police, avec une adresse, vraie ou fausse, mais la fiche est dans les cabriolets de la police de l'Air. Vous me suivez au moins ?

— Parfaitement, patron.

— Conclusion : vous foncez à Orly, vous piquez la fiche et vous épluchez la liste des passagers.

Le raisonnement se tient. Pourtant, j'émets sans grande conviction :

— S'il n'est pas venu par Orly, s'il a atterri à Bruxelles ou à Rome, ou à Madrid, s'il a franchi la frontière en voiture ou par le train, par exemple, c'est foutu ! Les R.G. [1] se contentent de la simple présentation du passeport...

Le Gros demeure un instant songeur, avale une rasade de Ricard, se passe la langue sur les lèvres en guise de satisfaction. J'ingurgite les trois quarts du demi de bière que le garçon a posé devant moi.

— D'accord, d'accord, concède-t-il. Il faut tout de même

1. La vérification d'identité au passage des frontières dépend de la direction des Renseignements généraux de la Sûreté nationale.

vérifier. On peut avoir une adresse. Les garnis ont donné quelque chose ?

La section des garnis, au quatrième étage de la caserne de la Cité, a été créée pour surveiller la population flottante de la région parisienne. Elle permet de cueillir au petit matin les délinquants qui ont eu la naïveté de séjourner dans un hôtel après avoir rempli une fiche de police. Je doute que le Ricain soit homme à commettre pareille imprudence.

— Rien de rien, patron.

— Comment ça, rien de rien ? ronchonne le Gros. Et Cerisole ?

— Partie sans laisser d'adresse de la rue Lekain ! J'y suis passé hier après-midi. La P.P. y planquait déjà...

Le Gros a un hoquet. Quand on lui parle de la P.P., c'est comme si on lui râpait les nerfs à la lime d'ajusteur.

— Qu'est-ce que vous me chantez là ?

— Hélas si ! Rassurez-vous, je leur ai cassé la baraque... comme vous m'avez appris.

Les mâchoires du Gros se contractent. Je crois déceler dans son regard une lueur de reconnaissance. Il lape une nouvelle gorgée d'apéritif, repose le verre.

— Interpol a encore dû faire le con, glapit-il. S'ils ont, comme d'habitude, envoyé le double du message à l'ambassade américaine où des fonctionnaires de la P.P. sont détachés au titre de la coordination entre services, tout le quai des Orfèvres doit être en rut à l'heure qu'il est ! Bravo ! Je vais lui dire ce que j'en pense, moi, à Baker demain quand il débarquera...

Peut-être. Mais en attendant, je suis découragé. Je réalise maintenant pourquoi le petit gros à salopette stagnait rue Lekain devant le domicile de Cerisole. Je pense aussi que, pour nous insérer dans cette bataille contre la Mafia qui se dessine et où les forces de l'adversaire sont écrasantes, nous ne sommes que deux, Hidoine et moi, sans moyen, sans argent, télécommandés par un patron insatiable. Que c'en est fini de notre tranquillité, de nos parties de billards électriques au *Café de la Présidence*...

Le Gros s'est tu. A mesure que le silence se prolonge, je sens mon énervement et mon inquiétude qui grandissent. Je commence à regretter de n'être pas parti pour la Corrèze. Je connais Vieuchêne. Il ne s'embarrasse pas de scrupules. Si je ne lui ramène pas Messina, si le mafioso se fait arrêter par la P.P., je vais me retrouver vite fait dans un poste-frontière de province, à tamponner à mon tour des passeports jusqu'à l'heure d'une retraite obscure...

Je jette un coup d'œil à ma montre : onze heures trente. Mon regard, pourtant rapide, n'a pas échappé au Gros.

— Oui, je le sais que vous êtes attendu, dit-il, agacé. Chez vous, les gueuletons passent avant le travail... Je m'en souviendrai dans vos notes de fin d'année...

J'ébauche un geste de dénégation :

— Mais non, patron, j'ai le temps...

Il feint de ne pas m'entendre.

— Demain matin, vous irez chercher Baker à l'aéroport, avec Crocbois pour chauffeur. Puis, vous foncerez à la P.P. m'identifier ce Franco Langousta, s'il en est encore temps. De mon côté, je vais toucher un de mes informateurs. Si j'ai du nouveau, je vous appellerai chez vous ce soir. Votre fiesta familiale ne va pas durer toute la journée, j'imagine...

Il fait signe au garçon pour régler l'addition, poursuit en aparté :

— A moins que le message se trompe et que le Ricain file directement sur l'Italie... J'aimerais mieux ça... Sa famille vit en Sicile, non ?

L'œil du bouddha s'illumine :

— Dites donc, Borniche, cela ne vous dirait rien d'aller faire un saut à Palerme ? Le temps de vous renseigner... C'est quand même autre chose que la Corrèze, hein ? Qu'est-ce que vous dites de ça ?

Il interrompt le cours de ses pensées, me regarde, vide son verre et reprend, hochant la tête :

— C'est quoi, d'après vous, une opération importante ?

7.

Les baies du vaste salon du boulevard Suchet ne dominent plus, en ce mois d'août, qu'un hippodrome déserté par les chevaux chers au cœur et au portefeuille de Francis la Langouste. Aussi, le maître des lieux ne se donne-t-il même plus la peine d'ouvrir les rideaux de voile, entre les lourdes tentures qui masquent en partie l'arrondi des baies. La pièce, silencieuse, feutrée, invite à la rêverie, au repos. Un luxe raisonnable fleure bon les vertus bourgeoises. Les murs tapissés de soie grège, semés de tableaux de maîtres, renvoient calmement la lumière du jour. Le parquet en point de Hongrie disparaît presque sous un grand tapis d'Orient, épais comme une toison. Çà et là se remarquent quelques meubles qui feraient le bonheur d'un antiquaire.

Francis la Langouste ne prête plus attention à ce décor familier. Il l'a fait organiser par un homme de l'art, une fois pour toutes, pour être sûr de vivre dans un écrin digne d'une fortune bien gagnée. Ce qui le passionne, c'est la télévision. Il avale tout ce qui ressemble à une image, même les films sous-titrés du Ciné-club et les débats de « *Fermez les Guillemets* » auxquels il ne comprend rien. Mais son régal, ce sont les sports qu'il déguste, comme les courses de l'hippodrome d'en face, sans quitter le canapé sur lequel il aime à se vautrer.

Aujourd'hui, c'est la fête : la Langouste vibre aux péripéties des dernières séquences du match amical qui oppose l'Olympique de Marseille au Racing-Club de Lens. Chaque descente des avants nordiques, chaque grouillement de pieds devant les buts méridionaux, le glace, l'exacerbe, le paralyse. Son cigare achève de se consumer au fond du cendrier de cristal, tandis que des volutes bleuâtres s'élèvent vers le plafond. Quand le sifflet de l'arbitre annonce la fin de la partie, la Langouste exulte. L'O.M. l'a emporté !

Francis Soubertat, dit la Langouste, fait plus que ses cinquante ans. Le visage raviné, les poches sous les yeux témoignent d'une existence menée sans modération. Homme de plaisirs, Francis ne peut guère cacher sa nature... Le corps est marqué par les étapes de sa route tortueuse. Une calvitie précoce dégage le front, dessine à l'arrière du crâne une couronne de cheveux poivre et sel plus ecclésiastique que séduisante. Le regard gris, perçant, compense heureusement la rondeur du nez couperosé, la mollesse des lèvres épaisses.

Fils de modestes poissonniers de la rue Longue-des-Capucins, l'une des plus commerçantes de Marseille, l'une des plus saturées d'odeurs d'anchois, d'olives, de morue, d'épices, encombrée de sacs et de barils innombrables, Francis s'était fait pêcheur de langoustes, d'où son surnom. Hélas, le crustacé se faisait rare. Il fallait placer les casiers de plus en plus loin de la côte. Francis a compris que le métier allait devenir difficile. Il a cédé sa barcasse et son éventaire à un confrère du Vieux-Port, pour un prix inespéré.

Il est monté à Paris. Ses relations avec les mauvais garçons de Marseille et Toulon lui ont mis le pied à l'étrier. Sa faconde et sa débrouillardise ont fait le reste. Il s'est vite imposé comme le businessman des affaires douteuses.

La Langouste savait où il allait.

— Il faut se spécialiser, répétait-il volontiers.

Sa spécialité à lui, c'est la préparation des coups, la fourniture de complices et de moyens, le recel et le trafic. Tous les notables de la pègre connaissent Francis le Fourgue, le côtoient, le sollicitent. Même la Mafia dont il est l'antenne vante sa conscience professionnelle et son savoir-faire dans un domaine où la précision et la discrétion sont plus indispensables que partout ailleurs. Il est la providence des voyous, comme les voyous sont sa providence. Grâce à eux, il fait des affaires d'or, suivies de sages investissements. Il possède, outre l'appartement cossu du boulevard Suchet, une chasse en

Sologne et des parts dans plusieurs des boîtes de Pépé Massiac, l'empereur incontesté de la vie nocturne parisienne.

La police n'ignore rien de sa lucrative et néfaste activité. Ils sont nombreux, les inspecteurs qui se sont évertués à trouver des preuves pour accabler le malin Francis. Rien à faire. Il est trop prudent, paye grassement des comptables et des juristes qui dressent autour de lui les inextricables chevaux de frise, devant lesquels viennent se briser les plus durs assauts des serviteurs de la loi. Pas un enquêteur, qu'il soit de la Criminelle ou du fisc, n'a encore réussi à le prendre en flagrant délit. Et, malgré quelques passages à tabac particulièrement soignés, pas un de ses complices n'a voulu le mettre en cause.

Deux fois pourtant, Francis a été interpellé. Gardé à vue, même. Il passait du mutisme le plus exaspérant aux plus déchirantes protestations d'innocence. Pour finir, il menaçait d'en référer aux autorités supérieures, qui ne dédaignaient pas de venir chasser sur ses terres. Irrités, fatigués, découragés, les incorruptibles avaient fini par battre en retraite, dans l'attente de moments plus favorables.

Le silence est un ami qui ne trahit jamais...

Il aime à répéter cette phrase, Francis le Sage, formulée de sa voix grasseyante aux intonations colorées. Tous ses familiers l'observent religieusement, le fameux silence. Ils savent que le bavardage le plus anodin compromettrait la communauté tout entière.

Dès qu'il a été admis dans le monde de la truanderie, Francis la Langouste a eu une idée de génie. Il a passé un marché avec les pickpockets, ces marginaux de talent qui subtilisent, sans difficulté, n'importe quel portefeuille. Comme, seul, l'argent les intéresse, et qu'ils jettent le reste, Francis a tout de suite réalisé le profit qu'il pouvait tirer de la récupération des papiers d'identité des victimes, voués, normalement, aux bouches des égouts. Un faussaire de ses amis les lave, y appose la photo du client, et passez muscade ! Avec ces papiers-là — plus vrais que les vrais, à ce que prétend la Langouste — le client assez fortuné pour payer le prix fort n'a plus à se soucier des barrages de police, ni des frontières.

Le tintement mélodieux de la sonnette à deux tons résonne dans le salon feutré. Francis le Serein n'éprouve aucune appréhension. Il connaît ses visiteurs. La pendule à colonnes marque cinq heures. Rocco Messina et Liliane Cerisole sont exacts. Il s'arrache à la télévision, où Georges de Caunes achève de commenter le match. Il enfile ses babouches, referme les pans de sa robe de chambre de soie brochée d'or, gagne l'entrée en traînant les pieds. En ce premier dimanche d'août, son serviteur vietnamien est de repos. Machinalement, Francis colle sa prunelle à l'œilleton de visée, puis déverrouille la serrure. D'un rapide mouvement de la tête, il invite le couple à pénétrer dans le couloir. Il referme la porte, assujettit la barre de sécurité. Sans un mot, il précède Rocco et Liliane dans un bureau capitonné que les stores baissés plongent dans la pénombre. Il relève les lamelles à demi, désigne deux bergères à ses visiteurs.

— Tu peux ôter tes lunettes noires, Rocco. Ici, tu ne risques rien.

Rocco glisse les lunettes dans la poche intérieure de sa veste de toile grège. Il détaille avec attention l'ami de Don Calo Puzzoli, le mystérieux correspondant parisien de la Mafia, qui a organisé son séjour à Paris. Francis le Paresseux, tel un médecin consultant, contourne la table pour se laisser tomber dans un fauteuil avec un soupir de soulagement.

— Je suis content de vous connaître, dit Rocco. Vous paraissez en pleine forme...

La Langouste, d'un mouvement de lèvres, exprime le doute. Il se voit bien chaque matin en se rasant. Il connaît le progrès des rides, des poches sous les yeux, jaunis par l'excès d'alcool, des cernes bleuâtres consécutifs aux nuits agitées.

— Moi aussi, je suis content de te connaître, mon fils. On a souvent parlé de toi, avec Liliane... Une brave fille, celle-là... Je ne dis pas ça parce qu'elle est là, mais c'est vrai qu'elle t'a à la bonne ! Dommage que ce soit la femme de mon ami Massiac...

Le temps d'un court silence, il ouvre un coffret humidificateur en ébène, offre un havane à Rocco, qui refuse d'un geste, en choisit un qu'il caresse entre deux doigts, sans l'allumer.

Puis il reprend, avec son accent marseillais plein de bonhomie :

— Ce qui me fait plaisir, c'est que tu aies pris l'avion à mon premier appel.

— C'est la moindre des choses, dit Rocco. Don Calo a confiance en vous...

D'un mouvement de sa main molle, Francis, que la froide réserve de Rocco impressionne, écarte le compliment :

— Ton voyage s'est bien passé, c'est le principal. J'ai pensé à toi, parce que j'ai sous le coude un projet qui pourrait peut-être voir le jour...

Francis s'interrompt un instant. Il hume le cigare dont il a bien éprouvé la souplesse. Il le fait passer horizontalement sous ses narines, à plusieurs reprises, en sectionne l'extrémité d'un coup de dent, crachote quelques brindilles. Il allume le grand format avec des aspirations de soufflerie. Une suave odeur emplit la pièce.

La Langouste plonge la main gauche dans la poche de sa robe de chambre, y pêche une liasse de billets de dix mille francs.

— Tiens, mon fils, dit-il, prends ça en attendant. Pour tes frais...

Il se renverse contre le dossier du fauteuil, demeure silencieux, exhalant avec volupté une fumée capiteuse.

— Je n'ai pas besoin d'avance, murmure Rocco en posant la liasse sur le bureau. Surtout si le travail se fait bientôt... Je n'ai pas l'habitude de traîner dans les villes que je connais mal...

Francis se redresse, les yeux plissés. Sa grosse figure d'hépatique évoque alors un magot chinois.

— Comme tu veux. C'est un travail à Neuilly. Une affaire en or, à ne pas gâcher. Il n'y a qu'un professionnel, un vrai, pour la mener à bien. La classe, quoi ! Avec toi, j'ai confiance... Cent à deux cents unités en liquide, autant en bijoux et en diams... Tu vois que je ne dérange pas les amis pour rien !

Liliane ouvre des yeux démesurés. La somme lui paraît fantastique. Ebahie, elle regarde tour à tour Rocco et Francis, comme si tous deux s'amusaient à ses dépens. Ça a l'air sérieux, pourtant...

— Et tu comprends aussi pourquoi je ne peux pas envoyer n'importe quel guignol là-dessus, poursuit Francis. Ce coup-là, j'y tiens comme à la prunelle de mes yeux. Je l'ai en réserve depuis plus d'un an, ce n'est pas pour le louper. Seulement, il faut faire vite. La vieille peut partir d'un jour à l'autre en vacances... ou au paradis ! Elle est cardiaque... Après, tu pourras vivre la vie que tu veux, pendant un bail. Moi aussi !

Rocco le dévisage en silence. Francis ne sourit plus. Il a la désagréable impression que son exubérance tombe à plat. La Langouste n'aime pas ça. Il cesse de suçoter son cigare, fronce le sourcil, examine tour à tour Liliane et Rocco. Il reprend, d'une voix lente :

— Maintenant, si tu ne sens pas l'affaire, il faut le dire. Je ne veux pas te forcer... Pour moi, il n'y a pas de risques, mais on ne sait jamais. Un accident... Comme dit mon ami René la Canne, le couvreur peut tomber du toit et le voleur aller en taule ! Les conditions ? Moitié-moitié, une fois payée la commission de vingt pour cent de Don Calo. Et je dédommage l'indic sur ma part. Je ne peux pas faire mieux !

Il fouille dans le tiroir central de sa table-bureau. Son index actionne un bouton, derrière une cloison de séparation. Un déclic. Liliane ne perd pas un geste de la Langouste. Le panneau latéral de la table bascule, découvre un compartiment secret. Liliane est fascinée. Ses yeux bleus s'agrandissent.

Des papiers apparaissent, au sein d'un ruissellement de pierres précieuses...

La Langouste extrait de cette caverne d'Ali Baba, modèle réduit, un feuillet d'écolier, l'étale sur le bureau du revers de sa main velue.

— Le plan de la villa, dit-il. Ce n'est pas un dessin d'architecte, c'est un peu grossier, mais ça suffit...

Plus le projet se précise, plus Liliane est mal à l'aise. Elle hasarde :

— Ne vous fâchez pas, Francis, mais quelque chose me chiffonne... Vous n'avez pas tenté le coup avant, vous avez fait venir Rocco, alors, je me dis que ce ne doit pas être si facile que ça...

Une seconde, la Langouste regarde d'un sale œil cette greluche qui cause beaucoup trop à son gré. Il se retient pour ne pas laisser éclater sa mauvaise humeur : Liliane, c'est un peu la Mafia et beaucoup Pépé Massiac... Il se reprend. Un sourire découvre ses dents :

— J'ai déjà dit que je ne peux pas mettre n'importe quel rigolo là-dessus. C'est du boulot de monte-en-l'air, ça, ma fille. D'équilibriste vedette, même. Il faut grimper sur le toit en souplesse, sans laisser de traces, sans faire de bruit, surtout, pour que la vieille ne passe pas l'arme à gauche de frousse. C'est ça qui n'est pas facile pour quelqu'un d'autre que Rocco. Si je l'ai fait venir, ce n'est pas pour rien, tu peux m'en croire. Mais rassure-toi, ça vaut le déplacement !

Puis, délaissant Liliane, jugeant qu'il lui en a assez dit, il se tourne vers Rocco :

— Il fallait attendre le moment propice. Toute l'année, la comtesse loge sa smala : enfants, petits-enfants, arrière-petits-enfants... Sans compter la gouvernante, le chauffeur, la cuisinière, et le valet de chambre, la nurse et deux jeunes bonnes qui couchent sous les toits. Tu vois le travail !... Depuis hier, tout le monde est en vacances : Cannes, Arcachon, Megève... La vieille reste seule avec la gouvernante, aussi âgée qu'elle. Les concierges logent dans un pavillon isolé. Le dispositif d'alarme est facile à neutraliser. Il n'y a pas de chien. Je sais où se trouve le coffre, et une de ses clés de secours. Je connais la combinaison... Merde, qu'est-ce qu'il vous faut de plus ?

Rocco émerge d'une rêverie... Il chevauchait déjà le faîte de la maison. Il en a vu d'autres, dans sa carrière de casseur international, l'homme de confiance de l'honorable Don Calo Puzzoli !

— Ça colle, dit-il. J'ai combien de temps, à peu près, pour opérer ?

— Trois jours, maximum. La comtesse quitte Neuilly le jeudi 5, dernier carat, pour Vichy. C'est tous les ans pareil. Elle évite les premiers départs. Elle a la trouille de la circulation. A mon avis, lundi soir ce serait au poil, avant qu'elle mette le magot à la banque.

— Parfait, dit Rocco. Une seule chose : l'indic est solide, au moins ? Les tuyaux sont si précis... Il ne faudrait pas que les poulets le soupçonnent, et qu'il cause...

— Alors là, t'en fais pas ! C'est une fille qui m'a filé les renseignements sans s'en rendre compte, chez *Maxim's,* entre deux coupes de Krug. Le bon champagne, il n'y a rien de tel pour faire tourner la tête des nanas...

— Et le dessin ?

— Te fais pas de soucis non plus ! C'est moi qui l'ai fait. Pour l'indic, je sers d'écran. Tu arrives, tu coupes l'alarme, tu ouvres le coffre, tu le vides, tu le refermes avec la même combinaison, tu remets l'alarme et tu repars par le même chemin. Jamais les flics ne croiront que la comtesse, qui roupillait tranquillement, a été volée. Ils penseront qu'elle est jobarde... C'est pas beau, ça ?

— Banco, dit Rocco. Liliane fera le guet et elle me servira de chauffeur...

La Langouste approuve d'un signe de tête. Voilà qui va rapporter gros, sans qu'il sorte de sa retraite... Que c'est agréable de travailler avec la Mafia...

— Ce n'est pas tout ça, dit-il. Vous vous mettez au vert comme prévu, dans mon pavillon de Médan. C'est près de la Seine et isolé. Avec jardin, derrière un haut mur. Liliane pourra se bronzer. Voilà les clés.

— Banco, répète Rocco avec un large sourire. Vous ne vous débrouillez pas trop mal pour un Français !

8.

J'attendais Zorro. C'est Baker qui a débarqué. Sans lasso, sans chapeau, sans pistolet à la ceinture. Le télégramme d'Interpol nous l'avait annoncé. Il est là, le cheveu blond et court, façon G.I., l'œil lavande, la mâchoire masticatrice. J'ai tout de suite repéré mon « *Special Agent* », du *Federal Bureau of Investigations,* dans le flot des passagers qui stagnait devant les comptoirs de police et de douane. Ils avaient pourtant tous des têtes d'Américains... Mais l'internationale des flics, d'un bout du monde à l'autre, barbote dans le même bain, qui finit par donner au regard un éclat spécial, mi-inquisiteur, mi-méfiant... C'était bien lui, le pourfendeur de la Mafia, je ne pouvais m'y tromper. Il n'a cependant pas la tenue type du flic en civil, c'est le moins qu'on puisse dire...

Il a franchi le dernier contrôle en roulant les mécaniques, faisant saillir ses muscles sous l'élégant et léger costume de lin bleu ciel à fines rayures blanches. Onde de choc ! Lui aussi m'a identifié tout de suite, de flic à flic. Il s'est précipité vers moi, la bouche largement fendue. Il m'a balancé un retentissant « *how are you ?* » comme deux vieux copains qui se retrouvent après quelques semaines de séparation. Il m'a secoué le bras avec vigueur. Crocbois, le chauffeur frisotté que le Gros a mis à ma disposition pour cette circonstance exceptionnelle, n'en revient pas. Il regarde Baker, l'air ahuri, comme s'il était au cinéma, assis au premier rang. Moi, l'œil en éveil, je fais quelques comparaisons qui s'imposent... Richard Baker, superbement décontracté, porte une chemise rose, ouverte, qui laisse apparaître un énorme médaillon accroché à une chaînette d'or. Nous, nous transpirons misérablement, cravatés et boudinés à souhait dans nos costumes foncés... Il faut dire que Vieuchêne ne laisse jamais oublier que son rejeton fait ses classes chez Bodygraph. Pour lui, le complet sombre, si anonyme qu'il en devient un uniforme, c'est sacré...

Nous nous faufilons vers le bar, à travers la foule des touristes du mois d'août. Il importe de faire connaissance devant un demi bien tiré, avant de s'enfoncer dans la Citroën de service, surtout avec cette chaleur...

Baker a l'air de trouver un drôle de goût à la bière française. Il préfère un thé glacé. Il remet sa tournée, aussitôt asséchée.

— *Splendid,* soupire-t-il, sortant de sa poche un carré de soie assorti à sa chemise rose.

Lorsqu'il a rangé la pochette, il reprend, dans un français à peine teinté d'accent :

— Vous avez les amitiés du patron... Il a conservé votre carte...

Ma carte !

Eh ! oui, je n'y pensais plus à cette carte de visite que nous avions signée en ce mémorable début d'après-midi de juin... La scène me revient instantanément à la mémoire. Dans un ruissellement de soleil, les Parisiens se ruent sur la nationale 13, en direction de Deauville. Les étrangers aussi. Plusieurs couples, pour se rafraîchir, se sont assis sous les parasols de *l'Auberge de la Mère Odue,* au bord de la route d'Evreux. Les gens heureux n'ont pas d'histoire. Ceux de cet été-là ne peuvent soupçonner le drame qui se joue à l'intérieur de l'établissement. Drame qui tourne à mon avantage... Marlyse finit de passer les menottes au gangster Emile Buisson, l'ennemi public n° 1 [1], que je ceinture de toutes mes forces...

Un homme court sur pattes, au masque de bouledogue, a fait irruption dans la salle. Je lui explique, en quelques mots, combien le tueur était dangereux.

1. Voir *Flic Story.*

— Bravo, s'exclame-t-il dans un français approximatif. Nous autres, au F.B.I., on aurait encerclé l'auberge et tiré à vue... Vous pouvez me signer ça ?

Il a sorti de son portefeuille une carte de visite imprimée au nom du *Director, Federal Bureau of Investigations.* Je n'y prête, d'abord, aucune attention. Je suis encore tout brûlant du feu de l'action qui m'a tenu sur mes gardes plus d'une heure, face au bandit. J'appose, machinalement, ma signature sur la carte. Marlyse fait de même. Scène étrange... Emile Buisson, calme, comme lointain, les mains encerclées d'acier, ajoute la sienne. C'est alors que Vieuchêne surgit, décomposé, livide, les cheveux en désordre et la pétoire au poing. Une minuscule pétoire dans ses doigts tremblants. Ses doigts ne cessent de vibrer que pour signer, eux aussi...

Le *Director* a repris le chemin de Deauville. Vieuchêne frétille sur place :

— Non mais, vous vous rendez compte, Borniche, c'est le grand patron de la police américaine, le bras droit du ministre de la Justice !

Déjà, il s'identifie à John Edgar Hoover, le Gros ! Il se sent une âme de chef suprême d'un F.B.I. français. Voilà donc pourquoi il veut à tout prix que je solutionne l'affaire Messina... Les règlements de comptes avec la P.P., ça ne lui suffit plus...

Crocbois ploie sous le poids de l'énorme valise en cuir naturel, marquée aux initiales de Richard Baker. Je me dis, perplexe, que pour emporter un barda pareil, il espère rester ici un bout de temps, le collègue ! On va en faire du boulot ensemble !

— Vous avez un hôtel préféré à Paris ?

— *Yes. The Bristol.*

Il a dit ça avec une simplicité qui me touche. D'autant qu'il ajoute :

— Je serai près de votre bureau et de l'ambassade.

Le *Bristol,* rien que ça ! C'est un des hôtels les plus huppés du 8e arrondissement. De la classe du *Crillon* et du *George V.*

Pas possible, ils doivent fabriquer des faux dollars, les flics américains ! Crocbois n'a pu retenir un hoquet d'étonnement. Moi, je calcule, nostalgique, combien il me faudrait totaliser de frais de déplacement made in Sûreté nationale pour séjourner une nuit avec Marlyse au *Bristol.* Ça doit être à peine plus cher que pour une personne seule...

L'optimiste Baker manifeste une forme éblouissante. Il s'extasie de toutes ses dents éclatantes :

— N'allez pas trop vite... Je veux voir à quoi ressemble Paris !

Crocbois ralentit. La banlieue n'a pourtant rien de folichon. Mais, pour Baker, c'est déjà Paris.

— Vous n'êtes jamais venu en France ?

— Non, mais j'ai beaucoup entendu parler. Les femmes sont très jolies, on dit...

Son regard brille d'une gourmandise qui me plonge dans l'inquiétude. S'il croit qu'il va me monopoliser pour le tour du *Paris by night,* il se trompe, le charmant Baker !

— Surtout, m'a recommandé Vieuchêne, recevez-le comme il faut. Pas comme un nabab, bien sûr... Ça vous distraira, puisque vous êtes célibataire.

Je ne le sais que trop ! Marlyse ne m'a encore donné aucune nouvelle. Elle boude. Tant pis. Je me suis gardé de téléphoner à Chabrignac. C'est elle qui m'a laissé tomber, après tout. Elle voulait de la campagne, elle en a. Grand bien lui fasse. Moi, je n'ai récolté ni *Gretchen,* ni Anglaises, ni Suédoises. Je n'en ai pas cherché. Je n'en ai pas envie. Je m'efforce seulement de ne pas céder à la tristesse...

Hidoine, lui-même, m'a fait faux bond ! On ne l'a pas revu ce matin au bureau et pour cause : à soixante kilomètres de Paris, sa 203 a fait une embardée. Vu l'état des pneus et des freins qui m'avait effrayé la dernière fois que j'étais monté dans son cercueil roulant, cela ne m'étonne pas. Sa femme s'en est tirée avec quelques bosses, mais Hidoine, lui, s'est retrouvé samedi, en fin d'après-midi, à l'hôpital de Chartres avec une côte fêlée. Vieuchêne fulminait, hier soir, au téléphone :

— Ah ! ces poulets d'aujourd'hui. Qui est-ce qui m'a foutu une pareille couvée ? Quand je vous le dis, Borniche, qu'un vrai flic ne prend pas de vacances ! Vous voyez où elles vous mènent, les vacances ? A l'hôpital !

J'installe Baker dans une luxueuse chambre à deux lits, au sixième étage de l'hôtel *Bristol,* tendue de soie bleue, du même bleu que le réchampi des portes. Il prend tout son temps pour vider sa valise, suspendre ses quelque six costumes aux portemanteaux, aligner avec délicatesse ses chemises de couleur sur les étagères de l'armoire, glisser les embauchoirs dans ses chaussures noires, jaunes, blanches, brosser ses cheveux blonds et s'asperger d'une eau de toilette du genre *Cinq fleurs* de Pivert ! Fidèle à mon système antinicotine, j'extrais, pour tuer les minutes, une tablette de chewing-gum de ma poche, et je me mets à mâchonner.

Le soleil se mire dans la haute psyché. Richard Baker ferme les doubles rideaux, noyant la pièce dans un bain de pénombre. On va partir pour la chasse à la Mafia ! Non, il décroche le téléphone :

— J'appelle l'ambassade et je suis à vous, dit-il.

Par discrétion, je quitte la pièce. La conversation dure peu. Baker me rejoint devant l'ascenseur.

— J'ai signalé mon arrivée au chef de l'Office de sécurité. Ça n'a pas été trop long ?

— Pas du tout.

Je constate avec déception que, pas une fois depuis l'arrivée du *Special Agent* Richard Baker, le nom de Messina n'a été prononcé. Les méthodes des fédés sont peut-être différentes des nôtres... Pourtant, entre nous...

Quand il dépose la clef numérotée sur le comptoir de la réception, le concierge en livrée s'incline avec une obséquiosité réservée aux clients de marque. Il n'a pas un seul regard pour le digne représentant du commissaire Vieuchêne qui l'accompagne.

Le trajet est court entre l'hôtel *Bristol* et le siège de la Sûreté nationale. C'est tout de même suffisant pour me rendre compte que le distingué envoyé du F.B.I. a plus envie de connaître le *Gay Paris* que de galoper, en ma présence, après le suspect Messina. Les jambes et les robes légères des Parisiennes retiennent davantage son attention que ma conversation.

— Je vous laisse faire, dit-il. Vous connaissez mieux votre milieu que moi. Quand vous aurez interpellé Messina, vous me faites signe et je lui pose les questions nécessaires. Entre nous, je n'en sais pas plus sur ses relations en France que ce que je vous ai communiqué.

Ben voyons ! Je regarde Baker en dessous. Son flegme, son insouciance, qui contrastent tellement avec mon tempérament bilieux, m'épatent. Au moins, je suis fixé. Il est venu se balader à Paris. Tout simplement. Reste à savoir comment le Gros va prendre ça !

D'ailleurs, ce n'est pas la joie dans les couloirs du cinquième étage. Vieuchêne est invisible. En attendant, je fais faire le tour des bureaux à mon nouvel ami. Je le présente comme une bête curieuse. Lui, très à l'aise, serre des mains, discute avec l'un, avec l'autre, distribue de grandes tapes dans les dos. On dirait un homme politique en tournée. Les élections à l'américaine, quoi !

En même temps, il s'instruit, Baker. Il veut tout savoir du fonctionnement de la police française. Et plus il s'instruit, plus je vois fondre son optimisme des premières heures. C'est devant un thé glacé — imbuvable — au *Santa-Maria,* le bar de la rue des Saussaies, à deux enjambées de la boîte, que j'en ai l'explication.

— Vous avez trente ans de retard, mon vieux. Vos méthodes sont dépassées... Comment voulez-vous attraper Messina ? Ainsi, votre fichier...

Il y a une heure, l'un derrière l'autre, nous avons visité l'antre de Roblin. Le regard de l'Américain a fait le tour des combles, s'est arrêté un instant sur un archiviste gras, bedonnant, dont la blouse grise traînait sur les talons. Ça puait le minable, le petit, l'improvisé. Courageusement, j'ai lancé :

— Notre classement est drôlement opérationnel, vous savez. Un nom, une recherche et hop...

— *Ya, ya...* disait Baker. Mais pour Franco Langousta, c'est raté.

Que répondre ? De fait, Franco Langousta (ce nom !) est inconnu chez Roblin. Ce n'est pas notre faute. Je n'ai pas lancé mon dernier cocorico pour autant : j'ai encore les cabriolets de la Préfecture de Police à visiter... Trois jours de recherches, au bas mot, dans des archives éparpillées aux quatre coins de la Cité, du quai des Orfèvres à la rue des Ursins, en passant par les combles poussiéreux du Palais de Justice, fief de l'Identité judiciaire, le dépôt où est cantonné le service des prisons, et la salle des garnis, reléguée au fin fond d'un quatrième étage de caserne, avec ascenseur défaillant.

— Mais, ce n'est pas fini ! ai-je répondu. Nous n'avons vu que le fichier de la Sûreté... C'est qu'il y en a d'autres !

— Ah, ah...

Il s'en moquait, c'était visible, l'as du F.B.I. ! J'avais la pénible impression qu'il ne nous prenait pas, mais pas du tout, au sérieux.

Tandis que Baker sirote son troisième thé glacé au comptoir du *Santa-Maria,* je fais le tour de mes sources d'information. Pas de quoi béatifier. J'en reste même effaré. J'en compte une bonne trentaine, plus cloisonnées les unes que les autres. Rien qu'au quai des Orfèvres, j'en dénombre douze, entre les archives P.J. proprement dites et celles de la Brigade mondaine, des garnis, des notes et mandats, de la Volante, de la Voie publique, des autos, des mineurs, des agressions, de l'Identité judiciaire, des sommiers, du fichier photo... Et j'en oublie sûrement !

Quand je pense que, pour chaque recherche, il faut déposer une demande obligatoire et revenir chercher la réponse dans les jours qui suivent ! Que d'allées et venues inutiles ! Que de temps perdu !

J'essaie, encore un coup, de crâner :

— Nous allons l'identifier à la P.P., c'est sûr ! Langousta ! C'est un nom peu courant.

Baker sourit, commande un autre thé glacé. Tout en

piquant les amuse-gueules dans la soucoupe, il se lance dans un cours sur le F.B.I.

— Chez nous, chacun des Etats a sa police propre, compétente sur son propre territoire. Chaque comté, chaque commune qui composent cet Etat a aussi sa police...

Tiens, ça me rappelle quelque chose ! Dans le fond, ils n'ont rien inventé les Américains. C'est exactement comme ici, avec la direction de la Sûreté nationale, les services régionaux qui couvrent plusieurs départements et les commissariats urbains. La Préfecture de Police et la Gendarmerie, en supplément ! Pas de quoi se pousser du col...

— Mais alors, si chaque police d'Etat est compétente chez elle, votre F.B.I., ça sert à quoi ?

— A centraliser les renseignements. Nous avons un bureau régional dans chaque capitale. Et à poursuivre les criminels d'un Etat à l'autre, dès lors qu'ils ont commis un délit fédéral. Passer une frontière avec une voiture volée, par exemple... Dans le cas de Messina, la police de New York nous a signalé l'intérêt qu'il y aurait à le questionner sur le meurtre de Battaglia... Elle ne peut venir en France, puisque c'est une police locale. Alors, nous nous en chargeons... Dès que vous avez retrouvé Messina, je câble à un collègue de Washington les informations que j'ai recueillies, afin qu'il continue l'affaire en attendant mon arrivée...

— Les flics de New York dans tout ça ?

— On s'en fout !

Vlan ! Comme chez nous ! Le conflit S.N.-P.P. n'est pas unique. La guerre des polices existe aussi de l'autre côté de la mare aux harengs. J. Edgar Hoover, comme le Gros, règle ses comptes avec les polices concurrentes.

— Vous savez, avoue Baker, c'est une chance que nous soyons là... Les polices locales sont minées par la vénalité, la corruption... Même le personnel pénitentiaire, derrière ses murs : tous des incapables, quand ils ne sont pas complices des détenus... Quant aux abus des mises en liberté surveillée...

J'écarquille les yeux au fil de ses confidences. On ne connaît pas encore ces problèmes en France. Dieu merci !

Mais nous ne connaissons pas non plus, hélas, le fameux fichier du F.B.I., une merveille de l'électronique naissante.

Finies les recherches manuelles de fiches... Finis les gros doigts tachés d'encre. A la moindre sollicitation, d'innombrables *computers* projettent sur des écrans les renseignements indispensables à l'identification et à la recherche du suspect. On fait surgir, si l'on en a envie et instantanément, toutes les marques utilisées par les blanchisseries, les quarante-deux mille échantillons de filigranes de papier, plus de cent cinquante millions d'empreintes répertoriées...

Lyrique, Baker décrit l'armée de biologistes, de chimistes, de physiciens, de graphologues, formés à résoudre les problèmes les plus complexes d'identification scientifique.

— Tenez, dans les pare-chocs de la Cad de Battaglia, on a retrouvé de la terre. Et, sur une aile, de la peinture... Eh bien, nos experts ont déterminé que la voiture avait séjourné, quelques jours avant le meurtre, dans le New Jersey, et qu'elle avait été tamponnée par une Buick... Forcément, nous possédons les échantillons de toutes les peintures utilisées par les fabricants d'automobiles ! Et ce n'est qu'un exemple entre mille. Nos classeurs renferment la quasi-totalité des marques mondiales de machines à écrire, des poils d'animaux, des empreintes de chaussures et de talons de caoutchouc. Et j'en passe !

Heureusement, qu'il en passe ! Ça vaut mieux pour l'amour-propre de la Maison... et de celle d'en face. Car, je vais avoir bonne mine maintenant, entraînant le resplendissant *Special Agent* Richard Baker à la recherche de l'énigmatique Franco Langousta !

— Tu rigoles ou quoi ?

Pierre Louis, l'inspecteur de la Brigade mondaine, chargé de la surveillance des boîtes de nuit, m'expédie un coup de coude dans les côtes.

Non, je n'ai pas envie de rire. De toute la sainte journée, Baker ne m'a pas lâché d'une semelle. Je commence à en avoir plein le dos du Zorro américain. Je n'ai rien appris sur la Mafia, je n'ai rien fait de constructif, rien d'autre qu'enregistrer des palabres sur les exploits de la police fédérale des Etats-Unis, de la capture du kidnapper *Machine-Gun* Kelly, à la mort de Dillinger, abattu par cinq fédés dans une rue de Chicago, ou que d'ingurgiter du thé glacé dans tous les bistrots que nous avons visités sur notre parcours. Il a une de ces vessies, le Baker ! Je me demande comment il peut emmagasiner autant de liquide pendant si longtemps !

Les rues de Paris, autrefois, comportaient des vespasiennes, ex-urinoirs publics romains, remis au goût du jour par le préfet Rambuteau. Le modernisme les a décimées. Force était, pour me soulager, de me glisser dans les toilettes des cafés. Et d'avaler, à nouveau, entre deux chewing-gums, du thé infect pour faire ça à l'américaine.

A la Préfecture de Police où nous nous étions finalement pointés, échec sur toute la ligne.

— Langousta ? Connais pas.

— T'es sûr que c'est pas un homard que tu veux ?

— Dis donc, ton Langousta, tu le veux comment ? Grillé ou au court-bouillon ?

— Oh, les gars, il y a le Borniche qui cavale après les crustacés, maintenant...

Les plaisanteries et les quolibets allaient bon train, des archives P.J. à la Carte d'identité. L'énigme Franco Langousta était demeurée indéchiffrable sous l'œil rigolard de Baker. J'avais bonne mine ! En revanche, j'avais pu consulter le dossier Cerisole, plus étoffé que celui de Roblin, sur les fréquentations et les relations de la belle Liliane avec l'empereur des boîtes de nuit, Pépé Massiac. J'allais faire sortir la fiche Massiac quand Baker était intervenu :

— Dites, vous ne trouvez pas qu'on en a assez fait pour aujourd'hui ? C'est artisanal, tout ça ! Ce soir, on va à Pigalle. Qu'est-ce que vous en pensez ?

Il avait beau être sympathique, mon G-man pot de colle, je m'étais pris à le haïr. Ce n'était pas lui qui m'aiderait à retrouver le Ricain ! Je me demandais, par la même occasion, à quoi était dû l'irrésistible attrait qu'exerce encore Pigalle sur les étrangers. Les boîtes ferment les unes après les autres. On parle de démolir *le Tabarin, le Grand Jeu, la Lune Rousse,* pour édifier un immense garage... Eteint, l'agressif néon multicolore ! Evanouis, les rires, les chansons braillées à tue-tête dans les années qui avaient suivi la Libération ! Seul résiste toujours le petit jet d'eau chanté par Georges Ulmer, comme l'éternel Manneken Piss de Bruxelles.

C'est en faisant contre mauvaise fortune bon cœur que j'ai entraîné Baker dans ce qui fut le village très spécial du *Gay Paris,* ramassis de bistrots, d'hôtels borgnes, d'éphèbes, de lesbiennes, de clochards et de truands. J'allais, désabusé, franchir le seuil du *Monico,* aborder la deuxième marche mobile de l'escalier au tapis rouge, qui prévient le premier étage, par une discrète sonnerie, de l'arrivée des gogos. Et voilà que je tombe sur Pierre Louis, de la Mondaine. C'est le Dieu des flics qui me l'envoie ! Il vient exercer son contrôle quotidien, afin que les séances de strip-tease ne dépassent pas le seuil d'indécence toléré. Je lui ai présenté ma doublure américaine, puis je lui ai demandé, à brûle-pourpoint, s'il ne connaissait pas un certain Langousta.

Il s'est reculé d'un pas, comme si je l'avais brûlé au fer rouge. Il m'a examiné un instant, avant de lâcher :

— Tu rigoles, ou quoi ?

Et il ajoute :

— Ce n'est pas Langousta... C'est la Langouste. Un surnom. En fait, il s'appelle Francis Soubertat. Un mec à la redresse... C'est l'associé de Pépé Massiac. Il travaille avec sa nana, Liliane Cerisole...

La foudre !

— Vous voyez, dis-je, triomphant, à Baker. On n'a peut-être pas l'électronique, nous, mais on ne s'en sort quand même pas trop mal !

J'ai soudain besoin d'être seul, de faire le point. Nous vidons une bouteille de mousseux offerte par le patron du *Monico* et nous quittons Pigalle. Place Blanche, à deux pas de chez moi, j'abandonne Richard pour regagner mon home au lit trop vide... Pépé Massiac, Soubertat, Cerisole... Ça danse dans ma tête... Demain, comme prévu, je retourne à la P.P. Mais sans Baker. Je le jure !

La piste Messina s'ouvre devant moi.

9.

— La campagne au mois d'août, grommelle Liliane, c'est peut-être mieux que Paris, mais avec ce temps-là, c'est quand même pas le paradis...

Il est une heure du matin. Depuis deux jours, les orages se sont succédé sur la vallée de la Seine.

— Le pot de chambre de l'Europe, plaisante le Méditerranéen Rocco.

Un nouvel orage vient d'éclater, brusque, violent, noyant sous des trombes d'eau un paysage fantomatique. Un sinistre plafond de nuages couvre les collines, troué çà et là de flamboyants zigzags. Le fracas du tonnerre se répercute à l'infini.

L'Alfa Romeo de Liliane navigue dans le bourbier qui longe l'embarcadère.

— Même chez moi, ils n'ont pas un pareil feu d'artifice, plaisante Rocco.

Il revoit une nuit de juillet en Sicile. Palerme fête sainte Rosalie, dont le corps disparu depuis plus de trois siècles a été retrouvé, intact, au fond d'une caverne. Les artificiers rivalisent d'imagination. Les salves jaillissent, illuminent le ciel d'architectures grandioses : fleurs, étoiles, panaches multicolores...

— N'empêche que pour travailler c'est l'idéal, ajoute-t-il. Si je déplace une tuile, personne ne l'entendra !

Liliane ne souffle mot. La tranquille assurance de la Langouste ne l'a pas satisfaite. L'affaire est bien conçue, d'accord ; elle semble facile à réaliser, parfait. Très rentable, surtout. Et pourtant, Liliane éprouve la vague et confuse appréhension d'une menace suspendue au-dessus de leur tête. Jusqu'alors, elle n'a pas osé en faire part à Rocco. Mais ce soir, au dîner, elle a risqué la question :

— Tu sais, Rocco, ce qui m'étonne c'est pourquoi Francis n'a pas tenté l'affaire plus tôt, avec quelqu'un d'autre... Pas toi ?

Rocco a haussé les épaules, balayant d'un geste le pessimisme de Liliane :

— Il t'a pourtant bien fait comprendre qu'il n'avait personne sous la main. C'est un malin, Francis, un correspondant loyal de l'Organisation, en plus. S'il m'a fait venir de Brooklyn, c'est pour en tirer profit le plus possible, fais-lui confiance !

A New York, même Joe Gaeta l'avait encouragé. Au bar de la *Cardiello's Tavern,* dans la 4ᵉ Avenue, Rocco lui avait demandé conseil sur la proposition de la Langouste et l'opportunité de se déplacer. Joe le Blond avait été catégorique :

— Par les temps qui courent, une affaire comme ça, ça ne se refuse pas...

Et ce n'est pas n'importe qui, Joe le Dingue ! Si Liliane le connaissait, elle saurait qu'il n'a pas l'habitude de se prononcer à la légère. Ce n'est pas pour rien qu'il est le chef des tueurs de Don Giuseppe Guidoni, le Parrain de la ville de New York...

Le cabriolet gris métallisé à capote noire roule maintenant au pas dans le chemin détrempé. Liliane a beaucoup de mal à éviter les fondrières. Des gerbes d'eau jaillissent de chaque côté des ailes. La voiture patine, le moteur rugit, les roues chassent avant de reprendre la bonne direction.

Rocco se sent en forme. Il fredonne une complainte sicilienne qui évoque les couleurs d'or ancien du vin de Marsala, le puissant et chaud allié des Carthaginois dans leur résistance aux Grecs puis aux Romains. Il n'éprouve aucune angoisse, Rocco, aucun remords préalable. Combien d'années, de mois, de semaines, voire d'heures, la comtesse a-t-elle travaillé pour amasser une pareille fortune ? Pas même une minute ! Alors...

« D'ailleurs, songe Rocco, ce que je vais lui piquer, c'est une goutte d'eau dans la mare, pour elle... »

— Une mare suisse, a dit la Langouste avec un air entendu.

Et une fois de plus, la justice ne pourra rien contre lui ! La combinaison du coffre, restée intacte, démontrera aux flics que la comtesse radote, qu'elle est mûre pour l'asile psychiatrique, pour le moins ! Tout s'annonce bien. Vraiment, Liliane a tort de s'en faire. Ce sont la Langouste et Joe le Dingue qui ont raison...

L'Alfa s'immobilise. Rocco, tiré de sa rêverie, se redresse. Dans le pinceau des phares, qui heurte la muraille de pluie, se dresse la masse d'une voiture. Une lumière rouge oscille, tremblante.

— Un barrage, murmure Liliane.

Pourtant, l'homme qui s'approche n'a pas l'air d'un flic. Sa gabardine dégouline. Il se penche. Liliane ouvre la vitre. Il essuie ses lunettes. L'âge a tissé une toile de rides autour de son nez.

— Excusez-moi, dit-il. Je me suis embourbé. Vous n'auriez pas une corde pour me tirer de là ?

— C'est quoi votre voiture ? demande Rocco.

— Une Dodge.

— On ne pourra jamais tirer une Dodge avec une Alfa... même pas la peine d'essayer.

— Il y a un garagiste à Villennes. Je vais lui dire de vous dépanner avec son tracteur, tranche Liliane.

Elle remonte la vitre. Une rapide marche arrière la dégage des traces de la Dodge.

L'homme s'est confondu en remerciements et a regagné sa voiture. Il peut toujours l'attendre, le garagiste !

— J'espère qu'il n'a pas vu mon numéro, dit Liliane. C'est avec des trucs comme ça que les pépins arrivent...

— Et alors, soupire Rocco, qu'est-ce que tu veux qu'il en fasse de ton numéro ?

Agacé, il garde le silence. Il n'aime pas les gens timorés.

Après l'embranchement de Poissy, l'Alfa attaque le macadam de l'autoroute déserte. Les essuie-glaces couinent. Il ne pleut presque plus. On aborde les lumières blafardes du tunnel de Saint-Cloud.

Passé le pont, Liliane longe la berge de la Seine, traverse le bois de Boulogne où les phares, entre les arbres, font naître des cortèges d'ombres. Au pont de Puteaux, elle ralentit.

— On arrive ! souffle-t-elle.

Du coude, Rocco essuie la buée de la vitre. Il découvre les blocs d'immeubles du boulevard Richard-Wallace.

— D'après le plan, tu planques la voiture rue de la Ferme.

Liliane s'exécute. Rocco lui adresse un baiser du bout des lèvres. Il referme doucement la portière. La pluie a repris sa violence. Entre deux grondements de tonnerre, Liliane entend :

— Dans une heure, on partage le magot !

L'hôtel particulier des La Morlière passe pour la propriété la plus luxueuse de Neuilly. Son portail de fer forgé domine la Seine, face à l'île de Puteaux, au long de laquelle se dandinent les péniches des nouveaux empereurs du showbusiness.

C'est une construction massive, dressée au milieu d'un hectare et demi de pelouses méticuleusement entretenues, peuplées d'arbres centenaires au feuillage épais. Elle est protégée par de hauts murs, et par le pavillon style Renaissance de l'entrée, où réside un concierge déplumé qui éconduit les importuns avec l'autorité aristocratique des vieux serviteurs.

Neuilly dort sous le poids de l'orage d'été. Dans la lumière laiteuse des rares lampadaires, la pluie crépite, drue, rebondit en cascades sur l'asphalte des trottoirs. Rocco presse l'allure.

A première vue, la rue Windsor est déserte. Il s'abrite sous un porche, cherche à percer le secret des ténèbres. Un bruit métallique le fait sursauter. Il réagit aussitôt, se tapit contre la porte... Ce n'est qu'une girouette malmenée par le vent. Il reprend sa route, l'œil et l'oreille aux aguets. La pluie redouble.

Rocco court contre la rafale, contourne l'angle de la propriété. Il se souvient du plan, compte quinze pas, découvre le poteau de ciment à alvéoles qu'une herse métallique est censée protéger des escalades. Une joie sauvage l'envahit. Dès qu'il aura franchi l'obstacle, il sera à l'abri des éventuels curieux, passants attardés ou vigiles trop zélés...

Une dernière fois, il concentre son regard sur la rue. Une force mécanique le soulève. A mesure qu'il s'approche du faîte de la muraille, une étrange métamorphose s'opère en lui. Il aime gagner...

Il rejette en arrière une mèche de cheveux trempés, et continue à grimper. Il se joue de la herse, effectue un rétablissement, enjambe les quelque cinquante centimètres qui séparent l'armature métallique de la pierre. Les branches d'un sapin l'inondent, mais le camouflent. La chance est avec lui. Il le sait. Il la sent. Il ne s'attendait pas à ce que ce soit aussi facile...

Rocco respire profondément, à longs intervalles. Puis il se plie, et, à demi voûté, il marche sur le mur pendant une vingtaine de mètres. Ça lui rappelle sa promenade chez la comtesse Biazzani, à Rome, quelques mois auparavant. Le tonnerre éclate. Un éclair illumine la maison et le parc.

Rocco a pu apercevoir, collé au mur, l'appentis du jardinier dissimulé derrière une haie de troènes. Il progresse jusque-là, sur les genoux et sur les mains. Il se laisse glisser. D'un habile mouvement des hanches, il se guide jusqu'à la soupente. Du pied, il en éprouve la résistance. Il avance sur la déclivité avec le même sang-froid que s'il eût été sur la terre ferme. Il s'accroupit, saisit de ses mains le rebord du toit, se laisse tomber dans le vide. Il se tient deux secondes en suspension, se reçoit avec l'agilité d'un chat.

Voilà pour la première partie de l'opération. Rocco est dans la place. La clé de l'appentis est accrochée, comme prévu, au clou extérieur, à droite de la porte. Il l'introduit dans la serrure, au moment où un nouvel éclair déchire la nuit.

Les paroles de la Langouste se bousculent dans sa tête :

— Tu sais, mon fils, ce serait con de te faire piquer à la douane avec tout le fric sur toi. Je préfère te le faire virer à ton compte à New York. Je passerai l'ordre à Genève...

Quatre-vingts briques... Eh oui, presque la moitié des deux cents qui sommeillent dans cette maison ! De quoi vivre heureux pendant quelque temps, dans un tranquille anonymat, au sein de cette Californie dont Liliane ne cesse de rêver... En se tenant, provisoirement, garé des voitures, car ça doit être chaud, aux U.S.A., pour les ennemis et les connaissances de feu Battaglia !...

C'est en voyant sa fortune étalée devant lui que Rocco se saisit de l'échelle. Il l'accroche à son épaule par le milieu, traverse, voûté sous la pluie, la pelouse qui mène à l'arrière de la propriété. L'herbe mouillée s'affaisse sous ses pas. Il s'arrête à quelques mètres de la porte de la cuisine, lève la tête... Oui, ce sera facile d'entrer par le toit. Tranquillement, il s'amuse à penser à son itinéraire... Il porte la main à sa poche, tâte le mastic qu'il étendra tout à l'heure sur la vitre du vasistas, pour retenir les morceaux.

Rocco dresse les montants contre le mur, tire sur la corde. La poulie, bien huilée, ne grince pas. L'échelle se déploie jusqu'au premier étage. Rocco y grimpe avec une agilité de chimpanzé. Juché sur le balcon, il attire l'échelle à lui. Le poids manque de le faire basculer. Il s'arc-boute, un bras passé autour d'un pilier, réussit à soulever l'échelle, qui se balance un moment dans le vide. Ses muscles se gonflent, son visage se congestionne. L'échelle arrive enfin sur la terrasse.

Rocco reprend son souffle. Les barreaux lui offrent la route du succès. Il s'élève à nouveau. Le vasistas est là, devant lui, sur le toit en pente...

Il sort de sa poche son matériel, le diamant et le mastic, qu'il malaxe entre ses mains. Il découpe la vitre, la couvre d'une épaisse couche de mélange pâteux. Un bruit sec... le morceau se fêle, tout en restant collé. Rocco le fait basculer avec prudence, le détache, le pose dans la gouttière.

Il passe l'avant-bras par l'ouverture ainsi pratiquée, débloque le loquet de son axe, soulève le vasistas. Le plancher du grenier est au moins à trois mètres du toit. Rocco, toujours aussi calme, déroule de sa taille la corde salvatrice, la fixe solidement au châssis. Il se lance.

— Rien à craindre de l'intérieur, avait dit la Langouste. Seules les issues extérieures sont piégées et reliées au commissariat... Sauf celle qu'un spécialiste comme toi peut atteindre ! C'est un petit vasistas sur le toit, en haut d'une pente si raide qu'elle découragerait les meilleures volontés !... Le système d'alarme est dans le placard à balais de l'office. Abaisse quand même la manette avant d'ouvrir le coffre...

Rocco, mécaniquement, suit les indications du plan. Devant la porte de l'office, il écoute, bien planté sur ses jambes, comme pour parer une éventuelle attaque. Puis il appuie lentement sur le bec-de-cane. Dans l'office, la porte du placard à balais est grande ouverte. Le tableau du système d'alarme brille sous le faisceau de sa lampe. Rocco s'approche. La clé est dans la serrure, juste dans l'axe du point « stop ». Au-dessus, un point rouge indique « signal ».

« Tiens, pense Rocco, la vieille a oublié de mettre l'alarme ! »

Il quitte la pièce, étonné, revient vers le hall. Il fait un pas de côté, tend la main pour ouvrir la porte du bureau. La maison est silencieuse. Il touche au but ! Il trouvera la clé dans le faux lambris, sous l'interrupteur de lumière. Quant à la combinaison, ce sera un jeu de la manœuvrer et de la brouiller après coup... Il n'y a plus qu'à entrer.

Rocco, le souffle retenu, tourne délicatement la poignée. Aucune force au monde ne l'empêchera de s'emparer du butin...

DEUXIÈME REPRISE

10.

Je ne crois pas aux miracles. Je n'y ai jamais cru, même au temps de mon enfance, lorsque je déambulais, le brassard du premier communiant au bras et le cierge à la main, dans les allées de ma modeste église paroissiale. Ce n'est pas si loin, après tout, et j'ai encore dans les narines, quand j'y pense, l'odeur de cette église, aussi particulière que l'odeur d'encre et de craie à l'école. Encens, fumées de cierges, vieux murs... Mais, si j'ai gardé au fond de moi le respect de la religion, je suis réticent aux miracles... Et ce n'est pas parce que le Gros vient de me catapulter, toute affaire cessante, dans la très catholique Palerme, que vont surgir, de la fournaise de l'Etna, saint Rocco Messina ou la bienheureuse Liliane Cerisole !

Je faisais, dans mon home abandonné, un rangement de célibataire, quand la voix du Gros a susurré dans la membrane de l'écouteur téléphonique :

— J'ai du nouveau. Messina est bien à Palerme. Le Rome-Express part à dix-neuf heures. Je vous fais porter votre ordre de mission à la gare de Lyon. Votre chambre est réservée au *Centrale,* quartier *Quattro Centi.*

— Mais...

— Ah, non, ne commencez pas à discuter ! J'ai prévenu Poggi à la *Questura.* Il prendra contact avec vous dès votre arrivée. Je dirai à Baker que vous êtes souffrant pour quelques jours... D'ailleurs, il n'a pas besoin de vous pour s'amuser... Il n'est venu que pour ça ! Vous devriez être content, non ? La Sicile, c'est quand même de belles vacances...

Il est impayable, le Gros. Dès qu'on prend le train, ce sont des vacances... Moi, je sentais la piste à Paris. Mais, puisque l'information était d'importance, je devais obtempérer comme disent les gendarmes. La police, c'est le régiment. Les ordres sont les ordres. Même si les contrordres suivent dans la foulée... Hélas, non... Vieuchêne n'avait pas rappelé pour me clouer au sol, tandis que j'enfilais à la hâte mon costume de flanelle grise au pantalon en soufflet d'accordéon.

J'avais juste le temps d'attraper le Rome-Express. Crocbois me guettait à l'entrée du quai. Il m'a tendu les feuilles de route frappées du tampon ministériel.

— Il a l'air drôlement sûr de lui, le Gros, dit-il. On sait jamais, tu sais ! Je vais te faire brûler un cierge...

Des cierges, il n'en manque pas à Palerme ! J'en vois partout, de toutes les couleurs et de toutes les formes. Des blancs, des rouges, des bleus, des gros, des courts, des longs et des minuscules, tous allumés, qui encadrent de pieuses images offertes au regard des passants. On sait qu'en Italie la ferveur est grande. En Sicile, elle me semble démesurée... Des enfants qui préparent les festivités de l'Assomption parcourent les chaudes ruelles, tirant des charrettes chargées de la statue de la Vierge. L'image de la Sainte est partout : sur des tréteaux, au seuil des vieilles maisons à la façade ocre et aux volets verts, dans les niches où le temps a accumulé sa poussière, au creux des pierres qui surmontent les portes. Elle règne au milieu du linge de couleur accroché aux balcons, de la bricole et de la misère, lèpre chatoyante des vieux quartiers.

Les mains sur l'appui de la fenêtre, au troisième étage de l'*Albergo Centrale, corso Vittorio Emmanuele,* je regarde le manège des godelureaux palermitains autour de l'église San Giuseppe del Testini à la coupole élancée, dans les pétarades de Vespas et de Lambrettas. Rocco Messina n'aimait-il pas, lui aussi, rouler plein gaz autour de ce lieu de paix et de recueillement, pour le transformer en un carrousel de bruit et de trépidation ?

Je comprends maintenant pourquoi le portier rigolait doucement lorsque, tout à l'heure, à la réception, j'exigeais une *camera sulla strada.* Une chambre sur la rue ! J'allais m'amuser, avec la cavalcade détonante et les coups de freins grinçants. Il allait peupler mes rêves, le vacarme typique !

A la gare, j'avais demandé le chemin de l'hôtel. L'employé à la casquette garibaldienne, tout de noir vêtu, m'a désigné le centre de la ville. J'ai suivi, ma valise à la main, le flot des passants de la *via Roma,* qui court droit jusqu'à la fontaine Pretoria, peuplée de monstres et de divinités marines. Je n'ai eu aucune peine à trouver le *Centrale.* Une lettre m'attendait à la réception. Une enveloppe à l'en-tête « *signor Borniche* », sans autre indication. Sitôt dans ma chambre, je l'ai ouverte. Elle était du *Dottore* Poggi. En Italie, les commissaires, comme tous les gens qui ont du diplôme, petit ou grand, se font appeler « *Dottore* »... Le *Dottore* donc me fixait rendez-vous vers midi au restaurant *Charleston-La Terraza, viale Regina Elena,* à Mondello. « Prenez un taxi, disait le message. C'est à une dizaine de kilomètres de votre hôtel. »

... Le bruit des motos est vraiment assourdissant. Je ferme la fenêtre, tire les doubles rideaux. Il fait sombre, tout d'un coup. J'étouffe... Je découvre le climatiseur, j'appuie sur *freddo.* Le vrombissement qui envahit la chambre n'a rien à envier à celui des scooters... Ça va être gai !

Je me sens moite, sale. Je salive à l'idée d'une bonne douche fraîche, quand le vacarme d'une sonnerie suraiguë parvient à s'imposer malgré le climatiseur. Il faut vraiment vivre avec du coton dans les oreilles, par ici !

— *Parigi, signore...*

— *Grazie...*

Ça crépite tant que ça peut, dans l'écouteur. J'éloigne momentanément mon oreille. Cette accumulation de bruits, ajoutée au manque de sommeil, m'a fichu un mal de tête qui croît de seconde en seconde. La voix de Vieuchêne, lointaine, calme, olympienne, articule :

— Vous êtes là ?

Il ne dit pas bonjour. Il ne demande pas si j'ai fait bon voyage... Rien ! Ce qui compte, pour lui, c'est que je sois là. Et je suis là, forcément, puisqu'il m'a au bout du fil...

— J'ai rappelé Poggi. Il vous rencontrera en dehors de la ville. C'est plus prudent.

— Je sais, patron.

— En tout cas, mon tuyau se confirme. Notre ami est à Palerme en attendant son gros coup... Vous voyez qui je veux dire, hein ? Rien de neuf, vous ?

Malgré moi, je hausse les épaules. Que pourrait-il y avoir de neuf, alors que je viens juste de débarquer ?

J'ai quitté Paris l'avant-veille, et n'ai pas cessé de rouler. Je suis parti de chez moi avec le cafard. Toujours pas de nouvelles de Marlyse. J'avais l'impression de m'éloigner d'elle un peu plus à chaque tour de roue. Et puis, sitôt passé les Alpes, mon moral a changé en même temps que le paysage. Je sentais ma tristesse se dissoudre, comme sous l'effet d'une drogue. A Rome, où j'attendais, dans l'imposante gare Termini, la correspondance pour Naples, les plus belles femmes du monde déambulaient devant le guéridon où je dégustais un savoureux *espresso.* « Au diable Marlyse et sa Corrèze, me disais-je. Je suis bien sot de me chagriner pour si peu... »

Au terme de la seconde nuit, j'ai eu la révélation de la Sicile. Le nez collé à la vitre du wagon, aussi inconfortable que folklorique et pittoresque dans sa rusticité, j'ai vu défiler les champs d'orangers et de citronniers, les plages de sable blanc bordées de palmiers, les villages de paysans-pêcheurs occupés, dès le petit matin, à raccommoder leurs filets ou à peinturlurer leur barque au milieu d'une marmaille grouillante et piaillante. Des charrettes bondées de raisins suivaient des mules harassées, cheminant vers les vieux villages accrochés aux collines. J'étais dans un autre univers. Je baignais dans une profusion de couleurs, de saveurs, qui rejetaient bien loin les miasmes du lourd Paris d'août. Comment toute cette beauté avait-elle pu donner naissance à la sinistre Mafia ?

J'ôte ma chemise froissée, noirçie au col et aux manchettes. Je me glisse sous la douche. Elle n'est ni piquante, ni fraîche. Je me fais une raison. En Sicile, l'été, l'eau est rationnée. Une pancarte l'indique dans le cabinet de toilette. Elle coule lentement, le temps de tiédir dans les tuyaux. Elle n'est pas claire, non plus... Tout en faisant mousser le savon sur ma peau blanchâtre d'animal parisien, je pense et repense à Messina.

Que peut-il bien être venu faire en Sicile, celui-là ? Est-il seul ? Accompagné d'une fille, sans doute Liliane ? Et de quel gros coup s'agit-il ? Il a, contre lui, une fiche de recherches internationales, mais serait-ce suffisant pour l'appréhender sur le territoire italien ? Aucun pays n'extrade ses ressortissants. Je ne comprends vraiment pas très bien dans quel but mon illustre patron m'a expédié en Sicile, au moment même où tous les éléments du puzzle commençaient enfin à se mettre en place à Paris !

— Une belle pute, avait dit Roblin en me tendant la chemise Cerisole.

Il ne détenait, dans ses archives, qu'une partie du dossier. Le complément, je l'ai découvert au fichier de la Brigade mondaine... Preuve, une fois de plus, que les services ne communiquent pas aux collègues-concurrents la totalité de leurs renseignements. On s'est habitués à trouver que c'est de bonne guerre...

En fait, Liliane n'a rien de la prostituée habituelle. Elle n'a jamais été cataloguée comme fille soumise, insoumise ou de maison, lot quotidien de la brigade du vice, avant la loi Marthe Richard. La prudente Italienne ne s'était jamais mêlée aux filles vénales des clandés. Elle exerçait ses talents sous la pseudo-couverture de mannequin volant.

Liliane n'a pas débarqué sans formation dans la carrière. Elle a d'abord suivi des cours de maintien et de maquillage dans une école spécialisée de la *via Veneto* à Rome. Son prénom de Claudia s'est transformé en Liliane, suivant le snobisme des garçons coiffeurs et des manucures, qui raffolent des prénoms dans le vent. Elle ne passait déjà pas inaperçue, très jeune, avec ses longs cheveux noirs, ses yeux bleus et son corps qui eût affolé des hommes moins blasés que les maîtres de la couture.

La superbe enfant n'a qu'une passion : la fourrure. Elle a toujours été fascinée par les pelages lisses, soyeux, brillants... Comme ses parents, de modestes repasseurs de couteaux du vieux quartier napolitain de Spaccanapoli, auraient été en peine de lui offrir un manchon de lapin, elle avait décidé, dès l'âge de seize ans, de se les procurer elle-même. Sa beauté devait lui permettre le premier pas : un mécène lui avait offert les cours de l'école de mannequins. Elle partait pour Rome.

Mais Liliane ne resta pas longtemps dans la profession. Un soir où elle se pavanait au bar de l'hôtel *Bernini, piazza Barberini,* un vieil homme était entré, qui eut le coup de foudre. C'était Pépé Massiac, l'empereur des boîtes de nuit de la rive gauche parisienne. Le digne homme n'eut de cesse qu'elle quitte l'Italie et le suive dans son appartement de Passy, au dernier étage d'un immeuble moderne, d'où l'on admire la Seine, de Notre-Dame au pont Mirabeau. Liliane avait pu enfin réaliser son rêve : se couvrir de fourrures et de bijoux, mener une vie de paresse et de luxe.

Hélas, si Pépé Massiac régnait sur les boîtes de Montparnasse et de Saint-Germain-des-Prés, il n'en avait pas moins connu de sérieux ennuis avec la justice, à la suite d'une sombre histoire de titres volés à la Banque du Mékong[1]. Trois ans de prison pour recel qualifié. Dès sa sortie de la Santé, il s'était juré de gérer ses affaires proprement...

Hélas, comme dit le proverbe, qui a bu boira ! Massiac aurait dû se méfier de ce contrefacteur qui proposait des faux marks à des prix défiant toute concurrence...

L'imprimerie de la rue Raymond-Losserand fonctionnait à plein rendement. Le trafic durait depuis des mois. Des fortunes s'amassaient. Jusqu'au jour où le commissaire Benhamou, l'as de la section financière, s'est glissé dans le coffre de la voiture d'un trafiquant, et en a surgi, pistolet au poing, dans la cour même de l'imprimerie clandestine. Du coup, Pépé Massiac retrouvait sa cellule nauséabonde de la prison de la Santé.

Liliane, heureusement, était là. Elle avait veillé, avec une autorité inattendue, au salut de l'empire nocturne de son protecteur. Personne ne s'était jamais douté qu'elle le faisait

1. Voir *l'Indic.*

pour le compte de la Mafia. Et nul ne pouvait plus soupçonner qu'elle était en relation suivie avec Rocco Messina qu'elle rencontrait au cours de ses fréquents voyages à Rome.

Il avait fallu le message d'Interpol pour me mettre sur sa piste.

11.

Je traverse la *via Vittorio Emmanuele,* en direction de la fontaine Pretoria. Je commence à m'habituer au décor, dont la disposition m'avait dérouté d'abord. Tout, ici, a un aspect joyeusement anarchique. Je flotte dans la foule des touristes porteurs d'appareils photographiques et de Guides Bleus, que la noria des Vespas affole et amuse.

— *Mondello, per favore, ristorante Charleston-La Terraza !*

Ce n'est pas de gaieté de cœur que j'ai hélé un taxi en maraude. Les lires que j'ai obtenues à la gare de Rome vont filer plus rapidement que prévu : j'ai pu voir, sur le bottin de l'hôtel *Centrale,* que le restaurant *La Terraza* avait quatre étoiles... Pas une de moins !

Un coup d'œil sur la silhouette tourmentée du mont Pellegrino, et nous voilà dans une large avenue qui galope entre deux haies de panneaux publicitaires.

— *A destra, la mare,* dit le chauffeur, qui veut mériter son pourboire.

A droite, la mer, sans doute... Pour le moment, je ne vois qu'un bataillon de cabines de plage. Enfin, j'en découvre la baie, arrondie au bord d'une eau d'un bleu intense, semée de voiles qui portent le rêve du grand large, et la ville-jardin émaillée de villas ruisselantes de fleurs. Le taxi s'arrête devant *La Terraza,* bien nommé : une terrasse luxueuse offre l'horizon marin... Si je dois régler l'addition, je vais comprendre ma douleur !

Je me glisse entre les tables, pour gagner le bar de plein air.

Le *Dottore* Poggi, juché sur un tabouret, veste bleu marine et pantalon blanc, chaussures de cuir blanc, cheveux bruns plaqués, m'attend. Il dégringole de son perchoir pour se précipiter à ma rencontre. Sa petite taille se courbe en un geste d'exquise courtoisie.

— *Buongiorno, signor Borniche*... J'espère que vous avez trouvé facilement ?

Je l'ai connu à Paris, au cours d'une de ses missions. Son visage hâlé, sous les cheveux gominés, et la fine moustache, m'évoquent le chanteur Dario Moreno. Poggi est le sous-chef de la *Squadra Mobile*, l'équivalent de notre P.J., rattachée à la *Questura* de Palerme. C'est lui que le ministre de l'Intérieur italien a choisi pour faire régner l'ordre en Sicile... Dure charge, il le sait. Il est piémontais. La Mafia n'a aucune prise sur lui. Deux fois déjà, elle a tenté de l'assassiner. Les coups de feu partent vite, à Palerme...

— Cher *signor* Borniche, si je ne vous ai pas fait venir *piazza Vittorio*, au siège de mon service, c'est parce que je ne voulais pas qu'on vous voie. Ici, il faut se méfier de tout... *Martini rosso* ou *bianco* ?

— Rouge, s'il vous plaît.

Poggi appelle le serveur en veste blanche, dont le faciès en lame de couteau et le teint gris-brun évoque la mine patibulaire des bandits de la région. Il commande les apéritifs d'un ton sec, cassant même, qui me gêne, m'offusque presque. Il lit la désapprobation dans mon regard. Aussi se sent-il obligé d'expliquer en souriant :

— C'est un *Americano*... Il croyait faire fortune aux Etats-Unis. Il en est revenu, après avoir dilapidé les quelques lires qu'il avait emportées... Il s'est amalgamé à la masse de crève-la-faim en attendant l'occasion qui le sortira d'affaire, le mettra du côté des puissants... Pour l'instant, il supporte son métier de garçon... Quand il aura les protections nécessaires, il retournera là-bas, à Brooklyn ou à Kansas City... Il se retrouvera patron du garage qu'il a dû quitter à la suite d'une histoire que je n'ai pas très bien comprise... Alors, Messina ?

Le *Dottore* Poggi est un allié. Malgré ma prudence habituelle, je lui débite ce que je sais. A vrai dire, je ne lui apprends rien qu'il ne connaisse déjà. Je m'en rends compte à sa mimique amusée. Je réalise soudain qu'il est un des rédacteurs des rapports italiens qui figurent à mon dossier. J'ai bonne mine. Poggi boit une gorgée de Martini que le garçon a déposé devant nous, pique une olive, se recueille quelques secondes. Puis il parle. Enfin, je vais savoir qui est ce Ricain dont je ne connais que les photos et les empreintes...

L'histoire de ce mafioso de haut vol commence d'une façon peu banale. Les psychologues modernes classeraient certainement Messina parmi les individus dotés d'un quotient intellectuel très au-dessus de la moyenne. Un surdoué qui a de la matière grise et qui s'en sert. Ils se demanderaient aussi, ces bons psychologues, comment l'enfant de Palerme a pu en arriver là.

— J'ai repris, séquence par séquence, le film de sa vie, dit Poggi. Vous allez voir comment tout s'enchaîne, selon les lois de la logique, à partir d'un drame initial...

Le père Messina, un honorable ouvrier sicilien, s'est sacrifié pour sa progéniture, s'usant à travailler plus de dix heures par jour dans la marbrerie qu'il a créée à Bagheria, à la sortie de la ville. Sa femme, une brune à la croupe pleine, lui donne un coup de main quand l'ouvrage presse un peu trop. A contrecœur !

Antonio, le fils aîné, s'est fait prêtre. Il est missionnaire en Afrique équatoriale. Le cadet, Gino, est préparateur en pharmacie à Syracuse. Alfredo, le myope aux yeux de velours, a suivi les traces de son père. Il est passé maître dans l'art du polissage du marbre. On le sollicite de toutes parts pour la réfection de statues ou de monuments historiques. Quant à l'unique fille de la famille, Patricia, elle a épousé un sergent des Forces américaines de débarquement du général Patton, qui, après la guerre, s'est mué en garde forestier au parc national de Yellowstone, dans les montagnes Rocheuses.

Et puis, il y a Rocco, le petit dernier, l'enfant chéri de la signora Antonella. Il est né un 15 août, sous le signe du Lion. Sa mère l'a surnommé Roc, diminutif affectueux de son prénom. A l'école primaire, il est un écolier studieux, toujours le premier de sa classe. Aussi décroche-t-il une bourse pour s'inscrire au lycée. Il se joue des mathématiques, de la gymnastique et des langues avec une facilité déconcertante. Il apprend le français, l'anglais, le latin et le grec. Un corps d'athlète, une mémoire prodigieuse, une intelligence brillante qui le prédestinent à de hautes fonctions.

— On en fera un député, dit le père en lissant sa moustache en croc, d'un revers de la main.

— Un prêtre ! réplique Antonella, qui a peur que ses enfants ne suivent la voie de leur oncle, Vittorio Mangano, un des tueurs vedettes de la Mafia de New York, découvert dans un égout de Brooklyn avec trois balles dans la tête...

Rocco n'a guère à se soucier du lendemain. Il se contente de réussir à ses examens comme à plaisir. Ses professeurs exultent, ses camarades l'envient.

Tout en écoutant ce conte de fées sicilien, je laisse errer mes yeux sur la longue plage de sable fin, étirée au bord d'une eau limpide qui change de couleurs sous le soleil. Le village de pêcheurs de naguère est devenu, comme notre Saint-Tropez national, un repaire mondain fréquenté... La Conque d'or, au pied du mont Pellegrino, regorge d'arbres exotiques, noyés dans la vigne et les fleurs. La *piazza Valdesa,* devant la plage, grouille de touristes. Les voitures y rivalisent d'élégance. Une vieille tour, au loin, semble vouloir préserver le vieux bourg.

Un pli barre le front du *Dottore* Poggi :

— Ce qui me frappe, dans les débuts de la vie de Messina, poursuit-il, c'est qu'il apparaît véritablement comme un cas sociologique.

Rocco a seize ans. Son comportement, sa réussite, tout affirme qu'il est fait pour devenir un citoyen envié de la république italienne, un des rares Siciliens qui ne considèrent pas le banditisme comme un moyen parfaitement légitime de promotion sociale.

Et soudain, sans que l'on comprenne ni comment, ni pourquoi, tout bascule. Rocco sèche les cours de la faculté. Il se met à fréquenter les dévoyés du port de Palerme, que les bombardements aériens ont réduit à l'état de chaos. Il traîne le long des bassins de carénage, dans les docks mal gardés où le trafic bat son plein. Il déserte le foyer familial...

Là, je retrouve un schéma que je connais bien, et qui ne peut manquer de se poursuivre dans la direction habituelle. Rocco, pour se faire de l'argent de poche, se met à chaparder. Il dérobe des balles de coton, des sacs de café, des caisses d'huile, qu'il brade à des commerçants peu scrupuleux. Puis il se lance dans le cambriolage des appartements. Il y fait preuve d'une agilité et d'une audace peu communes. D'un peu trop d'audace, sans doute, puisque les carabiniers, alertés par un concurrent jaloux, réussissent à le prendre sur le fait.

Quand il sort de l'*Ucciardone,* la prison de Palerme, Rocco n'a plus rien à voir avec l'étudiant aux brillantes espérances. C'est un être humilié qui veut sa revanche. Il est décidé à vivre hors la loi, à devenir riche par n'importe quels moyens, dans des contrées plus hospitalières que la sauvage Sicile. En attendant, il survit. Il réalise quelques affaires dans cette ville dont il connaît tous les bas-fonds. Mais, comme il doit se montrer prudent, les gros coups lui échappent. Ce qui ne l'empêche pas de couvrir de fleurs Romana, une prostituée, ni belle, ni laide, pour laquelle il éprouve une étrange tendresse. C'est à Romana, sa première confidente, que Rocco révèle la raison de l'inexplicable métamorphose de l'étudiant brillant en malfaiteur déjà fiché.

Histoire courte, simple, sans réplique : un jour qu'il revient de l'université plus tôt que de coutume, un de ses professeurs étant malade, il entend des plaintes du côté de la cuisine de ses parents. Inquiet, il se précipite, ouvre la porte, avant de comprendre que ces plaintes sont des râles de plaisir poussés par sa mère, assise, la jupe retroussée, sur les genoux du voisin, un riche industriel aux façons aussi arrogantes que sa Maserati vert pomme. Pour que le tableau soit complet, il y a un paquet de lires sur la table. Rocco part pour ne jamais revenir. Il n'a pas pardonné. Il ne pardonnera jamais aux riches. Il avait conclu, d'une voix où pointe une fureur sourde : « Les vraies putains ne sont jamais celles qu'on croit... »

Romana est incapable d'analyser les motivations psychologiques de Rocco. Elle en a vu d'autres, elle, avant de débarquer en Sicile. Fuyant Milan, elle est descendue vers le sud, a échoué dans un bordel de Naples. En deux ans, les G.I. et les maladies vénériennes l'ont épuisée. A vingt ans, elle en paraît plus de trente. L'amertume crispe sa bouche. Souvent, la délicatesse de Rocco, qui la traite avec bonté, l'émeut. Il n'a pas l'âme d'un voyou. Elle ferait tout pour qu'il ne soit pas dévoré par les fauves...

— Tu devrais voir Don Calo.

— Don Calo...

Rocco y a pensé à plusieurs reprises. Son orgueil le pousse à agir seul, mais il doit se rendre à l'évidence : sans la Mafia, il végétera, réduit à des coups minables.

— Oui, bien sûr, Don Calo...

Il a souvent entendu parler de Don Calogero Puzzoli, que toute la Sicile appelle, avec une respectueuse familiarité, Don Calo. C'est *lu Capu,* le chef suprême de la Mafia. Il a atteint les sommets du gangstérisme international. Il a eu droit à toutes les accusations possibles et imaginables. Escroqueries, corruption de fonctionnaires, vols qualifiés, meurtres. Toujours acquitté pour insuffisance de preuves. Souverainement protégé par l'*Omerta,* la fameuse loi du silence.

Don Calo fait figure de héros historique. Il a fait le bon choix. Il a mis ses forces occultes au service du débarquement américain en Sicile, ce qui lui a valu la Légion d'honneur italienne et l'Ordre du mérite. Ce seigneur analphabète, cet homme d'affaires moustachu qui ne fume que la moitié de ses havanes géants, pourrait devenir ministre s'il voulait.

Il siffle, et tout le monde accourt : hommes politiques, préfets, magistrats, généraux... Il mobilise qui il veut, quand il veut, sur un simple appel. Tous sont ses clients, au sens latin du terme, courtisans dévoués qui attendent tout de lui et sont prêts à tout faire pour lui. Il les reçoit, à Palerme, dans l'appartement que l'*Albergo Sole* met à sa disposition. L'entrevue terminée, il regagne Villalba, son village natal.

Les grands de la Mafia s'agenouillent devant lui, prononçant la formule rituelle, « *Baccio i mani* », « je vous baise les mains »... Oui, puisque Rocco n'a plus de famille, il faut qu'il aille voir le patriarche.

— Qu'est-ce que je vais lui dire, à Don Calo ?

— Il saura ce qu'il faut faire... Peut-être qu'il t'aidera à t'installer à l'étranger, puisque tu veux y aller...

Sa voix se casse un peu. Elle sait que, de toute façon, le beau Rocco est fait pour d'autres horizons.

Il a pris le chemin de la ferme-forteresse de Don Calogero Puzzoli. Il a traversé la longue cour où des femmes vêtues de noir surveillent les enfants qui jouent à faire peur aux poules. Il a salué les mafiosi au regard sombre, adossés au mur de chaque côté de la porte de bois travaillé. Il a suivi Don Barmeo, l'homme de confiance du patriarche, à travers la large pièce où les volets clos entretiennent la fraîcheur.

Impressionné par le silence et l'austérité de la maison de l'homme légendaire qu'est Don Calo, Rocco attend...

— Ainsi, c'est toi, le neveu de ce pauvre Vittorio ?

Rocco sursaute. Une porte s'est brusquement ouverte. Il est là, le patron dont les mafiosi de tous grades ne parlent qu'avec respect et déférence, qui règne sur le monde, dans l'ombre, et qui a droit à l'obéissance aveugle, au respect liturgique de l'*Onorata Società,* l'Honorable Société !

Rocco met un genou à terre. Il porte à ses lèvres, comme le veut l'usage, la main de Don Calo.

Le *Capu* le relève, l'embrasse à cinq reprises, le rassure. L'aide qu'il vient solliciter lui est d'ores et déjà acquise, sous réserve de respecter les commandements de la Mafia : crains Dieu d'abord ; honore ta mère avant tout, « même si elle a fauté » ajoute Don Calo, pour bien marquer qu'il est informé des moindres détails de la vie de ceux qu'il reçoit ; et puis, aime ton père, aide ton prochain, aime la Sicile.

Don Calo et Rocco restent face à face plus d'une demi-heure. Du coin de l'œil, Don Barmeo a fait préparer la collation : pâtes à l'huile et au poivre, mouton à la broche, fromage à l'huile d'olive et au poivre. Les cris des enfants, acharnés contre la volaille, redoublent dans la cour. La voix aigre d'une mamma s'élève pour calmer le tapage. Rocco est sensible à l'honneur que lui fait Don Calo : le *Capu* ne partage pas sa collation avec n'importe qui.

Lorsqu'ils ont terminé le repas quasi rituel, Don Calo serre Rocco sur sa poitrine :

— Tu es un enfant sicilien comme je les aime. Tu iras loin. Tu travailleras directement pour moi.

Rocco quitte la Sicile pour Rome. En quelques années, avec son éducation, sa connaissance des langues, sa silhouette élégante et son beau visage aux yeux francs, il campe un séduisant personnage de jeune industriel dans le vent. Il sous-loue un somptueux appartement dans le quartier de la *Via Veneto,* dont il règle le loyer rubis sur l'ongle, toujours en espèces, ce qui simplifie la comptabilité au regard du fisc. Il mène la dolce vita. Il devient l'amant de la comtesse Biazzani qui l'introduit chez elle, lors des déplacements professionnels de son époux. Il passe l'hiver à Cortina, l'été à Portofino. Il est recherché, adulé. Cité en exemple aussi, chez les joailliers-receleurs, membres de la Mafia. Pas une fois la police italienne, pourtant convaincue de ses agissements, ne réussit à lui tendre un piège...

A trente ans, le lycéen prodige, le brillant étudiant qui a délibérément choisi le pavé de la rue, sait comment vivre le reste de son existence. Il est l'homme de confiance de Don Calogero Puzzoli, le vrai spécialiste de la voltige, que le chef suprême des mafiosi met à la disposition des truands de bonne renommée, avides de réaliser les « casses » du siècle.

Le maître d'hôtel s'est approché. D'une courbette, il présente la carte. Le regard noyé de sollicitude, il reçoit les instructions de Poggi qui souhaite une table dans un coin tranquille et la carte des vins.

— Je vous recommande les *brociolettini alla palermitana...* dit Poggi, d'une voix gourmande. Ce sont des escalopes roulées et cuites au four, farcies d'un mélange de chapelure frite avec du fromage, du basilic et du saucisson... A moins que vous ne préfériez les *anoletti...*

Je choisis simplement des pâtes. J'adore les longs spaghetti que j'avais tant de mal à attraper avec ma fourchette dans ma jeunesse. C'était amusant de mettre le bout dans ma bouche et d'aspirer fortement en faisant gicler la sauce tomate autour de moi. Et les taloches de pleuvoir...

Poggi choisit un *macuertino,* le roi des vins régionaux. Le maître d'hôtel disparaît.

— Je ne crois pas que Messina soit de retour, reprend le *Dottore,* mais ce dont je suis sûr, c'est qu'il va falloir faire attention où vous mettez les pieds... Vous autres Français, vous ne pouvez vous imaginer l'influence que le Don a sur les familles... En Sicile, la Famille, c'est tout. Elle est la cellule de base de la Mafia, le noyau de la structure sociale. Elle a droit à la fidélité inconditionnelle de tous ses membres. Elle est défendue, respectée. Pour cela, tous les moyens sont bons, légitimes ou non. Personne ne peut la défier sans être puni de mort.

Il baisse la voix, comme malgré lui. Il me semble y déceler je ne sais quelle nuance d'angoisse. Je suis mal à l'aise. Je jette autour de moi des coups d'œil discrets. Mes nerfs se mettent à me jouer des tours ! Le petit gros, là-bas, n'est-il pas en train de nous photographier ? Curieux touriste avec son poil aile-de-corbeau et sa peau olivâtre...

— Dites, Poggi...

— Quoi ?

— Non, rien...

— Vous avez faim ?

— Ma foi...

Je ne vais pas lui avouer que je nage en plein film d'atmosphère. Et ce grand blond frisé pas catholique, qui vient de se caser sur un tabouret près de moi... Pour écouter, bien sûr ! Son complice collectionne les images, lui s'occupe du son !

Je divague. Le blond, un Allemand, a quelque mal à se faire comprendre pour commander un mélange de vin rosé et blanc dont personne n'a jamais entendu parler... Quant au petit gros là-bas, il colle une gifle à un gosse qui se met à brailler.

Le *Dottore* Poggi n'a rien surpris, heureusement, de mon élucubration mentale. Pendant que nous déjeunons, il fait le point sur l'organisation de la Mafia, auprès de laquelle notre milieu français m'apparaît comme une confrérie d'enfants de chœur... Redoutables, en effet, ces familles siciliennes, où le père a droit à une obéissance aveugle, même lorsque les frères et gendres se sont éparpillés dans le monde, tandis que la mère, humble et fidèle, vit dans son ombre. Poggi m'explique que la famille couvre en général un village, ou des villages voisins.

— Plusieurs familles se réunissent en un groupe, ou *cosca,* ce qui signifie artichaut...

— Quelle drôle d'idée !

— *Si...* La famille la plus puissante couvre les autres familles, qui la protègent alors, lui doivent assistance, comme les feuilles de l'artichaut entourent et protègent le fond...

Ça me laisse rêveur.

— C'est un peu comme les Corses chez nous, non ?

Poggi a un sourire en coin, qui signifie que nos Corses ne font pas le poids. Et pourtant !

Le lourd vin de Sicile pèse sur mes paupières. Le scintillement des vagues, perdu dans une vapeur lointaine, me fait plisser les yeux. J'ai du mal à discerner la route bordée de géraniums et de lauriers-roses, de champs d'agrumes et de palmiers. La voix de Poggi semble me parvenir de loin... Il me parle de l'*Omerta,* la loi du silence, qui prescrit de ne rien voir, ne rien entendre, ne rien dire, surtout aux policiers et aux magistrats. Malheur au contrevenant, que les hommes de main, les *piccioti,* recrutés parmi les bergers, les repris de justice, les déserteurs et les chômeurs, sont chargés de ramener à la raison. La Mafia ne connaît de police que la sienne propre : elle protège les troupeaux, veille sur les récoltes et les propriétés... Mais c'est une police qui coûte cher !

L'*espresso* volcanique me réveille un peu... Je ne fais pas mine de protester quand Poggi demande l'addition. Le Gros nous a dressés aux notes de frais squelettiques. Question d'habitude...

— Le plus curieux, poursuit Poggi, c'est le langage secret des mafiosi... Ils communiquent par des mimiques, des mouvements des mains, des pieds, de la tête, des yeux, des épaules, du ventre... sans ouvrir la bouche ! Ça tient de la magie !

— Comment faites-vous alors pour les interrogatoires ?

— Ce n'est guère facile ! Pour les filatures, non plus ! Un chapeau porté de telle façon signifie telle chose... penché à droite : « je suis suivi ». A gauche : « je te vois tout à l'heure ». En arrière : « au secours ! » Le tout, imperceptible au non-initié... Il faut avoir l'œil et connaître !... Pour Messina, je vais voir ce que je peux trouver, au fichier ou ailleurs... Je vous appellerai à votre hôtel.

12.

On se croirait soudain en automne. L'orage de la veille a rafraîchi Paris. Le ciel gris distille une bruine poisseuse. La flèche de la Sainte-Chapelle, au cœur du Palais de Justice, se voile d'une brouillasse cotonneuse. Quel mois d'août ! Sur le quai des Orfèvres, les voitures roulent en lanternes. On se demande si une puissance inconnue n'a pas décidé d'envahir le pays, entamant une guerre météorologique destinée à saper, avant l'assaut, le moral des malheureux habitants...

La meute des journalistes et des photographes piétine sous le porche de la Police judiciaire. Elle guette l'apparition du légendaire taupé à bords plats et de la lavallière noire de l'inspecteur principal Pomarède[1], l'artiste-poète-flic de la Brigade criminelle, chargé de l'enquête sur le double assassinat de la comtesse Amélie de La Morlière et de sa gouvernante.

Il fulmine, l'inspecteur principal Amédée Pomarède, en cette fin de matinée du 5 août. Il est assis à sa table de travail, dans l'étroit bureau des « principaux », au troisième étage du « 36 ». Son éternelle blague à tabac à portée de la main, il attend le rapport de son collègue Henriot, de l'Identité judiciaire. Henriot qui, comme à plaisir, tarde à communiquer le résultat de son expertise.

— Qu'est-ce qu'il peut foutre, Bon Dieu ? maugrée Poma-

1. Voir *l'Archange*.

rède, à l'adresse de son adjoint Salvagnac, un flic auvergnat à la carrure de demi de mêlée, au teint de pruneau cuit.

« Oui, qu'est-ce qu'il fout ? Les empreintes étaient aussi nettes que si le type avait voulu nous laisser sa carte de visite ! Il se fout de ma gueule, Adolphe...

Il soupire, réfléchit un instant, consulte sa montre, repousse brusquement sa chaise :

— Si le patron me demande, je suis à l'Identité. Je vais voir ce qui se passe.

Amédée Pomarède contourne la table, cueille au vol la blague à tabac qu'il glisse dans sa poche, descend à pas pressés le vieil escalier aux marches vermoulues qui mène à la cour du quai des Orfèvres. Il s'arrête sur le palier du premier étage, franchit la porte qui communique avec les dépendances de la cour d'Appel, longe la bibliothèque des avocats. Dans le vestibule de Harlay, face à la cour d'Assises, des ouvriers maçons tentent de décaper la pierre noircie par les ans. Pomarède s'arrête au pied de l'échafaudage, lève la tête : l'opération intéresse ce rêveur impénitent, amoureux des vieilles pierres tout autant que de la peinture. Il sort de sa poche la blague à tabac, puis la pipe. Il bourre, avec soin, de ses deux index, le fourneau enfoui dans l'étui de caoutchouc. Il porte le tuyau à sa bouche, le cale entre ses dents, sans trop serrer, selon le rite gourmand dont il ne se lasse pas. Il remet la blague dans sa poche, craque une allumette, regarde se dissiper le premier filet bleu. Il suit un moment le manège des maçons :

— Ça se ravale bien ?

— Ça peut aller...

Pomarède reprend sa marche. Il commence à gravir, à sa gauche, les premiers degrés d'un escalier, d'abord très large, mais qui se rétrécit d'étage en étage pour finir en colimaçon sous les combles du palais. Une glace de deux mètres carrés lui renvoie son image. Il ajuste le vaste nœud de sa lavallière, appuie sur un bouton de sonnette. Une tête méfiante s'encadre dans le judas de la porte.

— Pomarède, de la Crim'...

Depuis longtemps, les inspecteurs de la Brigade criminelle ont choisi cette abréviation, qui est aussi leur mot de passe.

Un mécanisme électrique ouvre la porte. Pomarède, pipe au bec, pénètre dans le temple de la vérité policière.

Il le connaît bien, ce domaine réservé. Des affaires délicates l'y ont souvent conduit. Il lui est familier, de fond en comble, ce grenier où se meuvent les techniciens, davantage des experts que des collègues, qui font de la criminalistique à longueur de journée, comme d'autres vendent des petits pois, des aspirateurs, ou composent des couplets satiriques sur les hommes du gouvernement.

Pomarède accorde à peine un coup d'œil à l'huissier, dont la blouse bleue porte l'écusson de la Préfecture de Police.

— Henriot est là ?

Le fonctionnaire garde le mutisme hautain des cerbères pénétrés de leur importance. Il se contente de hocher affirmativement la tête. Pomarède se dirige vers le couloir de l'anthropométrie, pousse une porte aux vitres dépolies. Son visage bonhomme a fait place à une mine sombre, où fulgure un regard courroucé :

— Alors, quoi, tu le fais exprès ?

Il en faut davantage pour troubler Henriot. Il reste impassible. Devant son microscope, il est le dieu invulnérable, que les railleries ou les récriminations des uns ou des autres ne sauraient troubler. Sa passion, son unique passion, c'est de comparer les empreintes, d'analyser les taches suspectes, de superposer les rayures de douilles et de balles... Passion qui éclipse sa vie familiale, au point que sa troisième épouse le menace à son tour de divorce. Elle lui reproche de la délaisser pour les archaïques soupentes de son repaire. Le fait est qu'il ne se sent pas le goût de discuter d'autre chose que de formules digitales, de signalements descriptifs, de groupes sanguins au rhésus positif ou négatif.

— Alors, tu l'as identifié ? reprend Pomarède avec un mouvement d'impatience, ce qui fait cliqueter sa pipe entre ses dents. Il serait temps ! Il faut que je fournisse un rapport au taulier !

Le taulier, c'est le patron, le commissaire divisionnaire Pinault, un brave homme qui a pris la direction de la Brigade criminelle après la Libération. Il ne peut se faire aucune illusion sur la nature humaine, Pinault ! Il est blindé par l'avalanche de crimes qui s'est abattue sur son service depuis pas mal d'années...

Il est blasé, et pourtant la sauvagerie du double assassinat de Neuilly l'a fait frissonner. Il a mis sur l'affaire son seul élément de valeur disponible en cette période de vacances, Amédée Pomarède lui-même !

Adolphe Henriot abandonne à regret son observation, se redresse, fait pivoter le haut tabouret tournant. Il prend tout son temps pour répondre :

— Facile, mon vieux ! Aucune erreur possible là-dessus ! C'est un certain Messina qui a fait le coup. Un mafioso que le F.B.I. recherche... La Volante aussi, depuis plusieurs jours, sans succès...

Pomarède sursaute, manque de desserrer les dents et de laisser choir sa pipe, de surprise... Il reste là, les yeux arrondis. D'un geste machinal, il retire le tuyau de sa bouche, fixe Henriot quelques secondes en silence.

— Tu es sûr ? demande-t-il enfin. Le Messina de la circulaire américaine ?

— Aucun doute, dit Henriot, catégorique. Faut te faire une raison, mon vieux...

Il reprend place devant l'œilleton de visée de son microscope. Il poursuit :

— Ce salaud ne s'est pas gêné ! Il a laissé deux empreintes aussi superbes que sanglantes sur la rampe de l'escalier du second étage par où il est reparti. Je vais te dire un truc, mon vieux : la voilà, l'opération importante qu'Interpol annonçait... C'est con de ne pas l'avoir cravaté avant !

Ce qui énerve prodigieusement Pomarède, ce sont les tics de ce filiforme Bourguignon d'Henriot dont la houpette grise ne cesse de s'agiter au-dessus d'une longue et triste figure aux sourcils charbonneux. Pas une de ses phrases ne saurait commencer sans ce rituel « mon vieux », se terminer sans « je vais te dire un truc »...

— Dis-le, ton truc, grince Pomarède.

Henriot ne répond pas. Il joue en maître avec son appareil. Son pouce et son index procèdent à l'ultime mise au point de la roulette moletée qui commande la précision des lentilles. Dans l'oculaire, les cheveux placés sur chacun des deux plateaux de l'appareil apparaissent, grossis. Enfin, Henriot se décide :

— Eh ! oui, mon vieux, c'est bien Messina. Ça t'emmerde mais c'est comme ça ! En plus des empreintes, il y a les tifs. Je vais te dire un truc : t'en connais des mecs de la Mafia qui donnent dans les bonnes œuvres, toi ? T'as vu ce carnage ?

Il plisse le front, ferme les yeux un instant pour mieux se recueillir. Pomarède commence à trouver que ce cinéma du grand maître inspiré dure un peu trop longtemps. Le maître poursuit :

— J'ai ramassé des poils sous le vasistas et à la porte du bureau. J'ai d'abord pensé à un chien. J'ai éliminé cette hypothèse car, à l'agrandissement, la moelle de l'écorce et de la cuticule est apparue différente de celle d'un animal, mon vieux...

Il se venge, Henriot. Il prend la revanche de ceux qui travaillent dans l'ombre. Il soulève une paupière pour juger de l'effet produit par l'utilisation de mots savants. Amédée Pomarède ne bronche pas.

— L'indice médullaire a prouvé qu'il s'agissait de cheveux, poursuit le maître. Et de cheveux arrachés, car ils ont un aspect particulier. Leur bulbe est différent... Je vais te dire un truc : ces cheveux d'homme correspondent très exactement à ceux de Messina que le F.B.I. s'est procurés je ne sais comment... Et de deux, mon vieux !

Il descend de son siège tournant, se dirige vers deux plaques photographiques qui sèchent sur un support. Pomarède constate qu'il s'agit de négatifs.

— Qu'est-ce que c'est que ça, Adolphe ?

— Les empreintes des pas, mon vieux. Je les ai relevées dans le jardin, et au pied de l'échelle. Les semelles caoutchoutées ont couché l'herbe et laissé des traces sur le balcon. Pointure 43... Pointure Messina garantie F.B.I. ! Tu vois que j'avais raison, ce matin, quand je te disais que les empreintes, ça cause !

Amédée Pomarède ne l'écoute plus. Il a mordu le tuyau de sa pipe et fermé les yeux. Il se revoit, ce matin, rue Poulet —

un nom de circonstance —, dans son petit logement accroché à la butte du Sacré-Cœur...

... Sept heures. Il fait jour depuis longtemps, mais le ciel gris fait croire que c'est l'aube. Amédée Pomarède a versé l'eau bouillante sur son tilleul-menthe. Il est en train de faire fondre le sucre dans la tasse, quand tinte la sonnerie du téléphone :

— La permanence P.J., monsieur le principal... Le patron demande que vous alliez rejoindre le commissaire de Neuilly, boulevard de la Seine... Il y a eu un double meurtre dans un hôtel particulier, chez la comtesse de La Morlière.

— Bon ! L'Identité est prévenue ?

— Je joins Henriot, monsieur le principal...

Amédée Pomarède, pensif, assis sur le rebord de la fenêtre ouverte, le récepteur à la main, contemple le trottoir luisant. Il découvre le halo des lampadaires sur le boulevard Barbès, les autobus qui se croisent, déjà chargés de ces aoûtiens de Paris qui vivent encore leurs vacances si vite évanouies...

— Envoyez-moi une voiture !

Il raccroche. Un double meurtre à Neuilly... Du beau linge, sans doute. On va se remuer en haut lieu... Il revient à pas lents à la table de la cuisine, avale le tilleul-menthe, presque bouillant. Gagne le cabinet de toilette. Décidément, le mois d'août commence mal ! Heureusement qu'Henriot est un artiste, même s'il ne taquine pas la palette comme Amédée Pomarède... Il ne laisse rien passer, Henriot ! On ne compte plus les faussaires, les cambrioleurs, les meurtriers qu'il a permis d'expédier sous les verrous... L'ennui, c'est qu'il va falloir supporter, pendant toute la durée de ses constatations, les « je vais te dire un truc » et les « mon vieux ».

A huit heures moins vingt secondes, la voiture de service dépose un Amédée Pomarède rasé de frais devant le portail de la propriété de feu la comtesse de La Morlière. Les deux agents du commissariat de Neuilly portent la main à leur képi avec une simultanéité touchante. Une forte odeur d'herbe mouillée s'élève des pelouses du parc. Pomarède suit l'allée pavée jusqu'au péristyle, étudie une seconde les contours des moulures de la façade trop richement surchargée. Une femme en blouse grise sanglote, assise sur une marche. L'épouse du concierge, sans doute. L'inspecteur gravit l'escalier, gagne le hall, puis le salon.

— Entre, Pomarède !

Le commissaire de Neuilly tend une main que l'inspecteur principal serre sans la moindre émotion... Il a fait son chemin, celui-là ! Pomarède et lui ont débuté ensemble, pendant la guerre, dans les rangs de la Brigade spéciale du commissaire Massu. Compagnons d'infortune au temps où l'occupant régnait en maître, ils ont réussi à garder leur réputation intacte au travers de ces années agitées, bouleversées par des affaires à scandales. Mais, à la Libération, l'un a transformé des enquêtes secondaires en actions d'éclat, certificats plus ou moins fictifs à l'appui... Et il a été nommé commissaire, au titre de la Résistance. Pomarède, lui, n'a rien demandé. Il a persévéré dans sa tâche de flic anonyme, puisant dans la peinture et la poésie, qui comblent ses heures de loisir, la sérénité que réclame son tempérament d'esthète...

Déjà, Adolphe Henriot a planté son trépied de photographe dans le décor. Il a procédé aux relevés d'empreintes dans le jardin et les pièces d'habitation, sous l'œil impassible du procureur de la République et du juge d'instruction, tout de noir vêtus pour la circonstance. Le maître de l'Identité fait un signe amical à Pomarède, avant de replonger derrière le tissu noir de son appareil à soufflet.

Le spectacle est atroce : les deux vieilles femmes gisent, la gorge ouverte et le crâne fracassé, sur le tapis de leurs chambres respectives, dans une mare de sang...

Un couteau de boucher, dont le manche est entouré d'une serviette, est resté planté dans la poitrine de la comtesse. Un marteau ensanglanté gît près de la table de nuit, au tiroir béant.

A deux ou trois reprises, Pomarède a senti que le regard du juge d'instruction se posait sur lui. Mais il a l'habitude de paraître étrange, dans ce métier, avec son taupé à bords démesurés et sa lavallière.

Il s'est promené dans la maison, sans rien dire, regardant vaguement devant lui. Pour le moment, c'est à Henriot de faire les constatations, de dresser un état des lieux, d'en tirer ses conclusions. Il se démène, Henriot. Il photographie, sous tous les angles, les victimes, les meubles et les objets dans leur désordre initial. Il capte ainsi des détails que l'œil ne perçoit pas encore, mais qui apparaîtront lors d'un minutieux examen des clichés.

Comme le dit toujours Henriot au début de ses opérations :

— La nature morte, mon vieux, le « paysage » bouleversé, c'est le tableau du crime... Ça en dit plus long qu'un rapport !

Nature morte, paysage, tableau... Un vocabulaire qu'Amédée Pomarède est le premier à comprendre, et qui renforce sa complicité avec le minutieux Henriot. Mais cette fois, devant ce spectacle, les plaisanteries sont de trop...

Quand il en eut terminé avec ses photos, Henriot a ouvert la valise cadenassée dans laquelle il transporte du sulfate d'antimoine, pour relever les empreintes sur fond clair, et de la céruse pour les autres cas. La scène de massacre n'empêche pas Henriot de cligner de l'œil, hilare, quand il glisse à Pomarède :

— J'en ai trouvé des chouettes, mon vieux. Des empreintes, ça cause ! Des traces de godasses, aussi... Je vais même te dire un truc...

Il faut le voir faire et refaire le tour des pièces, à quatre pattes, le nez au tapis, examinant à la loupe les objets maculés de taches suspectes ! Pomarède a noté la position des cadavres, l'ouverture béante du coffre vidé de son contenu, la vitre brisée du vasistas, au second étage... Il a demandé au concierge, qui avait découvert le crime, si les portes du rez-de-chaussée étaient bien fermées, quand il est arrivé.

— Bouclées, monsieur l'inspecteur, toutes au verrou. Sauf celle de la cuisine, simplement poussée. La clé a disparu... Pour moi, l'assassin est venu par le toit... Il est reparti par la cuisine dont il a ouvert la porte de l'intérieur. Ce qui m'étonne, c'est qu'il ait remis l'échelle à sa place, sous l'appentis. Il faut un sacré sang-froid !

— Vous auriez dû faire carrière dans la police, mon ami... dit Pomarède, légèrement ironique. D'après vous, l'assassin connaît donc les lieux. C'est important. Il a menacé votre patronne, réveillée en sursaut... Il lui a fait ouvrir le coffre. Après quoi, non content de l'assommer pour opérer tranquillement, il l'a égorgée pour qu'elle ne puisse pas donner son signalement. Les cris ont alerté la gouvernante, qui a subi le même sort... Tout cela est ignoble...

... Dans les combles de l'Identité judiciaire, Amédée Pomarède sort de sa rêverie, rouvre les yeux :

— Dis donc, Adolphe, tu m'as dit tout à l'heure : « je vais même te dire un truc »... C'est quoi, ton truc ?

Jamais il n'a sous-estimé Henriot. Et la façon dont son collègue a prononcé la formule rituelle, le ton inhabituel, modéré, réfléchi, signifient que le maître de l'Identité a une idée derrière la tête.

Henriot traîne les pieds dans la pièce, pose une main sur le tabouret :

— J'ai l'impression qu'ils étaient deux, mon vieux, à faire le coup !

C'est une nouvelle surprise pour Pomarède, après l'annonce de la culpabilité plus que probable de la Mafia.

— Qu'est-ce qui te fait dire ça ?

— Je n'ai relevé sur le coffre aucune autre empreinte que celles de la comtesse...

L'inspecteur-artiste hausse les épaules :

— Parce que Messina l'a obligée à l'ouvrir, pardi !

— Ou qu'il avait des gants... Dans ce cas, pourquoi les a-t-il retirés avant de repartir ? Je retrouve au second étage ses empreintes, mêlées de sang...

L'hypothèse fait hésiter Pomarède, une seconde seulement. Il reconstitue le chemin qu'a emprunté Messina, à l'aller comme au retour... Mais, bon Dieu, qui a pu ouvrir la porte de la cuisine ?... A moins que le Ricain n'ait voulu jeter un coup d'œil dehors, avant de perpétrer son forfait ?

Amédée Pomarède tète longuement sa pipe et demande :

— C'est pour me dire ça que tu me faisais attendre, alors que j'ai mon rapport à rédiger ?

— Oui et non, dit Henriot. J'ai d'autres traces de boue sur

le carreau de la cuisine... Pas assez nettes pour les identifier, mais leurs dimensions ne correspondent pas à la pointure de Messina. On dirait des chaussures montantes, comme celles d'un ouvrier... Un plombier, un peintre...

Pomarède torture le tuyau de sa bouffarde. Perplexe, mécontent, il grommelle :

— Nous avons déjà Messina... On verra s'il nous dit qu'il était seul ou accompagné !

— Quand tu lui auras mis la main dessus, ironise Henriot. C'est peut-être pas demain la veille... Parce que je vais te dire un truc, mon vieux, ça fait quand même un bout de temps qu'il se fout de la gueule de toutes les polices du monde !

« *Préfecture de Police. Direction de la Police judiciaire. Pour diffusion générale extrême urgence. Rechercher activement le nommé Messina Rocco, dit le Ricain. Auteur double meurtre commis à Neuilly dans la nuit du 4 au 5 août. Très dangereux. Peut être armé. En cas de découverte procéder arrestation et aviser d'urgence inspecteur principal Pomarède, Brigade criminelle. Turbigo 92.00, postes 357 et 865.* »

Amédée Pomarède relit tranquillement le message qu'il vient de rédiger, corrige une faute, range son porte-plume sergent-major dans son tiroir.

Puis, à pas lents, il gagne le bureau du commissaire pour le rapport journalier. Il lui reste à annoncer à son chef que la Mafia vient de frapper à Paris.

13.

— Les premières gouttes depuis longtemps, s'exclame le chauffeur. Malheureusement, ça ne va pas durer...

Mon taxi attaque la *vialle della Liberta*. Ça ne dure pas, en effet. Comme par enchantement, l'orage disparaît aussi vite qu'il était venu. Il n'a pas eu le temps de rafraîchir l'atmosphère.

Le sommeil m'accable déjà dans l'escalier de l'hôtel. Je gravis pesamment les marches qui mènent à ma chambre. Voilà bien les effets du copieux repas que m'a offert Poggi... Je mets la clé dans la serrure. J'ouvre la porte d'une main cotonneuse. Je marche sur le message qu'on a glissé sur la moquette : « *Appelez d'urgence bureau.* » C'est tout. Dérangé dans ma digestion paresseuse, je grogne. J'ouvre les doubles rideaux, je fais bâiller un instant les fenêtres, pour me réveiller un peu. Les vespistes et autres lambrettistes ont repris la ronde infernale de leurs pétarades.

Pas besoin de se demander quel bureau il faut rappeler. Ce ne peut être que le mien. Il n'y a que le Gros qui puisse me donner un ordre sans le moindre signe de politesse. Mais j'ai le temps. Si j'étais en train de battre le pavé de Palerme, le nez fureteur et le pied léger, le message ne m'aurait pas touché. Je ne vais donc pas me précipiter quand Vieuchêne me siffle. Pour me dire quoi, au fait ? Rien. Il attendra. Je n'ai qu'une envie : m'allonger, me reposer, surtout ne pas penser à l'avalanche de mauvaises nouvelles qui vont me dégringoler sur la tête, je le sens. Avec Vieuchêne, pas de répit. Hidoine, dans une magistrale envolée poétique, a même pondu un quatrain qui a fait, sous le manteau, le tour de la section :

Avec Vieuchêne
Tous à la peine
Avec le Gros
Tous au boulot

C'est qu'on a de l'esprit, à la première sous-direction des affaires criminelles !... Oui, il attendra, Vieuchêne. Je suis hors de sa ligne de tir, heureusement. Pas moyen de contrôler mes allées et venues... Ça doit lui manquer ! « Dites donc, Borniche, où filez-vous encore comme ça ? Jouer aux petites boules, naturellement ! »

Car il fait un abcès de fixation sur les billards électriques. Il n'a jamais pu apprécier le goût de sa fine équipe pour les flippers. Tant pis !... Pourquoi diable est-ce que j'entends cliqueter les boules des flippers du quartier de la Sûreté ? Pourquoi les pin-up en maillot pailleté s'allument-elles et s'éteignent-elles au rythme des points marqués ? Voilà que je reboutonne la chemise que je viens de déboutonner... Le vin de Sicile me tourne la tête ! Il est temps de me vautrer, avec un soupir d'aise, dans la blancheur des draps.

Le vacarme du téléphone me rappelle à l'ordre, après cinq minutes d'un sommeil pâteux. Je secoue ma torpeur, décroche. J'attends, avec prudence, que le concierge se manifeste. S'il annonce *Parigi,* je raccroche... C'est Poggi. La voix claire, chantante de Poggi. Il tient le coup, lui !

— Bien arrivé, cher Borniche ?

Bien sûr... En taxi, ça va tout seul ! Sur le chemin du retour, le chauffeur était intarissable. Il supputait déjà un pourboire royal en fin de parcours. Les paupières lourdes, je l'écoutais à peine, obsédé par la jeunesse de Rocco Messina, l'omnipuissance de Don Calo Puzzoli, le Sicilien. Il avait fait un détour pour augmenter le prix de la course, ce qui me valait les méandres de la route côtière qui défilait au pied du mont Pellegrino, tandis qu'il me vantait le charme des grottes préhistoriques d'Addaura. Des cartes postales de première classe me forçaient d'ouvrir les yeux, torturés par un irrépressible sommeil. Je n'avais pas dormi depuis deux nuits, et puis il faisait si chaud !

— *Pronto !* s'impatiente le charmant Poggi.

— Oui...

J'ai du mal à articuler. Je me redresse. J'essaie de rassembler mes idées.

— Pour ce dont nous avons parlé tout à l'heure, j'ai des nouvelles...

Un silence. Je fais un vague « ah, ah » et la voix de Poggi fait de nouveau vibrer l'écouteur qui me martèle le crâne :

— C'est bien ce que je pensais : votre gars n'est pas à Palerme... Mais il vient d'entrer en relations avec son frère...

Du coup, me voici tout à fait réveillé.

— Quel frère ? Ils sont deux...

— *Perfettamente. Dove posso trovare...* Excusez-moi ! Je vous ai déjà naturalisé italien ! Je peux vous voir d'ici un quart d'heure ?

Mon silence traduit l'intense méditation policière qui court d'un bout du fil à l'autre. Poggi poursuit enfin :

— Quand vous sortez de l'hôtel, vous suivez à droite, dans la direction de la cathédrale, *via Vittorio Emmanuele.* Je vous prends devant la *Biblioteca Nazionale.*

— D'accord.

Je replace l'appareil sur sa fourche. Mille pensées tournent dans mon crâne.

Cinq minutes plus tard, je fais le pied de flic devant la Bibliothèque nationale, dont la sévère façade d'ancien collège de jésuites n'a rien à envier à notre vénérable institution de la rue de Richelieu.

Je hume à pleins poumons, entre mer et collines, le parfum des fleurs multicolores de la Conca d'Oro, à la sortie de Palerme. Au bout d'une dizaine de kilomètres, la Fiat du *Dottore* Poggi abandonne la route côtière, tourne en direction de Bagheria. Mon collègue fonce sur le *corso Butera,* vers le centre de la ville. Il franchit les pilastres d'une ancienne porte, pour s'arrêter sur une place où fleurissent les pompes à essence et les voitures des touristes. Deux gnomes de pierre gardent l'entrée d'un palais.

— C'est la *villa Palagiona,* dit Poggi. Le maître du lieu, fou de jalousie, y avait enfermé sa jeune femme, dans la seule compagnie de monstres momifiés...

Voilà ce que j'aurais dû faire avec Marlyse ! Je lui laisse trop de bride sur le cou, c'est pour ça qu'elle en prend à son aise ! Quand elle va savoir que je suis venu en Sicile sans elle ! Mais au diable Marlyse et les monstres de pierre ! Je ne suis pas là pour le site et la légende dans cette Bagheria qui fut le fief de milliers de tailleurs de pierre et de maçons... C'est Rocco Messina qui m'intéresse, et lui seul ! On va voir si le Gros a eu raison de m'expédier ici.

— Rocco n'est pas à Bagheria, m'a répété Poggi au cours du trajet. Mon correspondant me l'aurait dit. Il n'a plus que deux frères dans la région. C'est avec Alfredo qu'il est entré en relations.

Poggi a évité, de deux doigts, la profonde ornière d'un raccourci de terre battue. Il a hésité une seconde avant de préciser :

— C'est le receveur des postes qui m'a renseigné, tout à l'heure. Un Italien du Nord, comme moi... Vous imaginez ce qu'il pense des Sudistes... On n'a pas eu notre guerre de Sécession, mais c'est tout comme !... Donc, Alfredo a reçu un télégramme de Paris, il y a deux jours. Avec un numéro de téléphone !

Je sursaute :

— J'espère qu'il l'a noté, votre receveur ?

La Fiat a hoqueté sur les dernières bosses du chemin, avant de retrouver la route.

— Pour quoi faire ? Messina n'est pas recherché en Italie. Nous n'avons que des soupçons, pas de preuves sur son activité criminelle. Et puis, un postier, ce n'est pas un flic !

Il défend son indic, Poggi. Ça me plaît.

— Cela dit, poursuit-il, il faudrait le retrouver, ce numéro... Mais comment ?

Eh oui, comment faire ?

En tout cas, il n'avait pas tout à fait tort, Vieuchêne... Rocco n'est pas en Sicile, soit ! Il a tout de même eu l'imprudence, dès son arrivée à Paris, de câbler à son frère… Pour lui dire quoi ?

Poggi a haussé les épaules. L'air de dire que j'en demande un peu trop.

— Ça m'ennuie de poser trop de questions au receveur, comprenez-vous. Il est capable d'en poser à son tour au facteur, pour me rendre service ! Il peut y avoir des fuites…

— Et si Alfredo avait transmis le message à son frère le pharmacien ?

— Ça m'étonnerait ! Gino n'aime pas Rocco. « Le génie du mal, dit-il, la honte de la famille ! » Tous deux se sont brouillés pour des histoires d'héritage, quand leur mère s'est fait écraser par un camion sur la route de Messine… Il est à Castelbuono, maintenant, Gino. Un vieux bourg de montagne. On ne saura rien, là-bas, j'en suis convaincu. J'y ai fait une enquête il y a deux mois… Un carabinier avait été assassiné au pied du pic della Carbonara. Personne ne disait mot… Mais, derrière les stores de chaque fenêtre, un regard épiait nos allées et venues. Mes hommes n'étaient pas tellement rassurés ! Tout est plus noir que l'ombre, là-haut… Noir comme leurs âmes ! Le soleil est si blanc, pourtant…

Poète avec ça, le *Dottore* Poggi ! La Mafia l'inspire…

— La maison d'Alfredo, c'est la dernière à droite, en sortant de la ville. Si vous voulez y jeter un coup d'œil, c'est facile. Il y a des tas de pierres taillées et de marbre dans la cour…

— Il est intelligent ?

— Je ne crois pas… Mais soyez prudent… Dans ce pays, on ne sait jamais…

J'ai laissé Poggi derrière ses lunettes de soleil, là-bas, sur la place Graziani. J'ai longé des villas étouffées par une urbanisation chaotique, avant de tomber sur l'entreprise Alfredo Messina. Je suis passé devant, l'air le plus indifférent possible… S'il n'y avait personne, pourrais-je me livrer à une visite domiciliaire illégale et risquée ? Non. Poggi n'apprécierait pas. Les Siciliens non plus d'ailleurs. Je suis revenu me planter devant la porte grillagée de l'entrée. Ni serrure, ni cadenas.

Un cercle de fil de fer suffit à protéger la cour, au milieu de laquelle trône une scie à courroie. Les dés sont jetés. Je rassemble quelques mots d'italien :

— *Mi scusi, signor, parla francese ?*

Alfredo Messina fait « non » de la tête. Curieux bonhomme, cet Alfredo. Petit, râblé, chauve, affligé de lunettes épaisses, son maigre corps flottant dans une veste de maçon et un pantalon de velours. L'inévitable double mètre, signe de ralliement des menuisiers et des maçons, émerge de sa poche droite. Son visage ouvert, affable, sue la bêtise. C'est ça le frère d'un mafioso ? Il reste là, les doigts accrochés au grillage.

Je joue la déception :

— *Ah... Mi, non parlo italiano... Mi turistico francese... Visitare monumenti antichi...*

Pour du petit nègre italien, c'est du petit nègre à faire pâlir de jalousie tous les curés qui baragouinent leur latin de cuisine... Quand même, Alfredo a l'air de le comprendre, ce langage. Ce qu'il faut, c'est entrer dans la place. J'insiste :

— *Mi, molto ami, Rocco, molto...*

— *Non c'é...*

Il n'est pas là, j'ai compris. Mais ça s'annonce difficile pour la suite de la conversation. Si j'étais le grand patron de la Sûreté nationale, j'exigerai qu'un candidat au noble métier de flic connaisse au moins deux langues...

— *Momento !*

Alfredo ouvre la porte. Traverse la rue. Frappe à la vitre d'une bâtisse croulante. Je vois apparaître dans l'encadrement une tête ravinée, couronnée de cheveux blancs. Je tends l'oreille. Je saisis un rapide échange de mots... J'entends « *Peppino* », « *Francese* », « *Rocco* »... Alfredo revient avec le vieillard Peppino, qui découvre, en une sorte de sourire, des gencives édentées :

— Je parle un petit peu français, zézaye-t-il. Alfredo me dit que vous êtes un ami de Rocco !...

— *Si, signore*. Un grand ami. Je prends des vacances dans la région, alors je suis venu lui dire bonjour. Je suis avocat.

Peppino traduit mes bonnes intentions à Alfredo, dont le visage change à mesure. Aimerait-on les avocats en Sicile ? Le voici tout empressé, maintenant Il s'efface pour me faire entrer dans la cour.

— Alfredo dit qu'il est très honoré. *Dottore.* (Ça y est, ma fausse identité me vaut le « *Dottore* » !)... Il voudrait bien vous recevoir, mais sa femme est au village... Il s'excuse...

J'ai le souverain geste du bras de l'homme de robe qui plaide une cause désespérée devant un jury coriace.

— Merci, dis-je au traducteur édenté, je n'ai pas beaucoup de temps... Je voulais juste dire bonjour à Rocco. S'il n'est pas là, ça change tout.

Que va-t-il sortir de ce colloque de sourds ? Le sort de ma mission sicilienne se joue.

—Alfredo dit que Rocco n'habite plus ici... Il est en Amérique.

Je souris d'un air entendu :

— Je sais... Il m'a écrit de New York. J'avais cru comprendre qu'il était venu faire un tour au pays, pour les vacances...

Je tends la main à Alfredo, j'examine cette physionomie peut-être un peu trop bonasse, qui sait ? en ajoutant, mine de rien :

— J'avais aussi de l'argent à lui remettre... Enfin, à lui rendre. Il avait prêté deux mille dollars à un de mes clients... Je le lui expédierai de Paris. J'y suis dans deux jours.

La carte forcée, comme en prestidigitation. Ça marche ? Ça ne marche pas ?

Ça marche ! Ça y est ! Je le sens. Je le vois. Dès que Peppino a traduit mes mensonges, le brave Alfredo se déride. Il entre dans son atelier, rapporte un télégramme qu'il me tend, tout simplement. Je le photographie, plus que je ne le lis :

« *L'asseto Parigi la settina ventura prossima. Telefone JAS.85.44* »

Sans lâcher le message, je le montre à Peppino :

— Je suis au courant, dit-il. Rocco voudrait que son frère vienne le voir à Paris... Ça n'est pas possible, ça fait trop de frais...

— Ce serait pourtant intéressant de nous y retrouver. Alfredo a donné se réponse ?

— Pas encore.

Je glisse, d'un mouvement de manche, le télégramme dans ma poche.

— Dans ce cas, je lui expliquerai, qu'il ne peut pas venir, dis-je, magnanime.

Je serre les mains et je disparais comme un voleur, craignant que cet abruti d'Alfredo ne réclame son télégramme. Non, il n'a pas bougé... C'est beau, la confiance... Il va en faire une tête, le Gros, quand je vais débarquer, aussi vite !

Un Vésuve sans panache couronne la baie de Naples, sous mes yeux encore gonflés de sommeil. Le car-ferry de la Tirrénia glisse entre la presqu'île de Sorrente et le promontoire Pausilippe. L'étrave du bateau va caresser les villas noyées dans les pins. Le moral est au beau fixe. Je n'ai pas traîné, à Palerme. Vieuchêne ne pourra pas m'accuser d'avoir abusé des deniers de la Sûreté nationale. Le *Dottore* Poggi en est même resté sidéré :

— Vous devriez revenir plus souvent... Jamais un Italien n'aurait réussi à faire parler Alfredo...

Le car-ferry était plus agréable pour rejoindre Naples que l'infernal chemin de fer calabrais. C'est de Naples que je vais téléphoner au Gros, si les embouteillages monstres veulent bien laisser passer mon taxi... Je l'abandonne, ce taxi, *piazza Matteoti*, devant le bureau central des postes. Neuf heures vingt.

— *Vorreil telefonare a Parigi. Bisognera aspettare molto ?*

— *Una ora...*

C'est long, une heure pour avoir Paris ! A dix heures vingt, le Gros sera sûrement chez le directeur. Si c'est pour avoir Paulette et ne rien lui dire, ça ne vaut pas le coup... de Lœil ! La standardiste manipule trois appareils en même temps, au milieu des « *pronto* », des « *il gettone* », des « *non interrompa* » qu'elle distribue à ses correspondants au rythme d'une mitrailleuse bien graissée. J'arrive quand même à lui glisser mon numéro. En attendant le résultat, je me promène dans la grande salle, l'œil curieux, la mallette à la main... La parfaite image du touriste désœuvré.

— *Parigi, signor ?*

Merveilleuse Italie! L'heure d'attente se solde par une économie de quarante minutes. Tant mieux! Je m'engouffre dans la cabine, décroche le combiné d'ébonite-propriété-de-l'Etat.

— *Resti in linea,* dit la voix charmeuse de la brune et pulpeuse standardiste.

J'y reste, en ligne. Je suis là pour ça, non? Une voix française surgit, ça fait plaisir.

— Borniche à l'appareil. J'appelle de Naples. Le patron est là?

Un déclic. Et j'ai droit à l'organe du Gros. La voix suave, bien timbrée de Vieuchêne un vendredi matin, au mois d'août...

— J'écoute...

— C'est Borniche, patron...

— Ah! Borniche! Où êtes-vous?

— A Naples. J'ai reçu votre message...

— A Naples! Mais je n'ai pas envoyé de message à Naples, moi! Qu'est-ce que vous foutez à Naples encore?

— Je rentre. J'ai pris le bateau pour aller plus vite.

Je vois d'ici ses sourcils se froncer... Puisqu'il ne faut pas penser à l'avion, sauf mission très exceptionnelle, le bateau va-t-il plus vite que le train?

— Pourquoi n'avez-vous pas appelé hier?

— Je suis rentré tard. Je cherchais Messina...

Ça éructe, ça rugit, ça explose dans l'appareil.

— Messina? Est-ce que vous vous foutez de moi, Borniche? Il est à Paris, votre Messina! Vous n'avez donc pas lu les journaux? Vous savez ce qu'il a fait, Messina? Il a assassiné deux vieilles dames pendant que vous vous baladiez au soleil... Il a même laissé ses empreintes! La P.P. est dessus, naturellement! Alors, Messina, j'en ai ma claque.

Clac, en effet! La préposée italienne s'inquiète :

— *Sono stato interrotto?*

Oh, non, ce n'est pas le hasard des circuits qui a interrompu la communication... Je sors de la cabine, les jambes molles. Envolée, ma belle euphorie des heures passées. J'étale mes lires, pour payer ce que la mignonne me demande... Nom de Dieu, ma mallette! Je l'ai oubliée dans la cabine! Je me rue au fond de la salle. Elle est là, ma pauvre mallette de flic, au pied du tabouret. Décidément, elle ne me réussit pas, l'affaire Messina ! Je ne suis vraiment pas fait pour la chasse aux mafiosi !

14.

Aux grands maux, les grands remèdes. J'ai quitté le vacarme de Palerme pour la cacophonie d'un central téléphonique parisien... Une heure a passé, puis une autre. Mes tympans sont à vif. Les opératrices transpirent. Les châssis d'aération ne suffisent pas à dissiper les odeurs suffocantes de la pièce. L'air de ce mois d'août est encore plus lourd, plus collant, plus visqueux dehors que dedans.

Tout près, trop près de moi, une matrone casquée vitupère dans le micro en forme de cornet accroché à son cou. Un peu trop loin, malheureusement, une jeune femme toute bouclée susurre des mots tendres à l'oreille d'un correspondant invisible. Ce ne peuvent être que des mots tendres, tant sa mimique enamourée me laisse rêveur... La belle enfant jette des coups d'œil furtifs à la surveillante revêche plantée derrière son guichet, au milieu de la salle. Puis elle reprend son babillage. Sa blouse de nylon transparente ne laisse rien ignorer des formes bien faites pour faire tourner la tête d'un malheureux flic en mission d'observateur. Des visions tentatrices de sieste et de caresses passent dans cette atmosphère maléfique. Cette travailleuse de l'été appelle des mains palpeuses...

Elles sont occupées, mes mains. Je suis calé sur un tabouret, dans un coin, entre les rotateurs de l'automatique et l'amoncellement des fils bicolores, qui courent du plancher aux poutres métalliques du plafond. La main gauche plaque contre mon oreille l'écouteur dont le chef du central m'a gratifié pour assurer mon indiscrétion avec le plus d'efficacité possible. Dans la main droite, le Bic frétille, prêt à résumer sur les feuillets du bloc-notes l'essentiel des conversations surprises. Je regarde fixement l'appareil posé devant moi, sorte de baromètre-enregistreur des temps révolus, dont l'aiguille encrée joue à tracer des tirets sur le papier du cylindre tournant.

Le chef de centre, délivré du secret professionnel par la réquisition officielle, m'a expliqué le système :

— C'est simple... Dès que l'abonné décroche le combiné, le cylindre se met en mouvement. Aussitôt, vous captez des cliquetis sonores... L'aiguille marque leur nombre sur le papier. Il suffit donc de compter les traits, semblables aux signaux de l'alphabet morse, pour obtenir d'abord les trois premiers chiffres de l'indicatif, ensuite les quatre chiffres du correspondant qu'on appelle...

Il repasse devant moi, en chemise, les manches retroussées. Il souffre de la chaleur, lui aussi. Ses aisselles s'ornent de larges auréoles. La climatisation, en France, on ne connaît pas !

Quand il m'a montré le fonctionnement de l'appareil, tout à l'heure, j'ai compris que sa simplicité n'ôtait rien à son efficacité...

— Et une fois que j'ai les sept chiffres ?

— C'est simple. La surveillante a le tableau des indicatifs... Ainsi, par exemple, trois fois trois tirets donnent 333, c'est-à-dire D.E.F., Défense... Huit tirets, puis sept, puis quatre, donnent 874, T.R.I., donc Trinité...

C'est simple et précis, en effet. A partir de ce système élémentaire, je pense découvrir les numéros appelés du poste de l'abonné.

— Et quand on appelle de l'extérieur ?

Le postier a levé les épaules :

— Ça, ce n'est pas possible. On peut découvrir ce qu'un poste demande, pas ce qu'il reçoit. D'ailleurs, vous percevrez, dans votre écouteur, un ronronnement, à la place du cliquetis sonore...

Ma foi, ce n'est déjà pas si mal ! Bien sûr, cet archaïsme

artisanal ferait éclater de rire Richard Baker, blasé comme il est des merveilles de l'électronique...

Richard Baker baigne dans la volupté. Il a trouvé les petites femmes de Paris fidèles à leur légende. Et lui, l'Américain, a porté haut le flambeau des gars du Michigan. Digne en tous points des G.I. qui l'ont précédé. Un sourire de satisfaction s'installe sur ses lèvres, tandis qu'il caresse les hanches de Pénélope. Nue, elle lève vers lui une bouche haletante. Il aime à sentir la peau frémir sous ses doigts.

Oui, ce sont de sacrées affaires, ces Parisiennes ! Pénélope, en particulier. Il l'a rencontrée au *Bar des Théâtres,* où il était allé tuer sa solitude. Elle s'est tout de suite accrochée. Ils ont dîné au fond de la salle, serrés l'un contre l'autre. Il a risqué sa main sur la cuisse longue et ferme. Le cheminement de la main ne semblait pas l'effaroucher...

L'attaché d'ambassade l'avait prévenu, le jour même où il était venu se présenter :

— Paris est une ville fascinante... Très fascinante... Les monuments, bien sûr, mais surtout les femmes... Les femmes !

Il manquait d'en avaler sa cravate à fleurs, l'attaché... La langue gourmande qu'il passait sur ses lèvres suggérait des étreintes qui laissaient Baker rêveur. Bon prince, l'attaché donnait ses coins de pêche :

— Les plus jolis mannequins, vous les trouverez au *Bar des Théâtres,* ou du *Plazza.*

Il avait dit vrai. Quand ce lourdaud de Borniche l'a abandonné, pour disparaître, Dieu seul sait où, le beau Richard s'est senti pousser des ailes. Il n'a pas hésité. Pas question de regagner sa chambre du *Bristol.* Cap sur l'avenue Montaigne !

La ravissante brune n'y allait pas par quatre chemins :

— Ou on se fait un tour de Bois de Boulogne, ou on va chez toi... Chez moi, il y a mon frère... Ce n'est pas facile ! D'ailleurs, il faudra que je le prévienne que je ne rentre pas.

Propos alléchants, lourds de promesses. Le *Special Agent* Richard Baker ne se l'est pas fait dire deux fois. Il a hélé un taxi G7 devant le *Plazza Athénée,* très folklorique et désuet, au regard des taxis américains, qui a déposé le couple tout frais devant le *Bristol.* Le chasseur en uniforme vert s'est cassé en deux quand le client lui a collé un dollar de la même couleur dans la main. L'expérience qu'avait Richard des baisers américains ne l'avait pas préparé à la technique de la brûlante Pénélope. Mauvaise mémoire, ou ingratitude envers ses compatriotes ? Dès cet instant, il tenait les Françaises pour les plus grandes amoureuses du monde. Et lui, Richard Baker Jr, fils de Richard Baker du Michigan, n'entendait pas être en reste.

A minuit, Baker puisait des forces neuves dans la bouteille de Krug, délicieusement frappée, dans le seau d'argent. Ah, Paris ! C'était quand même autre chose que le champagne de Californie ! Pénélope, pendant ce temps, parlait au téléphone :

— Tu sais, disait-elle, je suis heureuse. J'ai fait une rencontre formidable... Il est beau, bien élevé... A demain, mon petit Francis !

« Au poil, pensait Richard, *very* au poil ! » Il se regardait dans l'immense glace, faisait saillir ses muscles. Il se trouvait beau, en effet...

Pénélope lui a fait le commentaire de la fille sage :

— C'est mon frère. C'est la première fois que je ne rentre pas...

Richard Baker, touché, flatté, était tout prêt à croire ces proclamations de demoiselle rangée...

Il se lève, tire les doubles rideaux, consulte sa montre. Midi, le faubourg Saint-Honoré ruisselle de soleil. Il se retourne. Pénélope a rejeté le drap qui lui tenait chaud. Elle est splendide, nue, à plat ventre, dans l'abandon du sommeil.

« Elle est vraiment *marvellous,* se dit Richard. En plus, elle en pince pour moi... »

Il lui mordille l'oreille. Pénélope se réveille à peine, lui entoure le cou de ses deux bras, l'attire vers elle, murmure un mot... Son prénom, peut-être ? De nouveau, Richard s'enflamme, se donne tout entier à ce corps qui se tord sous lui, à cette bouche qui gémit de plaisir...

... Et, tandis qu'il perd la notion du lieu et du temps, Pénélope, les yeux au plafond, songe que la Langouste va être satisfait de son travail. Parfait son repérage du flic américain et sa filature ! Réussi le coup de la rencontre de hasard au *Bar des Théâtres,* la grande scène d'amour et tout ce qui s'ensuit...

Il avait bien raison, Francis, lorsqu'il disait :

— Il paraît que le Ricain, c'est un super-flic... T'inquiète pas, Péné ! Toi, tu es une super-nana ! Tu as ce qu'il faut pour rendre con n'importe quel bonhomme !

Je ne me suis pas amusé ce matin !

A peine descendu du Rome-Express, je fonce au commissariat spécial de la gare de Lyon. Comme tous les commissariats des gares, et bien qu'il soit dans le fief de la police parisienne, il dépend de la Sûreté nationale. Je suis donc chez moi. Quand je fais irruption, l'inspecteur de permanence, torse nu, émerge du cabinet de toilette où il finissait de se raser.

— Borniche, de la Direction... Je peux téléphoner ?

Je pose ma valise à terre, compose le 12 sur le cadran. Quinze secondes plus tard, le service des renseignements me communique sa réponse... Hélas, l'abonné de Jasmin a demandé à ne pas figurer sur la liste des numéros à communiquer.

— C'est pour la police... faites un effort...

— Police ou pas, c'est pareil !

Elle n'a pas l'air d'aimer les flics, cette opératrice peu aimable. Bon, eh bien, je sais ce qui me reste à faire... Je glisse dans la machine à écrire une feuille à en-tête du ministère de l'Intérieur obligeamment fournie par le collègue qui achève de s'habiller. Je me mets à taper. Mes deux index rivalisent de vigueur, au point de découper des confettis dans le mince papier administratif. Je relis ma prose à toute vitesse... Ça colle ! Le service de renseignements sera obligé de m'indiquer le nom et l'adresse de l'abonné J.A.S. 85.44.

Le collègue fait comme chez lui. Il enfile les pans de sa chemise dans la ceinture de son pantalon, ajuste sa cravate, tout en manifestant sa curiosité... Il veut savoir ! Pour faire son rapport à la direction des Renseignements généraux dont il dépend, bien sûr !

— C'est une affaire de carambouille, dis-je, d'un ton des plus naturels. Tu as un autre papier à en-tête ?

Déjà, je décide de la manœuvre... J'en ai l'habitude. Si je ne délivre pas le chef du central téléphonique Jasmin du secret professionnel, pas question d'enregistrer les communications. Aussi dois-je taper, de mes deux index impatients, ce qu'on appelle une réquisition. Et, comme je n'ai aucun ordre du juge d'instruction, j'en invente un :

« *Nous, Borniche, Roger, Inspecteur Principal à la Direction des Services de Police Judiciaire, agissant en vertu de la commission rogatoire en date du 2 août, de Monsieur le Juge d'Instruction Baguet du Tribunal de Grande Instance de la Seine...* »

Formules propres à faire ouvrir le parapluie administratif... Je poursuis :

« *Prions et au besoin requérons Monsieur le Chef du Central téléphonique Jasmin de bien vouloir brancher une bretelle d'écoute sur l'abonné Jasmin 85.44.* »

Et voilà ! Il n'y a plus qu'à conclure par la formule passe-partout :

« *Et pour la garantie de Monsieur le Chef de Centre, apposons ci-dessus notre sceau et notre signature.* »

La signature, ça va tout seul. Mais pas pour le sceau. Je ne me promenais pas en Sicile avec le tampon encreur de mon service. Je profite d'un moment d'inattention de mon collègue, occupé à lacer ses chaussures... Le cachet du « spécial » de la gare de Lyon fera l'affaire !

C'est fait. Faussaire accompli, mais pour la bonne cause, je glisse les deux feuilles dans une poche. Vais-je appeler le Gros pour le mettre au courant ? J'hésite... Il faut faire vite. Si je lui explique mes intentions, il voudra en savoir plus. Une heure au moins de palabres inutiles, rue des Saussaies... Oui, mais si je ne le mets pas au courant de mon arrivée, c'est la scène assurée. La vie de flic n'est pas rose. Toujours le dilemme : l'initiative ou l'engueulade...

Je n'ai pas pu me raser dans le train. La queue s'allongeait devant les toilettes depuis le lever du jour. Je ne peux pourtant pas emprunter le rasoir de mon collègue...

Je n'ai pas pu dormir, non plus. L'énervement. Et surtout,

les trois *espresso,* imprudemment dégustés à la gare de *Roma Termini.* Bon. C'est décidé. Je ne dis rien au Gros, et je rentre en vitesse chez moi, faire un brin de toilette. J'aviserai après.

Je trouve le temps long, entre la gare de Lyon et la place Blanche. Enfin, la rue Lepic m'accueille, déjà ensoleillée. Son animation familière me réchauffe le cœur. Je salue d'un grand bonjour les voiturettes des marchandes de quatre-saisons, débordant de légumes fraîchement arrivés des Halles. C'est bon de retrouver son univers. Ragaillardi, je grimpe mes cinq étages.

Stupeur ! Dans le couloir, une valise est ouverte au pied du guéridon. La lumière est allumée. Des glouglous proviennent de la cuisine-salle de bains. Je pousse la porte... Marlyse est de retour !

Une Marlyse superbe dans l'eau savonneuse. Une Marlyse qui fronce le sourcil !

— D'où viens-tu comme ça ?

Ça y est... Je suis à peine arrivé qu'il faut que je lui raconte ma vie... Je reste figé. Je ne sais si je dois, ou non, tirer la porte. Tout ce que je trouve à répondre, c'est en bon flic :

— Et toi ?

Marlyse prend l'air souverainement ennuyé :

— De chez ma mère... Il pleuvait en Corrèze. Je n'y suis restée que deux jours... Et puis, sans toi...

La douce parole, quand même ! L'aveu. Je me sens gonflé du triomphe du mâle. Elle a fait le premier pas. Il n'en faut pas plus pour poser sur ses lèvres un gros baiser ému.

Je n'ai, hélas, guère le temps de célébrer plus dignement nos retrouvailles. Un quart d'heure après, rasé, coiffé, je guette le verdict de Marlyse. J'ai fini par lui confier que l'enquête m'avait parachuté en Sicile où j'avais obtenu des renseignements vachement intéressants.

— Dépêche-toi d'aller en parler à Vieuchêne. Tu ne peux pas tout faire tout seul !

Alors, à dix heures dix très exactement, je franchis le portail de la Sûreté nationale, après avoir obtenu du service central de renseignements postaux de la rue d'Anjou le nom de l'abonné, Soubertat Francis, industriel, et son adresse, 173 boulevard Suchet. Les Américains avaient du flair : Rocco grenouille bien dans les eaux de la Langouste !

Dans l'étuve suante et bruyante du central téléphonique, l'appareil enregistreur est désespérément muet. J'examine chacun de mes ongles pour en trouver un qui ne soit pas encore rongé jusqu'au sang. Malgré ce qu'affirment certains, le chewing-gum ne remplace pas les cigarettes... Je me dis qu'en bas, dans la Citroën de service, Crocbois se morfond, lui aussi, attendant avec impatience le démarrage sur les chapeaux de roues dont il s'est fait une spécialité.

— Alors ?

C'est Vieuchêne qui, pour la sixième fois, m'appelle au central. La surveillante commence à me regarder d'un sale œil.

— Toujours rien, patron.

— J'ai une idée !

Je me souviendrai toujours de notre rendez-vous au café *Le Cluny*, boulevard Saint-Germain, quand le Gros voulait envoyer un informateur au tueur Emile Buisson dans une Simca rouge vif, parée du titre énorme d'un quotidien du soir[1]. Et de son initiative de Creue, dans la Meuse, où Girier nous avait filé entre les doigts[2] !...

Aussi, je gromelle un « ah ? » peu enthousiaste.

— Vous n'avez pas l'air convaincu, Borniche...

— Dites toujours, patron.

— Vous restez à l'écoute. Moi, je fais une descente chez la Langouste. Sa réaction est facile à prévoir. Il alerte ses amis. Ainsi, on a les noms et les adresses de ses correspondants... De Messina, peut-être. Il n'y a plus qu'à foncer.

L'idée du Gros me met, comme prévu, dans une pénible alternative : ou bien trouver sa suggestion absurde, ou bien tenter l'opération, avec les risques qu'elle comporte.

1. *Flic Story.*
2. *René la Canne.*

C'est au moment où je vais lui répondre, que le cylindre enregistreur se met à pivoter sur son axe.

— Je vous demande une seconde...

Je me précipite, colle l'écouteur à mon oreille. Une respiration domine des cliquetis sonores. Le papier se déroule. Des tirets... Je compte. D'autres tirets. Puis le déclic final. Et aussitôt, une voix grave, aux intonations saccadées : « Au quatrième top, il sera exactement treize heures, cinquante neuf minutes, trente secondes... » Je reviens au poste de la surveillante, déçu :

— Ce n'était que l'horloge parlante, patron...

Le cylindre s'est immobilisé. Je poursuis :

— ... Votre idée est bonne, mais si la Langouste fait prévenir Messina de votre descente sans téléphoner de chez lui, c'est raté !

Et puis, brusquement, j'avance une hypothèse :

— Qui nous dit que Rocco ne loge pas tout simplement chez la Langouste ?

Je n'y ai pas pensé plus tôt. Je me suis fougueusement lancé dans des conjectures légitimes, sans doute, mais qu'il aurait fallu conjuguer avec une surveillance discrète de l'immeuble du boulevard Suchet.

— Il faudrait peut-être taper la concierge, ou Francis même, sous un prétexte quelconque... Dans le genre : un ami américain de Rocco veut le voir... Il est de passage à Paris... Baker pourrait jouer le rôle !

La surveillante tourne autour de moi. Elle veut récupérer sa place. Je promets à Vieuchêne de le rappeler. Je raccroche.

Dieu, que le temps est long, quand on ne fait rien et qu'on ne peut pas fumer ! Voilà plus de trois heures que je suis devant ce rouleau encreur, et il ne se passe rien, désespérément rien. Je lève la tête vers la pendule murale. Bon, ça suffit ! Je vais libérer Crocbois et demander au patron d'envoyer Poiret me relayer.

15.

Francis la Langouste est bien réveillé. Pourtant, il lui semble vivre la suite de son cauchemar de la nuit, dont il se souvient mal. Il écarquille les yeux : deux hommes viennent d'entrer dans sa chambre ! Instantanément, comme pour se protéger de cette intrusion, il referme aux trois quarts ses paupières. Les yeux ne forment plus que deux minces fentes, sous les sourcils épais. Ils distillent une lueur mortelle qui foudroierait l'invisible valet de chambre vietnamien, qui n'a pas respecté la consigne : n'ouvrir à personne sans autorisation. Francis fait un effort pour retrouver son sang-froid, son humour si populaire dans le Milieu :

— Soyez les bienvenus, messieurs. Qu'est-ce qui me vaut le plaisir de votre visite ?

Un éclair argenté : la plaque de police a sauté dans la main de l'inspecteur Salvagnac... L'autre flic est plus distant, plus réservé, donc plus dangereux, en déduit la Langouste, fort de son expérience de vieux routier de la haute truanderie. Il a senti le véritable ennemi. Pourtant, l'inspecteur principal Pomarède ne semble en rien redoutable, surtout préoccupé du bon ordre de sa lavallière noire, qu'il époussette de deux doigts avant de répondre, à peine ironique :

— Tout le plaisir est pour nous, monsieur Soubertat... Police judiciaire !... Votre Chinois passait l'aspirateur sur le palier... Alors, nous nous sommes permis de pousser la porte...

Francis fait « bien, bien... » de la tête. L'irruption des deux policiers le laisse de marbre, après l'agacement du premier contact. Il n'y a rien de compromettant, chez lui, et puis, qui l'aurait dénoncé ? Son entourage a, depuis longtemps, fait la preuve de sa capacité de mutisme... Un coup d'œil sur la tenue de ces deux flics si dissemblables lui confirme que l'administration continue à mal nourrir ses serviteurs. Ce ne sont pas ces deux modestes fonctionnaires qui vont faire peur à l'opulente Langouste ! Le visage du petit noiraud évoque un bloc de granit taillé à coups de burin. L'œil noir respire la brutalité. Le grand, en revanche, ne manque pas de distinction. Le front large, intelligent, les longs cheveux rejetés à l'arrière sous le taupé à bords plats, la veste à rayures et la cravate à larges pans... mais on lui en a parlé de ce flic-là, à la Langouste ! Il ne connaît que lui ! « Ça alors, se dit-il, il aurait pu passer dix fois à côté de moi sans que je pense à ce perdreau... Comme quoi il faut se méfier de tout le monde ! »

— Que puis-je pour vous ? demande Francis, de l'air souverain du Roi Soleil à son petit lever.

D'un geste noble, il noue la ceinture de sa robe de chambre. Il ajuste ses babouches, se laisse choir sur une chaise à lyre devant la coiffeuse Louis XVI. Il affecte de ne prêter qu'une oreille distraite au discours que lit Pomarède, dans lequel il est question de juge d'instruction, de commission rogatoire, d'un double assassinat à Neuilly...

Ce mot de Neuilly le glace. Ça ne va pas du tout, cette affaire-là. Ce ne sont pas des méthodes, non vraiment pas ! Peut-être Francis se fait-il vieux, mais jamais il n'a mis de meurtres à son programme... surtout quand on peut faire autrement !

Il enrage. Sa bonne tranquillité mise en danger par ce jeune loup de Rocco... Pour une fois, son instinct ne l'a pas averti. Il aurait dû se méfier du Ricain. Il se croit à New York, celui-là ! Après Jack l'Eventreur, Rocco l'Egorgeur ! Un faux jeton, en plus. Est-ce que ça tient debout, son histoire ? « Ce n'est pas moi, Francis, je les ai trouvées mortes... » A d'autres. Il a bousillé les vieilles comme le fait la Mafia américaine et piqué tout le pognon pour ne pas partager ! C'est clair.

Mais, comment diable la P.J. a-t-elle pu remonter jusqu'à lui ? Bien sûr, le Ricain a laissé ses empreintes. Toute la presse en a parlé. Mais personne ne connaît leurs relations. Il lui a juré, au retour de l'expédition ratée, n'être pour rien dans la tuerie. Liliane a confirmé. La Langouste entend encore la voix de Rocco, une voix enjouée malgré la catastrophe : « Quand je suis arrivé dans le bureau, le sang coulait sur le tapis... C'est quand j'ai heurté le corps que ma lampe est tombée. Le coffre était grand ouvert... Vide ! J'ai ramassé ma lampe et je me suis barré. Je n'ai pas eu le temps de m'occuper des empreintes... Drôle d'histoire ! Vous vous démerdez comme des manches, dans ce pays. C'était bien la peine de me faire venir ! La prochaine fois, vous trouverez quelqu'un d'autre... »

... L'inspecteur-artiste a terminé sa lecture. Il range le papier officiel dans la poche intérieure gauche de sa veste. Oui, vraiment, l'arrivée de ces flics ne s'explique pas. Sauf... Sauf si Liliane et Rocco ont été arrêtés, s'ils ont craché le morceau. Rocco, sûrement pas. Le Ricain en a vu d'autres. Mais Liliane ? Comment savoir ? Il ne peut pas téléphoner à Médan, tout de même ! Il faut donc jouer serré. Attendre, sans se découvrir, la suite des événements.

Pomarède le toise, d'un regard dépourvu d'aménité.

— Nous venons perquisitionner, monsieur Soubertat. Rien de plus.

Le flic a dit ça sur un ton plein de sous-entendus. Heureusement que le ménage a été soigneusement fait, après la tentative ratée. Même les tiroirs secrets du bureau ont été nettoyés.

Les diamants, enterrés en Sologne. Le croquis de Neuilly, jeté dans la cuvette des w.-c., en même temps que quelques projets à l'état d'ébauche... Francis le Prudent a fait place nette. Ils ne découvriront rien de compromettant, les poulets chercheurs !

Il a un geste de grand seigneur et, d'une voix qui se veut parfaitement tranquille :

— Faites comme chez vous... Je vais faire un brin de toilette. Si vous avez besoin de moi, vous m'appelez.

— Restez là, dit Salvagnac, d'un ton sec. C'est la loi.

Son regard foudroie Francis, tandis que Pomarède demande, d'une voix trop douce :

— Détenez-vous ici des objets, des armes, des lettres, des vêtements qui puissent appartenir à Messina ?

Cette fois, Francis est fixé. Franchise ou ruse de la part de Pomarède, il s'agit bien du Ricain ! Qui a pu les renseigner avec une si grande précision ? C'est l'angoisse. La Langouste a du mal à répondre du tac au tac :

— Messina ? Qui c'est ça ?

L'œil de Pomarède traduit le doute le plus absolu :

— Oh, non, rien... Par où pouvons-nous commencer ?

La fouille de l'appartement dure plus de trois heures. Pomarède et son adjoint ne laissent aucun recoin de côté, fût-ce le plus discret. L'inspecteur principal ouvre, soupèse, tâte même les livres de collection.

— Il y a tant de fausses reliures, dit-il, soucieux.

Salvagnac, lui, est nettement moins méticuleux. Francis a dû lui rappeler à plusieurs reprises qu'il n'avait pas affaire à du Lévitan, mais à des meubles d'époque, précieux et fragiles. Le flic semblait se venger sur les objets, furieux de ne rien découvrir !

Pomarède, lui, s'acharne sur le carnet d'adresses qu'il déchiffre mot à mot. On ne se méfie jamais assez des annotations d'un agenda...

— Vous avez une propriété en Sologne, à ce que je vois ?

— Une chasse, oui...

Francis laisse le noble mot en suspens, une seconde, avant de préciser, l'œil en coin, l'air d'en suggérer long :

— J'y reçois quelques députés, et mes amis ministres... J'y loge mon garde-chasse et sa famille. Si le cœur vous en dit, à l'ouverture...

Heureusement, la résidence de Médan n'apparaît pas dans ce maudit carnet. Pourvu que l'artiste n'en ait pas entendu parler... La Langouste commence à imaginer le pire.

— Merci, dit Pomarède en inclinant la tête. Je ne suis pas chasseur... Par contre, s'il y a de beaux paysages à peindre, je ne dis pas non...

Finalement, il n'a rien trouvé. Il s'y attendait. On ne surprend pas aussi facilement un vieux renard comme Soubertat ! Il sort de sa poche une convocation, inscrit une date et une heure, tend le papier à Francis le Malin.

— Auriez-vous l'obligeance de passer à mon service pour signer le procès-verbal ? Cet après-midi, vers cinq heures... Si ça ne vous dérange pas.

La Langouste se méfie de plus en plus de cet artiste peintre d'opérette, trop poli, trop placide... Bien sûr, il ira à la P.J... Mais il va commencer par téléphoner à un flic de ses amis, attaché à la direction de la police municipale. Il saura ce qui se trame ! Il lui doit bien ça, le commissaire Relubet, depuis le temps qu'il les invite dans sa propriété de Salbris, lui et sa maîtresse, et qu'il leur assure des fins de mois à peu près convenables...

Francis, derrière ses rideaux, regarde partir les deux policiers, qu'une voiture noire attendait au carrefour Raffet. Il la voit filer sur le boulevard. Dès qu'elle a disparu, il se rue sur le téléphone...

Il exulte, le Gros ! En quelques minutes, je suis redevenu son « petit Borniche » des beaux jours d'autrefois. Je n'ai peut-être pas encore droit au brevet de « vrai » flic, mais ça ne saurait tarder... Si nous arrêtons le Ricain, c'est dans la poche.

La journée va être décisive. Il est tout sourire, Vieuchêne, quand je passe le prendre rue des Saussaies. Il a planté, bien droit sur sa crinière noire, son chapeau des grands jours, signe de la supériorité de son grade. Il a tiré de son bureau sa pétoire modèle baby, en a manipulé plusieurs fois la culasse avant de la glisser dans la ceinture de son pantalon, contre son ventre confortable.

La Citroën de Crocbois attaque l'autoroute de l'Ouest, à la porte de Saint-Cloud. L'aiguille oscille autour du 120. La puissante stature du Gros, installé près du chauffeur, me masque le déroulement de la route. Près de moi, les pieds de Richard Baker reposent sur une mitraillette et un gilet pare-balles...

C'est à trois heures vingt-quatre, très exactement, certifiées par l'horloge murale du central téléphonique, que le dieu des flics a exaucé ma prière. Le cylindre enregistreur s'est mis à tourner, les tirets se sont imprimés sur le papier... J'ai collé mon oreille à l'écouteur...

Le premier appel m'a stupéfié. Ça ne pouvait quand même pas être une plaisanterie ! Les signaux déchiffrés, 8.8.7.9.2.0.0., étaient ceux de la Préfecture de Police !

— J'écoute, disait la standardiste.

Formule consacrée... Francis Soubertat demandait à parler au commissaire Relubet. Il lui expliquait avoir reçu la visite de l'inspecteur Pomarède, pour une affaire de meurtre à Neuilly...

— Je n'ai rien compris à son histoire ! Et il m'a fait perdre ma matinée et mon déjeuner, ce guignol... Je compte sur toi pour me renseigner, hein ? Savoir ce que c'est que cette salade !

— Bien, bien, répondait Relubet. Ne vous inquiétez pas. Je vous rappelle ce soir.

Le rouleau s'est immobilisé, puis a repris tout de suite son dévidage. Je le surveillais, la gorge sèche. Deux traits se sont alignés coup sur coup. Deux ronflements dans l'écouteur. Deux fois le chiffre 1... 11, le régional ! J'allais connaître le numéro demandé, puisque toutes les communications régionales sont notées sur tickets. Comme celles de l'inter, d'ailleurs. Un jour viendra, hélas, où l'automatisme supplantera le manuel dans ces deux importantes directions. Plus de tickets enregistrés à la plume. Plus de si fructueuses sources de renseignements ! C'est comme lorsqu'on remplace les concierges par des parlophones... Allez donc soutirer des renseignements à un parlophone ! Ah, il est beau, le progrès, pour les flics...

— Régional 7... j'écoute !

— Le 83 à Médan, s'il vous plaît !

J'imaginais l'opératrice du central régional, au second étage de l'immeuble de briques rouges du faubourg Poissonnière, en train d'agiter ses manettes. J'entendais sa voix, au débit rapide, questionner une employée de Villennes-sur-Seine, puis celle de Médan...

— 83 à Médan ? Demandeur, parlez !

La respiration saccadée de la Langouste martelait, elle,

mon écouteur. J'avais l'impression d'être près de lui, dans son salon, ou dans sa chambre...

— Liliane ? Passe-moi Rocky.

Plus il soufflait fort, moins je respirais. Je me grisais, malgré moi, de l'émotion impatiente que l'on éprouve à surprendre les secrets des autres... Liliane était donc à Médan... Avec un Rocky qui ne pouvait être que Rocco Messina.

— Il vient de partir à la plage...

— Merde !

Le mot avait explosé dans l'appareil, avec pour conséquence immédiate de voiler le timbre de Liliane :

— Pourquoi, Francis ? Il y a quelque chose ?

J'allais savoir...

— Il y a, grognait Francis, qu'il est un peu gonflé d'aller se bronzer les miches pendant qu'on le recherche ! Les poulets sortent de chez moi... Je ne sais pas encore comment ils sont venus, mais je vais le savoir ! A quelle heure, il rentre, Rocky ?

— Je ne sais pas... Deux heures, peut-être trois...

— Touche-le d'urgence, qu'il change de crèmerie. Toi, tu files chez Massiac. Comment il y est allé à la plage ?

— Avec ma bagnole...

— Ben voyons !

Raccroché ! Mes mains s'étaient mises à trembler. Je tenais le fil : j'avais Liliane, et Messina peut-être, avec un peu de chance !

— On a juste le temps d'y foncer, avait dit le Gros. Bravo, Borniche ! Vous voyez que je n'avais pas tort de vous envoyer en Sicile... Et ce que je préconisais de tenter boulevard Suchet n'était pas si idiot que ça ! La P.P. a eu le nez creux, de faire le travail à notre place.

« Quel numéro dites-vous ?

— 83 à Médan.

— Je demande les renseignements... Oui, ça je m'en occupe... Et je préviens Baker pendant que vous venez me chercher. Ne restez pas des heures à faire du charme aux téléphonistes du central... Je vous connais !

Pénélope ne se lasse pas de brosser ses longs cheveux devant la psyché de la chambre. Richard Baker a dégrafé la robe, avec la précision technique qui révèle un long entraînement. Ses mains frémissent sur la peau qui frissonne, suivant la courbe parfaite du dos... Elles remontent jusqu'aux seins, qu'elles englobent fermement, avec la joyeuse assurance du propriétaire comblé.

Le brossage se ralentit. Pénélope s'agite, minaude :

— Sois sage, chéri... On n'est pas en avance !

Les caresses de Richard se font plus précises. Tout en mordillant l'oreille parfumée de Pénélope, il souffle :

— J'ai envie de toi... Elles peuvent attendre, les courses... Pour une fois que l'honorable directeur de l'*Equitable Life Insurance* m'a donné quartier libre, et que je n'ai pas de conseil d'administration...

Il rit, sûr de lui, tandis que la robe glisse au long des hanches, tombe sur le tapis, vite suivie par le slip. Au moment où Pénélope amorce un gracieux mouvement de refus, la sonnerie du téléphone éclate dans cette intimité prometteuse.

— *Damn it !* jure le malheureux Baker. Qu'est-ce qu'il y a encore ?

D'un bond, il a traversé la chambre, décroché l'appareil. Pénélope, calme, nue, splendide, a recommencé de lisser ses cheveux qui tombent jusqu'aux reins. Elle s'admire dans la glace, sans fausse modestie aucune. Ce n'est pas avec un corps pareil qu'elle risque de se trouver au chômage... Elle entend Baker qui maîtrise son dépit pour articuler :

— Oui, bravo, bravo... D'accord, j'y vais !

Il revient vers elle, s'efforce de ne pas la regarder. Ce doit être important, ce qu'on lui a dit, car elle est désirable à faire damner un saint.

D'une voix morne, il murmure :

— Pas de chance, *darling,* vraiment pas de chance... Ce directeur de malheur organise un *brain storming,* une conférence éclair, dans sa propriété de Médan... Il dit que ce n'est pas loin et que je serai de retour pour dîner.

— Tu veux que je te conduise ?

— Non, non... Il passe me prendre dans dix minutes...

— C'est un peu court, dit la perfide, avec un sourire prometteur. Tu me reviens vite, dis, chéri ?

Elle peut en être sûre, qu'il reviendra vite. Il n'y a qu'à sentir son émoi, tandis qu'elle l'embrasse goulûment... Elle a vite réfléchi : Médan, c'est sur la Seine, au bout de l'autoroute. C'est là que Francis a sa maison de campagne. Dès que son pseudo-assureur aura franchi la porte, elle va avertir la Langouste... A propos d'assurances, ça lui vaudra sûrement une prime, cette affaire-là...

Le Gros fronce des sourcils inquiets :

— Dites donc, Borniche, vous me semblez moins sûr de vous que tout à l'heure...

C'est vrai. Je mastique mon chewing-gum, je tourne la tête de gauche à droite, comme un spectateur de Roland-Garros. C'est pour tâcher de relâcher la tension de mes muscles. J'ai le pressentiment d'une catastrophe. Les paroles de Francis martèlent mon cerveau : « Touche-le d'urgence... Qu'il change de crèmerie. »

Si Liliane joint Messina sur la plage, même sans voiture, s'il s'est ennuyé au milieu des baigneurs, s'il a regagné la Mare aux Trous, c'est fichu ! Crocbois a beau foncer comme un ange de la mort, on n'y est pas encore, à Médan ! Richard Baker, lui, calé contre moi, semble avoir enfin retrouvé son élément naturel.

— Pas mal, pas mal ! s'est-il écrié quand Vieuchêne lui a vanté les résultats de l'écoute téléphonique. Mais, dites-moi, la Mare aux Trous, c'est un drôle de nom, pour une résidence... Vous avez enregistré toutes les communications, j'espère ? Parce que chez nous...

Ça y est, c'est reparti ! On commence à le savoir, que tout est parfait chez lui, avec trente ans d'avance sur nos procédés arriérés ! Et avec quoi aurais-je pu les enregistrer les propos de la Langouste, je vous le demande ? L'écouteur à l'oreille, la main droite peinant pour tenir le papier qui filait sans cesse sous le Bic ?... La Mare aux Trous, ce n'est pas une résidence, c'est un lieu-dit du côteau, entre Villennes et Médan. Le nom de la propriété, c'est *le Vivier,* comme par hasard, d'après ce que Vieuchêne a obtenu au centre de renseignements.

Si Messina reste trois heures sur la plage, nous avons le temps de nous organiser. D'abord, découvrir la villa. Ensuite, discrètement, l'observer à la jumelle, bien dissimulés dans les environs... Deux heures, ce serait juste, car nous avons perdu du temps, Crocbois et moi, à courir rue des Saussaies chercher Vieuchêne et Baker. Mais ça pourrait encore aller... Moins de deux heures, c'est le coup de poker. Si seulement nous connaissions la marque et le numéro de la voiture de Liliane ! Nous pourrions la coincer sur le chemin du retour...

La Citroën de Crocbois attaque la descente vers Villennes-sur-Seine. Le village s'étire, en pente douce, jusqu'à la rive du fleuve, paradis des pêcheurs et des amateurs de canotage.

Quand nous montons la rampe, à l'embranchement de Breteuil, Vieuchêne se tourne vers le fond de la voiture :

— J'ai une idée, Borniche. Baker est étranger. Il en a le type, et l'accent. Rien d'extraordinaire, donc, qu'il aille devant en éclaireur. Il verra si *le Vivier* est habité... Nous aviserons après. D'accord ?

D'accord. Voilà une saine proposition. Je regrette seulement de ne pas avoir téléphoné à Marlyse de venir nous rejoindre. Elle a l'habitude de ces repérages, et un couple passe davantage inaperçu... A l'heure qu'il est, elle doit se demander où je suis encore passé... Foutu métier ! Je consulte la montre-bracelet en métal chromé qu'elle m'a offert pour un anniversaire déjà lointain. C'était le bon temps, à cette époque-là. La Corrèze et la Mafia n'avaient pas encore surgi entre nous !

... Cinq heures. Si Dieu le veut, dans deux heures, tout sera consommé...

— Je crois que c'est là-bas, dit Crocbois, en arrêtant son véhicule sur le bord du chemin.

La villa *le Vivier* est accrochée au coteau verdoyant qui domine la Seine. Il ne s'est pas trompé sur le panorama, Francis l'Avisé ! C'est à la fois très beau, et riant, gai... Les deux bras du fleuve enserrent l'île, d'où émergent des flonflons d'accordéon poussés par la brise. La plage, en bas, est noire de corps. Des voiliers sillonnent l'eau. Des pédalos paresseux flanent dans leur sillage. Au fil de la route, nous découvrons, au-delà du fleuve qui scintille sous le soleil, le massif de l'Hautil. Il ne se refuse rien, Francis Soubertat !

Le bâtiment principal du *Vivier*, cossu, imposant comme toutes les constructions en pierre de taille, est entouré de massifs harmonieusement taillés, qui révèlent la patte d'un jardinier attentif. Des grands arbres le dominent, des pins ou leurs cousins, qui me rappellent les majestueux parasols rouges sous lesquels se nichent les villas du Midi... Instantanément, je revois l'interrogatoire de Théodose, sous le plus gros arbre de la pinède, à Juan-les-Pins [1]... Il avait fini par craquer, Théodose, ce qui m'avait permis d'arrêter, en Turquie, le fameux play-boy de la Côte... Pour le moment, ce sont les jointures du Gros qui craquent, lorsqu'il s'extirpe de la voiture.

— Venez, Baker, dit-il. La villa isolée, là-bas... c'est ça ! Nous vous attendons ici.

Richard Baker, très décontracté, se glisse une tablette de chewing-gum sous la langue. Il disparaît au détour du chemin. Nous nous asseyons sous un arbre. Les dés sont jetés. Il n'y a plus qu'à attendre.

Je ne sais pas si le cœur de Vieuchêne bat aussi fort que le mien lorsque Richard le flegmatique réapparaît, mâchouillant sa pâte dentifrice avec l'expression béate d'un ruminant, que je n'arrive pas à acquérir.

— Je n'ai vu personne, dit notre éclaireur. Mais il y a une voiture, dans la cour. Une Alfa Romeo grise, décapotable, deux places. Je n'ai pas pu m'approcher assez près pour prendre le numéro sans me découvrir.

Je ferme les yeux. Je savoure. Le Ricain est là ! Je me laisse aller à un doux vertige. Puis je me tourne vers Vieuchêne. La lueur de son regard signifie : « Vous voyez,

1. Voir : *le Play-boy*.

Borniche, vous qui ne vouliez pas partir en Italie... Le voici, le résultat, je le savais bien ! »

Certes, mais le plus difficile reste à faire. Approcher la villa sans se faire voir. L'entourer... L'investir ! Ça ne me semble pas facile, à quatre. L'impeccable alignement des fusains me fait penser tout haut :

— Il y a un jardinier, forcément... Si l'un de nous essayait de le trouver... Il doit avoir les clés.

— Pas le temps, grommelle le Gros. Et qui nous dit qu'il n'est pas dans la maison, le jardinier ?

Très juste. De toute façon, c'est à Vieuchêne, et à nul autre, de décider de la marche à suivre.

— En route ! ordonne le Père la Victoire.

Sus à l'ennemi ! Le Gros déploie son infanterie avec la précision d'un chef d'état-major. La bataille de Médan est engagée.

— Une villa a quatre coins, Borniche. Alors, deux derrière et deux devant ! L'approche doit être discrète...

« Baker, vous partez à droite par ce chemin de terre... Crocbois, à gauche ! Quand vous serez hors de vue, nous nous mettrons en marche. Exécution !

C'est quand on touche au but qu'il faut savoir contrôler ses nerfs. Le métier de flic est avant tout une école de patience, et de calme. Je crache mon maudit chewing-gum, je respire lentement, j'étire mes muscles. Ce n'est pas du yoga, mais ça détend quand même. Le Gros, un tantinet congestionné, manœuvre gravement la culasse de son 6. 35. Il brandit son joujou de fête foraine.

— En avant !

C'est la phase finale. La charge de la brigade légère. Ralliez-vous à mon chapeau noir !

Moi, je serais plutôt du genre Apache. Je gagne, par bonds, le côté gauche de la villa. Le mur me protège. Je rampe presque jusqu'à la hauteur de la grille. Elle est ouverte. Je vois que le Gros arrive à bon port, de l'autre côté. Je réponds par un geste affirmatif à la muette interrogation de son chapeau.

Haro sur le gibier ! Je fonce dans la cour. Ça, c'est la porte du living... M'y voici ! J'actionne la serrure. Bouclée. Distancé le Gros ! Je me rue sur la porte de la cuisine. Bloquée aussi !

Ils se sont enfermés à l'intérieur. Pas de doute, puisque l'Alfa est là ! Derrière le bâtiment, au-dessus de chaque coin de mur, pointent les têtes chercheuses, curieuses, de Baker et de Crocbois. Ils enjambent la crête, sautent dans le jardin. Rocco et Liliane auront du mal à nous échapper. On a bien encerclé le bâtiment, à quatre !

— Au nom de la loi, ouvrez !

Le Gros a prononcé la phrase sacramentelle. Mais, au nom de la loi, rien ne bouge...

Il hurle de nouveau, moins protocolaire cette fois :

— Police ! Ouvrez, ou je défonce la porte !

Le pistolet pointe au bout de son bras :

— A trois, je fais sauter la serrure ! Un... deux...

... Un bruit, dans l'allée principale, derrière nous. Une brouette chargée de terreau s'avance, débonnaire, suivie du jardinier qui écarquille, sous le bord de son large chapeau de paille, des yeux étonnés.

— Police, dit Vieuchêne. Dites-leur d'ouvrir tout de suite !

— Qui ?

— Les gens de la voiture ! Ils sont là, on le sait !

Les yeux du jardinier se posent sur chacun de nous à tour de rôle, avec une lenteur perplexe. Il n'est pas prêt pour le débarquement des Martiens, celui-là ! Sa bouche n'en finit pas de s'allonger, en une hébétude qui me fait pitié. Enfin, il bégaie :

— Monsieur et Madame sont partis tout à l'heure...

— La voiture est là, dis-je le plus gentiment possible, pour dissiper la terreur que la voix du Gros lui inspire manifestement.

— Madame a dit qu'elle reviendrait la chercher avant la fin de la semaine... Avec Monsieur... Ils ont pris un taxi...

Le visage du Gros est instantanément frappé du sceau de l'effondrement. Il rugit, tel un lion blessé :

— Quel Monsieur ?

— M. Francis, le propriétaire...

— C'est Francis qui était là ?

Le jardinier secoue la tête, comme un arbre dans l'orage :

— Non... Des amis à lui... Mme Liliane, et un monsieur que je ne connais pas.

— Et ils sont partis où ?

Il ouvre les bras, dans l'attitude immortelle de l'épouvantail :

— Ça...

Ses bras retombent.

— ... Moi, vous savez, on ne me dit rien... Ils ont pris leurs valises. Demandez à Ambroise, le taxi de la gare de Villennes. C'est lui qui les a chargés...

— Il y a longtemps ?

— Une demi-heure...

Je sue de panique. Le fil est coupé. La Langouste va être prévenu de notre incursion à la Mare aux Trous. Oui, il est bien coupé, le fil... Et ce Baker qui n'arrête pas de se marrer... Il nous prend pour des débiles, ça se voit...

— Rentrons !

Déjà, le Gros s'éloigne à grand pas. C'est sans doute le dernier mot que le Père la Défaite prononcera jusqu'à Paris.

VICTOIRE AUX POINTS

16.

Non, je ne rêve pas. Je m'étais endormi du côté de Terre-Neuve, mais je suis tout à fait réveillé, maintenant. Et c'est bien New York, cette dentelle d'îles et de presqu'îles, de rivières et de canaux qui se déroule sous l'aile gauche du Super-Constellation d'Air France. Paysages de terres et d'eaux mêlées qui feraient songer à Venise, n'était, au loin, de l'autre côté de l'East River, l'enchevêtrement chaotique des cubes, des pyramides, des angles et des biseaux : les gratte-ciel, symbole des Etats-Unis d'Amérique.

L'avion descend, tourne comme pour m'offrir en cadeau d'arrivée la statue de la Liberté sur son îlot rocheux, à l'entrée de la baie.

— Ne vous laissez pas surtout griser par la liberté, m'a prévenu Vieuchêne, ce n'est pas avec elle qu'on fait de la bonne police !

Et voici l'Empire States Building géant, surmonté d'une antenne à sa mesure, faite pour amarrer les zeppelins au temps où ce moyen de locomotion était à la mode. Puis Brooklyn Bridge, à cheval sur le fleuve. Autant de photographies des livres de géographie, dont je peux enfin voir le modèle. Mais ce que je découvre d'en haut, en manquant d'avaler mon chewing-gum, c'est la vie qui grouille sur les ponts, les avenues, les tunnels, les quais, les docks, les embarcadères. C'est comme si j'entendais, de ma position d'oiseau, le grondement des voitures, des camions, des trains, des navires géants. Oui, je tremble d'excitation, à l'idée de me mêler à ce monde inconnu. D'angoisse, aussi : Vieuchêne n'a-t-il pas présumé de mes capacités ? Il est là, mon rêve de gosse, mon tête-à-tête avec l'Amérique si longtemps désiré depuis l'épopée du *Point d'interrogation...* Mais je me sens si petit au-dessus de cet univers de démesure dont le Super-G, inexorablement, se rapproche...

Tout a commencé cinq jours plus tôt, au retour de Médan. Nous regagnions Paris, amers, découragés, silencieux. Une lueur ironique dansait dans la prunelle de Baker. Soudain, à la hauteur de la porte Molitor, Vieuchêne s'est tourné vers moi, grondant sur le ton du prophète :

— Ne rêvez pas, Borniche ! La piste Soubertat est morte. Pomarède l'a grillée. Notre chance, désormais, ce sont les écoutes téléphoniques !

Cap sur le central Jasmin !

Là, paisible, le mastodonte Laurent Poiret était à son poste. L'ancien catcheur, le colosse aux cheveux clairs, aux oreilles déformées par les coups, au crétinisme délirant qui fait des moulinets avec ses bras lorsque le suspect ne répond pas assez vite à ses questions. Il les a affolées, les demoiselles du téléphone, quand il a surgi dans leur volière pour me relayer. Depuis elles ont dû s'habituer à cette masse granitique, inébranlable, figée pour des heures, là où on l'a scellée. J'aurais préféré qu'Hidoine me remplace, mais sa convalescence n'est pas terminée. Heureusement que ce n'est qu'une question de jours. Il commence à me manquer.

Quand le Gros a demandé : « Alors ? », Poiret s'est levé, le front dégoulinant de sueur :

— Deux appels, patron. L'un à seize heures vingt et une. D'un policier, à ce que j'ai cru comprendre, bien qu'il n'ait pas donné son nom. Il a dit qu'il était intervenu auprès de la Crim', et que ça ne risquait rien, faute de preuves.

— Ensuite ?

Poiret tortille entre ses gros doigts un bout de papier froissé .

— Dix-sept heures, pour l'autre. Un type avec un accent

italien. Françis n'était pas là, alors c'est le domestique qui a décroché.

— Accouchez, bon Dieu ! Qu'est-ce qu'ils ont dit ?

Le massif Poiret, vacillant comme une statue déboulonnée, a répondu, tout rouge :

— Rien, patron... Le type à la voix de Chinois a dit que son patron ne serait pas de retour avant le dîner, qu'il était parti à la police...

— Et l'autre ? L'autre !

— L'autre, il a dit : « Bon, tu lui diras que tout va bien et que je le contacterai dès que possible... »

Le front du Gros n'est plus qu'un labour de plis :

— Il a appelé d'où ?

— Ça, je ne sais pas... La sonnerie était bizarre... Il me semble que j'ai entendu une opératrice... Ça devait venir de Paris ou de la province...

Soupir du Gros, suivi d'un rugissement quand tombe l'aveu :

— J'avais fait dégringoler l'écouteur à ce moment-là...

Vieuchêne, les lèvres pincées, s'efforce de se reprendre, de maîtriser sa fureur. Richard Baker, lui, se marre franchement. Il voit déjà les beaux moments de rigolade, lorsqu'il rendra compte de son odyssée à ses copains du F.B.I. ! La police française est, paraît-il, la meilleure du monde... En incapacité, sans doute !

Good morning, New York !

Mais d'abord, *good morning, Idlewild !* C'est le nom de l'aéroport très vicieux en formalités policières et douanières, où l'on fait la queue pendant deux heures, où l'on épluche la fiche que j'ai remplie avant l'atterrissage, où l'on décortique mon passeport. Dieu, qu'il fait chaud ! Ce n'est pas une légende, la fournaise de New York au mois d'août ! Je ruisselle sous l'œil complice, confraternel, du fonctionnaire du service de l'Immigration dont la blouse blanche s'orne de l'insigne d'*United States Police...*

Malgré ma qualité de flic, on a tout de même sondé ma valise, comme si j'étais un trafiquant de drogue. Peu importe, c'est un modèle du bazar de la rue Lepic, le double fond n'est pas prévu. Dans la cohue des véhicules, mastodontes pour mes yeux d'Européen, je cherche, au long des trottoirs de l'*International Arrival Building,* l'autobus qui mène à Manhattan.

— Allez au *Commodore,* m'avait conseillé l'hôtesse au moment où nous bouclions nos ceintures de sécurité. C'est à côté du *Grand Central Terminal* et ce n'est pas cher.

Un escogriffe basané, aux dents de nacre, tente de s'emparer de ma valise. Sa plaque de porteur me rassure :

— *Yellow cab ? Baggage ?*

Je résiste. Mon refus tempère l'ardeur du chauffeur ventripotent, qui a déjà ouvert la portière de son taxi d'un jaune criard, à damier noir et blanc. En voyant sa chemisette, qui supporte sa photo et un énorme numéro d'identification, je pense tout de suite au matricule des bagnards. Ce forçat-là claque sa portière et démarre, mécontent, tandis qu'une limousine noire, à strapontins, s'arrête à ma hauteur. Plusieurs passagers s'engouffrent dans cette sorte de corbillard.

Le porteur, sans chercher cette fois à m'arracher ma valise des mains, me demande tout de même :

— *Checker ? East side Airlines Terminal ?*

Je refuse de nouveau. Ils sont plus que limités les dollars verts que le gestionnaire de la Sûreté m'a comptés sous le nez en me recommandant de bien noter mes dépenses. Le Gros, lui-même, n'a pas oublié les recommandations d'usage, avant mon envol :

— Un dernier conseil, Borniche... L'Amérique est un pays de débauche. Ce n'est pas parce que vous allez à Wall Street qu'il faut vous prendre pour un banquier... Si, par hasard, vous aviez besoin d'un léger complément, — je dis bien : « léger » — voyez le consulat !

Je me précipite vers le car au toit arrondi, qui se range à sa station, arborant la pancarte « *Grand Central* ». Sous mes yeux inquiets, la soute à bagages avale ma valise. Je fonce pour monter à bord. Je m'installe sur le fauteuil de droite, près de la vitre, à deux doigts du conducteur. Après un moment de stupeur, je m'habitue à l'extraordinaire virtuosité de cet homme-orchestre. Il réussit l'exploit de conduire d'une main, de rendre la monnaie de l'autre, de déclencher l'ouverture des portes aux arrêts sollicités, d'exhorter les passagers, de la voix et du geste, à se tasser à l'arrière... tout cela en se faufilant dans les embouteillages, et en discutant avec moi, un œil fixé sur son rétroviseur !

— *Frenchman ?*

— *Yes.*

— *Fantastic !*

Il ressasse, visiblement, des souvenirs déjà lointains...

— *Paris, Paris...* Les petites femmes de Pigalle, jolies, jolies...

Ça ne rate jamais !

A propos de femmes, elle n'est pas mal non plus, la brune Américaine qui vient de s'asseoir près de moi. J'ai senti le frôlement de sa hanche un peu forte... Excès d'ice-creams, sans doute ? Ça ne me déplaît pas. Après la fine élégance de Marlyse, j'apprécie les formes pleines et agressives que laisse deviner la tunique de satin blanc... Elle détourne les yeux. Il ne lui convient pas, le petit French boy ? Tant pis. La porte du car se verrouille. Je colle mon nez à la vitre. Il y a autre chose à voir que cette idiote à New York, non ?

Le lourd autobus a beau être puissant et rapide, il n'en finit pas de traverser le Queens. Avenues interminables, bordées de blocs d'immeubles sinistres, de super-marchés, de bars, de drugstores, d'alignements de voitures d'occasion, dont certaines ont l'air si neuves qu'on se demande bien pourquoi leur propriétaire en a changé... Au-dessus de nos têtes bourdonnent les avions qui décollent, atterrissent, tournoient dans l'attente des ordres des tours de contrôle d'Idlewild ou de La Guardia. Puis un long tunnel m'engloutit, dans le vacarme infernal des klaxons et des sirènes de police, avant de me rejeter, abasourdi, entre des parallélépipèdes de béton qui découpent, en lamelles, le bleu du ciel. Ma tête tournoie, prise du vertige du vertical. Quand je mets pied à terre devant le *Chrysler Building,* je suis anéanti. Sa flèche d'écailles en acier inoxydable évoque la tête d'un espadon. Notre tour Eiffel nationale aurait l'air d'une maquette à côté.

Je perds pied au point de manquer d'oublier ma valise dans la soute. D'une démarche d'automate, je m'élance vers l'imposant *Commodore* aux deux mille chambres et aux prix compétitifs, si l'on en croit la charmante hôtesse d'Air France. Exactement ce qu'il faut au délégué très spécial du célèbre patron du F.B.I. français...

Un gamin qui progresse derrière une pile mouvante de cartons à chapeaux me bouscule au passage et m'injurie. Et, devant la voûte géante de la gare du Grand Central, je manque de culbuter sous l'impact d'une voiture à bras, sur laquelle sont suspendus des manteaux de fourrure ! Qui peut acheter des manteaux de fourrure en cette saison ? On doit plutôt les emmener en chambre froide, pour les conserver !

Il m'en faudrait bien une, de chambre froide ! Quoique ce ne soit pas tant la chaleur qui m'assaille, qui m'épuise, c'est le bruit. Le rugissement perpétuel d'une circulation rapide, furieuse, le vrombissement de tous ces moteurs, le continuel hurlement des sirènes de police, des ambulances, des rutilantes voitures de pompiers...

A ma grande surprise, le chef de la réception refuse le passeport que j'exhibe.

— Ça n'est pas l'usage, ici, me dit-il.

Alors ça ! Comment font-ils les policiers américains ? Je m'étonne :

— Vous parlez drôlement bien français !

— Forcément ! Ma femme est d'Ussel. J'ai vécu à Brive pendant quatre ans... Je vous donne la 1744, comme ça vous aurez la vue sur Park Avenue...

Merde !

Un vieux portier noir en uniforme, tout cassé mais valide, s'est saisi de ma valise. Je lui emboîte le pas jusqu'à l'ascenseur ultra-rapide qui m'entraîne vers les sommets du *Commodore*. Un garçon d'étage, chauve comme un œuf, la face couleur de pâté en croûte, m'attend sur le palier d'une longue galerie au tapis moelleux, bordée de part et d'autre d'innombrables portes à œilleton. « Jamais deux sans trois, me dis-je. Encore un qui va me parler français. Je dois avoir une tête à ça... » Eh bien, non :

— *Security*, dit le chauve au gilet rayé jaune et noir, qui a capté mon interrogation muette.

Sécurité, on peut le dire ! La porte de ma chambre, bardée intérieurement de serrures et de chaînes impressionnantes, sent le blockhaus. Royal, je glisse un quart de dollar dans la main à peine tendue de mon cerbère rayé. Je boucle ma porte, soulève la fenêtre à guillotine. Du balcon, je reçois la ville en pleine gueule, en même temps qu'une bouffée d'air brûlant. Je me penche vers ce vacarme qui monte vers moi. Tout en bas s'agite la 42e Rue, fourmilière affolée. « Les Parisiens passent leur temps à courir, disent les provinciaux de chez nous. Ils n'ont pas le temps de vivre... » Eh bien, s'ils voyaient les New-Yorkais !

J'enlève mes chaussettes, remue les orteils, crache mon chewing-gum. Le vol transatlantique m'a mis K.O. Il faut que j'aie le courage de me faire couler un bain. Les robinets débitent avec vigueur. La glace me renvoie l'image peu flatteuse du flic de choc français en mission extraordinaire, les cheveux en bataille, les joues bleuies de barbe. Un dernier effort pour ranger mes affaires dans l'armoire-placard. Je referme la fenêtre pour retrouver un silence relatif. Pourvu que je ne m'endorme pas dans la baignoire !

Poiret le balourd avait tout de même eu le réflexe de noter scrupuleusement les heures des communications. Cela limitait les recherches au centre régional de la rue du Faubourg-Poissonnière. Hélas, l'appel provenait de la station de taxis de la gare de Villennes-sur-Seine. Dans notre expédition vengeresse, nous avions joué de malheur. Pendant que le Gros fignolait sa stratégie autour du *Vivier* de la Langouste, le couple Messina-Cerisole regagnait tranquillement Paris par le train, dilué dans la foule des vacanciers...

— Notre chance, désormais, ce sont les écoutes, a décrété le Gros.

Il n'en faut pas plus pour que la première section des Affaires criminelles se mobilise jour et nuit. Des oreilles se dressent dans tous les coins : à Paris, à Médan, à Salbris, la solognote résidence de chasse, fraîchement découverte, de

Soubertat la Langouste. On a même effectué une dérivation spéciale au sixième étage de l'immeuble de la surveillance du territoire, centre policier des communications radio-électriques. Le commissaire Berliat, l'adjoint de Wybot, m'a prêté la clé spéciale qui me permet de franchir la porte secrète du couloir entre la P.J. et la S.T., gagnant ainsi du temps pour décrypter les bobines de cire enregistrées.

Que d'efforts, que d'attente et que d'attention, pour un téléphone qui persistait dans son mutisme, mises à part quelques conversations banales à en pleurer !

J'étais découragé. Tout le monde l'était. Y compris la P.P., qui piétinait... Nous le savions par ses communiqués de presse pessimistes. Le Gros avait été convoqué chez le ministre, qui s'était fait on ne peut plus pressant :

— J'ai reçu une réclamation de mon collègue, le sous-secrétaire d'Etat à la Marine. C'est un parent des La Morlière. Il trouve que l'enquête n'avance pas et je ne suis pas loin de partager son avis... Vous nous aviez habitué à mieux, Vieuchêne. Alors, je vous en prie, mettez vos meilleurs limiers en piste. Et pour une fois, collaborez avec la Préfecture ! Je veux Messina dans la semaine...

Facile à dire... Mais comment collaborer avec la P.P., alors que c'est le stupide débarquement de Pomarède chez Soubertat qui nous a tout fait rater ! Après tout, les renseignements que j'ai fini par glaner aux centraux régional et interurbain me sont personnels... La P.P. n'a qu'à en faire autant ! Ils ne sont peut-être pas de première importance, mais ils établissent la culpabilité de Francis Soubertat pour le chef de recel de malfaiteur. Cela me permettra de l'interroger et de le confondre quand je le voudrais. C'est simple : les fiches comptables de l'inter sont adressées tous les deux mois à l'abonné, pour règlement. J'ai eu la chance de récupérer de justesse celles de juillet et août concernant le 83 à Médan. On imagine avec quelle fébrilité j'ai noté que, trois jours de suite, vers minuit, le 83 avait demandé la *Cardiello's Tavern* à Brooklyn. Et une fois, à neuf heures du matin, l'entreprise de marbrerie Messina Alfredo à Bagheria, par Palerme !

Mieux : j'ai retrouvé la trace d'un télégramme adressé au marbrier. Le texte conservé est la copie de l'original que j'ai rapporté de Sicile. Pêche d'autant plus miraculeuse que la fiche du 83, au régional, porte de nombreux appels au domicile parisien de Francis Soubertat. Elle est cuite, la Langouste ! Même si elle ne se met pas à table, quand je le voudrai, elle est bonne pour l'aquarium de la Santé !

Chambré par le ministre, le Gros est au mieux de sa forme policière :

— Si les écoutes n'ont rien donné à la fin de la semaine, on crève la Langouste ! hurle-t-il, cramoisi, tous les matins. On lui met le marché en main. On a sûrement une chance qu'il crache le morceau...

Ouais... pas sûr. Moi, je suis pour la patience. Et ce qui m'étonne, c'est que nos collègues de la Criminelle négligent à ce point les écoutes. Défaillance ou astuce de métier ? Enfin... chacun ses méthodes. A propos de méthodes, Richard Baker n'a pas eu l'air d'apprécier les nôtres. Il a fait sa valise. Le jour des adieux, il a perdu son sourire, et je me suis dit qu'il devait laisser quelque part à Paris la créature de ses rêves. Ou alors, c'est seulement parce qu'il commence à concevoir quelque remords, de n'avoir strictement rien fichu. C'est d'un air peu convaincu, presque écœuré, que le nouvel ami enthousiaste des premiers jours m'a donné son adresse personnelle :

— Téléphonez-moi, si jamais Messina vous entraînait aux Etats-Unis...

Il se foutait de moi, c'était net.

Et pourtant... Voilà que les Etats-Unis surgissent brusquement, résonnent dans mes oreilles un soir de surveillance au central, quand le découragement me gagnait, en même temps que la somnolence... Le cylindre s'est mis à tourner, le papier à défiler, l'écouteur à ronronner d'une façon très particulière...

— Jasmin 85.44, dit l'opératrice, ne quittez pas, on vous parle de New York !

Je me réveille au rythme des crépitements, des voix lointaines superposées, des « yes » et des « allô », des jurons qui accélèrent mon cœur, crispé dans l'attente.

— Salut, dit cette voix que je reconnais sans l'avoir jamais entendue. Tu roupillais ?

Pour un peu, je croirais que c'est à moi qu'il s'adresse ! Mais c'est bien Francis, le malin, qui répond, le menteur, d'une voix ensommeillée :

— Non, non...

— Juste pour te dire que je suis bien arrivé... Quelques trous d'air sur la fin, rien de méchant... Et toi ?

— Ça va, disait Francis le Prudent. Fais gaffe... On sait jamais...

Quand j'ai appris, le lendemain matin par les renseignements inter, que l'appel provenait de la *Cardiello's Tavern*, 256, 4e Avenue, à Brooklyn, mon sort était fixé :

— Vous filez à New York, Borniche. Les frais, je m'en tape... Il ne se foutra plus longtemps de notre gueule, le Messina ! Et au moins, le ministre l'aura, l'assassin des cousines du sous-secrétaire d'Etat aux bateaux-mouches !

— Je n'ai pas de visa, patron...

— Ah, vous, ne m'emmerdez pas. Vous l'aurez, votre visa... Montrez-vous un vrai flic, bon Dieu, pour une fois ! Bougez, remuez ! Secouez-vous au lieu de rester pendant des semaines le cul sur une chaise, à enregistrer des coups de fil sans importance !

Six heures du soir, en Amérique. Ai-je somnolé longtemps ? Le bain saturé de sels odorants m'a détendu, en tout cas. Et la bienheureuse sieste qui s'est ensuivie a gommé la fatigue de mon interminable voyage. Je calcule le décalage horaire : à Paris, il est minuit... Marlyse dort, ses longs cheveux épars sur l'oreiller de coton blanc brodé à ses initiales. Mon cœur se serre un peu... C'est que la grande tendresse est revenue, dans le ménage. L'incursion ratée de Marlyse en Corrèze lui aurait-elle servi de leçon ? A son premier froncement de sourcil, à son premier « qu'est-ce que tu vas faire encore ? », il avait suffi que je réponde, grave, lointain, évasif, « travailler ! », ce qui était vrai, pour qu'elle retrouve, ma soupe-au-lait, son visage des bons jours. Quand je lui ai dit : « Je pars pour les Etats-Unis », elle s'est affairée pour organiser ma valise, comme au bon vieux temps des enquêtes à Bécon-les-Bruyères. Eh bien, rien que pour ça, je suis parti d'un meilleur pied. Ce n'est pas pour la valise, je sais la faire tout seul. C'est pour le « reviens vite » et le baiser qui avait suivi. Minuit... Voilà déjà belle lurette que le Gros a déserté le building-lilliput de la Sûreté nationale, ingurgité sa ration de pastis chez Victor et bouclé, en short et coudes au corps, son hygiénique circuit journalier sur les berges de la Seine.

J'ouvre la fenêtre de mon balcon-observatoire. De nouveau, la rumeur de la ville m'assiège. Mais c'est le spectacle qui me prend tout entier. Dans la lumière dorée du crépuscule, les formes se découpent, les couleurs s'idéalisent. Audelà de la chaîne de gratte-ciel qui s'allègent et s'évident, le soleil couchant embrase le contour dentelé des nuages. L'espace, les dimensions, les teintes, tout me semble irréel. A l'est, le ciel est mauve. Au-dessous de moi, l'ombre a déjà envahi la rue, où se pressent des files de camions géants, où la foule des piétons se rue vers les queues d'autobus ou les bouches d'égout du métro. Les taxis foncent audacieusement, sectionnent sans vergogne les files de voitures. Il semble que ce vacarme assourdissant, envoûtant, ne cessera jamais...

La fenêtre refermée, je suis rendu à des sensations plus élémentaires. J'ai faim, tout bonnement. La carte du restaurant de l'hôtel trône sur la table de nuit. Déception : elle ne propose que le menu continental traditionnel. Je la repose sur le marbre. Ça ne me dit rien. J'ai envie de découvrir les fameux hamburgers, le ketchup et la salade de thon, chers au cœur de Richard Baker. Surtout, j'ai envie de plonger dans Brooklyn.

Dix minutes plus tard, je m'enfonce dans l'univers surréaliste du métro, où chaque forme, chaque volume, me déconcerte, m'inquiète. Je franchis des tourniquets de bois massif, des cages tournantes... Je m'aventure dans les labyrinthes balisés d'abréviations mystérieuses, je me risque sur des rampes et des passerelles, avant de déboucher sur les quais, longues cryptes étayées de poteaux métalliques.

Suis-je la victime volontaire d'un stupide jeu de foire ? Vers quel gouffre m'entraîne ce train assourdissant, brinquebalant, jonché de détritus, barbouillé de graffitis ? Je suis coincé entre deux jeunes clochards qui puent la sueur, la crasse, l'urine, et une matrone noire en robe fleurie dont la chevelure crêpue s'enorgueillit de sillons savamment tracés en long et en travers. Et c'est avec un véritable soulagement que l'as de la Sûreté nationale, le James Bond de la rue des Saussaies, quitte le wagon infernal pour arpenter de sinistres couloirs, où des centaines d'ivrognes, titubant au milieu des ordures, des bouteilles brisées et des boîtes de conserve, mendient un ou deux cents... Encore quelques images de ce cauchemar, et je vais émerger à l'air libre. Je vais savoir à quoi ressemble la *Cardiello's Tavern* de la 4e Avenue de Brooklyn.

17.

La Cadillac blanche met en valeur le bronzage de Rocco Messina, déjà souligné par la chemise rose et le costume fil-à-fil crème. Un jeune homme d'affaires qui a réussi, comme on les aime chez l'oncle Sam... Il ne le vole pas, son surnom de Ricain, made in Paris ! Il a du mal à respecter la limitation de vitesse sur la nationale 535, en direction de Highstown, New Jersey. Déjà quatorze heures trente-cinq ! Il a perdu beaucoup de temps dans la traversée de Woodbridge, derrière une caravane de touristes qui s'acheminait vers le Beth Israel Memorial Park. L'accélérateur le démange, mais il ne faut pas plaisanter avec la police routière, c'est la pire. Messina se permet tout de même quelques pointes de vitesse : Don Guidono déteste attendre.

Il l'aime, sa Cadillac décapotable toute neuve, le beau Rocco. La voiture des voitures ! Il aime toutes les américaines, d'ailleurs. Imbattables pour le confort et le silence. Un peu lourdes dans les virages, peut-être, mais c'est quand même autre chose que ce qu'on trouve en Sicile. Du bout du pied, il donne toute la puissance pendant quelques secondes. Il a l'impression qu'il va s'envoler, dans le chuintement des huit cylindres. Il se surprend à rire tout fort, lorsqu'il revoit le tas de ferraille de la Langouste, qui l'a déposé l'autre soir à Orly... Comment l'opulent Francis ose-t-il même s'asseoir au volant de cette Renault antédiluvienne ? D'accord, ça le regarde, mais Rocco, à sa place... Un type bien, quand même, la Langouste, même s'il se balade dans sa vieille poubelle, peut-être pour tromper les agents du fisc. L'essentiel, c'est que Rocco, revenu de Médan en catastrophe, ait pu lui sauter dessus dans le parking souterrain de l'immeuble du boulevard Suchet. Il a jailli si brusquement dans la pénombre du couloir, que Francis, pourtant réputé pour ses réflexes rapides malgré sa corpulence, en a eu un haut-le-corps.

— Nom de Dieu, qu'est-ce que tu fous ici ?

A voir la mine effrayée de la Langouste, Rocco s'est pris à sourire :

— Je t'attendais. Je voulais savoir ce qui se passe...

— Ce qui se passe ! Il se passe que je sors de chez les flics à cause de cette putain d'affaire de Neuilly, et que j'en ai plein les bottes... Où est Liliane ?

— Chez elle.

— Ah... ! Et toi, qu'est-ce que tu comptes faire ?

— Je décanille. J'ai un avion ce soir à dix heures. Tu m'attends à neuf heures devant le 18, rue d'Armaillé.

— Où ?

— Au bout de l'avenue Carnot. Le 18, c'est l'entrée du passage Doisy. Comme ça, s'il y a du pet, je file par l'avenue des Ternes... Tu m'apporteras un passeport, parce que Messina, c'est râpé !

— Mais...

— Il n'y a pas de mais. J'ai besoin d'un passeport, c'est tout. Avec visa américain. Démerde-toi.

Francis Soubertat sue la peur. Rocco ne plaisante pas. Le double assassinat de Neuilly est là pour le lui rappeler. « Une boucherie », lui a dit, tout à l'heure, Pomarède. S'il avait prévu une pareille histoire...

— Sans photo, qu'est-ce que tu veux que je fasse ?

— Prends celle-là. Tu dis que tu connais les champions des tireurs, capables de faucher les fafs au président de la République s'il le fallait ! Fonce les voir. Et surtout, sois à l'heure. Je n'aime pas attendre.

Sacré Langouste ! L'inspecteur français de la police de l'Air, puis le flic américain de l'Immigration, ont tamponné, comme un seul homme, le passeport au nom du faux Gino Cerini, industriel.

Le soir même de son arrivée à Brooklyn, Rocco a réveillé Francis pour le rassurer. Il lui a paru soucieux. Il se fait vieux, Francis. Il aurait intérêt à dételer et à se consacrer à l'élevage des faisans, en Sologne, avant qu'il ne soit trop tard !

Un coup d'œil à la montre du tableau de bord : cela va aller. La Cadillac slalome avec souplesse entre les nids de poule du chemin de terre qui longe le giboyeux domaine de Don Guidoni. La clôture électrifiée est-elle destinée à empêcher le gibier de sortir ou à éloigner les intrus ? Rocco ralentit. Il est exactement quatorze heures cinquante-cinq minutes quand il arrête sa voiture devant l'entrée, imposante comme le portail d'une forteresse, qui gouverne le pavillon de chasse modestement baptisé *la Renardière.* Il sera exact au rendez-vous. Le mafioso au colt apparent n'a pas du tout l'allure d'un garde-chasse. Il prend Rocco en charge, ne le lâche pas d'une semelle jusqu'au salon-musée du respectable et milliardaire représentant de Don Calogero Puzzoli pour l'Etat de New York, le *mustachio* Don Guidoni en personne.

Don Guidoni a la réputation, justifiée, de réussir tout ce qu'il entreprend. Depuis le jour, déjà lointain, où il est entré dans l'organisation du crime, il a collectionné les affaires, plus illégales les unes que les autres, sans connaître d'échec. Une si constante réussite s'explique par le don d'intimidation qu'il a reçu du ciel, et la terreur qu'il inspire sur cette terre. Il est la parfaite illustration de la puissance de la Mafia. Après avoir modestement débuté dans la vie comme vendeur d'huile d'olive dans son village déshérité de Villalba, près de Palerme, il a su tirer un sage parti de sa reconversion dans le crime. A force d'obstination, de malice, il a réalisé des bénéfices considérables, aussitôt réinvestis dans une société, puis dans une autre, toutes ayant pignon sur rue. En quarante ans, il est devenu le roi de l'importation d'huile d'olive aux Etats-Unis, l'empereur du négoce des concentrés de tomate sous toutes leurs formes. Le jeu d'hypothèques fictives attribue à des hommes de paille ses biens immobiliers colossaux, dont la réserve de chasse d'Highstown ne représente qu'une infime partie... Highstown, où un aérodrome privé accueille les invités privilégiés.

Don Guidoni a dix ans de moins que Don Calo Puzzoli, le *Capu,* le chef suprême. Ce sont des amis de longue date. Ils ont eu la même enfance pauvre, la même jeunesse agitée. Ils ont été tous deux malmenés par les carabiniers et les gardiens de prison. Comme Don Calo, Don Guidoni a su respecter l'*Omerta,* et imposer la terrible loi du silence aux bavards, aux jaloux, aux récalcitrants... Plus d'un concurrent a commis la faute de le sous-estimer, ce petit homme brun à la calvitie naissante, sans prendre garde au regard cruel derrière les lunettes à monture d'écaille de tortue, à la mâchoire carrée, brutale... Oui, plus d'un a compris trop tard qu'il ne fallait jamais négliger les avertissements de l'ancien vendeur d'huile d'olive, de fromage de chèvre et de pain noir, digne enfant de sa bien-aimée Sicile...

C'est en septembre 1922 que Giuseppe Guidoni s'est embarqué sur le paquebot *Providence* à destination de New York, en compagnie de Vittorio Mangano, l'oncle de Rocco Messina. Les deux compatriotes, jugeant que Chicago était le bon endroit pour faire fortune, ont mis en commun leurs modestes ressources pour y créer une épicerie. Leur honnête projet a été ruiné par une clientèle qui boudait. Alors, ils ont décidé de se recycler dans le racket et les agressions à main armée. Ils avaient trouvé leur voie...

Six ans plus tard, Giuseppe Guidoni n'est rien moins que l'associé de Charles « Lucky » Luciano, avec pour spécialités la prostitution et le trafic de stupéfiants. A ce titre, il siège au Congrès du Crime de Cleveland et se voit désigné pour diriger la Mafia de Brooklyn. C'est le départ d'une fulgurante ascension. Ce petit homme brun tient tête aux services de police et aux tribunaux avec une autorité qui force le respect unanime de la pègre. Telle était sa puissance, en 1946 déjà, que le gouvernement doit renoncer à l'expulser et à le déchoir de la nationalité américaine. Mieux, l'honorable Guidoni s'offre le luxe de placer au premier rang d'une de ses entreprises l'éminent procureur qui a tiré sur lui à boulets rouges... Rien ni personne ne lui résiste.

On évalue à plusieurs millions de dollars la fortune du Sicilien, édifiée sur le racket et l'intimidation, fondée sur la violence. La plus fructueuse branche de ses activités clandestines, parallèlement au très officiel négoce de l'huile d'olive qui l'amuse toujours, ce sont les paris clandestins. Aux Etats-Unis, la loi ne tolère que les paris que l'on prend sur les champs de courses. Giuseppe Guidoni a choisi les quartiers pauvres pour y multiplier ses officines de jeux occultes. Le système en est simple : le joueur choisit un numéro de trois chiffres. Il dépose sa mise chez le receveur, et attend que soient publiés les résultats de la première course. S'il a désigné le premier chiffre de la combinaison gagnante, il vit dans l'espoir de voir sortir son second chiffre lors de la deuxième course, puis le dernier lors de la troisième. Les chiffres des paris qui ne sont pas conformes aux résultats successifs des courses sont éliminés. On peut toucher cinq cents fois sa mise, et on ne peut pas perdre grand-chose, d'où la popularité de cette loterie clandestine. Giuseppe Guidoni, promu au titre de Don, en contrôle étroitement le fonctionnement. Le chiffre d'affaires quotidien est de l'ordre de deux ou trois millions de dollars, tout simplement...

Bien sûr, une telle manne céleste ne se laisse pas recueillir sans efforts. Il faut l'impitoyable autorité de Don Giuseppe pour tenir en main les receveurs des quartiers, les collecteurs, les contrôleurs, et les banquiers. Pour toute tentative de désobéissance, la mort. Pour toute indiscrétion qui pourrait faire découvrir le lieu secret de la banque aux flics ou aux concurrents, la mort. Pour toute malversation, toute erreur volontaire dans la totalisation des comptes, la mort ! Mais si l'on sait se tenir, et surtout tenir sa langue, le métier est rentable : le receveur perçoit dix pour cent sur les paris enregistrés ; le contrôleur, vingt-cinq pour cent ; le banquier, soixante-cinq pour cent, sur lesquels il rembourse les numéros gagnants. Mais quelle que soit la chance des joueurs, Don Giuseppe a déjà gagné.

Il faut dire qu'il a beaucoup de monde à faire vivre. Il aime à encourager les talents de ses compatriotes. Hugo Battaglia, de Villalba, comme Don Giuseppe, était né pour être le parfait garde du corps. Il était vite devenu le confident et l'exécuteur des hautes œuvres de son « pays ». Il tirait vite et bien, Hugo ! Pour le récompenser de multiples services rendus, le Don lui avait donné la recette d'un quartier. Il avait brillamment réussi, multipliant les bénéfices par sa prospection personnelle. Le temps de refroidir quelques receveurs malhonnêtes, et Battaglia sautait le grade de collecteur pour atteindre directement la position enviée de contrôleur, seul à connaître, avec le propriétaire de la loterie, le montant exact des gains de la journée, et surtout l'emplacement, toujours mouvant de la banque. Le matin même où il devait connaître un sort tragique dans une Cadillac piégée, Don Giuseppe lui avait promis la plus belle des destinées... Mais les desseins de Don Giuseppe, comme ceux du Seigneur, sont insondables.

Rocco contient un mouvement de surprise. Il ne s'imaginait pas Don Giuseppe comme ça. Il se souvenait de Don Calo, en Sicile, du patriarche solide dont il baisait la main, le cœur battant. Il voit entrer dans le salon un vieil homme fatigué, la démarche lente, les traits tirés. Don Giuseppe est en bras de chemise. Sa main droite, glissée entre deux boutonnières, tient son estomac dans un geste qui n'a rien de napoléonien, qui évoque plutôt la douleur. Depuis quelques années, un ulcère ronge le vieux *mustachio,* le rend nerveux, arrogant, agressif.

La vue de son hôte semble le dérider quelque peu. Il esquisse un sourire. De son bras gauche, il entoure le cou de Rocco. Il l'embrasse, lui désigne une chaise devant la table de chêne verni.

— C'est bien, mon fils. J'aime l'exactitude. Elle est l'âme des affaires. Si j'ai voulu te voir ici, en tête à tête, c'est que j'ai à te parler de choses sérieuses. Tu connais le proverbe : « Secret de deux, secret de Dieu. Secret de trois, secret de tous. »... Notre entrevue doit rester confidentielle.

— J'ai suivi vos recommandations, répond Rocco. J'ai évité l'autoroute. Je me suis même arrêté plusieurs fois en rase campagne.

— C'est bien, c'est très bien...

Le lent mouvement des paupières, derrière les lunettes cerclées d'écaille, souligne la satisfaction de Don Giuseppe. Il traverse la pièce, se laisse tomber dans un fauteuil. Rocco pivote sur sa chaise. Au-dessus de la cheminée trône une tête d'ours polaire, flanquée de deux têtes de renard. Don Giuseppe regarde Rocco en silence, pensif. Puis :

— Don Calo t'a recommandé à moi. Si tu m'es fidèle et si tu sais te taire, je ferai ta fortune. Voilà. Il y a à Frisco [1] un jeune loup qui a les dents longues, trop longues. Il s'appelle Frank Botelli...

En prononçant le nom, Don Giuseppe frappe le bras du fauteuil de son poing gauche, avec une vigueur inattendue.

— ... Il espère me déboulonner... La prochaine réunion nationale de l'Organisation est pour bientôt. Il veut ma place. Il dit que je suis vieux, et que cette saloperie qui me mine ne me permet plus de tenir les rênes... Il me rend responsable de la série de règlements de comptes qui endeuillent l'Honorable Société, et que je suis incapable de maîtriser... Il met en avant la disparition de Battaglia, qui a eu la malencontreuse idée de suivre ses conseils, pour me ruiner et m'éliminer. Dieu ne l'a pas permis, heureusement...

La bouche de Don Giuseppe se crispe. Sa main appuie plus fort au creux de son estomac. Après quelques secondes de silence, il poursuit :

— Jamais je n'aurais pensé qu'Hugo me ferait cela ! Qu'il me détournerait 935 000 dollars ! Tout ce que ça lui a rapporté. c'est de finir comme Bug Siegel, le bâtisseur de Las Vegas... Tu connais son histoire ? Il a glissé dans sa poche une partie des fonds que l'Organisation avait mis à sa disposition pour lancer les casinos. Il était l'empereur de la nuit, il est devenu le roi du néant ! Eh bien, pour Botelli, ce sera pareil. Cet enfant de louve a beau travailler dans les coulisses pour que le vote me soit défavorable, noyauter les syndicats, corrompre leurs représentants, éliminer mes amis... il est perdu. Je vais le couvrir de ridicule, ce petit Botelli ! Ils vont m'entendre, aux états généraux du Syndicat. Je leur montrerai que ce n'est qu'un minus, qu'il est incapable de défendre ses propres intérêts... Alors, pour ce qui est de me remplacer, moi, Don Giuseppe Guidoni...

Le Don s'est redressé, les mâchoires serrées. Il se lève, marche de long en large dans la pièce. Rocco Messina admire

1. San Francisco.

la métamorphose. Ce n'est plus un vieil homme fatigué, c'est un fauve puissant, cruel, impitoyable. La main droite est sortie de la chemise pour battre l'air, menaçante.

— Qu'attendez-vous de moi ? demande Rocco.

Don Giuseppe s'arrête net, devant lui.

— Tu vas m'aider, mon fils. Tu vas me montrer que tu es le digne neveu de mon pauvre associé Mangano. J'ai besoin d'un cerveau. Les frères Gaeta ne sont que des exécutants, eux. Battaglia était intelligent. Moins que toi, m'a prévenu Don Calo, mais l'argent lui a tourné la tête. La place est libre. Si tu réussis ce coup, et il n'y a aucune raison pour que tu ne le réussisses pas, tu seras mon collaborateur le plus direct...

Rocco se tait. Sa vie est à un tournant. Jusqu'ici, il n'a été qu'un monte-en-l'air, capable certes, audacieux sûrement, mais un individualiste malgré tout, sans la protection occulte du Syndicat et avec l'éternel souci du lendemain. Don Giuseppe lui propose l'entrée dans l'Organisation. Mieux, de devenir son second, le *Sottocapu,* responsable de la bonne marche des activités légales et illégales du groupe, du respect de la discipline chez les lieutenants et les soldats chargés de l'exécution des contrats. Une telle marque de confiance ne se rejette pas.

— *Baccio i mani,* Don Giuseppe.

Il s'est agenouillé, humblement, et il a posé ses lèvres sur le poignet droit de son bienfaiteur comme autrefois à Villalba, chez Don Calogero Puzzoli. Le patriarche l'aide à se relever, ouvre l'abattant d'un secrétaire d'acajou, apporte sur la table un plan qu'il déplie avec la solennité d'un chef d'état-major.

— Voici Las Vegas...

Rocco se penche, en souriant, sur ce nom porteur de tant de visions d'argent si vite gagné, si vite perdu...

— Tu vois, là, c'est la banque. On y rassemble les recettes des salles de jeux en attendant leur transfert à Frisco.

— Combien ? demande Rocco, soudain intéressé.

— Cela dépend. Ça varie d'une semaine à l'autre. Sûrement plus que ce que tu peux imaginer... Cette masse de dollars est conduite sous escorte à *Mac Carran Airport* dans des sacs plombés, juste avant le départ du vol. A la dernière minute, on engouffre tout dans la soute de l'avion. Seul le directeur de la banque connaît le jour et l'heure du départ, et l'importance du convoi. Il peut, comme il veut, faire avancer ou retarder le transfert. Cela, bien sûr, pour éviter les risques d'agression. Personne n'est au courant... Alors, tu vois, il suffit d'aller à Vegas et d'attendre mon coup de fil pour opérer avec le maximum de chances...

Don Giuseppe sort de sa poche un feuillet qu'il défroisse du pouce.

— Tiens, mon fils, regarde... C'est la liste des compagnies d'aviation... Tu as les horaires à gauche. A droite, pour chaque jour, sauf le samedi et le dimanche, puisque les banques sont fermées, les noms des transporteurs : *Western,* lundi et jeudi. *Regional,* mardi et vendredi. *Delta,* mercredi. C'est d'un de ces oiseaux-là qu'il faudra s'occuper. A terre, rien à faire. Vegas est en plein désert...

Rocco commence à comprendre. Déjà se dessine l'opération destinée à ridiculiser Botelli : le détournement des sacs bancaires contenant ses bénéfices de Las Vegas. Une deuxième objection lui vient à l'esprit. Si le Don y répond, il est prêt à aller avec lui en enfer.

— A Frisco, en atterrissant, il y aura aussi une escorte, dit-il.

Don Giuseppe sourit :

— L'avion n'atterrira pas à Frisco... De toute façon tu ne vas pas travailler en solitaire. L'histoire Battaglia a remué du monde : Briend du Quartier général de Manhattan et Baker du F.B.I... Et ton affaire de Paris a fait débarquer de plus un flic français nommé Borniche...

— Briend, Baker, Borniche, plaisante Rocco avec une désinvolture étudiée, c'est vraiment la série B !

— Moi, mon fils, conclut le vieux *mustachio* dans un rictus de douleur, je vais la terminer avec une super-production !

18.

Drôle de daltonien, mon chauffeur de taxi ! Il confond manifestement le rouge et le vert. Quant à l'orange, il ne sait pas ce que c'est. La trouille au ventre, je le vois couper des files de voitures avec une témérité qui frise l'inconscience. Pour oublier ma peur, je regarde fixement ses oreilles en feuille de chou, extraordinairement écartées. On dirait qu'elles prennent le vent, ses oreilles. C'est peut-être ça qui lui permet de naviguer au radar. D'autant qu'un tic lui fait secouer, de temps en temps, la tête de droite à gauche, signe de quelle agitation intérieure ? Il dévale en trombe Park Avenue, distribue des queues de poisson dans Lafayette Street. Enfin, toutes oreilles dressées, il freine pile devant le Quartier général de la police, 240 Centre Street. Son numéro mérite bien les « *dimes* » supplémentaires de pourboire, que je lui octroie avec soulagement. Je franchis la porte cochère du bâtiment d'un gris pisseux. J'entre dans la salle de garde.

J'ai beau agiter ma plaque de police sous le nez de l'agent de permanence, il ne s'émeut pas le moins du monde. Il a de toutes petites oreilles, celui-là, sous les cheveux en brosse. Il s'obstine à en curer une avec une allumette enfoncée à une profondeur que j'estime dangereuse pour son tympan. Il examine ma plaque d'un œil impassible. Ce n'est que lorsqu'il a constaté que je ne suis pas un habitué des lieux qu'il consent à se pencher en avant :

— *What's your problem ?*

— Je veux voir le *Commissioner,* dis-je.

Du coup, il lâche son allumette. Il se renverse sur sa chaise, l'œil amusé, ses mains velues croisées sur le ventre.

— Rien que ça, dit-il. Vous êtes sûr que vous ne voulez pas voir le président Eisenhower, pendant que vous y êtes ?

Mon air étonné le met en joie. J'agite à nouveau ma plaque dorée, comme une médaille au bout de sa chaîne. Il commence à m'agacer, avec son sourire. Je me contiens. D'ailleurs, je fais un tel effort pour traduire très à peu près et pour parler de même, que je n'ai guère le loisir de prendre la mouche.

— *French police !* Voudriez-vous annoncer l'inspecteur Borniche, de Paris ?

— Moi, je suis le sergent Andrews, réplique-t-il en se balançant sur son siège. Ça fait six ans que je vois le *Commissioner* prendre l'ascenseur en face de moi, et jamais je ne me suis permis de le déranger...

Il m'ausculte jusqu'à mi-corps, fronce le sourcil, reprend une position verticale correcte.

— *What's your name ?*

Je répète mon nom, distinctement. J'épelle même :

— Borniche... *Bi, o, ar, en...*

Il m'arrête d'un geste de la main :

— *O.K., O.K...* Asseyez-vous.

Je prends place sur la banquette du fond de la salle, tandis qu'il déglutit, à toute vitesse, une foule de mots dans un téléphone. Malgré les cours accélérés d'anglais que j'ai subis chez Berlitz, pendant trois mois, à mon retour du Venezuela, j'arrive à peine à saisir quelques phrases... Son langage est encore plus accéléré que mes cours ! Je comprends seulement qu'on s'occupe de moi... Son speech terminé, l'agent détache une allumette de sa pochette et se plonge avec application dans l'exploration de son oreille gauche.

Ma nuit a été peuplée de cauchemars, secouée de réveils en sursaut. Elle m'a tué, ma première journée new-yorkaise ! Mes pieds sont meurtris par la dureté des trottoirs, mes reins brisés par mes contorsions dans les wagons du métro, d'où je suis sorti vivant et à bon port... un miracle ! Oui, mais ce n'était pas tout d'arriver à la *Cardiello's Tavern.* Encore aurait-il fallu que ça serve à quelque chose. Avant de la découvrir, j'ai longtemps marché dans l'interminable 4e Avenue. J'ai fini par dénicher le fameux bar dans le quartier de Gowanus, entre des immeubles d'habitation de deux étages. Le salon de coiffure du 254 était fermé. Le magasin de télévision du 258 affichait la pancarte « *on holiday* », en vacances. Une Chrysler grise, modèle Imperial, stationnait près de la *Cardiello's Tavern.* D'autres monstres chromés, plus étincelants les uns que les autres, étaient garés dans le périmètre des blocs avoisinants.

La porte était entrouverte. A plusieurs reprises, je me suis dévissé le cou pour apercevoir la clientèle. Peine perdue. Tout baignait dans la pénombre. Impossible de faire le détail des physionomies. Des hommes allaient et venaient devant le comptoir, sur la gauche. Ce que je pouvais voir en plein cnamp, c'était le programme de télévision qui se déroulait sur le récepteur placé sur une étagère, au-dessus du bar de bois sombre derrière lequel un petit homme rondouillard apparaissait et disparaissait, tel un guignol dans sa boîte. Tout ce que je pouvais flairer, c'était une forte odeur de tabac refroidi, mêlé à des relents de bière et de sauce tomate.

Jusqu'à deux heures du matin, je suis passé et repassé en mastiquant mon chewing-gum devant la *Cardiello's Tavern.* J'avais sûrement beaucoup moins de chances d'entrevoir le beau Rocco que de me faire interpeller par une patrouille de police. La faim m'avait quitté, remplacée par le démon de la chasse... Quand j'ai retrouvé ce bon métro new-yorkais et sa population de drogués et de clochards, j'avais dans ma poche les numéros d'une dizaine de voitures. Ça ne servirait peut-être jamais à rien... Mais, comme dit Vieuchêne, en suivant le fleuve, on arrive à la mer ! Pour l'instant, je suis en plein marécage.

— ... *Inspector* Borniche ?

Un long squelette perruqué de gris, la cravate dénouée sur la chemisette de nylon, a surgi devant moi. Il est sans âge, cet homme sec... Cinquante ans, peut-être. Je me lève, serre la main décharnée.

— Je suis l'adjoint administratif du *Commissioner,* articule l'apparition. C'est moi qui ai reçu le télégramme signalant votre arrivée. Si vous voulez me suivre...

Je traverse la salle sur ses talons. J'escalade les marches d'un escalier vétuste. Les flics américains ne sont décidément pas mieux lotis que les français. Ça sent la vieillerie, le délabrement. Je connais ça. Ça sent l'antre des flics, quoi. Je croise des colosses bottés en uniforme, le Smith et Wesson à la ceinture. Le Far West, sans les chapeaux...

Me voici dans un bureau du deuxième étage. Une secrétaire blonde comme Marilyn me déshabille, derrière ses gros verres. Une immense carte de New York plastifiée occupe le mur latéral. Je retrouve, à petite échelle, le panorama d'îles, de baies et de presqu'îles que j'ai survolé hier matin. Je rêve un instant... Putain, que c'est grand !... L'adjoint du patron est en train de m'expliquer que, dans son pays, le grade de capitaine correspond à celui de commissaire en France. Je fais l'écolier studieux mais je m'en moque. Je ne suis pas venu là pour essuyer un cours sur leur police. Baker s'en est déjà chargé. Tout ce que je comprends, c'est que le capitaine coiffe un commissariat avec agents et inspecteurs, que l'inspecteur est au-dessus du commissaire. Le détective civil est, comme moi, tout au bas de l'échelle.

— Vous devez avoir un grade rudement élevé, dis-je, pour siéger au Grand Quartier général, dans le bureau voisin de celui du préfet — du *Commissioner,* je veux dire...

Il se rengorge. C'est parti !

— J'ai d'abord été inspecteur assistant, puis inspecteur et aide-inspecteur chef. Je suis devenu inspecteur-chef assistant, inspecteur-chef et chef du personnel ! Mon collègue Briend, à qui je vais vous présenter, est chef des détectives, c'est-à-dire qu'il supervise la *Division Homicides.*

Hé, hé, je m'en doutais... Le squelette est bien le chef du personnel, celui devant qui, à la Sûreté nationale, nos patrons font des ronds de jambes pour obtenir une promotion supplémentaire. La direction du personnel, c'est un Etat dans l'Etat. C'est elle qui impose ses vues et ses désirs au directeur général, préfet politicien, propulsé par le ministre de l'Intérieur dans un domaine qui lui est, le plus souvent, totalement étranger. C'est elle qui nomme, mute, décore, sanctionne les fonctionnaires, selon sa bonne ou sa mauvaise volonté, sans grand recours pour les lésés ou les mécontents... La formule passe-partout, « intérêt du service », couvre ses décisions du large parapluie administratif.

— ... Quel genre d'enquête êtes-vous venu faire à New York ?

Il faut bien que je récapitule tout... Je n'omets aucun détail. Meurtre de Battaglia. Séjour de Richard Baker à Paris. Double assassinat de Neuilly. La certitude que j'ai du retour de Rocco Messina à Brooklyn. L'adjoint administratif prend des notes, secoue plusieurs fois la tête, pose son stylo à capuchon d'or avant de conclure, ses minces lèvres tordues en une moue réprobatrice :

— C'est pour le *Commissioner.* Il s'excuse, mais il est trop occupé pour vous recevoir. Il vous adresse ses souhaits de bienvenue.

Il s'arrête un instant, le temps que je digère la formule de politesse, puis reprend :

— Rocco Messina est très connu de nos services. Il fait partie de la Mafia. C'est un gros morceau. Vous n'avez pas peur ?

Peur ? Il doit lire l'étonnement sur mes traits, car il enchaîne, très vite :

— Je veux dire... Je ne sais pas si vous avez une parfaite connaissance de la Mafia à New York, et même aux Etats-Unis... Elle est dangereusement efficace ! Briend vous expliquera ça mieux que moi. C'est lui qui a en main l'affaire Battaglia-Robbins... Je vais lui demander de vous recevoir cet après-midi. Quinze heures, ça vous va ?

J'acquiesce du chef, tout en pensant que c'est allé très vite. On ne reste pas des matinées à palabrer, ici. Il est onze heures ! L'administration n'est pas la même partout...

— D'accord. Si vous avez besoin de me joindre, je loge au *Commodore.*

— Je sais, dit l'homme sec, en se levant et en contournant sa table. Vous l'avez indiqué sur votre fiche de débarquement, à Idlewild...

Que faire, en attendant le rendez-vous de l'après-midi ? Flâner. Je remonte à pied Lafayette Street, qui longe le quartier italien. L'odeur de pizza et de café, le linge accroché aux fenêtres... Me voici en Sicile, ou presque ! L'architecture n'est pas celle de Palerme... Les rues et les avenues forment un immense échiquier, se coupant à angle droit, désignées par un numéro. Ce n'est pas très pittoresque, mais c'est pratique pour s'y retrouver. Je traverse Broadway, et découvre un square bordé de vieilles maisons de briques, à l'élégance ancienne. Voici un autobus vert, à impériale. Je grimpe les marches et me retrouve assis entre des couples d'amoureux enlacés. J'éprouve un bonheur tranquille, bon enfant, dans cette façon de parcourir la 5e Avenue, tandis que le vent chaud caresse mon visage... A la hauteur de Bryant Park, j'hésite : rejoindre mon hôtel, sur la droite, ou continuer ? Comme le spectacle de la rue en vaut la peine, je continue. L'autobus s'approche d'une impressionnante masse de pierre grise qui disparaît dans le ciel.

— *Rockefeller Center,* annonce le haut-parleur.

Je descends. Le bourdonnement de cette immense ruche me laisse pantois. Quatorze bâtiments truffés de grandes compagnies radiophoniques, des revues *Time-Life, Fortune...* Le grand music-hall de *Radio-City,* les centres français, italien, anglais, hollandais... Et, dominant le tout, la *Rainbow Room,* la salle de l'Arc-en-Ciel, une boîte de nuit qui plane au-dessus des nuages !

Je me sens lilliputien, dans ce temple de l'élévation... C'est plein d'amertume que je regagne mon hôtel, en songeant que le match David-Goliath risque de tourner au désavantage de la pauvre — ô combien ! — police française.

19.

Rocco a abandonné sa Cadillac à l'*Astoria Garage* de Flushing Bay. Il est sorti de la voiture en pivotant, pour faire passer sa jambe droite prise dans un énorme plâtre. Il a calé ses béquilles sous ses aisselles. Un dernier regard sur son coûteux caprice, des instructions au préposé et il s'est propulsé à petits coups de béquilles jusqu'au taxi qui l'a conduit à *La Guardia Airport.* Il s'est laissé aider par le chauffeur pour s'extirper du véhicule, en grimaçant de douleur. Il grimaçait encore devant le guichet de la *Western Airlines,* où l'hôtesse, stylée et compatissante, s'est empressée :

— Votre place est réservée, *Mister* Richter. Depuis hier soir. Tout est réglé.

Don Giuseppe n'a pas perdu de temps. Le billet a été payé en espèces, comme il se doit... L'hôtesse a vérifié la liste des inscriptions et fait avancer la chaise roulante :

— Je vous conduis à l'appareil. Vous avez des bagages ?

Rocco a fait « non » de la tête, tandis qu'elle l'aidait à s'asseoir dans le fauteuil avec des gestes d'infirmière. Il ne perdait pas un mouvement du corps, souple, gracieux, il appréciait le contact des mains habiles, ses yeux en cillaient d'aise derrière les lunettes teintées, mais l'heure n'était pas à la rigolade, vraiment pas. Ça lui faisait tout drôle, de se faire rouler comme un bébé dans sa poussette au long du couloir. Sa nurse a présenté le billet au contrôleur du second guichet. Il faisait vraiment pitié, cet homme jeune, en élégant complet mastic, avec cette jambe plâtrée, ses béquilles et son énorme pansement à la joue droite. Il a retrouvé sur le visage de l'hôtesse de bord la même expression maternelle que sur celui de sa consœur au sol. Elle l'a installé en priorité sur le premier siège, derrière la cabine de pilotage. Les autres passagers ont embarqué peu après. L'hôtesse couvait Rocco d'un sourire enjôleur. Pas question qu'un autre passager vienne s'asseoir près de lui.

— Comme ça, lui a-t-elle glissé en l'aidant à coincer ses béquilles, vous pouvez allonger votre jambe. Accident de voiture ?

Il a acquiescé d'un nouveau signe de tête. Où diable les compagnies d'aviation trouvent-elles toutes ces filles ravissantes ? Douces et gentilles de surcroît... Les pensées de Rocco batifolaient. Il était tranquille. Il n'a pas eu la moindre émotion en franchissant le contrôle. Les fonctionnaires de l'immigration et de la douane ne sévissent pas sur les lignes intérieures. Et il était assez voyant, dans sa chaise d'infirme, avec sa jambe plâtrée, ses béquilles et sa compresse de gaze, pour décourager un éventuel flic fureteur en civil, spécialiste du repérage indiscret. Personne, aux Etats-Unis, ne pouvait soupçonner que Richter n'était pas son nom. Il avait déjà fait le test à l'aéroport d'Idlewild avec Cerini. Ce n'était certes pas la Langouste qui avertirait les policiers français ou américains !

A quinze heures, le Boeing filait sur la piste. Décollage en souplesse. Cap sur Las Vegas. Six heures de vol. Il avait le temps, le beau Rocco, la tête appuyée au dosseret de son siège, de rêver à l'opération sensationnelle conçue par Don Giuseppe. Boissons, repas... L'hôtesse le gratifiait d'une attention particulière.

Avant l'atterrissage à *Mac Carran Airport,* elle a sollicité, par radio, l'envoi d'une chaise roulante. Le précieux impotent a pu être ainsi cueilli à l'arrivée par une autre mignonne en uniforme, qui l'a poussé jusqu'à un taxi, où elle l'a installé. L'expression de souffrance de Rocco faisait peine à voir.

— *Flamingo,* a-t-il dit, d'une voix éteinte.

Le taxi a suivi la *Paradise Road* à vitesse réduite, puis tourné à gauche dans la direction du Strip.

« Vraiment génial, le coup des béquilles, pensait Rocco.

Don Giuseppe est un stratège ! Même le brave chauffeur qui va causer un accident, à force de regarder dans le rétroviseur si je n'ai besoin de rien, compatit. T'occupe pas, mon gars, avance ! »

Il ne parlait pas, par prudence. Son accent italien pouvait le trahir. Là encore, il suivait les conseils de Don Giuseppe :

— Moins on t'entend, mieux ça vaut !

Las Vegas apparaissait derrière la vitre. Vision invraisemblable de grands immeubles blancs, roses et verts, plantés au milieu du désert qui s'étend à perte de vue... Malgré la lumière crue du soleil, les enseignes des hôtels brillaient de tous leurs feux, et cette anomalie ajoutait à l'impression d'irréalité, de monde rêvé plutôt que vécu... Un flamant rose géant désignait le *Flamingo* à l'attention des touristes. Le taxi s'est arrêté, décrivant une impeccable arabesque. Un portier en uniforme s'est précipité pour ouvrir la porte. Rocco a récompensé d'un généreux pourboire le chauffeur attentionné, avant de s'abandonner au rite habituel, mené cette fois par le portier : extraction de l'infirme suivi de ses béquilles. Soutenu par l'homme galonné, il a franchi la porte de glace du *Flamingo,* étouffé un cri de douleur en escaladant les deux marches de l'allée, longé le comptoir de réception. Le concierge, tout miel, lui a tendu la clé du 1217 :

— Mais oui, *Mister* Creken, votre chambre est réservée... L'aéoroport a téléphoné. Votre valise a été retrouvée. Elle vous sera livrée demain matin, au plus tard.

Rocco l'a remercié d'un sourire. Encore une idée du vieux Don ! Suspendu à ses béquilles, il a progressé au long de la salle de jeux, assourdi par le vacarme du cliquetis métallique et des cris, exclamations heureuses ou dépitées ponctuant le verdict de la roulette, les caprices du black-jack. Il a tourné à droite. Les portes chromées de l'ascenseur ont rétabli le silence. Le garçon d'étage l'a pris en charge au douzième et l'a escorté jusqu'à sa chambre, sur l'épaisse moquette à damier vert et bleu du couloir. Il a ouvert la porte, aidé l'encombrant client à s'installer dans un fauteuil.

— Si vous avez besoin, je suis là...

Pourboire. La porte s'est refermée. Rocco s'est laissé choir sur le lit. Il mourait de soif. Le plâtre lui pesait. A cloche-pied, il a gagné la salle de bains. Il commençait à le trouver moins drôle, son numéro d'infirme. Il ne sentait plus sa jambe droite. Pourvu qu'elle ne s'ankylose pas, dans les jours à venir ! Ç'aurait été tellement plus simple de simuler la claudication, avec deux cannes...

— Pas question, avait dit Don Giuseppe. Il faut un plâtre et des béquilles. Qu'on ne voit que ça !

Rocco s'est traîné pour faire le tour de la vaste chambre à deux lits, jusqu'à la fenêtre. Derrière les rideaux de la baie qui dominait le désert, il voyait, en contrebas, la piscine cernée de corps affalés, noirs sous le soleil brûlant... Résigné, il a commandé son dîner. Puis, débarrassé des deux femmes de chambre venues faire la couverture, il s'est allongé sur le lit, le téléphone à portée de la main.

Le lendemain, un chasseur a frappé, porteur d'une valise qu'un inconnu lui avait remise en lui glissant un dollar dans la main, précisant simplement : « Pour le 1217. »

Rocco a placé la valise sur le lit. Il en a sorti un costume bleu en alpaga, une chemise blanche et une paire de chaussures de marche, assez surprenantes avec cette tenue, et un marteau. Dans la tige des brodequins, un billet avec réservation pour le vol 179 de la *Regional Air Lines* à vingt et une heures, au nom de Mac Smith, et une carte avec ces lignes : « La Compagnie souhaite un agréable voyage à l'heureux détenteur de ce billet, et à son ami, qui le rejoindra à l'aéroport, dix minutes avant le départ du vol... » Ainsi, Joe le Blond était déjà à Vegas ! Depuis quand ? Et Jimmy ? Il était de l'odyssée, lui aussi... Tout semblait en place. Il fallait faire confiance à Don Guidoni.

Rocco, dans la baignoire de la luxueuse salle de bains, a brisé son plâtre. Opération difficile. Le marteau se révélait indispensable. La jambe ainsi libérée est apparue gonflée, violacée. Rocco l'a massée longuement pour lui rendre un peu de vie et de souplesse. Puis il a réduit le plâtre en morceaux qu'il a fait disparaître, avec le marteau et les béquilles, sous la baignoire, par la trappe de visite qu'il a revissée. Il a ensuite soigneusement lavé le carrelage.

Un bain chaud a fini de décongestionner la jambe. Rocco retrouvait sa bonne humeur. Il souriait en ajustant la fine moustache glissée dans la poche du veston. Habillé de neuf, il se trouvait fière allure, malgré les brodequins, heureusement presque cachés par le pantalon. Il a laissé la valise en évidence sur la banquette réservée à cet effet. Il n'y avait plus qu'à attendre.

A vingt heures, Rocco a ouvert la porte avec précaution. Il entendait parler les femmes de service dans une chambre voisine. Leur chariot encombré de draps et de serviettes était au bout du couloir, de l'autre côté de la porte de l'escalier du personnel. Il a doucement refermé la porte de sa chambre, accroché à la poignée l'étiquette « *Do not disturb* ». Il s'est faufilé jusqu'à l'issue de secours. L'ascenseur l'a déposé dans le hall du personnel, sur l'arrière de l'hôtel. Il a traversé la cour intérieure en direction du parc à voitures, captant au passage les plongeons des clients dans la piscine, les piaillements des femmes éclaboussées.

Il a dépassé les fondations d'un hôtel en construction. Trois minutes plus tard, il débouchait sur le Strip, hélait un taxi en maraude. Un petit détour par Casino Center, le temps d'apercevoir la banque au passage et il débarquait à l'aéroport.

Joe Gaeta le guettait, devant un distributeur automatique de journaux, coiffé d'un chapeau de cow-boy, les joues auréolées d'un collier de barbe, le jean couronné d'une ceinture à large boucle, un sac de tennis à la main.

— Ton frère ? a murmuré Rocco.

— Il est là-bas, à l'arrivée. Je vais aux chiottes, tu trouveras le flingue derrière la chasse.

Ils se sont séparés. Quand Rocco lui a succédé dans les toilettes, le colt était dans la cachette. Rocco l'a passé dans sa ceinture, sous la chemise.

Il n'a pas eu un seul instant d'émotion en pénétrant dans l'appareil.

Les seins arrogants de la grosse June, les hanches généreuses, prisonnières indisciplinées de la jupe de satin rose, le minuscule sac noir en bandoulière, composent l'un des plus parfaits tableaux de pute de troisième classe qu'il m'ait été donné de contempler. C'est trop beau pour être vrai. N'est-ce pas plutôt la figurante d'un film parodique ? Non. C'est bien June en activité, s'évertuant de l'œil, de la voix et de la croupe. Il est huit heures du soir. C'est le moment où Greenwich Village s'éveille. Les poètes chevelus émergent de leur voyage en chambre pour déambuler dans les rues tortueuses, les peintres désabusés déballent leurs croûtes sous le monumental arc de triomphe de Washington Square, des jeunes uni-sexe se cherchent, s'interpellent, se côtoient, agglutinés sur les escaliers des vieilles maisons coloniales en brique rouge, encore tout empreintes de leur dignité d'antan, transformées en pension de famille cossues pour locataires fortunés.

— Vous n'aurez aucun mal à la trouver, m'avait dit Briend. Tous les soirs, elle se défend dans Mac Dougal Street, ou au *Luna's Bar.*

Il connaît bien son monde, l'inspecteur-chef assistant. A huit heures précises, June Bickman était à son poste, toutes voiles dehors. Une véritable horloge, cette inconditionnelle du pavé du Saint-Germain-des-Prés new-yorkais. Je commence à savoir pas mal de choses sur elle. Elle a atterri sur le trottoir de la façon la plus banale qui soit. Dans un bar de Lower East Side, l'un des quartiers les plus pauvres de New York et l'un des plus dangereux, cette serveuse mal payée a vu entrer un Français qui lui a fait l'effet du Prince charmant sur Cendrillon, pour le moins. Un Corse au teint mat, à la peau fine, aux mains d'autant plus douces que le travail les avait miraculeusement épargnées. Vicente Manzoni racontait à plaisir ses prouesses de navigateur. Il demeurait infiniment plus discret sur son activité, plus lucrative, de souteneur. June, malgré l'étroitesse de son esprit, avait compris qu'il naviguait plutôt en eau trouble, mais elle n'avait pas grand-chose à perdre. Ce qu'elle désirait, c'était abandonner l'eau de vaisselle qu'elle brassait à pleines mains depuis son enfance, et la clientèle pince-fesses qui la laissait couverte de bleus chaque soir. Vicente, au moins, savait lui sourire. Jusqu'au jour où il a disparu. Parti vers l'Ouest, disait-on, emportant dans ses bagages une Portoricaine à peine majeure. June a pleuré toute une nuit. Jamais elle ne devait retrouver, chez ses successeurs, la manière si personnelle qu'il avait de la récompenser, lorsqu'elle lui remettait l'argent de ses passes. Sortie des pattes du dernier en date, le brutal Samy Dickson, un géant noir de Harlem, June avait décidé qu'elle en savait assez sur le métier pour s'installer à son compte.

Toutes ces précisions, je les ai arrachées par bribes à l'inspecteur-chef assistant Jack Briend, que j'avais trouvé, dès l'abord, assez réservé à mon égard. Rien à voir avec le si sympathique fédé Richard Baker ! Le jour et la nuit, ces deux flics-là ! Autant Baker, le beau garçon, rayonne d'élégance, autant l'avorton-chef de la *Division Homicides* m'inspire un vague dégoût, avec ses cheveux sales et son costume fripé fleurant la sueur. La chaleur n'excuse pas tout... Il ne semblait d'ailleurs pas avoir meilleure opinion de moi.

J'avais pourtant tout fait pour produire la meilleure impression. J'étais exact au rendez-vous, avec une minute d'avance. Les aiguilles du poste de garde frôlaient l'équerre des quinze heures lorsque le planton, toujours aussi flegmatique, m'avait annoncé. C'est Vieuchêne qui aurait été sidéré de ma ponctualité américaine ! Mais il était loin, Vieuchêne, à cette heure... Il pastissait, probablement chez Victor, devant le fourneau de Dolorès, la reine des tripettes, ces tripes à la corse au goût assez relevé pour augmenter le débit du rosé à treize degrés. Il contait ses derniers exploits à un auditoire que les vacances avaient réduit à un noyau de fidèles, faible échantillonnage de la clientèle qui se retrouvait chaque soir dans ce restaurant *Aux Deux Marches* de la rue Gît-le-Cœur : flics de la Criminelle, de la Volante, journalistes, truands non recherchés venus aux informations pour les copains en cavale.

On dit que le contact entre deux êtres s'établit souvent au premier coup d'œil. Eh bien, c'était raté. Le branchement était défectueux, ou alors nos atomes crochus étaient en grève. Toujours est-il que le courant ne passait pas. Je sentais que Briend serait le moins coopératif possible. Certes, comme l'adjoint du *Commissioner* lui avait retransmis tout ce que je lui avais raconté, il ne pouvait faire autrement que de m'informer, en échange, de l'interrogatoire négatif de la grosse June, dans l'affaire Battaglia-Robbins. Mais il ne se donnait même pas la peine de me cacher qu'il se demandait ce qu'un flic français pouvait espérer découvrir en fourrant son grand nez dans cet imbroglio mafiosi.

Le sourire de sa bouche ingrate, quand je lui ai parlé des numéros de voitures relevés devant la *Cardiello's Tavern,* en disait long sur l'estime qu'il portait à une technique aussi moyenâgeuse. J'ai passé outre. Je lui en ai remis la liste. Il n'a pu faire autrement que d'y jeter un coup d'œil. Et là, j'ai eu la satisfaction de le voir tiquer. De mauvaise grâce, il m'a annoncé que la Chrysler grise modèle Imperial, intérieur de cuir rouge, qui stationnait près de la *Cardiello's Tavern,* appartenait tout simplement à Joe Gaeta.

C'était à mon tour de le trouver débile, le vilain Briend. Ainsi, Joe Gaeta qu'il recherchait était à Brooklyn ! Il suffisait de planquer devant la *Cardiello's Tavern* pour l'interpeller ! Ou de suivre sa voiture ! Et il fallait que ce soit un flic français qui lui dise ça ! Bien sûr, Briend a tout de suite trouvé la parade :

— On voit bien que vous ne connaissez pas la Mafia ! Il faut prendre des précautions, avec les frères Gaeta. On ne les interroge pas comme ça ! C'est pourquoi je veux d'abord Messina. Vous allez comprendre, puisque vous êtes, paraît-il, policier… Messina nous livre le nom de son camarade de beuverie, le petit bavard du *Luna's Bar,* et nous avons ainsi deux témoignages pour confondre les Gaeta. Ce n'est pas de trop, croyez-moi. C'est qu'ici, aux U.S.A., le cinquième amendement de la Constitution garantit les citoyens contre toute justice arbitraire. Et les Gaeta sont passés maîtres dans l'art de s'en servir…

— Dans ces conditions, Messina et son bavard de copain peuvent s'en servir, eux aussi…

— Nous verrons. Pour le moment, cher collègue, la question ne se pose pas. D'autant plus que, malgré ce que vous croyez, et que vous avez rapporté à l'adjoint administratif, Messina n'est pas du tout revenu aux U.S.A. !

Le « cher collègue » a eu du mal à s'extirper, c'était visible. Le reste a suivi, fielleux… L'incrédulité arrogante de Briend me laissait sans voix. J'avais moi-même entendu, de mes oreilles entendu, — et ce n'étaient ni celles de Poiret ni celles du Gros — la voix qui, de la *Cardiello's Tavern* de Brooklyn, avait appelé une nuit Francis la Langouste pour lui annoncer que le voyage s'était bien passé, malgré quelques trous d'air... Je n'avais pas rêvé ! Et à qui Francis pouvait-il recommander la prudence, sinon à Messina ?

J'ai protesté, le plus vigoureusement possible :

— Moi, je suis convaincu qu'il est à New York, voyez-vous !

Derrière une grimace, Briend ne s'est pas tellement donné la peine de cacher que je commençais à l'agacer.

— Si vous voulez. Mais s'il était là, je le saurais ! Je l'ai mis en surveillance partout. Il aurait été kidnappé à l'aéroport, aux postes-frontières ou à la douane... La circulaire F.B.I. a aussi touché tous les points... Et je ne pense pas qu'il soit rentré aux U.S.A. à la nage !

— A la nage, non. Avec un faux passeport, oui.

Son sourire jaune me défiait :

— Avec un visa américain ? Allons ! vous ignorez combien nos agents de l'Immigration sont intransigeants...

Je lui ai rendu son bon sourire... Je me rappelais avec quelle facilité Paul Dellapina, dit Monsieur Paul[1], le cambrioleur solitaire, l'Arsène Lupin du XXe siècle, avait allègrement franchi le cordon soi-disant infranchissable de l'Immigration américaine. Sans papiers, encore ! Et Antoine Sinibaldi, compromis dans l'affaire de la banque d'Indochine, et Paul Leca, mouillé dans le vol des bijoux de la Bégum... Tous de vieilles connaissances ! Il ne doutait de rien, le petit Briend ! Sa confiance inébranlable dans les barrières de l'Immigration ne me laissait pas le choix. Ma décision était prise : je me passerais de ses services. Je me débrouillerais seul. Je câblerais à Vieuchêne, il comprendra. Marlyse aussi, si je dois rester ici plus de temps que prévu... Et puis, en dernier ressort, j'avais Baker, le brave Richard. Il ne porte pas Briend dans son cœur, celui-là, il ne demanderait pas mieux que de m'aider, pour lui jouer un bon tour. Il m'en avait touché deux mots, de leur petite guéguerre, à Paris...

1. Voir *Cambrioles*, Ed. Fayard.

Par bonheur, la chance m'a mis sur les traces de June. Il a suffi d'une phrase, négligemment tombée de la bouche en cul de poule de Briend :

— Si la grosse June voulait parler... Elle en sait, des choses, sur le milieu... Elle était maquée avec un Français... Vicente Manzoni... Vous connaissez ?

Ma foi, non, je ne connaissais pas. Mais il ajoutait :

— Un Corse... Son vrai nom est Toussaint Michelesi... Il arrivait du Venezuela... Il a disparu avant que je puisse lui mettre la main dessus. Je le recherchais pour proxénétisme et trafic de drogue...

Je n'en croyais pas mes oreilles. June Bickman, par un de ces hasards qui font que tous les membres du milieu international se retrouvent, avait été la maîtresse de Toussaint Michelesi, l'associé de Malaggione, l'ex-empereur des bordels de Caracas [1] ! Il avait fui le Venezuela, on avait perdu sa trace. L'Archange, lui, était bêtement tombé entre mes mains, à Paris, mais Toussaint, alias Vicente...

J'avais hâte d'en savoir plus. Il était urgent que je trouve la grosse June.

Elle est là, sur le trottoir, adossée à la porte d'un meublé qui ne paye pas de mine avec sa porte mal repeinte, encadrée d'un ciment gris, irrégulier. J'ai beau connaître son signalement, je ne peux manquer de m'étonner de sa corpulence agressive. Mon regard s'accroche d'abord à l'opulente poitrine d'un blanc laiteux, semée de taches de rousseur. Puis, à la jupe, courte et fendue de surcroît, qui donne de l'air aux cuisses que la cellulite rend plus massives encore... Quel morceau ! Dire qu'il y en a à qui ça plaît ! Enfin, il faut croire, puisqu'elle a l'air si sûre d'elle, le regard effronté sous les sourcils bleus, les dents serrées sur un long fume-cigarette en métal doré...

Je me décide à arriver à sa hauteur. Ça ne rate pas. Elle m'attrape par le bras :

— *Come with me darling...*

1. Voir *l'Archange*.

Elles n'ont pas la prudence de nos nationales de la rue Saint-Denis, les dames du Village !

Bien sûr, que je veux venir avec elle... Mais, pas dans la chambre sordide où elle souhaiterait m'emmener.

Je me pose en client qui a le vague à l'âme, et qui aimerait bien bavarder un moment, en cassant une croûte, avant de passer à la chose... J'ai misé sur sa boulimie, j'ai bien fait. Il est l'heure de dîner. Peut-être les passes à répétition ne l'emballent pas tellement, en cette soirée tropicale ? Elle accepte. Cinq minutes plus tard, nous voici installés face à face, à une petite table d'un *delicatessen* de Grove Street, sorte de charcuterie-épicerie où l'on sert des sandwiches-hamburgers géants, arrosés de ketchup et de moutarde. Sur le comptoir, entre des étagères chargées de plats préparés et de pâtisseries saturées de crème, des geysers de Coca-Cola, de jus d'orange et de pamplemousse jaillissent et tourbillonnent dans des sphères de verre.

Devant moi, à cinquante centimètres à peine, juste au niveau de mes yeux, le décolleté de June ruisselle de sueur. A-t-elle peur que cela me coupe l'appétit ? Elle sort de son sac à main un mouchoir gentiment orné de personnages de Walt Disney, le cale entre ses seins. Elle sourit. Le parfait alignement de ses dents blanches, entre les lèvres vermillonnées, est vraiment le seul atout qu'elle possède.

— Ça vous plaît ici ?

— Beaucoup, dis-je.

D'autant que ça n'a pas l'air ruineux. Ça ne fera pas un trop gros trou dans ma maigre provision de dollars. Une serveuse en jupette rouge s'approche pour prendre la commande. Toute jeune, et bien roulée, la coquine ! Comme l'était, peut-être, la grosse June avant le début de sa triste déchéance... J'avale ma salive, énervé soudain, troublé... J'évalue d'un œil de satyre les petites fesses rondes, musclées, qui tendent le tissu léger. Le chemisier rouge à pois blancs donne un air de fraîcheur aux seins fermes, ni trop gros, ni trop petits. Je me sens d'humeur printanière. Hélas, c'est à la grosse June que j'ai affaire ! Le travail avant tout.

Deux Cocas, deux hamburgers, deux apple-pie et un cheesecake en supplément, pour June, tarte au fromage misalée, mi-sucrée. Ça ne va pas lui arranger la silhouette, mais au point où elle en est... Tandis que je passe la commande, une autre serveuse se penche vers nous. Elle est quelque peu défraîchie celle-là, mais toujours en rouge. C'est la couleur d'*At the red grocer's,* « A l'épicerie rouge ». Elle emplit nos verres d'un café qui ressemble vaguement à de l'eau teintée de brou de noix. C'est la mode, en Amérique. On boit son ersatz avant le repas, et même pendant. Je préfère encore le Coca ou le thé glacé du cher Richard Baker.

Nous restons là, June et moi, sans rien dire. Elle se demande pourquoi je l'ai invitée. Moi, je cherche, dans le tréfonds de mon cerveau, l'angle d'attaque. De temps en temps, elle se tortille sur la chaise de plastique, visiblement pas calculée pour son gabarit. Mes yeux errent sur la salle. C'est à se demander s'il existe beaucoup de purs Anglo-Saxons en Amérique. D'ailleurs, le vrai Américain, comme le vrai flic cher à Vieuchêne, qu'est-ce que c'est ? Je devine des Espagnols, des Italiens, des Allemands, des Indiens, des Chinois, des Portoricains, des Noirs, qui se côtoient, se parlent, se sourient... Est-ce la civilisation du jean qui a aplani les frontières ? Pour l'instant, le seul Français, c'est moi... Enfin, pas tout à fait, puisque je fais soudain atterrir entre June et moi l'ombre de Vicente Manzoni, qui planait dans ma tête.

— Si j'ai voulu vous parler, dis-je, c'est que j'ai un bonjour à vous donner...

Ses yeux reflètent un abîme de perplexité. Elle n'est pas encore remise de sa surprise, que j'enchaîne :

— De Vicente !

Le verre qu'elle portait à sa bouche n'atteint pas les lèvres épaisses. Le front se plisse. L'insouciance a fui le visage poupin :

— Vicente ?

— Oui, Manzoni. Il est à Yellowstone dans les Rocheuses...

(Merci, *Dottore* Poggi, de m'avoir parlé de la sœur de Rocco. Ça m'a au moins fourni le nom d'une région des Rocheuses...)

— J'étais avec lui, il n'y a pas trois jours. Et je dois le revoir demain soir…

June repose son verre, sans avoir bu. Je viens de marquer un point. Bon, mais après ? Je récapitule à toute vitesse le passé de June Bickman, tel que j'ai pu l'arracher à la bouche avare de l'inspecteur-chef assistant Briend. Quant à mon héroïne, elle hausse les épaules, fait mine de cracher dans son assiette :

— Qu'est-ce que vous voulez que j'en fasse, de cette ordure qui m'a plaquée comme une merde ?

Aïe ! Moi, le soi-disant ami de l'ordure, j'ai un sacré courant à remonter ! June extirpe le mouchoir de la profonde vallée où il est enfoui, s'éponge le front, le replace entre les seins.

— Et alors, qu'est-ce qu'il me veut ?

— Rien. Il m'a seulement dit : « Puisque tu vas au Village, tâche de voir June… C'est une chouette fille. Je pense souvent à elle. » Il m'a dit à quoi vous ressemblez, il m'a donné le nom de la rue, moi je vous fais la commission. C'est tout.

De nouveau, June se tortille. Plus nerveusement, il me semble. Un sein se dénude. Enfin… le dessus, car on n'en voit pas encore le bout.

— Et alors ?

Elle commence à m'énerver avec ses « et alors ». Je réussis à ébaucher un sourire :

— Alors ? Alors, je ne sais pas, moi ! S'il m'a dit ça de vous, s'il m'a chargé de vous dire bonjour, c'est peut-être pour quelque chose, non ?

Elle reste muette. Si elle continue à se tortiller comme ça, le deuxième sein va sortir. J'y vais carrément, l'air inspiré :

— Parce qu'il est amoureux de vous ! C'est clair comme de l'eau de roche.

June lève le coude, comme si elle allait me gifler du revers de la main. Je me recule, d'instinct. Si je reçois une claque de ce poids-lourd, Briend, qui m'a laissé entendre que la grosse n'était pas futée-futée, en portera la responsabilité. Il ne se serait pas un peu avancé, l'avorton ? La claque ne tombe pas, mais c'est tout comme. La voix de June n'a plus rien d'aimable :

— Vous ne vous foutriez pas de ma gueule, des fois ?

Amoureux ? Et sa gonzesse, il n'en est pas amoureux, non ? pour avoir foutu le camp avec...

Vite, l'esquive, le regard franc et honnête, le parler ambigu que j'ai appris chez les souteneurs de la rue Blanche :

— Vous êtes-vous jamais demandé pourquoi il vous avait laissée tomber ? Ça ne vous est jamais même venu à l'esprit ? Je croyais que les femmes comprenaient ces choses-là, moi...

Me voici mûr pour le courrier du cœur des prostituées ! June mollit un peu, soupire, sans illusion :

— Parce qu'il a trouvé une pute plus jeune, pardi !

— Pas du tout, dis-je, souverain, péremptoire. Vous êtes en dehors du coup ! C'est pour ne pas vous attirer d'ennuis. Il croyait que vous aviez deviné...

— Des ennuis, vous rigolez. Il y en a des maques, à Manhattan, alors un de plus...

— Je sais. J'ai une fille qui tapine à Washington et une autre à Paris. Mais, des Français recherchés pour meurtre, il ne doit pas y en avoir des masses !

La grosse June reste interloquée. Ça y est, l'hameçon est pris. Il n'y a plus qu'à ferrer, sans tirer trop sec sur le fil. D'ailleurs, vue la dimension de la proie, c'est plutôt de harpon et de corde que je devrais parler ! Qu'est-ce qu'il ne faut pas faire, dans ce métier de flic ! A la fois cabot et chasseur de baleines ! Enfin...

Je poursuis mon avantage, sur le ton du type en veine de confidences, mais tout de même méfiant :

— Vicente est un tendre, un discret. On a travaillé ensemble, à Paris, à Marseille, à Caracas... Alors, parlez si je le connais ! Il ne vous a pas raconté comment il a cocufié les flics, à Marseille, en leur laissant ses chaussures dans le taxi, comme lot de consolation ? J'étais avec lui ! Parlez d'une rigolade...

June se déride, approuve de la tête. Je joue sur le velours, vu que l'histoire de Toussaint, alias Vicente, je la connais à fond, et pour cause[1] ! Je n'ai qu'à suivre mon brillant élan :

— Et à Caracas ! C'est pas possible qu'il ne vous ait pas parlé de Caracas ! René Moustache, c'est moi ! On en a vu, tous les deux... L'ennui, c'est que lors du braquage de la mine

1. Voir *l'Indic* et *l'Archange*.

d'or d'El Callao, ça a mal tourné ! On a été obligés de se barrer... On s'est retrouvés à New York. Il ne vous connaissait pas à ce moment-là... Moi, je suis reparti en France, en douce. J'y suis resté deux ans. Mais une salope m'a balancé...

J'en ai assez dit. Je marque une pause. Je plonge le nez sur mon hamburger, qui vient d'arriver. Je me sens en forme, dans cette salle climatisée. June a fini par ne plus transpirer. La viande est bonne. Ça ne se présente pas si mal. Tout dépend de ce qui mijote dans la cervelle de June. Cervelle de colibri, ou de renard ? Impossible de deviner ce qui se passe derrière ces yeux fixés sur moi...

— Vous vivez où ?

Elle passe à l'attaque... Je relève la tête :

— Oh, moi... Je vais, je viens. Avec ce salaud de Briend, pas moyen de rester en place. Ça fait des mois qu'il cherche à me coincer. Heureusement qu'il ne peut rien faire à Washington ou Yellowstone... Ce n'est plus son secteur. Il donnerait cher pour m'alpaguer, le Briend. En même temps que Rocco...

— Rocco ?

J'élude d'un geste.

— Oui, le Ricain, un ami ! Vous ne connaissez pas. Je l'ai rencontré à Rome, entre deux voyages... Quand je l'ai retrouvé à Paris, il était dans la merde jusqu'au cou. Une chance qu'il ait toute une batterie de passeports, celui-là ! Les Ritals, ils ont la Mafia derrière eux ! Ils ont le bras long. Faudrait peut-être que je le voie, Rocco. Il pourrait m'aider, me filer de faux papiers...

Je pousse le soupir de l'homme accablé, le cœur lourd de soucis qu'il ne veut pas exprimer. La mine fataliste, je termine mon hamburger, qui s'est refroidi. June s'y met à son tour. Elle ne mange pas, elle avale, toujours sans me quitter des yeux. C'est le moment de vérité, pour nous deux. Je cherche une complicité gastronomique, je bafouille, la bouche pleine :

— Ch'est bon, hein ?

— Oui, ch'est bon !

Elle n'a visiblement pas la tête à la bouffe. Où l'a-t-elle ? Je vais le savoir. Elle engloutit la dernière bouchée, avant de risquer :

— Si des fois vous en avez besoin, je peux vous aider... Ça vous intéresse ?

— Bien sûr, mais pas tout de suite. Je repars pour Yellowstone. Dans un mois, d'accord. Je reviens à New York avec Vicente. Il me l'a demandé... Il lui faut des papiers bidon, à lui aussi.

June hoche la tête. Ça carbure, dans son crâne. Elle suit son idée :

— C'est pas que je le connaisse, Rocco, mais la femme de son ami, c'est une copine... Elle se défend à Little Italy. Son jules, c'est Joe Gaeta. Il a le Briend aux fesses, pour une histoire d'explosion ! Je les ai prévenus, c'est pour ça qu'ils m'ont à la bonne. Ils sont dans la nature pour l'instant... vachement bien planqués !

Elle n'est pas à la pointe du renseignement, June, vu que la Chrysler de Joe était hier devant la *Cardiello's Tavern...* A moins qu'il ne l'ait prêtée... Mais oui, c'est ça ! Il l'a prêtée... Peut-être même c'est sa femme qui conduit...

— Vicente et moi, on est bien planqués aussi, dis-je d'un ton ferme, mais on ne peut pas toujours rester au rancart ! Il y a de quoi mourir d'ennui.

Elle compatit. Et voici que tombe une indication :

— Carmelita a reçu un coup de fil de Joe. Il dit qu'il fait une chaleur à crever à Las Vegas... C'est loin de Yellowstone, ça ?

A vrai dire, je n'en sais rien. Je n'ai certes pas eu le temps d'étudier la géographie des Etats-Unis avant mon départ de Paris ! Je réponds dans le vague :

— Pas très... C'est là où il y a tous les jeux...

— Je sais.

Evidemment, je ne me mouille pas, tout le monde sait ça. La grosse attaque son deuxième gâteau. Elle lève le doigt.

— Je prends un autre Coca ! Vous ?

— Merci.

La serveuse s'éloigne. Je suis entre deux chaises : je pousse plus loin mes questions, au risque d'attirer sa méfiance, ou je me contente de ce que je sais ? En admettant que Messina et Gaeta soient à Las Vegas, ce n'est sûrement pas sous leur nom. Pour les trouver, il faudrait y aller faire un tour. Ce doit être tout petit, Las Vegas, quelques casinos à visiter, quelques bars... Le genre Bandol ou Trouville... Ça m'étonnerait que je ne tombe pas sur le Ricain.

Je règle l'addition, je promets à June de revenir la voir bientôt. Elle garde un moment ma main dans la sienne :

— Dites-le-lui, à Vicente, que c'est un beau salaud... Mais que, s'il passe par ici...

J'approuve, d'un clin d'œil complice. June n'y a vu que du feu. Moi, j'ai retenu des paroles capitales : « Ils m'ont à la bonne... Ils sont dans la nature... vachement bien planqués... Il fait une chaleur à crever à Las Vegas. » Ils, ce ne peut être que Rocco. Ou Jimmy et Joe, les deux frères. Ou tous les trois... Je vais marcher un peu, pour m'éclaircir les idées.

Greenwich a le génie de faire surgir la beauté de la crasse. C'est étonnant, ce village de la cloche, du débraillé, d'où se dégage une poésie bohème. En traversant Mac Dougal, j'aperçois la jupe rose de June. Elle a repris sa faction devant le meublé minable, le fume-cigarette à la bouche. Elle doit ruminer tout ce que j'ai pu lui dire.

Moi aussi.

20.

Pour Cecil Guest, sergent de police retraité de la *Highway Patrol* de Los Angeles, le poste de convoyeur est de tout repos. La surveillance du transport de fonds de Las Vegas à San Francisco, c'est de la routine.

Voilà six mois que le service de sécurité extérieure de la *Bank of Union-America* l'a sélectionné entre mille candidats. C'est sa probité et sa force herculéenne qui ont emporté la décision. Cecil Guest convoie des centaines de millions de dollars et de lingots, chaque jour de la semaine, sillonnant le ciel des Etats-Unis. Jamais le moindre incident n'est venu troubler sa sérénité. Le métier lui plaît. Mais, de toutes les villes où sa fonction l'emmène, c'est Las Vegas qu'il préfère. Il ne se lasse pas du ruissellement du néon tout au long du Strip. Entre deux missions, il peut à loisir risquer quelques dollars dans les aspirateurs sonores que sont les machines à sous du *Tropicana* ou du *Flamingo*... Les immenses salles de jeux crépitent, les pièces d'argent tintent au fond des coupelles. Ce n'est pas un joueur fanatique, Cecil Guest. Il reste sage, prudent, face à la tentation des leviers dressés. Il suffit de triturer l'engin et d'avoir un peu de chance pour entendre le réconfortant bruit de la cagnotte qui dégringole. Ça le distrait un peu du rigoureux mécanisme de sa fonction, qui obéit à un protocole précis : c'est lui qui assiste au changement des sacs plombés dans la cour intérieure de la *Bank of Union-America*, qui vérifie la fermeture hermétique des serrures du fourgon avant de prendre le chemin de l'aéroport Mac Carran, escorté par quatre motards. Il est responsable du transfert. Aussi prend-il soin de ne pas céder au relâchement qu'entraîne souvent l'habitude. A le voir fumer ses cigarillos d'un air désinvolte, assis à côté du chauffeur, on ne pourrait se douter qu'il reste toujours en éveil, prêt à intervenir, armé de son Smith et Wesson, calibre 38. Lorsqu'ils arrivent sur l'aire de stationnement prévu en bout de piste, l'opération de surveillance recommence, pendant le transbordement des sacs dans la soute de l'avion. Et, lorsque la porte est verrouillée, lorsque le fourgon, délesté de sa précieuse cargaison, repart pour la banque avec les motards, Cecil Guest s'assoit dans le siège qui lui est réservé, à la queue de l'appareil. Place agréable, tout près de l'hôtesse dont la courte jupe d'uniforme ne laisse rien ignorer des longues cuisses soyeuses dans les bas nylon clairs.

Les vols sont sans histoire. Le convoyeur ne redoute pas grand-chose. Sinon, bien sûr, qu'un illuminé place un jour une bombe dans un appareil pour toucher l'indemnité d'assurance que la compagnie serait tenue de verser lorsque quelque parente voyageuse aurait volé en morceaux avec l'avion... C'est le genre d'idées sur lesquelles il ne faut pas s'attarder [1]...

A l'arrivée à San Francisco, les précautions sont telles, pendant le transbordement des sacs, que le plus habile voleur ne pourrait en soustraire un dollar. Le processus est rigoureusement identique à celui du chargement. Deux heures plus tard, sa mission accomplie, Cecil Guest peut prendre le frais à la fenêtre de son petit appartement du Fisherman's Wharf, d'où il aime à contempler l'animation du port et, au loin, les bâtiments de l'île d'Alcatraz où se dessèchent quelques têtes du syndicat du crime...

Ce vendredi 13 août, l'aéroport de Las Vegas baigne dans une chaleur caniculaire. Le vent brûlant apporte la poussière

1. Le 1er novembre 1955, espérant percevoir l'indemnité d'une assurance sur la vie d'un montant de 37 500 dollars, Jack Graham, vingt-trois ans, déposait une bombe dans la valise de sa mère. L'explosion en vol du DC 6 B des *United Air Lines* devait faire quarante-trois morts dont cinq membres d'équipage. Graham a été exécuté le 11 janvier 1957 dans la chambre à gaz du pénitencier de *Cañon City* (Colorado).

du désert. Cecil Guest respire mal. En bouclant sa ceinture de sécurité, il éprouve une sensation d'oppression. Le commandant du jet de la *Regional Air Lines* fait rugir ses réacteurs au bout de la piste éclairée de *Mac Carran International Airport* et s'apprête à catapulter en plein ciel les quarante-trois passagers, les cinq membres de l'équipage. Dans la soute, les sacs plombés de la *Bank of Union-America* contiennent une des plus fortes recettes de la saison, que le flot des touristes a apportée aux divers casinos de la capitale du jeu.

Le directeur de la banque a plaisanté, en serrant la main du convoyeur :

— Je ne vous dis pas bonne chance... Ça va de soi, aujourd'hui, on est le vendredi 13 !

« Tiens, s'était dit Cecil Guest, je n'ai pas songé à en profiter, de ce vendredi 13... J'aurais pu risquer cinq dollars de plus au jack-pot, Esther n'aurait pas râlé pour autant... » Elle est de bonne humeur, Esther, car demain Cecil est en vacances. Ils vont aller rejoindre à Oxnard Beach leur fille, l'institutrice, qui se trouve là-bas avec ses deux enfants depuis quinze jours déjà.

Tout va bien à bord. Le jet s'arrache de la piste. Sous son aile défile le ruban du Strip, le centre de la perpétuelle fête de Las Vegas, dans la profusion des music-halls, des boîtes de nuit, des bars et, bien sûr, des casinos... Le jet, après quelques soubresauts sans gravité, perce le léger plafond de nuages et fonce vers les sommets de Spring Mountains, noyés dans la nuit violette. Cecil Guest ferme les yeux. Il le connaît par cœur, ce parcours. Dans dix minutes, l'altitude de croisière sera atteinte. Le commandant éteindra les panneaux lumineux des ceintures de sécurité et nasillera dans le haut-parleur que l'appareil survole en ce moment la Vallée de la Mort...

Bercé par le ronronnement des réacteurs, le convoyeur se laisse doucement glisser vers le sommeil...

Rocco Messina et Joe Gaeta n'ont aucune envie de dormir, eux. Alors que l'avion vole à deux mille mètres, à une vitesse de plus de neuf cents kilomètres à l'heure, ils ont, l'un et l'autre, consulté leurs chronomètres mis à l'heure exacte, avant le départ, dans la salle de l'aéroport. Les signaux lumineux n'étaient pas encore éteints qu'ils débouclaient leur ceinture, se dressaient sous les yeux médusés des hôtesses qui se précipitaient pour les faire asseoir... Joe, insensible aux recommandations, gagnait la queue de l'appareil, dans la direction des toilettes. Rocco, le poste de pilotage.

Le commandant de bord, le *Captain* Brigg, médusé, sent un choc froid et douloureux sur sa tempe.

— Qu'est-ce que ?...

— *Shut your trap*[1] ! ordonne Rocco. Si vous ne voulez pas que votre compagnie fasse votre éloge sur votre pierre tombale, vous allez faire sagement ce que je vous dis. D'abord, vous virez à droite de quatre-vingt-dix degrés.

L'hôtesse aux yeux mauves, qui entre dans le poste de pilotage, comprend tout de suite qu'il ne s'agit pas d'une plaisanterie. Ils s'agrandissent encore, ses yeux, quand elle entend la voix déterminée, énergique, de Rocco :

— Vous, prenez le micro, dites aux passagers que nous traversons une zone de turbulences et qu'il faut garder les ceintures attachées... Dépêchez-vous !

Pauvre Marion Borgie ! A vingt et un ans, elle ne connaît que les gangsters du cinéma et de la télévision. Elle regarde Rocco, bouche bée.

— Qu'est-ce que vous attendez ? dit-il. Grouillez-vous.

Il entend l'ordre se répercuter dans les haut-parleurs de la cabine. Les membres de l'équipage ont l'air si effarés que Rocco retient un sourire, malgré la gravité de l'heure. Il s'adresse au *Captain :*

— Vous avez bien entendu, n'est-ce pas ? Cap sur la droite, direction New Mexico. On va à Farmington...

— Mais...

— Il n'y a pas de « mais » ! Nous avons suffisamment de kérosène, puisque c'est la même distance que Frisco. Alors, ne me racontez pas d'histoires...

— Mais, s'étonne le copilote. Farmington est un aéroport de jour, pour les excursions au *Mesa Verde National Park...* Je

1. Ferme ta gueule

connais bien le coin, je suis de Cortez, à soixante miles de là... Dc nuit, le terrain n'est pas balisé.

— Alors, on ne peut pas mieux tomber, dit Rocco. Vous tiendrez le manche.

Le commandant jette un coup d'œil aux jauges. Autant prendre son parti de la situation...

— O.K., dit-il. Mais je vous préviens, les tours de contrôle de Fresno et de San José vont nous appeler. Si on ne leur accuse pas réception, elles déclencheront les recherches... J'ai un plan de vol à respecter...

— Prévenez-les que nous avons des ennuis d'émission, dit Rocco, mais que tout va bien et que nous serons à l'heure à Frisco !

Le radio manipule la manette de son micro, transmet le message.

— Parfait, approuve Rocco lorsqu'il a terminé. Maintenant nous ne répondrons plus. Vous, allez vous asseoir dans la cabine avec l'hôtesse. Je n'ai plus besoin de vous.

L'avion change de cap. Il s'élève si brutalement que Rocco, un instant déséquilibré, menace :

— Vous le faites exprès, ou quoi ?

Le *Captain* ne se détourne pas de ses instruments.

— Certainement pas, mais on est près des Funeral Mountains. Si on ne grimpe pas, on leur rentre dedans.

La radio crachote les appels répétés des tours de contrôle. Rocco, agacé, fait débrancher l'appareil. Le gros jet de la *Regional Air Lines* continue son ascension.

— J'espère que vous ne vous trompez pas de direction, dit Rocco, froid, méthodique, menaçant. C'est bien à Farmington que nous allons, pas ailleurs. N'essayez pas de me doubler...

Le commandant ne répond pas. Il a décidé de gagner du temps. Il ne s'est jamais posé à Farmington, il ignore tout de la piste, sauf qu'elle est coincée entre les montagnes et la forêt. L'approche de nuit sans radio et sans balise est plus que délicate... Il risque d'y avoir de la casse.

— Bon, dit Rocco. Si vous ne faites pas les idiots, ça vaudra mieux pour tout le monde...

Marion Borgie, dans la cabine, s'efforce de maîtriser sa nervosité. Elle se fait du souci pour les passagers. Elle est si préoccupée qu'elle a du mal à accomplir les gestes habituels. Elle distribue un verre d'eau à un enfant, donne un peu d'alcool de menthe à la femme enceinte qui a mal au cœur... Dans la queue de l'appareil, sa collègue et amie, la rose et dodue Myriam, est assise, décomposée par la peur, près d'un élégant jeune homme aux cheveux blonds. Et le sergent Cecil Guest, qui ronfle tranquillement dans le siège devant le leur... Comment le prévenir ?

Le *Captain* Brigg jette à Rocco des coups d'œil perplexes.

— A terre, ils vont se demander ce qui se passe, dit-il. Et ils vont déclencher le dispositif d'alerte...

Rocco réfléchit. Dans le poste faiblement éclairé, les lumières phosphorescentes des instruments de bord jouent entre elles, créant un climat irréel, quasi féerique...

— Rebranchez la radio, ordonne-t-il.

Le copilote s'exécute. De nouveau, les appels lancinants des tours de contrôle envahissent le poste. La porte de la cabine s'ouvre. Un homme en bras de chemise surgit, la cravate desserrée.

— Vous, grogne Rocco, regagnez votre place. En vitesse, encore...

A la vue du pistolet, le passager reste frappé de stupeur, les yeux et la bouche arrondis. Puis il se précipite dans la cabine en hurlant des propos inintelligibles.

— Mon Dieu, murmure Marion Borgie, il va tout flanquer par terre...

Elle a la présence d'esprit de se saisir du micro. D'une voix qu'elle s'efforce d'affermir :

— Nous sommes toujours dans une zone de turbulences. Pour votre sécurité, nous vous demandons de garder vos ceintures accrochées et de ne...

Un cri horrifié l'interrompt : une jeune femme a aperçu le revolver que Joe le Barbu braque sur le sergent Cecil Guest qui vient de se réveiller. Elle grimace de frayeur.

— Débarrassez-le de son arme, dit Joe à Myriam qui s'avance en tremblant.

L'hôtesse sort le revolver de l'étui. Cecil Guest, encore

endormi, ne réalise pas immédiatement que son 38 change de mains... Il articule quelques paroles...

— Ta gueule, ordonne Joe. Et lève-toi.

Cecil Guest redresse pesamment son corps d'athlète. On croirait qu'il va tenter quelque chose, mais la bouche noire des deux revolvers braqués sur l'hôtesse et sur lui le paralyse.

— Maintenant, tourne-toi, dit Joe.

La main, armée du Smith et Wesson récupéré, s'est levée. D'un geste sec, Joe abat la crosse sur la nuque du colossal convoyeur qui s'écroule. Un tumulte de cris et d'exclamations accueille sa lourde chute dans l'allée centrale.

— Avis aux amateurs, dit calmement Joe.

Et il ajoute, avec un sourire inquiétant à l'adresse de Myriam :

— S'il avait fait le malin, sa veuve aurait bénéficié de la moitié de sa retraite, au moins...

Dans le poste de pilotage, l'atmosphère n'est guère moins angoissée que dans la cabine. Brigg se prépare à faire son approche sans visibilité. Plongée dans la nuit, la piste apparaît comme un trou d'ombre menaçant.

— On va se planter, murmure le commandant.

— Pas avec votre assistant, dit Rocco... Il est du coin. Supposez que vous ayez subitement un incident technique...

Brigg, les mains moites, crispe le manche. Il amorce sa descente brutale, à peine franchis les sommets, tourne au-dessus d'un paysage irréel, lunaire. Il s'en souviendra, de l'aéroport de poche de Farmington... Pourtant, il ne rêve pas. Des feux de bois ont été allumés sur la piste, comme pour le guider.

Dans la cabine, Joe a rétabli un silence de mort. Il contrôle l'habitacle en enfilade. Le femme enceinte pleure, en silence. Personne n'ose demander où les pirates de l'air emmènent l'avion... Cuba ?

La chute s'amorce. Joe s'assoit dans le fauteuil de Guest qui commence à reprendre ses esprits, mais a du mal à se cramponner aux pieds du fauteuil.

Le signal *No smoking* s'est allumé. La piste se rapproche. Myriam fait le signe de croix. Elle sait, elle, qu'on risque de casser du bois...

Les roues touchent le sol, au milieu des phares de l'appareil.

Brigg, réacteurs inversés, tous freins serrés, s'approche à grande vitesse de la forêt. Il pense que jamais il ne pourra s'arrêter avant, que le jet va capoter dans les arbres, prendre feu, exploser...

Et puis le miracle se produit.

Le nez fuselé du monstre gris s'arrête à un mètre de la lisière à peine. Le *Captain* Brigg est livide. Son front ruisselle. Sa chemise aux quatre galons est trempée de sueur. Un silence de mort règne dans le poste.

— Vous voyez, dit Rocco, que vous vous en êtes bien sorti. Pour décoller, ce sera plus facile. Mais, en attendant, déverrouillez-nous la soute. Nous avons un petit transbordement à faire...

21.

Non, ce n'est pas la Marlyse de mon rêve qui sonne à la porte parce qu'elle a oublié la clé. C'est le téléphone qui s'obstine, dans ma chambre d'hôtel. J'ai du mal à émerger de mon sommeil. J'attrape l'appareil à tâtons, j'émets un « oui » qui se perd dans un bâillement...

— Ah, c'est vous ? Eh bien, dites donc... Vous dormiez encore, je parie !

C'est le Gros. J'actionne le poussoir de la lampe de chevet. La lumière me réveille un peu.

— Allô ?

— Oui, allô ! Vous savez l'heure qu'il est, Borniche, au moins ? Dix heures ! Tout le monde est déjà au travail... Vous avez de quoi écrire ?

Ma montre indique quatre heures. Il est gonflé, Vieuchêne, de me réveiller en pleine nuit. Le décalage horaire, il ne connaît pas, peut-être !

— Une seconde, patron...

Je pose l'appareil, m'extirpe du lit pour attraper le veston accroché au dossier de la chaise, y pêche un Bic et un paquet de chewing-gum, que je déchire. C'est tout ce que j'ai sous la main. Je reprends l'appareil :

— C'est long ?

Un grognement de mécontentement.

— Non, ce n'est pas long. Mais c'est important. J'ai le faux nom de Messina. Hidoine a épluché les manifestes des vols pour New York à la suite de l'appel de Brooklyn. Tous les passeports étaient corrects, sauf un. Celui de Gino Cerini. Le numéro inscrit sur la fiche d'embarquement correspond à un document récemment signalé volé. Vous vous rendez compte ?

— Oui...

— Oui... oui... Je me le demande, si vous vous rendez compte ! Si vous ne faites pas de prouesses avec ça... Vous notez ? Cerini Gino, passeport n° 75-150524, délivré par la P.P., avec visa 029/47 du consul des U.S.A. Où en êtes-vous ?

— Ça y est, j'ai bien noté.

— Non, de votre enquête...

— J'avance, patron. Je vais vous adresser un petit rapport...

— ...

— Parce que j'ai eu un tuyau hier soir qu'il va falloir exploiter... Je vais voir ça demain.

— Pourquoi demain ? Et aujourd'hui, alors ! J'attends votre mot.

La communication est coupée sur des borborygmes. Un bonheur n'arrive jamais seul. D'abord, Hidoine est rétabli, ce qui fait toujours plaisir. Ensuite, mon collègue et ami a obtenu un tuyau intéressant sur Rocco, alias Gino. Enfin, avec la phrase de la grosse June sur Las Vegas, je suis un peu sorti du brouillard.

Du coup, pas question de retrouver le sommeil. Je me lève, tire les doubles rideaux, soulève la fenêtre à guillotine. L'aube se dessine à peine. Je m'attarde sous la douche. Je me rase. Je me sens d'attaque. Ma décision est prise : je vais quitter le *Commodore*. Je sors ma valise de l'armoire, la pose sur le lit. J'en extrais une chemise propre, un pantalon de toile, et j'engloutis pêle-mêle mes effets de la veille. A ma prochaine escale, je les donnerai à la blanchisserie de l'hôtel.

A Paris, dans les états-majors qui comptent plus de fantaisistes que de professionnels, on proclame que le temps, la chance et la patience sont les armes du policier. Peut-être. Mais, à New York, le temps, je ne l'ai pas. Je ne peux moisir indéfiniment dans cette ville, grouillant chef-d'œuvre du gigantisme, à la poursuite d'un mafioso appuyé par la redoutable organisation du Syndicat du Crime. Je ne connais personne ici, je n'ai aucun appui, je n'ai, surtout, aucun indic.

Comment, dans ces conditions, pourrais-je résoudre, à brève échéance, l'énigme Messina ? Rue des Saussaies, ce n'est pas du tout pareil. Il me suffit d'attendre, dans mon gourbi, pendant que j'étudie d'autres théorèmes policiers, le fil conducteur, le tuyau miraculeux de l'informateur qui m'apporte, contre récompense, la solution sur un plateau... Enfin, pas toujours !

La chance ? J'en ai eu un peu avec June, qui m'a parlé de Las Vegas... Mais, est-ce vraiment de la chance, ou la suite logique de rebondissements policiers saisis au vol et aussitôt exploités ? L'information sur la fausse identité de Messina, que le Gros m'a transmise tout à l'heure, ce n'est pas de la chance. C'est l'aboutissement d'une série de vérifications qu'a entreprises ce cher vieil Hidoine sur les manifestes d'Orly. Des déductions policières, surtout.

J'ai deux atouts dans ma manche, maintenant : Gino Cerini et Las Vegas. La partie n'est pas gagnée pour autant. Si je continue seul, sur ma lancée, je vais me heurter à des obstacles innombrables. Si je passe le tuyau aux flics américains, ils diffusent une circulaire générale. Ils attrapent Rocco, et me voilà coincé, puisque je me fais souffler le Ricain sous le nez, à la grande fureur du Gros. S'ils le ratent, même fureur : « Vous êtes un sot, Borniche. Vous vous rendez compte ce que ça m'a coûté, votre voyage aux U.S.A. ?... »

... Et la patience ? Un marchand de tapis libanais de l'avenue de l'Opéra, qui me rend quelques services de temps en temps, prétend qu'elle aplanit les montagnes. Mais qui dit patience dit longueur de temps. Donc, je tourne en rond.

Je n'ai pas le choix : je vais quitter le *Commodore,* et marcher au pifomètre. On verra bien.

Dans le G.M.C. bâché, les hommes essoufflés par la course se tassent, haletants. Les pneus gémissent quand le camion s'élance sur la longue ligne droite déserte. Assis à l'avant, dans la cabine près d'un chauffeur indien, Rocco respire fort, pour desserrer l'étau qui l'oppresse, après coup. Peu à peu, il se détend. L'action a été rondement conduite. Il s'est montré digne de la confiance de Don Giuseppe. Il faut dire que le vieux Don avait préparé l'affaire de main de maître. Ce n'est pas la route que Rocco voit défiler devant ses yeux. Ce sont les millions de dollars que récèlent les sacs sur lesquels sont assis, à l'arrière, les frères Gaeta et deux Indiens Navajos. Il a beau être un spécialiste, Rocco, jamais il n'aurait osé s'attaquer seul à une telle proie. Il ne rêve pas, pourtant. L'argent est là ! Passé en quelques minutes des soutes du jet de la *Regional Airlines* dans ce bon vieux G.M.C. qui fonce vers Shiprock.

Quelques lumières, vite dépassées. Adieu, Shiprock. La route grimpe, sinueuse, sur le contrefort des Chuskas Mountains. Les phares du camion balaient le désert creusé de ravins. Paysage dantesque. Rivé à son volant, l'Indien au profil taillé dans la pierre évoque une statue. Rocco observe de biais, avec une curiosité mêlée de respect, cette face immobile, les joues tannées par le soleil, comme creusées par le vent, les yeux étirés, la longue chevelure noire. « Des hommes, des vrais », avait dit Don Giuseppe. Rocco éprouve une sensation de confiance, en effet. Il n'a qu'à se laisser conduire.

Comment Don Giuseppe a-t-il pu entrer en contact avec cette race de nomades, si pauvres, ennemis méprisants des Blancs ? Avait-il réussi à nouer des liens d'amitié avec le vieux guerrier Henry Chee Dodge, le chef de la tribu depuis plus de soixante ans ? Peut-être Don Calo Puzzoli, le *Capu* au pouvoir occulte, a-t-il recommandé Don Giuseppe au grand prêtre, dont les avis sont des ordres ? Sans doute Don Calo a-t-il côtoyé des chefs indiens à Palerme, lors du débarquement en Italie. Il y avait beaucoup de Navajos, parmi les fusiliers marins. Leur langue secrète, si complexe, avait même été utilisée par les services de renseignements américains... Oui, il y avait du Don Calo dans cette mystérieuse conjonction de la Mafia et des Indiens.

Au détour d'un virage, un lac se dessine dans la clarté de la lune. Voilà deux heures que le camion dévore la route. Rocco se demande quand on va enfin s'arrêter. Les nuages de poussière, soulevés par les roues, tourbillonnent, s'infiltrent dans la cabine. L'ascension n'en finit pas. Seule trace de vie, çà et là, épars, des *hogans,* huttes de misère, de bois et d'argile, autour desquelles dorment des troupeaux de moutons... Un panneau délabré dans les phares : une flèche indique Toadlena. Le chauffeur vire aussitôt. Il enclenche la seconde vitesse. La côte se fait plus raide encore. Le camion tressaute, au bord des trous d'ombre. Pour la première fois, Rocco questionne :

— Toadlena ?

Le chauffeur, sans quitter la route des yeux, hoche la tête, dit seulement :

— *Indian reserve.*

Rocco est envoûté par ce décor qu'il ne pouvait imaginer. Les crêtes se découpent sur le ciel étoilé... Ainsi, ils sont dans la réserve indienne, là où les flics et la justice américaine ne peuvent pas faire grand-chose. Les Navajos sont chez eux, tout comme les Hopis, dont le territoire est au sein même du Navajoland. Territoire immense, brûlé par ce soleil tout-puissant qui symbolise le père, la mère, la terre. Et la lune et le malheur ! Le Ricain se souvient de ce que lui a expliqué Don Giuseppe :

— Où vous irez, vous ne risquerez rien. Même un assassin ne pourrait être arrêté dans la réserve sans la permission du chef de la tribu. Et les Indiens n'aiment pas tellement les Américains qui les ont exterminés... Ils n'oublient pas qu'ils ont pillé leur territoire, volé leurs biens, qu'ils les laissent pourrir dans les réserves... Sais-tu qu'ils ne peuvent même pas acquérir des terres nouvelles quand les leurs sont épuisées ? En cas de conflit avec le gouvernement, ils ne peuvent pas avoir recours aux tribunaux : pour les laisser à l'état d'esclaves, on ne leur a pas accordé le droit de vote ! Quand je pense que, pour ces politicards de Washington, la Mafia c'est nous...

Le chauffeur passe la première. Le G.M.C. entame un raidillon que termine un virage en épingle à cheveux. L'avant de la cabine surplombe un précipice. Cinq cents mètres plus bas, serpente un ruisseau argenté. Des cratères éteints couronnent la montagne, semée de forêts, balafrée de canyons de roc rouge. La lave s'est solidifiée sur leur flanc. L'Indien a pris le virage trop court. Le moteur rugit. Les roues patinent, puis calent. Le chauffeur passe le crabotage. Les quatre roues motrices hésitent, puis se décident. Ça marche. Les roues gauches tanguent sur les roches du chemin à voie unique.

Rocco respire. Deux kilomètres de montagnes russes, et un *pueblo* apparaît.

Le bruit du moteur a réveillé une vingtaine d'Indiens. Une femme surgit dans les phares, en robe noire brodée de bleu. Rocco la trouve belle, avec sa ceinture rouge et bleue qui marque la taille fine, le collier d'argent qui rehausse le long cou, les jambes musclées serrées dans de larges bandes de peau. Le camion s'arrête à la hauteur de la jeune Indienne. Elle sourit au chauffeur. Rocco ouvre la portière, saute à terre, les jambes raides. Il aspire un grand coup l'air des montagnes, fait quelques exercices d'assouplissement, puis gagne l'arrière du véhicule, desserre les lanières de cuir de la bâche. Les frères Gaeta ont l'air moulu, là-dedans.

— Foutu bled, dit Joe. J'ai bien cru qu'on n'arriverait jamais...

Jimmy se masse les cuisses. Il ne dit rien, comme toujours. C'est un taciturne, Jimmy. Il s'achemine vers un rocher massif, poli, sur lequel sont gravés des signes cabalistiques.

— S'il pisse contre leur monument aux morts, grommelle Rocco, il va nous arriver des bricoles...

L'Indienne fait semblant de ne rien voir. Elle prend Rocco par la main. Sans mot dire, elle l'entraîne vers la porte d'un *hogan* de boue séchée, sur la paroi duquel est accroché un flambeau. La flamme danse sur le sol sablonneux de la pièce circulaire, dont le toit conique est soutenu par cinq piliers de bois grossier. Par le trou de la toiture, qui sert de cheminée, les étoiles scintillent. Une épaisse couverture tissée recouvre la banquette. Rocco en regarde les motifs. Carrés, losanges, lignes en zigzag. La femme sourit, se frappe la poitrine : la couverture est son œuvre. Un dernier sourire. Elle disparaît. Rocco s'allonge sur la banquette, les mains croisées sous la nuque. « J'espère que le Don ne va pas nous faire moisir ici trop longtemps, se dit-il. Ça ne vaut pas le *Flamingo...* »

Il essaie de dormir, mais en vain. La banquette est trop dure. Et surtout, les péripéties du détournement se mêlent dans sa tête. L'énervement de la réussite le tient éveillé. Il frissonne dans la fraîcheur de la nuit. Il s'enroule dans la couverture. Les heures s'écoulent. Le village dort. Enfin, par la porte du *hogan*, orientée à l'est, il voit le soleil se lever, splendide, dans ce paysage du bout du monde. Il salue le dieu de ce pays, puis revient à des considérations plus terre à terre : Don Giuseppe est sûrement au courant de l'heureux résultat de l'opération, à l'heure qu'il est. La radio a dû déjà s'agiter. Ce n'est plus le froid du matin qui fait frissonner le Ricain. Il se met une seconde à la place du concurrent du Don. Après le tour qu'on lui a joué, Botelli aura du mal à garder la face devant l'Organisation !

Il me semble si bon, l'air du pays que je retrouve dans le bâtiment du consulat de France, sous le drapeau tricolore et la photo du président Coty !

Avant de quitter définitivement l'hôtel, j'ai voulu prendre conseil. J'ai laissé ma valise dans la chambre, que je dois libérer avant midi si je ne veux pas payer une journée supplémentaire. J'ai dégusté, dans la salle du restaurant, un copieux breakfast, en prévision de mon jeûne de midi. A huit heures, je déambulais dans la 42e Rue, qui grouillait déjà dans tous les sens. J'avais du temps devant moi. Aucun consulat du monde n'ouvre si tôt. J'ai attaqué d'un pied ferme la 5e Avenue, en remontant vers Central Park, au long des élégants magasins encore fermés. J'ai badé quelques minutes devant le gothique flamboyant de la façade de Saint Patrick's Cathedral, toute de marbre blanc, percée de portes de bronze. L'allée des millionnaires... en dollars ! Il doit en falloir, des fortunes, pour habiter dans ces maisons luxueuses... J'ai dépassé le célèbre Hôtel Pierre, le building des buildings, je suis entré dans Central Park. Un vrai zoo ! Je n'ai jamais vu autant de chiens, de chats, de singes, de boas, de chouettes, de tapirs, de cacatoès et autres ouistitis, à quatre pattes, ou dans des sacs, ou accrochés au cou de leurs propriétaires attendris. De ravissantes jeunes étudiantes en jupe courte promenaient les chiens par groupe de dix, pour se faire un peu d'argent de poche, curieux assemblage de dogues qui bavaient et de pinchers nains qui tremblaient comme une main d'ivrogne. Déjà, autour de l'étang niché entre la pelouse et les arbres, voltigeaient des danseurs et des patineurs à roulettes. Des apprentis Mimoun cavalaient coudes aux hanches, en survêtement criard, dans l'allée rectiligne bordée d'ormes. Il me semblait voir le Gros, suant sur les quais de la Seine, à sa sortie de chez Victor. Mais ici, le cirque commence plus tôt...

Ma flânerie m'a conduit jusqu'au consulat, presque en face d'un petit lac, à la hauteur de la 75e Rue.

— *Can I help you ?*

La phrase-type. Comme au Quartier général de la police, le « que désirez-vous ? » est, sous toutes ses formes, la formule passe-partout. Si la jeune femme en robe légère qui me reçoit est française, elle parle drôlement bien l'américain... Je pose la question. Elle me répond en français, avec un gracieux sourire, qu'elle est américaine. Mais elle parle drôlement bien français aussi.

— Je voudrais voir le consul. Je suis policier, en mission à New York, et j'aurais besoin de ses conseils.

Je ne vois ni le consul général, ni le consul de première classe. Pas plus que le consul de deuxième classe, le vice-consul ou le consul suppléant. Pas le moindre consul, quoi ! A New York, les *Commissioners* et les consuls sont invisibles pour un flic français de seconde catégorie, la première étant, bien entendu, celle des patrons. Et encore ! Je ne suis pas sûr que le Gros aurait été reçu, avec ses titres ronflants...

Je n'ai droit qu'à un attaché à je ne sais quoi, qui me contemple d'un air de suprême ennui et me demande à son tour, du bout des lèvres, ce que je désire. Je commence à raconter ma vie, mais inutile d'insister, ça ne l'intéresse pas. A six mille kilomètres de la capitale, que représente, pour un erzatz de diplomate, un assassinat à Neuilly, même s'il est double ? Et surtout, qu'est-ce que ça peut lui faire que je cavale après le Ricain ? Il ne me l'envoie pas dire :

— Arrêtez-le s'il revient en France, ou laissez faire la police américaine... C'est encore le mieux.

Il faut vraiment l'aimer, ce putain de métier, pour ne pas reprendre le premier taxi volant pour Orly ! Bon. Puisque je ne peux compter sur aucun secours, j'aurai au moins le téléphone gratuit. Ce sera toujours ça de moins sur ma note d'hôtel :

— Je voudrais téléphoner à Las Vegas, dans un coin tranquille, pour ne pas vous déranger.

L'attaché me confie à un appariteur dont la trogne témoigne d'un parfait dégoût pour le Coca-Cola et le thé glacé. Cet homme, bien de chez nous, m'entraîne dans un appentis, sous l'escalier de bois qui mène aux bureaux consulaires. Ce n'est pas grand. Le plafond est bas. Mais j'ai au moins une petite table, un téléphone automatique, et des annuaires en pagaille. Surtout, je me sens bien, dans ce réduit, à l'abri des regards condescendants, intrigués ou moqueurs.

Oui, ce cagibi est bien à l'image de la considération qu'on nous porte, à nous les flics, mouchards patentés, sadiques de la répression... Heureusement la bonne bouille d'ivrogne de l'appariteur me réconforte. J'ai envie de lui sauter au cou lorsqu'il fait apparaître, tel un prestidigitateur, une bouteille de bourgogne, murmurant « direct des Hospices de Beaune ». Ce n'est pas pour le vin. Hospices de Beaune ou pas, le vin rouge à dix heures du matin me donne des spasmes d'estomac, rien qu'à regarder la bouteille, si tentante pourtant, avec son auguste étiquette. Non, ce n'est pas pour le vin. C'est pour l'amitié inattendue que me porte ce bonhomme tout simple. Du coup, je lui confie la lettre à Marlyse que j'ai griffonnée après que le Gros m'eut réveillé en fanfare. Il la glissera dans la valise diplomatique. Depuis mon départ, ma compagne n'a eu droit qu'à une carte postale. Une grande, il est vrai, en polychrome : la 34e Rue avec ses échafaudages métalliques d'escaliers extérieurs — les New-Yorkais ont une sainte frousse des incendies —, avec ses panonceaux géants multicolores, mais surtout ses poubelles débordant de détritus qui dégoulinent sur la chaussée. Comme ça, elle aura un aperçu du vrai New York, pas celui du show-business, des gogos girls et des serveuses aux seins nus. Ça lui sortira de la tête l'idée que je m'amuse dans cette cité reine du folklore, où le Moyen Age côtoie les prémices de l'an 2000.

D'ailleurs, je ne vais pas tarder à lui raconter tout ça de vive voix, à Marlyse... Si je ne trouve rien sur Las Vegas, j'abandonne.

Quand je me plonge dans l'annuaire du Nevada, je ne peux que me moquer de ma naïveté. Moi qui voyais Las Vegas à la dimension d'un Trouville ou d'un Bandol, avec une dizaine de casinos au lieu d'un, et les pensions de famille en proportion ! Je découvre une jungle d'hôtels et de meublés dans laquelle Tarzan lui-même serait bien en peine de repérer le moindre Gaeta, le plus petit Cerini-Messina ! Les bras m'en tombent. La panique s'installe. Surtout que n'importe qui peut s'inscrire sous n'importe quelle identité dans n'importe quel hôtel des Etats-Unis... Faut-il que mon enquête se termine dans ce réduit de consulat, sous les marches grinçantes d'un escalier vieillot, devant cet annuaire ouvert sur la table dont la surface, ornée de ronds incrustés, trahit le nombre de verres de vin rouge qui s'y sont posés ?

— Vous avez ce qu'il vous faut ?

L'attaché a passé la tête par l'entrebâillement de la porte. Pas par courtoisie, ce n'est pas son genre. Par curiosité. Pour voir ce que manigance le professionnel de la délation...

— Ça va, merci.

Il referme la porte de mon placard. Son quart de sourire perplexe montre qu'il se demande vraiment ce que je fais là. Moi aussi... L'index sur le premier de la liste des hôtels de Las Vegas, *l'Alladin,* je vais tenter ma chance.

Je n'en reviens pas. J'ai à peine composé l'indicatif que j'entends la sonnerie à l'autre bout. Mon « *Hello* » traverse les quatre mille kilomètres qui séparent ma soupente du paradis des jeux. Une voix de femme fait le trajet en sens inverse :

— *Good morning...*

— *Mister Cerini, please...*

— *What ?*

— *Cerini. Gino Cerini.*

Pendant qu'elle cherche sur sa liste, je me dis que je suis d'une naïveté qui frise l'imbécillité. Le Ricain a sûrement une batterie d'identités de rechange. Il ne va pas garder celle de son faux passeport pour me faciliter le travail. Mais ce genre de pari m'a déjà réussi plusieurs fois, alors...

— *Sorry, sir.* Je n'ai pas de client à ce nom.

Evidemment. Je continue ce petit jeu absurde. J'ai un quarter dans ma poche. Je le joue. Si c'est face, j'arrête. Si c'est pile, je poursuis. La pièce roule, au moment où l'appariteur réapparaît avec deux verres et un tire-bouchon. Si mon manège l'étonne, il n'en montre rien. Il vrille le liège avec un soin religieux. C'est pile. Donc, je continue. Le bouchon fait « clop ».

— Je m'amusais en vous attendant, dis-je.

Il verse deux doigts de vin dans un verre. Il hume. Il goûte. Satisfait, il me sert :

— Dégustez-moi ça...

On trinque. Je trempe mes lèvres. Il est bon, le bourgogne du consulat.

— Vous n'auriez pas un bout de pain, dis-je, parce que moi, à cette heure...

Il est déjà tourné vers la porte :

— Je reviens...

J'ai tenté vainement dix essais, quand il rapporte deux tranches de cake emballées dans du papier de cellophane. J'en grignote une, sous son œil attendri. J'avale mon verre. J'en suis tout ébloui. Le moral remonte.

— C'est du chouette, hein ? dit le brave homme. Encore un petit ?

Il remplit les verres de la main gauche, tandis que la droite décolle de sa moustache quelques débris de cake.

— Qu'est-ce que vous cherchez comme ça au téléphone ?

— Un ami, à Las Vegas. L'ennui, c'est que je ne sais pas dans quel hôtel il est...

Il vide son verre d'un trait, essuie sa moustache, rigole un bon coup :

— Pourquoi vous n'y faites pas un saut ? Ce n'est pas si loin en avion. Ici, on le prend comme l'autobus !

L'avion... Ça me donne une idée. Hidoine n'a pas perdu son temps en épluchant les manifestes d'Orly. Si seulement, je pouvais décortiquer ceux de Las Vegas. Le Ricain s'appelle peut-être toujours Cerini, après tout... Ah, si j'étais en France, ce serait un jeu de fourrer mon nez dans les classeurs de l'aéroport. Mais ici...

C'est alors que je pense à Baker.

Je vais encore essayer un coup tout seul. Si ça ne marche pas, je l'appelle à mon secours. Je compose l'indicatif, puis les quatre chiffres de *Mac Carran Airport*. On décroche. Ils se lèvent tôt... C'est qu'il est six heures du matin, là-bas...

— *Yes?*

Je n'ai même pas pu placer ma question. Ce n'est plus le moment, d'ailleurs. C'est un flic qui me répond, à toute vitesse. Une suite de phrases toutes préparées pour les journalistes. Il croit que je fais partie de cette honorable profession. C'est comme ça que j'apprends qu'un avion de la *Regional Air Lines* a été détourné dans la nuit. Il transportait les fonds de la banque. Il venait de quitter Las Vegas pour San Francisco. Las Vegas! Rocco est à Las Vegas. Et si c'était lui?

Raccroché. Eh bien, c'est le moment de me rappeler au bon souvenir de Richard Baker et de son F.B.I.

Pendant que mon compagnon du genre France profonde et silencieuse termine la bouteille à lui tout seul, j'appelle Washington. La voix de Baker est aussi chaleureuse que le personnage. Décidément, il a apprécié ses virées parisiennes.

— Vous êtes venu faire du tourisme à New York?

— Non...

Un silence lourd de surprise, quand je lui parle de notre vieille connaissance, le Ricain. Je n'ai pas besoin d'insister pour le voir séance tenante, l'ami Baker. C'est lui qui est preneur...

C'est vrai qu'on prend l'avion comme l'autobus, ici. Le temps de filer au *Commodore*, régler ma note et récupérer ma valise, et me voici bien calé dans mon fauteuil, direction Washington. Le nom de Rocco Messina me martèle le crâne. Je ne sais d'où vient la peur confuse qui m'oppresse. Peur de l'échec, peur de mes initiatives toutes personnelles, dans ce pays que je ne connais pas? Peur de la Mafia, tout simplement? Ou quoi d'autre?

Mon voisin déplie un journal. Je lis les lettres énormes, à la une : « *Las Vegas highjacking* », au-dessus de la photo d'un avion de la *Regional Air Lines*. Nerveux, je grille en enfilade les Philip Morris que j'ai tirées du distributeur automatique, à l'aéroport. Elles sont évaporées, mes bonnes résolutions de ne plus fumer... Si le toubib de la rue Cambacérès me voyait! Ma main tremble un peu. C'est curieux, chaque fois que je sens une piste, j'entre dans un état de surexcitation intense. Ce détournement d'avion a réveillé ma fièvre. Qu'est-ce que ça serait, le sale métier de flic, sans le piment de la chasse ?

22.

Rocco, ses pas dans ceux de Walpi le chauffeur, gravit le chemin muletier qui mène du *pueblo* à une grotte taillée dans le roc rouge de la montagne Chuska. L'Indien marche vite, malgré le poids du sac qu'il porte. Rocco a du mal à le suivre. L'altitude accélère les battements de son cœur. Derrière lui, un athlétique Navajo à la joue balafrée soutient deux sacs à lui tout seul, un sur chaque épaule. Tous les trois ou quatre mètres, il pousse un curieux cri, pour scander la marche des autres Indiens, lourdement chargés eux aussi. Joe le Blond, au milieu de la colonne, a rejeté en arrière son chapeau de cow-boy, retenu à son cou par la bride. A sa suite, cinq porteurs. L'énigmatique Jimmy ferme la marche.

Rocco lève de temps en temps les yeux sur le sommet de la chaîne, auréolé de soleil. A mi-coteau, les ruines d'habitations troglodytes émergent des blocs de rocher. Au-dessus, là où s'arrête toute végétation, le but de leur marche : la grotte rouge, auprès d'un canyon. Le chemin est encore long.

La colonne contourne de profonds ravins où serpentent des sentiers accessibles aux seuls initiés.

Walpi a posé le pied sur une énorme pierre qui a cédé, roule et rebondit au flanc de la montagne. Il a tout de suite repris son équilibre, mais Rocco, prudemment, avance maintenant presque collé au rocher. Il transpire. Il se sent sale. Il n'aime pas ça, l'élégant Ricain. Heureusement, ce n'est qu'un mauvais moment à passer. Il se félicite des chaussures de marche que Don Giuseppe lui a fait parvenir. Il savait où ils allaient.

Joe et Jimmy ont des chaussures de basket, plus souples, mais moins adaptées à la montagne.

La dernière courbe est en vue. « C'est chouette, se dit Rocco, de travailler directement pour l'Organisation... » Encore deux cents mètres, et les sacs de dollars seront en sûreté dans la caverne dont le Ricain, maintenant, distingue nettement les contours. Brusquement, la colonne se trouve devant une pente si raide qu'on ne la voyait pas, à quelques mètres encore. Il faut enjamber les blocs de roche, et remonter, de l'autre côté, le chemin rocailleux. Walpi n'en a cure. Son allure ne faiblit pas. Rocco est distancé. Il entend, derrière lui, la respiration précipitée du Navajo balafré, dont le cri régulier se fait plus strident. Joe le Blond a ralenti, lui aussi. Une coupure s'est faite dans la file. Rocco serre les dents, s'accroche, en un dernier effort.

La colonne se referme à l'entrée de la grotte. Une arche de grès commande l'entrée d'un étroit sentier qui longe des parois abruptes, au bord d'un précipice tourmenté, crevassé. Walpi, toujours silencieux, avance toujours. Soudain, Rocco ne le voit plus. Il a encore perdu le rythme que l'infatigable Indien lui impose. Walpi surgit au début d'une courte ligne droite. Il s'enfonce à l'intérieur d'une excavation, inquiétant trou d'ombre dans le roc.

Les cadavres de chauves-souris géantes, vampires sortis tout droit d'un film d'épouvante, jonchent le sol rouge. Il fait froid. Rocco devine un labyrinthe qui serpente dans la nuit des roches. Walpi s'arrête, pose son sac. Il attend que les autres l'aient rejoint, avant d'escalader un rocher, avec l'agilité d'un chat. Il s'évapore, fantomatique, dans une cavité, réapparaît aussitôt, fait signe aux porteurs de lui passer leur fardeau. En cinq minutes, les dix-huit sacs de billets sont engloutis dans le secret de la montagne. L'argent des flambeurs de Las Vegas est à l'abri.

Voilà deux heures que Tony Zampa appuie sur le champignon. Toadlena est déjà loin derrière lui. Il a mis le climatiseur en marche, car le soleil, au zénith, embrase la nationale 264 qui file vers Tuba City. Sur le large ruban de goudron, ligne droite à l'infini, il a poussé la Pontiac convertible à plus de cent cinquante.

« Ça ne vaut pas ma Cad, pense Rocco. Ça flotte... On risque même de se foutre en l'air... » Tony est à son aise, pourtant. La direction assistée lui permet de conduire, négligemment, de deux doigts. Rocco, tel le navigateur d'un pilote de rallye, consulte la carte. Ils ont réussi à éviter les villes importantes.

Encore cinquante miles avant de bifurquer vers le sud, à Oraibi. Ils y seront dans une heure, au maximum. Zampa colle à l'horaire qu'il a établi avant le départ. L'avion qui doit transporter le Ricain de Flagstaff à Jackson, Wyoming, décolle à dix-sept heures. Le seul retard possible, c'est l'agaçant contrôle agricole, à la frontière de la réserve indienne et de l'Arizona. Ça risque d'être gai, dans la file des touristes d'août... Tout ça, parce que les autorités de l'Etat craignent que l'on transporte des fruits indiens porteurs de parasites, susceptibles de contaminer les belles récoltes cent pour cent américaines. Rocco pense à un autre retard possible : Flagstaff est un important centre touristique, dans la Coconino National Forest. Les allées et venues des estivants pourraient bien bloquer la route de l'aéroport.

Ils atteignent le village indien d'Oraibi, abandonné, sinistre. Ils n'ont rencontré aucune voiture suspecte. Et ce n'est sûrement pas dans la traversée du Painted Desert que le shérif du comté aura dressé un barrage.

Tony Zampa est un des tueurs favoris de Don Giuseppe, comme l'était Battaglia, avant que sa puissance ne lui monte à la tête. A cinquante-six ans, cet homme de main de première classe a autant de meurtres à son actif que ses doigts comportent de phalanges. C'est l'homme des contrats. Il ne discute aucune des missions que le vieux *mustachio* lui assigne. Il exécute, un point, c'est tout. C'est un spécialiste de l'action rapide : la tête et le cou dans la ligne de mire, puis l'arrosage généreux dans tout le corps... Si la victime en réchappait, ce qui ne s'est jamais produit, elle ne pourrait plus parler. Une fois, une seule fois dans sa vie, Tony a eu une émotion : avec deux chargeurs dans le corps, l'exécuté baragouinait encore des paroles, heureusement inintelligibles. Mais quand même, cet excès de volubilité pouvait être dangereux. Tony s'est penché, a attrapé la langue de la main gauche, l'a tirée violemment, l'a coupée net, d'un coup de couteau. Il a mis tranquillement le morceau dans sa poche, et s'en est allé au volant de sa voiture. Un bon mafioso, Tony...

Don Giuseppe ne voyait pas de meilleur garde du corps pour son nouveau protégé à l'avenir prometteur, Rocco le Ricain. C'est un honneur. Rocco n'est pas un flingueur. C'est un spécialiste, un seigneur... Qu'une voiture de patrouille surgisse, le garde du corps est là. Un homme dressé pour ça. Un Sicilien petit, trapu, noiraud, aux réflexes conditionnés pour faire face à n'importe quelle situation dangereuse. Qui dit réflexe, chez Tony, dit mitraillette calée à sa droite, entre les deux coussins de la banquette, et la grenade qui roule aux pieds, entre les pédales d'accélérateur et de frein. Le Don l'avait chargé aussi d'une valise de vêtements : un blouson de cuir, un jean, des mocassins de cuir clair pour Rocco, deux complets pour les Gaeta, un bleu marine et un gris avec chaussures noires. Tony a déposé les deux frères à Window Rock, où le trio devait se séparer : Joe partait pour Nogales, au Mexique, *via* Lupton et Alquine, ce qui lui permettait d'être constamment à cheval sur la frontière commune à l'Arizona et au Nouveau-Mexique, Jimmy pour Albuquerque, à la frontière canadienne. Zampa, messager zélé, avait transmis les instructions du Don :

— Pour le moment, le magot reste où il est, ça ne craint rien. Vous flanquez le G.M.C. en l'air, et vous gagnez vos positions respectives en attendant ses instructions. Dans trois ou quatre semaines, tout se sera tassé...

Walpi s'était chargé de la destruction du camion. Il s'était mis au volant, avait pris, en sens inverse, le chemin de la veille. Tony le suivait d'assez loin. On ne voyait pas grand-chose, dans la poussière que soulevaient les pneus, dans les méandres du chemin à peine carrossable. Comment l'Indien avait-il pu sauter à temps du camion, dont les roues avant étaient déjà braquées dans le vide ? Cela tenait du prodige. La portière était ouverte. Il s'était retenu à une branche desséchée, tandis que le poids lourd dévalait, rebondissant sur le flanc de la montagne, pour se disloquer cinq cents mètres plus bas sur les rochers avant de disparaître dans le lac. Un tourbillon d'écume. Rocco avait pris, devant le sang-froid de l'Indien, une leçon de courage, qu'il appréciait... Walpi avait fait un signe : il remontait au *pueblo* par ses propres moyens. Les civilisés de la Pontiac l'avaient perdu de vue.

— Ça y est, grommelle Tony, le voici, ce putain de poste frontière de ploucs, avec leur connerie de fruits et légumes.

C'est bien la limite de la réserve indienne. La file des touristes est là, immobilisée devant le pointilleux, l'interminable contrôle douanier. La police est là, elle aussi. Un flic s'empare des papiers de la Pontiac, les lit et les relit d'un air vaguement dégoûté...

— Permis de conduire ?

Il embarque le tout, marmonne on ne sait quoi, s'achemine vers la baraque toute proche, d'où il ressort en compagnie d'un employé en civil. Rocco l'élégant, le distingué, le bien élevé, prestidigitateur d'occasion, a recouvert la mitraillette de son blouson. Puisque son garde du corps est occupé... On ne sait jamais...

— Bonjour, monsieur, dit le civil.

Tony découvre son incisive en or :

— Bonjour.

— C'est à vous la voiture ?

— Non. Je l'ai louée à Santa Fe : c'est écrit sur le papier. On visite le coin, c'est splendide... Je la rendrai à Las Vegas...

— Ouais, c'est beau, dit le civil. Mais quel Las Vegas ? Las Vegas, Nouveau-Mexique, ou Las Vegas, Nevada ?

— Nevada, laisse tomber Tony avec un calme souverain, après un tour au Grand Canyon. Histoire d'aller jouer les quelques dollars qui me restent.

— Pas de fruits, pas de légumes vendus par les Navajos ?

Tony avec un sourire plus éclatant que jamais, fait mine de sortir de la voiture :

— Les fruits, moi, vous savez... Si vous voulez jeter un coup d'œil...

— Ça va, dit le civil...

Le douanier referme la portière, fait signe au poste de garde de laisser passer. Rocco retient son rire : s'ils savaient, ces braves gens à la recherche de fruits et de légumes, que le

Ricain, piloté par le tueur Tony Zampa, est en train de leur passer tranquillement sous le nez...

Un sacré aplomb ce Tony. Qu'aurait-il fait, si on avait tenté de les arrêter ? Il mitraillait, assurément. Et quelle poursuite, après...

— Tu as du culot, Tony !

— Bah !...

Flatté par le compliment du Ricain, le tueur a un léger sourire de modestie. Il enclenche l'allume-cigares. Il fait rougeoyer avec soin le bout de sa cigarette, énonce d'un air détaché :

— Tu sais, il faut toujours forcer la chance. Si on ne veut pas faire ce boulot-là, faut s'engager comme manœuvre à la General Motors...

Au bout d'une demi-heure de conduite paisible, Zampa contourne Flagstaff, gagne la route US 89 en direction de l'aéroport.

Ce masque de bouledogue, ce nez cassé, ces lourdes paupières, m'impressionnent, je l'avoue. John Edgar Hoover, le grand patron du F.B.I., marche de long en large sur ses courtes jambes dans le vaste bureau lambrissé de bois sombre. S'arrête une seconde, les mains derrière le dos, devant la fenêtre d'où je découvre, de l'autre côté de Pennsylvania Avenue, le lourd bâtiment du Département de la Justice. Le fameux J. E. H. regarde Baker droit dans les yeux :

— Vous partez immédiatement, dit-il. Il faut creuser les intuitions de l'inspecteur Borniche.

Ses yeux ne sont plus qu'une fente, où brillent à la fois la ruse et la force. Il contourne la lourde table encombrée de dossiers, vient se planter entre nos deux fauteuils. J'ai eu du mal, en entrant dans le bureau, à reconnaître dans cet homme plutôt petit, massif, le directeur du F.B.I. qui, quelques années auparavant, dans l'auberge où j'avais arrêté Buisson, avait sorti de son portefeuille une carte de visite pour la faire signer par ceux qu'il prenait pour les as de la police française — Marlyse en tête ! Il s'est épaissi, ce qui accentue son allure de bouledogue.

Un bouledogue sacrément efficace ! Depuis plus de trente années, depuis le jour où le ministre de la Justice, Stone, lui a donné la responsabilité du *Bureau,* il a collectionné les succès. Il est le cerveau de la police la plus perfectionnée, la plus redoutable du monde, avec son équipe d'incorruptibles en chapeau mou, triés sur le volet, qui lui sont dévoués corps et âme. Ce vivant rempart contre le crime trône sur une pyramide de dossiers secrets dont la divulgation pourrait faire sauter la planète.

« Hoover la Vitesse », comme le surnomment familièrement ses amis, a pour seule ambition de pousser à l'extrême le maintien de l'ordre moral américain. Ses G-Men se méfient des flics des villes des Etats-Unis, nommés ou élus sous la pression des politiciens ou de la Mafia. Leur intégrité se heurte à la vénalité, à la corruption, qui ravagent la police des comtés. Vénalité, corruption... Méthodes arriérées, aussi, quand le F.B.I. est à la pointe du modernisme. Ils sont mal vus, les « *boys* » de Hoover, quand ils débarquent chez les « locaux ». Cette hostilité a toujours renforcé la décision d'Hoover d'aller contre la prévarication, la pourriture. Sa force : le courage. Joint au sens de l'honneur. A la tête de ses bureaux régionaux, il a placé des hommes de style, rompus à ses méthodes de travail, en liaison constante avec le siège, et avec les agents disséminés dans les villes.

En 1941, il a jugulé le Syndicat du Crime mais il sait que la Seconde Guerre mondiale lui a permis de renaître avec plus de vigueur. Hoover a repris la lutte. Il a affaire à forte partie. Frank Costello, le roi des machines à sous, s'est expatrié sur la Louisiane. Sous la bienveillante protection d'un sénateur, son commerce lucratif prospère, le whisky se distille joyeusement. Meyer Lansky et Bug Siegel s'occupent de la caisse du Syndicat. C'est Meyer qui a bâti l'empire du vice et du jeu à La Havane. Bug, lui, vit dans une somptueuse résidence de Los Angeles. De ce quartier général, ultra-confortable, il lance la capitale du jeu et de la prostitution : Las Vegas. La cité-lumière au milieu des sables. Le clinquant du désert. Clientèle de départ assurée : les vedettes d'Hollywood, avec lesquelles Bug est à tu et à toi. C'est pour ces premiers futurs fidèles qu'il crée l'hôtel *Flamingo.* Du centre de cette toile d'araignée, c'est la Mafia qui rayonne...

Le *Flamingo...* Lettre F. Je ne risquais pas de tomber dessus dans le gourbi du consulat de New York. Il aurait fallu passer au peigne fin tout le bottin de Las Vegas. De la Ford de service qui m'emmenait Pennsylvania Avenue, je regardais, sans le voir, le tapis vert du Mall qui se déroulait — comme une évocation des tapis de Las Vegas, à l'infini. Je revoyais le haussement d'épaules de Baker, quand je lui avais demandé de contacter l'aéroport d'Idlewild pour savoir si on y avait entendu parler d'un nommé Cerini. Ça lui semblait vraiment de la méthode de flic français à la petite semaine.

— Ce n'est pas la peine, puisque vous savez qu'il a pris l'avion à Orly...

— Il a peut-être donné une adresse à New York ? Et s'il est reparti pour Las Vegas...

Nouvel haussement d'épaules.

— Pour les lignes intérieures, ce n'est pas l'aéroport d'Idlewild mais celui de La Guardia ! Et puis, il a pu partir d'ailleurs... Même en voiture ! Avant tout, il faut voir le patron. Il vous attend...

C'est ainsi que je me suis trouvé, un peu impressionné quand même, devant la porte à verre cathédrale, portant gravées les lettres capitales : « *J. Edgar Hoover, Director, Federal Bureau of Investigations — Entrance* ». Baker m'a présenté. Le grand patron se souvenait-il de moi ? Je ne crois pas. Il m'a souri, d'un air de bonhomie protectrice, m'a serré la main, m'a prié de m'asseoir. Son visage de magot chinois n'a pas bougé d'un millimètre pendant que je racontais mon histoire. C'est à la fin de mon exposé qu'il s'est levé, a croisé les mains derrière son dos, s'est posté à la fenêtre.

Après un moment de silence, il a lancé :

— Vous partez immédiatement, Baker.

L'entrevue a duré quinze minutes exactement. Et à dix-huit heures vingt, nous voici à *National Airport,* Baker et moi, munis de billets-cadeau du secrétariat du F.B.I.

Encore un avion-autobus.

— Au F.B.I., m'explique Baker avec condescendance, nous sommes toujours prêts à partir. Chacun à sa valise prête.

Ne pensez donc plus à votre Italo-Ricain. On aura le temps là-bas. Parlez-moi plutôt de Pigalle...

Le Viscount a survolé le Grand Canyon. « Je vis un roman d'aventures », pense Rocco, regardant tout en bas les gorges déchiquetées, la steppe, le désert de Monument Valley d'où émergent d'étranges monolithes vieux de dizaines de millions d'années. Pics, pitons et plateaux des montagnes Rocheuses, neiges éternelles du Grand Téton rosies par le crépuscule, nuages vifs qui brasillent, lui rappellent pourtant, en plus gigantesque bien entendu, la sauvagerie de sa Sicile natale et il comprend, d'un seul coup, quels liens mystérieux unissent la Mafia et les Etats-Unis...

Le rugissement des turbo-propulseurs s'assourdit. Rocco décroche le mousqueton de sa ceinture de sécurité. Il s'arc-boute sur ses talons pour faire basculer le siège vers l'arrière. Il s'étire. Il savoure, paresseusement, la douce vision de tous ces dollars qui somnolent à l'ombre de la caverne, attendant l'heure du fabuleux partage. Le triomphe de Don Giuseppe est total. Botelli, son rival, est ridiculisé. Et la police ? Ridicule, elle aussi. Il n'y a qu'à voir le titre que le *Denver Post* affiche dans son édition de bord !

Comment le distingué clergyman qui avale tranquillement, derrière ses lunettes, la nouvelle du détournement du siècle que lui offre son journal, pourrait-il se douter que l'auteur du coup est assis à sa gauche, de l'autre côté de l'allée, en train de rêvasser ? Comment pourrait-il un instant supposer que le sportif en blouson et en jean, voyageur qui a l'air de ne pas s'être rasé ce matin, n'est autre que l'infirme Richter qui s'est envolé de La Guardia en gémissant, lequel est devenu Creken au *Flamingo* de Las Vegas, puis le moustachu Smith du vol 179 de la *Regional Air Lines,* pour finir tout à fait provisoirement, dans la peau de John Crack, passager du vol Flagstaff-Jackson.

Rocco tire un grand coup de chapeau au Don, pour la remarquable organisation de l'opération. Rocco a trop d'ambition pour ne pas aimer l'ordre et la précision... De la giboyeuse propriété *La Renardière,* Don Giuseppe a composé l'affaire du détournement comme un joueur de puzzle, pratiquant à merveille cet art du cloisonnement qui fait que chaque rouage fonctionne à sa place, sans pouvoir contaminer l'autre. C'est le secret de la réussite : si un grain de poussière vient se coller dans l'engrenage, l'organisation n'en est pas démantelée pour autant. Un mafioso remplace l'autre, voilà tout. Ce qui n'empêche pas Rocco de penser, au fond de lui, qu'il est sur la bonne voie pour devenir indispensable. Un caïd, dans l'ombre du Don. Et demain son bras droit...

Il redresse son fauteuil, fouille dans sa poche, à la recherche d'une cigarette. En vain. Le tabac n'a pas été prévu pour l'opération... En revanche, sa main rencontre un objet froid, auquel est fixé une plaque de plastique : la clé du *Flamingo.* Qu'est-ce qu'elle fait là, cette clé ? Il est stupide de ne pas l'avoir jetée dans la nature, alors qu'il grimpait vers les sommets des Chuskas Mountains. Il est largement temps de la faire disparaître. Mais où ? Dans la pochette du siège ? Non. Le service d'entretien ne manquerait pas de la découvrir. Un flic un peu futé pourrait remonter jusqu'à lui...

Pourquoi pas dans les toilettes ? Rocco se lève, s'achemine vers la queue de l'appareil, rend son sourire au steward qu'il croise dans l'allée centrale, et qui pousse un chariot de boissons fraîches. Les cabines des toilettes sont occupées. Lorsqu'un grand escogriffe aux jambes arquées et au gigantesque stetson lui laisse la place, il examine l'étroit réduit, à la recherche de l'endroit idéal... La cuvette, où stagne un peu d'eau bleue... Rocco glisse la clé dans le siphon. Elle ne passe pas. On ne la voit plus, certes, mais elle risque de boucher l'évacuation. Rocco la récupère, la sépare de la plaque de plastique, frappée aux armes de *Flamingo.* En fait, c'est elle qu'il faut faire disparaître... Mais même seule, elle ne passe pas. S'il la glissait dans le réservoir d'eau ? Rien à faire. Pour en démonter le couvercle, il faudrait un tournevis, ou un couteau... Quelle sottise, d'avoir gardé la clé, après avoir eu cent occasions de s'en débarrasser ! Il a laissé son colt au chauffeur indien, qui, blasé, l'a à peine remercié, et il a gardé cette maudite clé !

Il l'examine de plus près, l'encombrant objet. C'est une clé de sûreté, un numéro y est gravé. Il ne suffit donc pas d'éliminer la plaque. C'est l'ensemble qu'il faut faire disparaître... Après tout, le vide-papiers et le paquet de kleenex sont là. Rocco arrache quelques feuilles du distributeur, y enroule la clé, avant de la jeter dans le panier, où elle prend place entre deux boîtes de Coca-Cola et une peau de banane à l'odeur forte. Il faudrait vraiment la chercher, cette clé, pour la repêcher là-dedans !

Reste la maudite plaque, assez large et assez épaisse pour que les clients songent à la déposer à la réception en partant. Rocco la soupèse, songeur... Il avise deux paquets de cigarettes vides, là, dans le panier. Il glisse la plaque dans l'un d'eux, pour enfouir le paquet ainsi lesté sous les détritus.

Une main fébrile agite le loqueteau de la cabine. Un passager s'impatiente. Et s'il fouillait dans le panier, ce type ? Rocco fourre la plaque dans sa poche. Il reviendra après l'escale de Salt Lake City. Il se lave les mains, répand dans la cabine un peu d'eau de toilette que la compagnie offre généreusement à ses passagers, cherche ses lunettes de soleil pour les essuyer avec la serviette de la cabine, ne les trouve pas. Il se dit qu'il a dû les laisser dans la poche du siège.

Il quitte le réduit. C'est une robuste matrone qui secouait le loqueteau. Elle tient par la main un bambin visiblement agité d'une envie pressante. Rocco regagne sa place à pas lents, étudiant chaque voyageur au passage. Retrouve avec satisfaction ses lunettes dans la poche de tissu du fauteuil, où il les avait glissées en attachant sa ceinture de sécurité.

Il éprouve un malaise, sournois, inattendu. Son euphorie de tout à l'heure fait place à un vague sentiment d'inquiétude, qui l'agace, et qu'il s'efforce de chasser. Tout ça pour un morceau de plastique, dans sa poche... C'est ridicule ! Un état de fatigue, sans doute. Car enfin, ce n'est pas une étiquette du *Flamingo* qui peut permettre de remonter jusqu'à lui ! Même si on le fouillait, il pourrait toujours dire qu'il l'a trouvée dans les toilettes ou ailleurs. Elle ressemble à une plaque de jeu, l'étiquette, avec son gros numéro nacré. C'en est peut-être une... Il la voit glisser sur le tapis de la roulette, comme un défi lancé au hasard.

L'irritant sentiment d'inquiétude diffuse se dissipe peu à peu. Une courte escale à Salt Lake City, un échange de passagers et le Viscount reprend l'air. Dans une heure dix, ils seront à Jackson. Le vol se poursuivra jusqu'à Cody, point de rotation... Pas moyen de cesser de penser à la maudite plaque ! Eh bien, avant de descendre à Jackson, il la cachera sous le tapis de sol, sous le siège devant lui. Il est un peu décollé et elle s'y glissera facilement. Personne n'y verra rien... La clé ? Il a bien essuyé ses empreintes avant de la jeter... Mais le F.B.I. a des moyens insoupçonnés ! Non, il faut trouver mieux... De nouveau il gagne les toilettes. Cette fois, il découvre, en levant les yeux, l'endroit sûr qu'il cherchait. Un interstice dans le capitonnage de l'appareil, où l'arrondi du plafond rejoint la paroi verticale. La plaque doit passer, en forçant un peu, le rembourrage est élastique. Il se refermera, comme une plaie, sur son secret. Il pousse la plaque. Elle disparaît. Nul ne viendra la chercher là... Au tour de la clé, maintenant. Il se penche sur le panier-poubelle, fouille... Rien ! Il sort les boîtes de Coca, les épluchures, étale les papiers froissés sur le lavabo... La clé n'est plus là ! Il revoit le petit garçon de tout à l'heure. Serait-ce lui qui a fouillé dans les détritus ? Soucieux, il sort des toilettes. Des lumières scintillent au flanc des montagnes Rocheuses, puis disparaissent pour faire place à de longs pans d'ombre, sous le ciel bleu nuit.

Les panneaux s'allument, les roues se posent... Rocco est de mauvaise humeur, quand il gagne la sortie de l'aéroport.

Un chauffeur attend le client, appuyé à une Chevrolet fatiguée, coiffé d'un stetson. Un foulard rouge orne son blouson de cuir effrangé. Rocco l'interpelle :

— *Jackson Hole Rodeo Ranch.*

La voiture noire, poussiéreuse et déglinguée, attaque la route nationale, laissant derrière elle la masse neigeuse du Grand Téton. La nuit est tout à fait tombée, maintenant.

Patricia, la sœur de Rocco, lui a décrit Jackson comme une bourgade où survivent les traditions des anciens trappeurs. Chaque jour, en fin d'après-midi, la municipalité offre aux touristes la reconstitution d'une attaque de diligence. La circulation est arrêtée. Les badauds, massés sur les antiques trottoirs de bois, poussent des cris émerveillés quand des cavaliers masqués pillent les jolies voyageuses effrayées. Un duel au pistolet entre le shérif et le chef des bandits couronne ce spectacle quelque peu infantile... Un brave homme, ce shérif, selon Patricia. C'est d'ailleurs un ami de son mari, l'ex-sergent des forces américaines, devenu Ranger. « Très folklorique, tout ça, se dit Rocco. Ça me changera les idées. »

Depuis le temps que Patricia lui a demandé de venir les voir ! Il en a même oublié les traits de son beau-frère Bennett qu'il avait vu, une fois, à Palerme, à la Libération.

Comment va-t-il être reçu, à pareille heure, débarquant sans prévenir, sans bagages, pas rasé ? Il leur racontera qu'il s'est arrêté à Salt Lake City la veille, le temps de se faire voler sa valise dans le hall de l'hôtel. Le beau-frère ne doit pas être une lumière, pour avoir choisi un métier pareil. Il tombera dans le panneau... Quand même, qu'est-ce qu'il lui a pris, à Patricia, d'épouser un garde forestier ? Rocco n'a qu'une sœur, et il a fallu qu'elle tourne mal !

De nouveau, l'image de la clé vient le troubler. Il la chasse. Il a besoin de se reposer dans cette oasis enfouie dans les montagnes. Qui viendrait le dénicher là, dans la maison d'Edward Bennett, digne ami du shérif et gardien zélé des geysers et des animaux sauvages de Yellowstone Park ?

Duke Marper, le chef d'escale de Salt Lake City aux cheveux blonds clairsemés, dévisage Lucille Tuckson avec perplexité. Cette matrone l'agace, et son gamin ne cesse pas de gesticuler :

— Je vous remercie, madame. Je suis d'accord avec vous : une clé entortillée dans des kleenex au fond du panier des toilettes, c'est bizarre ! Il n'y avait qu'un gosse pour dénicher ça !

La tête bovine de Lucille Tuckson en rougit de contentement :

— C'est qu'il est malin, Billy ! le plus éveillé de sa classe ! Et curieux, avec ça...

Billy confirme, d'une grimace.

« Il n'a pourtant pas l'air d'un génie, se dit Harper. Avec ses yeux en billes de loto. »

L'affreux jojo tire sa mère par la main. Il en a assez, du bureau du chef d'escale.

— Parfait, dit Marper. Je vais la transmettre aux objets trouvés. Merci encore. Mais je me demande qui a bien pu jeter ainsi sa clé de sûreté !

Il se lève, accompagne la voyageuse jusqu'au hall d'arrivée. Revient à son bureau, examine l'objet, pensif, lit un numéro sur l'anse, et les lettres L.V. dans la boucle inférieure. De l'autre côté, le nom du fabricant : *J. Hashing — Locking, L-A.* Pour le capitaine Hoofmann, de la *City Police,* ce sera un jeu d'enfant d'en retrouver le propriétaire... Car Duke Marper n'est pas dupe. Il n'a pas voulu encourir les foudres de la grasse Mrs Tuckson, mais il est persuadé que son affreux bambin s'est amusé à entortiller dans les kleenex la clé échappée de la poche d'un voyageur... Une vraie gueule de faux jeton, ce môme... Et si ça se trouve, le pauvre type n'a même pas pu rentrer chez lui !

23.

Golden Nugget... La pépite d'or ! L'agressive enseigne de néon jaune et rouge parvient à s'imposer au milieu des publicités clinquantes, provocantes, racoleuses. Notre taxi se fraie un passage dans la cohorte des touristes qui déambulent entre les salles de jeu, le regard un peu vide, un peu fou, dans ce temple du hasard. J'ai l'impression d'être plongé dans un feu d'artifice permanent, où s'entrecroisent des fusées plus phosphorescentes les unes que les autres, où dégringolent en cascades les enseignes lumineuses qui proclament, en lettres monumentales, le nom des grandes vedettes du moment.

— On se croirait à Pigalle, dit Baker, avec un sourire qui en dit long sur ses souvenirs parisiens...

Il exagère un peu, l'ami Richard. Même le brillant Pigalle de l'après-guerre, le Pigalle que j'ai connu et aimé, apparaîtrait bien falot, au regard des torrents de néon multicolore du Casino Center et de Main Street. Ici, pas de nuit, et sans doute pas de jour. Le ciel appartient au néon. Et au jack-pot ! Il suffit de lire les annonces alléchantes sur l'énorme casino en forme de galère...

Quand je pense que, dans mon ignorance de bon Français, j'imaginais Las Vegas comme une sorte de Trouville américain mâtiné d'un zeste de Monte-Carlo ! Et de Bandol, où je m'étais acharné à dépister les voleurs des bijoux de la môme Moineau ! Mille excuses, Oncle Sam, vous avez vraiment le génie du grand, du sensationnel... Même si je rentre bredouille à Paris, je ne regretterai pas ma visite ! J'aurai vu de près ce que vous savez faire. Souvent, je penserai à vous, en regardant tourner, avec Marlyse, les quatre petites ampoules des ailes du Moulin-Rouge !

Le taxi s'est arrêté devant l'hôtel *El Cortez,* 6 Fremont Street. Je fais mine de mettre ma main à la poche, mais Baker me devance :

— Pas question... Vous êtes l'invité du Bureau !... Prenez une chambre sur la cour de préférence si vous voulez dormir ! Moi, je logerai à côté, au *Four Queens.* Il vaut mieux que nous ne soyons pas ensemble, je peux être repéré par la Mafia... Je vous appelle demain !

Ce n'est pas si luxueux que le *Commodore.* Ma chambre donne sur une cavité sombre, au troisième étage. Je suis si épuisé que le décor n'a vraiment pas d'importance. Je n'ai pas faim. Et ma fatigue chasse le sommeil. Une heure passe, puis une autre. Je reste allongé sur le lit, tout habillé. Ma valise est restée par terre. Je n'ai même pas eu le courage de délacer mes chaussures.

J'étouffe. L'air lourd, chargé d'une odeur sale, est parcimonieusement distribué par un vasistas qui donne sur un conduit, entre deux immeubles. Quand je me décide à prendre une douche pour sortir de ma torpeur, je ne reçois sur le corps qu'un pipi d'oiseau tiède, dans le gargouillement des canalisations qui grognent et protestent lorsque j'ouvre ou ferme les robinets. Il reste encore un peu de linge propre, dans ma valise, heureusement. Une fois changé, je fais, dans le lavabo, ma petite lessive de célibataire. Si Marlyse me voyait !

Il n'y a pas d'eau fraîche, dans la chambre. Pas de carafe. Pas de verre. Pas de sonnette, non plus. Est-ce que le téléphone marche au moins ? C'est plus simple de descendre. Je boirai un verre dans un bar. Tout, plutôt que de rester dans cette fournaise quelque peu fétide...

Cinq minutes plus tard, je suis dans Fremont Street. Je ne me laisserai pas tenter par le jeu. Je n'ai jamais joué. Ce n'est pas pour l'honneur de Las Vegas que je vais commencer ! Et si j'en avais la moindre envie, les enseignes racoleuses de gogos suffiraient à m'en dégoûter... Je me laisse porter par la foule qui se hâte vers une bouche lumineuse, au-dessous d'un cowboy géant dans ce lieu de perdition...

Je franchis le seuil, me dirige vers un bar-restaurant. Une salle bondée, enfumée, bruyante, où voltigent des serveuses en mini-jupe, de toutes les formes et de tous les âges. Décidément, le rouge est à la mode, aux U.S.A. ! Lorsque je trouve enfin une place libre, je vois se dérouler, à la hauteur de mon nez, le ballet des cuisses maigres, moyennes, grosses, énormes... Des ventres plats, des ventres ronds... Difficile d'apercevoir une jolie fille, dans cet univers de viande, de couleurs tumultueuses et de vacarme organisé. Pauvres visages fatigués sous la couche de fard, traits tirés... l'esclavage en rouge.

Qu'est-ce qui m'a donc pris de commander un thé glacé ? Je ne pourrai pas dormir, c'est sûr ! Face à moi, sur le mur, un panneau lumineux fait défiler les numéros du loto... Une fille passe entre les tables, distribue des tickets en double exemplaire. Les joueurs cochent les cases, lui remettent le double. Le résultat du tirage est immédiat, sur le panneau phosphorescent...

Le cliquetis des machines à sous, au bout de la salle, met à rude épreuve ma résolution de ne pas jouer. Je vois les cylindres tourner à une vitesse prodigieuse, lorsqu'on a mis une pièce dans la fente et actionné le levier. Que les trois figures dessinées sur les cylindres, poires, bananes, oranges se trouvent alignées, et c'est la dégringolade des pièces pour l'heureux gagnant. Justement, un grand chevelu en rouflaquettes et jean ultra-collant vient de remporter le jack-pot. Les dollars de Las Vegas pleuvent dans la coupelle. Curieux dollars d'argent, gros comme des médailles. Ce sont des dollars de poids, si l'on en juge par le bruit... J'ai beau céder peu à peu à la tentation du jeu, je me refuse à changer un dollar de papier. Je me donne la permission de tenter seulement un petit coup, avec une *dime*.

Je m'octroie des émotions pour pas cher, sur l'appareil à la mine modeste que j'ai découvert dans un coin. Ce sont trois poires qui doivent se mettre en ligne, sur celui-là. Deux se mettent en place. Mon cœur bat. Je suis comme un gosse. Ô déception, la troisième poire s'arrête au-dessous des deux autres ! Il s'en est fallu de peu, mais... Je recommence. Encore perdu. C'est moi, la quatrième poire du jeu ! Heureusement que je n'ai pas touché à mes dollars...

Tout de même, je ne peux pas repartir sans avoir essayé un autre appareil. Celui-ci est peut-être spécialement ingrat. Eh bien, je n'ai pas plus de chance avec le second. Il est temps de m'arrêter. Il me reste une *dime.* Je la sacrifie et je m'en vais... Orange, orange, orange... Gagné ! Ça crépite, ça dégringole dans la coupelle, ça cliquette et ça sonne. Ça ne s'arrête pas. La provision de ce jack-pot est donc inépuisable ? Les yeux des curieux m'envient. Je me rengorge. Je comprends la passion des flambeurs. Je suis pris de frénésie. Une employée me tend trois timbales pour y entasser ma fortune de *dimes.* J'empile, je compte, je jubile. Je vais changer à la caisse. Ça fait sept dollars.

Impossible de résister. La vieille dame, à côté de moi, le pied calé contre son sac à provisions posé à terre, ne cesse de ramasser. Elle joue dans trois appareils à la fois. Elle est encore en veine quand elle s'arrête, traverse la foule des curieux avec un regard de reine. C'est peut-être mon tour. Je glisse trois dollars, un par cylindre. Si je gagne, ça sera triple. J'abaisse le levier. Deux dollars tombent. J'en ai perdu un. J'en remets trois. Il en tombe trois. C'est amusant, et ça peut durer longtemps... Trois, deux, quatre, un, trois, quatre... Et voilà que ça dégringole. Je sue d'émotion, malgré la fraîcheur de l'air climatisé. A pleines mains, je ramasse le butin.

Il est deux heures du matin quand je peux enfin m'arracher à ces diaboliques appareils. Je suis énervé, surexcité, même. Il ne me reste plus un seul dollar. La machine s'est vengée sur le joueur. Est-ce une leçon ? Même pas... Je suis sûr d'avoir le jack-pot, la prochaine fois.

Brisé par mes émotions de joueur néophyte, j'ai dormi d'un sommeil de fonte. Les machines à sous, dans mon rêve, avaient remplacé Marlyse... La sonnerie grelottante du téléphone les chasse à leur tour, sur le coup de onze heures.

Je trouve à Baker une drôle de voix :

— Venez au City Hall. C'est tout à côté. Il y a du nouveau.

Vegas prend son bain quotidien de canicule. Je me précipite

sous la douche, déjà tiède, et qui aura du mal à me réveiller. J'ingurgite un liquide noir, chaud et sucré, baptisé café. Jamais je n'ai foncé aussi vite vers un commissariat, même quand Vieuchêne me somme de courir, ventre à terre, chercher mes états de frais... Le « tout à côté » de l'excellent Baker se traduit par un kilomètre de galopade dans la fournaise de Las Vegas South Boulevard, après une erreur de parcours sur Bonanza Road. Naturellement pas un flic à l'horizon, pour me renseigner... Ils ne sont jamais là quand on a besoin d'eux ! Je les trouve devant le poste de police, les flics, occupés à repousser une meute de journalistes qui guettent, en rangs serrés, leurs objectifs braqués sur la porte. J'ai du mal à arriver au premier rang, jouant des coudes et lançant des « *excuse me* » tous azimuts. Quand j'y parviens enfin, je suis à moitié déshabillé. Le pan de ma chemise sort du pantalon, mon épaule gauche est presque à nu. Le temps de lancer le nom de Baker au fonctionnaire, et le rouleau de la vague m'entraîne vers le fond. Je ne m'en sortirai pas ! Baker aurait quand même pu m'envoyer une voiture. Je tente une nouvelle échappée de mêlée, gagne quelques places, reflue, avance, fais un pas de côté... Exaspéré, je lance :

— *Please... French Police !*

Il n'en faut pas plus pour que le silence se fasse, tout d'un coup, que les objectifs changent de direction, que le barrage s'entrouve. Un flic français à Las Vegas ! De quoi alimenter la rubrique des faits divers ! Ils ont le réflexe rapide, les journalistes du coin. Me voici fusillé, mitraillé, happé... Connaissant leur imagination, je vois déjà les manchettes du lendemain : « Les auteurs du hold-up de la *Bank of Union-America* étaient des Français ! »

Je vais faire un drôle d'effet, sur les photos, avec mes cheveux en broussaille, ma chemise débraillée, ma plaque de police tendue à bout de bras comme un talisman. J'espère que ces journaux-là ne franchiront pas l'Atlantique, pour aller faire frémir Vieuchêne de rage...

Le shérif a une face de lune sous son chapeau de cow-boy, crânement renversé comme dans les westerns. Il fait très figurant, avec ses sourcils touffus, ses yeux d'un bleu de ciel, sa chemise à carreaux rouges et jaunes comme le *Golden*

Nugget et son pantalon de coutil noir. Il ne lui manque que la cartouchière, les éperons, et le cheval, dont il a d'ailleurs la denture... Le temps de rafistoler ma tenue, et Baker me présente au patron de la police du comté, à ses détectives, et à trois agents spéciaux du F.B.I., Colby de San Francisco, Folder, de Los Angeles, et Linden, de Salt Lake City[1].

La pièce aussi fait très cinéma. Une fumée à couper au couteau suscite l'atmosphère lourde des films noirs. Je vais sans doute voir Humphrey Bogart débarquer... Le shérif rubicond se redresse derrière sa table, la contourne, vient à ma rencontre et me colle sur l'épaule une claque à assommer un sanglier. Quelle force ! J'ai du mal à garder mon équilibre. Sa voix aiguë, glapissante, jure avec son physique massif.

— Bienvenue à Vegas, cher collègue, dit-il dans un français à peine teinté. Vive la France ! Vous avez fait du beau travail.

Et comme je le regarde sans comprendre, éberlué, comme je cherche des yeux Baker, plus réservé que d'habitude, un peu en retrait, j'ai la stupeur d'entendre prononcer, comme à regret :

— Vos informations étaient bonnes. Messina est dans le coup de l'avion. C'est lui qui a braqué l'équipage.

Je me sens soudain soulagé d'un grand poids. L'émotion que me cause la nouvelle fait trembler mes jambes. Ma gorge se dessèche. Je dois avoir l'air plus que stupide, pour que le gros shérif vole aussi à mon secours :

— Remettez-vous ! Les membres de l'équipage et le convoyeur l'ont reconnu sur le cliché de la circulaire F.B.I. Vous savez comment il se fait appeler ? Smith ! Carl Smith. Et son complice, Wesson. Smith et Wesson ! Ils ont eu le culot de se payer notre tête, en plus...

Si l'euphorie shérifienne ne me fait pas sourire, l'humour italo-américain me laisse de marbre, lui... Ainsi, il était bon, le tuyau de la grosse June. La banque de l'Union américaine pourrait lui faire un pont d'or, quand on retrouvera les sacs de dollars... Le shérif s'est de nouveau carré dans son fauteuil. Je demande :

1. A cette époque, Las Vegas dépendait du bureau F.B.I. de Salt Lake City.

— Wesson, c'est Gaeta, bien sûr ?

— Il y a des chances, dit Baker. C'est le même regard froid. Malheureusement, personne ne l'a bien dévisagé. Il était en queue de l'avion et il portait un collier de barbe... Ce qui est certain, c'est qu'ils se sont complètement volatilisés. La région autour de Farmington a été passée au peigne fin sans succès, sur un rayon de mille miles. On n'a pas retrouvé le camion. Le transbordement s'est fait dans le noir, à distance. Personne n'a pu relever le numéro.

Baker me paraît moins chaleureux que d'habitude, à mon égard. Poli, sans plus... Serait-ce parce qu'un minable flic français l'a devancé, lui, le superman des fédés, celui qui solutionne les crimes avant même qu'ils soient perpétrés ? Il n'a peut-être pas tort. J'entends d'ici les cocoricos de victoire du Gros. L'appareil policier du *Federal Bureau of Investigations,* avec sa monstrueuse technicité, ses limiers à la compétence éprouvée, ses liaisons télé-radio premier ordre, battu en brèche par son « spécial émissaire », ô combien ignorant des mœurs et coutumes de la si grande Amérique ! Voir le « groupe de répression du banditisme » triompher du F.B.I., c'est quand même plus excitant que notre petite guerre avec la P.P. !

Le shérif a sorti d'un étui un énorme havane sur lequel il tire avec volupté :

— Mes hommes ont épluché l'aéroport, dit-il entre deux nuages de fumée. Pas de traces de Smith et Wesson sur les listes avant le vol. Il est probable qu'ils sont venus de Los Angeles en voiture. Votre indicatrice vous a dit que Joe avait téléphoné de Vegas à New York, n'est-ce pas ?

Aïe ! Baker a bavardé. D'ici à ce que la pauvre June Bickman se retrouve allongée sur un trottoir de Mac Dougal Street...

— Simple hypothèse, dis-je, tentant de faire marche arrière.

Le shérif semble déçu. Il lance une question dont la surprenante naïveté manque de me faire éclater de rire :

— Est-ce qu'elle sait où Messina et Gaeta sont allés se cacher ?

Il pense peut-être que je vais l'amener par la main à la planque du magot, pendant qu'il y est !

— Hélas non, dis-je.

Le comble c'est qu'il me donne l'impression de croire que la grosse June m'a tout balancé sur un plateau, que j'en sais beaucoup plus que je veux bien le dire... C'est pour ça que Baker me fait la gueule ! Il pense que je l'ai doublé. J'en suis sûr, maintenant. Il se dit que la rue des Saussaies va découvrir les sacro-saints dollars de la *Bank of Union-America...*

Comme le clame Vieuchêne dans ses heures de franchise, « un bon indic vaut mieux que vingt poulets ». Si June n'a pas formellement droit au titre d'indic, j'ai rudement bien fait de l'inviter à dîner...

Le sol du bureau est jonché de journaux. Toutes les éditions locales, régionales, nationales, fédérales, et j'en passe, publient l'événement à la une. Des photos de l'appareil et de l'équipage surmontent les colonnes serrées de reportages. Le pilote s'est fait une sacrée publicité, avec son atterrissage acrobatique.

Quant à l'hôtesse, Marion Borgie, elle est devenue l'héroïne du jour. On ne voit qu'elle, dans toutes les poses, en robe ou en uniforme, en maillot de bain, en déshabillé vaporeux, faisant la pige à Rita Hayworth. Elle donne ses impressions de vol, expose son goût pour la musique et les parfums Mac-Machin-Chose. Elle mime l'agression, avec une moue menaçante.

Le shérif commente un titre du *Los Angeles Times :* « Un complice dans la place. »

— On a cuisiné le personnel, du directeur au convoyeur. Rien ! Smith et Wesson ont dû avoir une information de dernière minute, pour connaître l'importance du transfert, le nom de la compagnie, le jour et l'heure... Mais la fuite a pu aussi venir de Frisco, où on attendait les fonds...

— Le F.B.I. surveille tous les aéroports, dit Baker, pour ne pas être en reste. Les signalements et les photos ont été diffusés. Mais les barrages ne pourront pas toujours durer... Smith et Wesson ont dû se séparer, leur coup fait. Ils vont rester tranquilles un bout de temps avant de récupérer le trésor... Savoir où ils l'ont fourré ! Quand les recherches cesseront, ils le sortiront discrètement.

Mon excitation est retombée. J'agite des pensées moroses. Il s'en passera des jours et des jours, avant que le détournement de l'avion de la *Regional Air Lines* ne trouve de solution ! Ils ont le temps de se balader, Messina et Gaeta, alias Smith et Wesson ! Si les Américains les arrêtent, notre vieille Sûreté y aura été pour quelque chose, mais elle ne sera pas là pour leur passer les menottes...

— On vous demande au téléphone, dit le shérif à Linden. Votre bureau de Salt Lake City...

Le fédé prend l'appareil. Nous le regardons tous, curieux, en silence, tandis qu'il inscrit quelques indications sur un papier. Il repose le combiné sur le socle, se tourne vers Baker :

— Mon bureau me signale un fait anodin, mais que l'on pourrait peut-être tirer au clair... Dans le Viscount de la *Western* Flagstaff-Cody, un gosse a découvert une clé enveloppée dans du papier. Elle sort de l'atelier du serrurier Hashing, à Los Angeles. Il a compulsé ses registres. Elle fait partie d'un lot qui a été livré en mars dernier au *Flamingo* de Vegas. Le numéro 1217 correspond à la serrure de la porte...

Rien au monde ne saurait perturber le chef de la réception. Il est trop absorbé à compulser des registres, derrière sa vitre, à surveiller la comptabilisation des entrées et des sorties. Le concierge bavarde avec les porteurs, au bout du long comptoir, près de la porte principale. La préposée à la distribution des clés a des yeux noisette et une petite collerette amidonnée.

— C'est une étudiante qui arrondit ses fins de mois pendant les vacances, m'avait prévenu le shérif.

Le trajet entre Casino Center et le Strip m'a paru interminable. Des kilomètres et des kilomètres de route goudronnée, d'hôtels en construction, de bétonnières, de désert. J'ai traversé le hall du *Flamingo,* escaladé deux marches, guetté le moment où la jeune étudiante serait seule à la réception.

Selon mon habitude, je n'ai médité aucune tactique. J'aviserai sur le moment...

A ma gauche, la salle est dans la pénombre. L'inévitable multitude d'appareils à sous se bouscule dos à dos, en rangées interminables, d'où émergent à chaque dixième de seconde des éclairs phosphorescents, dans le tintement des pièces et l'affolement des sonneries.

Les râteaux des croupiers s'activent au-dessus des tapis verts, sous les doubles projecteurs saturés de nuages de fumée. Au fond, à droite, je respire la banque, derrière un blindage de grilles. On aperçoit, dans les travées, des caisses de jetons. Jamais je n'ai vu un tel déploiement de machines à fabriquer le rêve et la déception, la fortune éphémère et le malheur.

Je suis français, j'ai l'accent français, je ne donnerai pas l'éveil en demandant mon ami Cerini qui logeait à la 1217 voilà quelques jours... Mon initiative l'emporte : la clé 1217 est au tableau, au-dessus de la case à courrier. Je réponds par un sourire bête au regard interrogateur de l'étudiante. Je tends la main.

— 1217.

Elle se retourne, saisit la clé, me la remet et s'intéresse à un autre client. Que faire ? Nul n'est plus chanceux que celui qui croit à sa chance. Je ne l'ai pas cherchée, elle est là. Je la saisis. J'emboîte le pas, vers les cabines de l'ascenseur, à un drôle de bonhomme en pantalon de golf et chapeau tyrolien. Il monte, je monte. Arrêt au neuvième étage. Il sort. J'appuie sur le bouton du douzième. J'émerge dans un couloir désert. Les chiffres impairs sont à droite. C'est le cœur battant que je passe devant la porte, m'acheminant vers le bout du couloir. Personne. Je reviens sur mes pas. Je colle mon oreille au panneau. Je n'entends rien. Mon doigt appuie sur le bouton de la sonnette, qui résonne dans la chambre : ding, dong. Un drôle de frisson me parcourt l'échine, d'autant qu'un garçon d'étage vient de surgir derrière mon dos.

— Je crois que Monsieur est sorti, dit-il.

— Il est rentré... je l'entends.

Il s'en fout, le garçon d'étage. Il traîne les pieds jusqu'au fond du couloir. Dès qu'il a disparu, j'introduis la clé dans la serrure. La porte s'ouvre. Je la referme vivement. Je mets le verrou. Je respire. Une rapide inspection me fait apercevoir une valise dans la penderie, du savon à barbe et des flacons dans la salle de bains. Une autre valise repose sur la banquette à gauche de l'entrée. Avec surprise, j'y découvre une scie à métaux, et le duplicata d'un contrat de location de voiture au nom de Tony Zampa, directeur de société, 256 4e Avenue, à Brooklyn. Station de départ : Santa Fe (N.M.) Abandon prévu : Las Vegas...

Des voix dans le couloir. Si c'est pour le 1217, je suis cuit. Au-delà des vitres, il n'y a que le vide, et la piscine qui grouille tout en bas. Il ne manquerait plus que ça : Borniche arrêté pour cambriolage ! J'entends déjà le Gros : « Vous savez, monsieur le directeur, Borniche ça a toujours été un drôle de flic ! » L'adresse du contrat, dans la valise, est celle de la *Cardiello's Tavern !...* Donc, je brûle. Je suis sur le gang Messina. Les pas s'éloignent, dans le couloir. Le son des voix qui bavardent décroît.

Une idée : Baker et le shérif m'attendent au bar du *Tropicana,* je les appelle à la rescousse. Ils surveillent le couloir pendant que je fouille partout et ils cueillent Zampa s'il se présente. Mais non. Quand Zampa verra que sa clé n'est pas au tableau, il ne montera pas. Il faut remettre la clé en place. Je redescends et je la glisse négligemment dans la boîte dont l'ouverture affleure le comptoir.

Baker et le shérif en sont à leur deuxième tournée de bourbon quand j'arrive au bar du *Tropicana.* Installés à une table ronde, ils lisent chacun une revue. Le shérif, décidément, ne se sépare jamais de son chapeau... C'est sa légende, à cet homme ! Avec ça, pas de danger qu'on ne le reconnaisse pas. Je me laisse tomber sur une chaise voisine. Baker lève son verre à la hauteur des yeux :

— Vous avez trouvé quelque chose ?

— Hum... Un contrat de location de voiture et une scie à métaux.

— Une scie à métaux ?

J'incline affirmativement la tête.

— Et un contrat au nom de Tony Zampa.

— Tony ? Mais c'est le porte-flingue de Don Guidoni ! Un des copains de feu Battaglia. Qu'est-ce qu'il fout là ?

— Ça... Il a loué une voiture à Santa Fe pour venir à Las Vegas...

— Lequel de Las Vegas ? coupe le shérif. L'un est à côté de Santa Fe. L'autre ici. Je ne vois pas ce qu'on peut faire dans le premier, c'est un centre agricole. En revanche, ici, c'est le bout de la route Santa Fe, Albuquerque, Gallup, et Flagstaff...

— D'où est parti le Viscount de la *Western* avec la clé 1217 qui correspond curieusement à la chambre louée par Zampa... Bon Dieu, Roger, on avance...

Ce « Roger » familier, lancé dans cet accent américain qui lui donne l'aspect comique d'une conversation entre astronautes dans un film de science-fiction, montre que la mauvaise humeur de Baker est passée. Tant mieux.

— Voilà ce que je vous propose : vous guettez le retour de Zampa pendant que je perquisitionne à fond la chambre, dis-je. S'il arrive, vous l'interceptez sous un prétexte quelconque... O.K. ?

— O.K.

Baker règle les consommations, tandis que je repars en éclaireur. J'aurai tout fait dans ce métier...

Que va penser de mes allées et venues la jeune étudiante, hôtesse occasionnelle, qui m'a déjà remis la clé 1217 tout à l'heure ? Sûrement que je suis le drôle de client qui ne tient pas en place. Ou qui continue à se ruiner dans les machines à sous. L'argent est dans la chambre. Je suis obligé de me ravitailler souvent...

Il faut que je relève la marque et le numéro de la voiture, sur le contrat de location. Ça me permettra de la localiser dans le parking, peut-être aussi de jeter un coup d'œil à l'intérieur.

La clé n'est plus au tableau. Zampa est rentré... La poisse !

— Foutu, dis-je à Baker, qui m'attend au bas de l'ascenseur. Il est dans sa piaule. Il faut attendre qu'il sorte

— Et s'il ne sort pas ?

— ...

Que faire d'autre dans une salle de jeu pour ne pas se faire remarquer ? Jouer. Je n'en ai guère envie. Baker non plus. Nous sommes trop énervés par cette histoire Zampa. Mon compagnon se tient à distance, pour échapper à la curiosité des gorilles de l'établissement. Je m'ennuie. Baker qui s'est absenté pendant vingt minutes, au moins, passe près de moi pour me glisser à l'oreille :

— J'ai prévenu le shérif de ne pas nous attendre... Nous deux c'est suffisant

Et il s'écarte de nouveau.

Je surveille, de ma place, le tableau de la réception. La clé n'a pas réintégré le tableau...

A mon tour de chuchoter, à l'intention de Baker :

— Je monte...

L'épaisse moquette vert et bleu étouffe le bruit de mes pas, tandis que je passe et repasse devant la porte 1217. Elle porte l'écriteau « *Do not disturb* ». Au bout du couloir, des femmes de chambre font la couverture. Le garçon de nuit a remplacé son confrère de jour. Je frôle la porte, intrigué par un grincement continuel de scie... Qu'est-ce que Zampa peut bien trafiquer, avec cet outil ?

Je redescends au dixième étage, puis monte au treizième, histoire de tuer le temps. J'éprouve un étrange sentiment d'irréalité, dans ce couloir feutré, comme si quelque chose de mystérieux se tramait dans l'ombre... De retour au douzième, je retrouve, en tendant l'oreille, le crissement des dents sur du métal...

Baker m'attend au coin d'un tapis vert :

— Je ne sais pas ce qu'il fabrique, dis-je. On dirait qu'il scie un barreau. Ça n'arrête pas de grincer...

Il est dix heures du soir quand Zampa, vêtu de sombre, passe devant moi, son petit chapeau droit sur le crâne. Il ne rend pas sa clé. Je le suis à distance. Le chasseur lui abandonne le volant d'une Chrysler bleu métallisé qu'il est allé chercher au parking. Je retiens le numéro : 2346 N.M. (New Mexico). La Chrysler prend la direction du Strip illuminé, vers Casino Center. Quand ses larges feux rouges se sont noyés dans la circulation, je rejoins Baker.

— Venez, dis-je. Et surveillez les ascenseurs.

— Qu'est-ce que vous allcz faire ?

— Ne vous cassez pas la tête...

— Mais...

— Venez !

Le *Special Agent* Baker prend modèle sur mon obstination. Quel sera le résultat de mes méthodes artisanales ? La femme de chambre délaisse tout bonnement son chariot pour m'ouvrir le 1217 avec son passe-partout. Il suffit d'être persuasif. Je lui glisse un dollar dans la main. C'est moins ruineux que le jack-pot...

La scie a changé d'habitacle. Elle est dans la valise de la penderie, cette fois, cachée entre deux costumes. Une épaisseur dans une poche : un colt ! Je le sors, hésite à le subtiliser. Réflexion faite, je le remets à sa place. La chambre ne me révèle rien de plus.

Dans la salle de bains, en revanche, des parcelles d'aluminium brillent dans la lumière, entre le lavabo et la faïence de la baignoire. Je mouille mon index de salive, je palpe. C'est de l'alu, en effet, qui semble avoir été scié. J'en découvre un petit tas, derrière la cuvette des waters.

Ce qui me paraît plus étrange encore, c'est qu'il y en a aussi sous la large trappe de visite. Il me faudrait un tournevis pour l'ouvrir. En cherchant dans le tiroir de la coiffeuse, je trouve mieux que des ciseaux : un coupe-papier, noyé dans des prospectus vantant les beautés du Grand Canyon et les chances de fortune qu'offre Las Vegas. Je glisse la pointe du coupe-papier dans l'ouverture. Le panneau aimanté bascule.

Ma stupéfaction atteint son paroxysme lorsque je constate, sous la baignoire, la présence de vêtements d'homme et d'une béquille dont une tige est sectionnée. Dans la veste couleur mastic, pliée, les deux morceaux d'une béquille sciée... De plus en plus bizarre ! Des morceaux de plâtre brisé jonchent la cachette. Un marteau est posé dessus. Intrigué, fébrile, je fouille les poches... Rien... Si ! Dans la pochette, un billet d'avion roulé. *La Guardia Airport, Mr Richter.* Des chaussures, près du siphon. Et une carte déchirée, facile à reconstituer : « *La Compagnie souhaite un agréa... voyage... qui le rejoindra... dix minutes... départ...* »

Alors tout se met en place, d'un seul coup. Tout s'enchaîne. Le Ricain, alias Richter, s'est envolé de La Guardia, jouant les infirmes. Il a laissé ses prothèses dans la chambre pour quitter l'hôtel incognito, s'embarquer sur le vol de la *Regional Air Lines,* et braquer l'équipage de l'avion. Tony Zampa, l'homme de main, le porte-flingue, est venu récupérer le matériel !

Quand je rejoins Baker, je suis dans un état de surexcitation si totale que j'arrive à peine à parler. Je l'entraîne dans la cabine de l'ascenseur, tente de reprendre mon sang-froid.

— Vous avez une bonne équipe pour faire la planque ?

Il hausse les épaules avec condescendance :

— Impeccable !

— Il ne faut plus le lâcher ! Tony peut nous conduire à Rocco et au magot !

Le *Special Agent* Baker ouvre des yeux si ronds que je ne peux m'empêcher de rire nerveusement avant de conclure :

— Nous autres flics français, on n'a peut-être pas de fichier électronique, on travaille avec des méthodes vieilles de trente ans... mais on n'est quand même pas trop mauvais poulets !

Je suis injuste : c'est pourtant grâce à l'organisation du F.B.I. qu'a pu être trouvée la clé du *1217, Flamingo Hotel !* Et la solution du détournement du siècle.

24.

Tony Zampa se sent en forme. Il vient d'engloutir le copieux petit déjeuner, composé d'œufs brouillés et de galettes de maïs, qu'on lui a apporté à sept heures pile suivant les instructions qu'il a inscrites sur la pancarte accrochée, la veille, à la porte de sa chambre. Les déplacements sont inhérents à son métier d'homme de main, appelé à agir ici ou là. Aussi les gestes du voyageur sont-ils pour lui de simples réflexes d'habitude : plier la robe de chambre de soie bordeaux dans la valise déjà ouverte sur le lit, demander la note, prévenir le voiturier et le bagagiste de son départ imminent...

Il sort de la penderie une seconde valise, claque la porte de la chambre, répond par un sourire au salut du liftier en pénétrant dans l'ascenseur... La journée commence. Dans le hall, l'agitation de la nuit s'est un peu calmée. Mais rien ne s'endort ni ne se calme vraiment jamais, à Las Vegas, où le vacarme est permanent sous les nuages de fumée bleue, où les flashs des machines à sous zèbrent les faces des joueurs des couleurs de l'arc-en-ciel.

Tony règle la note en espèces, glisse la facture dans sa poche, pour sa justification de frais, sort de l'autre poche un généreux pourboire destiné au personnel, moins par bonté d'âme que parce que les courbettes qu'on lui distribue en retour lui donnent l'impression d'être quelqu'un... Devant la porte vitrée, la Chrysler bleu métallisé est là, coffre ouvert. Zampa surveille le rangement des valises. Il n'a plus qu'à mettre de nouveau la main à la poche pour récompenser le zèle du bagagiste et du voiturier, qui referme délicatement la portière, en lui souhaitant bon voyage.

A faible allure, la Chrysler emprunte le Strip vers Casino Center, vire à droite sur Oakey Boulevard, prend de la vitesse en sortant de la ville. Tony Zampa aime rouler le matin avant que la chaleur ne s'installe. Il préfère l'air tiède qui entre par la vitre ouverte au sifflement du climatiseur. Il branche la radio. Une mélodie de Frank Sinatra résonne dans l'habitacle. Les mains de Tony, posées sur le volant, s'agitent au rythme de *Strangers in the night.* Il se sent presque en vacances. L'atmosphère est à l'insouciance. Dans une heure à peine, il s'envolera de Mac Carran pour New York. Il pourra alors dire à Don Guidoni que la mission qu'il lui a confiée s'est déroulée au mieux, selon les consignes reçues.

Tony circule maintenant, au maximum de la vitesse autorisée, sur la nationale 93, en direction de Flagstaff. Il sifflote, histoire d'accompagner Sinatra, et se surprend à sourire... Rien ne vaut l'euphorie du travail accompli ! Avant-hier, sur cette même route, mais en sens contraire, il se demandait comment il allait pouvoir sortir les béquilles de dessous la baignoire et leur faire quitter l'hôtel. Les consignes de Don Giuseppe étaient précises : ne pas laisser le moindre indice. Juste avant Boulder, Tony avait eu l'idée d'acheter une scie à la droguerie du coin. C'était simple, mais il fallait y penser.

Le Ricain lui avait aussi recommandé d'enlever le plâtre, le pansement et les vêtements dont il s'était débarrassé. Il ira loin, le Ricain, il vaut mieux lui obéir au doigt et à l'œil, comme l'a ordonné le Don. C'est un cerveau. Avec la protection de Don Giuseppe, il deviendra sans doute un des seigneurs de l'Organisation... Tony a joué son rôle à la lettre : plus rien ne traîne dans la chambre 1217 de l'hôtel *Flamingo*. Pour avoir le double de la clé que Rocco n'avait pas pensé à lui remettre, il avait joué l'évasif, le distrait, disant simplement au concierge :

— Mon ami Creken me laisse sa chambre. Vous mettrez sa note sur la mienne... Je lui téléphonerai de vous expédier la clé... Avec son infirmité, il y a des moments où il n'a pas toute sa tête...

Le concierge avait haussé les épaules. Ce genre d'oubli est si fréquent que les établissements possèdent heureusement plusieurs doubles en réserve.

— Dites-lui de me la poster en express, avait-il conclu.

La Chrysler fonce à travers le désert, une succession de vallonnements hérissés de plantes maigres. La route suit une ancienne piste creusée dans la pierraille rouge, la voiture tangue au gré des creux et des bosses. Depuis un moment, le prudent Tony a levé le pied de l'accélérateur. Il ralentit encore, cherche du regard une aire de stationnement, finit par en découvrir une près d'un ravin dont les pans déchiquetés supportent les vestiges d'un ancien pont.

Tony manœuvre la voiture sur le terre-plein, appuie sur le bouton d'ouverture du coffre, descend, s'étire. Sans s'attarder sur le paysage pittoresque et quelque peu angoissant, il s'empare de la valise de moleskine noire, referme le coffre, s'aventure sur la surface pierreuse, cabossée, d'un chemin à peine dessiné. Il parcourt une centaine de mètres dans le silence du désert, que trouble parfois le grondement de lourds camions qui roulent un train d'enfer. Il prend son élan, fait un tour sur lui-même tel un lanceur de marteau et jette, avec force, la valise dans le ravin. Il la suit des yeux, tandis qu'elle rebondit sur un rocher, s'ouvre, répand, épars sur la rocaille, les morceaux de béquille, le plâtre, le marteau, la scie et les vêtements qu'elle contenait. Il aurait dû la ficeler... Mais, qui pourrait venir repérer ces objets disparates, à plus de cinquante mètres en contrebas de ce bout de piste, éparpillés au creux des roches, en plein désert ?

Bon débarras ! Avec une satisfaction non dissimulée, Tony Zampa s'installe dans la Chrysler, dont la radio marche toujours. Il a hâte de rouler vers des cieux plus gais... Il enclenche le *reverse* de la boîte automatique, afin de reprendre la route de ce bon vieux Vegas. Un coup d'œil à son énorme montre en or : il sera à l'heure à *Mac Carran Airport*. Le temps de rendre la voiture louée, d'en régler la facture, de faire enregistrer sa valise et il pourra même s'offrir au bar un déjeuner supplémentaire. Il a toujours faim, le robuste Zampa aux muscles d'acier.

Une caravane de motor homes arrive sur sa gauche. Avant de traverser la route pour reprendre la direction de Vegas, il répond d'une main distraite aux bras des enfants qui émergent des portières pour le saluer au passage, dans un tumulte d'exclamations et de rires...

Mais le charmant spectacle est gâché par une vision différente. Il n'a pas le temps de s'y attarder, d'ailleurs...

Une Ford à gyrophare rouge vient de stopper devant le capot de la Chrysler. Quatre diables bâtis en force en surgissent. Trois d'entre eux l'éjectent de son siège, le menottent, le collent sur la banquette arrière de leur Ford, tandis que le quatrième se précipite sur la rocaille du chemin, vers le ravin où a disparu la valise.

Tony Zampa est éberlué. Il comprend qu'il est inutile de protester. Il réalise aussi que les heures qui s'annoncent vont s'inscrire dans les pages noires de son existence...

Surtout quand le G-Man alpiniste revient avec la valise cabossée et son contenu qu'il a rassemblé. Il se met au volant de la Chrysler, dans le sillage de la Ford qui roule vers Flagstaff. Tony a un pénible mouvement de déglutition. Où l'emmène-t-on ? C'est la direction opposée à Las Vegas.

Il ferme les yeux. Son cerveau tourne à vingt mille tours seconde ! Il n'y a plus qu'à attendre.

La bande magnétique touche à sa fin, dans le bureau du shérif d'Henderson, un bourg industriel à une centaine de kilomètres de Vegas. L'interrogatoire s'éternise, coupé de pauses sandwiches-bière-thé. Je me lève pour me dégourdir les jambes, dans l'atmosphère de fatigue, de temps passé dans l'inlassable répétition des pièges tendus à Tony Zampa. Dans un coin de la pièce, sur une table, sont empilés les verres et les assiettes sales. Un peu partout, les cendriers débordent de mégots éteints.

Baker place une nouvelle bande sur le magnétophone, souffle à plusieurs reprises dans le micro pour contrôler le mouvement de l'aiguille du son, appuie sur la touche d'enregistrement, soupire :

— Allons-y, Tony ! On continue...

Pour un enlèvement, c'est un enlèvement, selon les méthodes toutes personnelles du F.B.I. Zampa le prudent ne s'attendait pas à celle-là ! Pas plus que les journalistes qui continuent à faire le pied de grue, en ce moment même, devant le commissariat de Las Vegas, joyeusement menés en bateau par le shérif au majestueux couvre-chef. C'est qu'il fallait la tenir secrète, l'identification de Rocco ! Les membres de l'équipage de la *Regional Air Lines* ont juré qu'ils ne diraient rien. Les détectives en planque de nuit devant le *Flamingo* ont fait le même serment. Le succès de l'opération dépend de la discrétion de tous... et de l'interrogatoire de Zampa, que nous avions décidé d'entreprendre, après avoir alerté le F.B.I. de Washington. Hoover a été catégorique :

— Surtout, ne le laissez pas filer !

Exactement ce qu'aurait dit le Gros, si je lui avais posé la question. Cela m'arrange doublement. D'abord, on va en finir avec cette histoire, qui m'entraîne dans une partie de tourisme imprévue. Ensuite, on a une chance, si Zampa se met à table, de récupérer les sacs de dollars en même temps que mon insaisissable Ricain.

Baker et ses trois collègues étaient de mon avis :

— S'il sort avec une valise, on le pique à l'hôtel et on perquisitionne sa chambre. S'il sort avec les deux, c'est qu'il veut balancer les objets compromettants en cours de route. A nous d'ouvrir l'œil !

Je l'ai si bien ouvert, mon œil de flic, que je ne l'ai pas fermé de la nuit. J'ai bien pris quelques heures de repos à l'hôtel, mais comment dormir quand la chasse au Ricain promettait peut-être de tourner enfin à mon avantage ? Zampa est rentré à onze heures, pour gagner sa chambre. Baker et moi devions assurer la relève des détectives à sept heures. A sept heures une, j'étais déjà dans le hall multicolore et bruyant du *Flamingo,* tandis que l'équipe des fédés attendait dans la Ford du shérif, à l'angle du *Tropicana.*

Une filature sans histoire : Tony est sorti avec ses deux valises. Nous suivions les larges feux rouges de la Chrysler quand il freinait, et le miroitement de la carrosserie au bout de la route goudronnée qui mène à Flagstaff...

Nous entamons la neuvième heure de l'interrogatoire. Tony Zampa, le dur, catalogué par les services de police américains comme l'un des principaux tueurs de la Mafia, n'a pas encore craqué, mais il faiblit un peu.

Il est assis au milieu de la pièce. On lui a enlevé les menottes, après l'avoir fouillé. Ses yeux las ne regardent même plus l'aréopage de flics autour de lui : nous sommes six, les uns debout, les autres à califourchon sur une chaise. Son cou épais, sanguin, arrive à la hauteur du dos de son siège. Il croise les bras sur son estomac. Il a l'air d'avoir encore des forces en réserve. On ne l'a pourtant pas ménagé.

— Redresse-toi, ordonne Baker.

Tel un robot, Zampa se redresse.

Un sourire crispé est installé à demeure sur ses lèvres minces. Il glisse à nouveau sur la chaise. Baker persifle, d'une voix cinglante :

— C'est comme ça que tu te tiens debout devant le *big boss* Guidoni ?

La métamorphose de Baker m'a stupéfié, depuis qu'il a pris la situation en main. Je le connaissais gentil, calme, passif... Il se révèle un autre homme. L'œil dur, la voix sèche, impérative, le ton sans réplique... Le truand le plus aguerri n'a guère de chance, devant lui. Zampa le sent. Il a du mal à garder son attitude narquoise. Il s'enferme dans un silence qu'il sait ne pouvoir tenir longtemps.

Inlassablement, Baker recommence, comme si tant d'heures ne s'étaient pas écoulées. Je connais la technique, mais il la pratique avec une obstination que j'admire. Les répliques fusent avec une telle vitesse que j'ai du mal à les suivre :

— Bon, dit-il, maintenant que tu as l'air civilisé, on reprend. Comment t'appelles-tu ?

— Vous le savez.

— Je veux que tu me le dises !

— Zampa. Tony Zampa.

— Dis plutôt Antonio Zampa. C'est ça ?

— Si vous voulez.

— T'occupe pas de ce que je veux... Que fais-tu ici ?

— Je prends l'air.

— Tu flambes ?

— Non.

— Alors, pourquoi as-tu choisi Vegas pour prendre l'air ?

— Comme ça...

— Ce n'est pas une réponse...

— Je prends l'air, je vous dis. Pourquoi ? C'est défendu ?

Baker, impassible, ne relève pas la tentative d'insolence. Il poursuit :

— De quoi vis-tu ?

— J'ai des économies...

— Parfait. Et elles sortent d'où tes économies, puisque tu n'as jamais travaillé ?

— Je vous demande pardon. Je bosse au noir. A cause du fisc. Il est trop gourmand dans ce pays.

— Retourne en Sicile, si mon pays ne te plaît pas, c'est pas nous qui te pleurerons !... Qu'est-ce que c'est ton job au noir ?

— Je ne m'en souviens plus.

Je me dis que ça va barder. En tout cas, chez nous, il serait bon pour la moulinette. Même le Gros irait de son soufflet. Je jette un coup d'œil aux fédés de San Francisco et de Los Angeles. Tous deux, le cou tendu, attendent le pugilat... Leur collègue de Salt Lake City, lui, fait semblant de s'intéresser au démontage et remontage du colt qu'il a découvert dans la valise de Tony, et vidé de ses cartouches. La mitraillette et la grenade sont là aussi. Quant au jeune shérif d'Henderson, sur son fauteuil de direction, il reste muet, les mains dans les poches, tout rose dans sa chemisette gris souris ornée d'une lavallière rouge. Moi, je suis dans un coin, le dos au mur, près de la porte que garde un flic du genre King Kong.

Ce calme trompeur est en fait chargé d'électricité. Les nerfs sont tendus. Le F.B.I. joue une grosse partie et nous le savons.

Baker s'approche de Zampa. Il est plus que menaçant. J'ai l'impression qu'il va le secouer. Il a arrêté le magnétophone.

— Tu sais que je pourrais t'appliquer le troisième degré ?

— Ne vous gênez pas. Comme ça, je pourrais faire constater les coups par mon avocat et mon toubib.

— Et pourquoi tu as un avocat si tu n'as rien à te reprocher ?

— Parce qu'il y a toujours des braves types comme moi qu'on arrête comme des voyous, alors qu'ils n'ont rien à se reprocher.

Baker remet la bande en mouvement.

— Et la valise ?

— Quelle valise ?

— Tu te fous de moi, non ? La valise que tu as balancée dans le ravin, avec les béquilles sciées, le plâtre, le marteau et le costume... A quoi ça a servi, tout ça ? A qui il est d'abord ce costume ?

— Je ne sais pas ce que vous voulez dire... Je me suis arrêté pour pisser. Pour ne pas montrer mon truc aux gens qui passaient, je me suis avancé dans un chemin. Vous auriez sans doute préféré m'épingler pour outrage aux mœurs ? S'il y avait une valise, moi je ne l'ai pas vue...

Il nous regarde à tour de rôle, pour voir si on va avaler ça. Baker est plus près encore de Zampa. Leurs visages se touchent.

— Alors, explique-nous un peu ton cirque. Tu partais vers Flagstaff, alors que tu as un billet pour le décollage de dix heures trente à Las Vegas... et tu es venu à cet endroit juste pour pisser, puisque tu faisais demi-tour quand on t'a piqué ?

— Je m'étais trompé de direction, voilà tout... Je ne connais pas le pays...

— D'accord. D'après les papiers, tu as loué la voiture à Santa Fe. Tu devais la rendre à Vegas. Ça fait 644 miles. Explique-moi alors pourquoi ton compteur affiche 789 miles. Qu'est-ce que tu as fabriqué ?

— Du tourisme... Le Grand Canyon...

— Tout ça en une journée ?

— Pourquoi pas ? J'ai juste jeté un coup d'œil. Je ne m'attarde jamais, moi... D'ailleurs, j'avais déjà vu des photos.

— Tu es passé par où pour venir de Santa Fe ?

Zampa hausse les épaules, fait la moue.

— Je ne peux pas dire au juste... Je sais qu'il y avait des Indiens et puis des flics. Tenez, ils m'ont même contrôlé pour voir si je ne transportais pas des fruits véreux...

— Pour une fois, tu dis vrai, approuve Baker. On a même

examiné tes papiers. Seulement, vous étiez deux, dans la voiture... Alors, c'était qui l'autre ?

Je tique... Comment Baker sait-il que la Chrysler de Zampa a été contrôlée, et qu'ils voyageaient à deux ? Il ne m'a pas tout raconté, mon cher ami du F.B.I., il n'a pas joué le jeu à fond, avec moi... Je surprends une lueur affolée dans le regard de Zampa. Il avale sa salive :

— J'avais personne avec moi. A moins que vous ne vouliez parler du gars qui faisait de l'auto-stop. Je l'ai déposé peu après... Un mec un peu cinglé. Il n'arrêtait pas de me casser les oreilles avec des chansons cochonnes...

— Dis donc, Zampa, est-ce que tu me prends pour un con ? Ton départ de New York a été signalé à tous les services par mon collègue Briend... Tu le connais, Briend, non ? Celui qui s'occupe de la Cadillac piégée... Battaglia, ton ex-collègue, et l'agent Robbins, ça te dit quelque chose, ça ? On t'a repéré à Santa Fe, on sait que tu as loué seul la voiture, que tu as voyagé seul... N'empêche qu'au passage douanier, vous étiez deux... Alors, je repose ma question. Qui c'était l'autre ?

Zampa regarde le sol. Son éternel sourire fait maintenant peine à voir...

— Je viens de vous le dire, un type qui faisait du stop.

— Et tu l'as pris où ?

— A Gallup. A l'entrée de Gallup. Il débarquait d'une autre bagnole...

— Donc, tu es passé par Gallup ?

— Oui.

— Qu'est-ce que tu as vu de beau à Gallup ?

Un instant interloqué, Zampa finit par répondre :

— Rien !

Baker s'écarte un peu de sa proie, éclate d'un court rire inquiétant :

— Alors, moi, je te dis que tu n'es pas passé par Gallup ! Tu ne pouvais pas y passer, par Gallup. Tu as pris un chemin de traverse, là où tu étais sûr de ne pas rencontrer de barrage ! Car tu savais qu'il y avait des barrages sur toutes les routes de l'Arizona, après le détournement de l'avion. Ils y sont encore... Tout ça parce que tes petits copains ont détourné l'avion, pas vrai ?

— Quels petits copains ? Je n'ai pas de petits copains. J'ai appris comme tout le monde qu'il y avait eu un détournement d'avion, par les journaux, mais j'en sais pas plus...

— Donc, tu n'en penses rien ?

Zampa lève une épaule indifférente, puis une autre. Il porte les yeux sur Baker, comme s'il ne comprenait vraiment pas la question :

— Qu'est-ce que vous voulez que j'en pense ? Vous n'auriez pas un coup à boire ? Il fait une chaleur, dans votre burelingue...

— Quand tu auras fini de me raconter des salades... Parle-moi du Ricain !

— Quel Ricain ?

— Rocco Messina. Ton pays.

— Inconnu.

— Et Giuseppe ?

— Quel Giuseppe ?

— Guidoni ?

— Jamais entendu parler.

— Comme Joe Gaeta et son frère Jimmy, sans doute ?

— Zéro.

— Ils étaient pourtant tous les jours à la *Cardiello's Tavern* à Brooklyn.

— Moi, vous savez, les bars... Celui-là ne me dit rien.

— Si tu ne le connais pas, pourquoi tu as donné son adresse pour ton contrat de location chez Hertz ?

Cette fois, Zampa accuse le coup. Il ne peut rien répondre. Comment ont-ils pu savoir tout cela ? Baker siffle entre ses dents :

— Mon petit Tony, tu déconnes. Réfléchis bien avant qu'il ne soit trop tard.

— C'est tout réfléchi. Je ne comprends pas un mot de tout ça. Vous voulez me faire porter le chapeau d'un truc, je ne sais pas pourquoi. Le cinquième amendement de la Constitution...

L'index sur le stop du magnétophone, Baker hurle :

— Tu peux te le foutre au cul, ton cinquième amendement ! Tu n'es pas devant le juge, ici. Tu es devant moi. Tu veux t'en sortir entier ? Alors, tu as intérêt à coopérer... Et tâche d'ouvrir tes oreilles de con... Tes réponses sont enregistrées.

Je peux les communiquer au tribunal. On a assez de preuves pour te mettre dedans. Le costume est deux fois trop grand pour toi, les béquilles sont trop hautes... Tu t'es servi de la scie pour les couper en deux, il y a encore de l'aluminium dans les dents... On va faire expertiser le colt et la mitraillette qu'on a trouvés dans ta valise... Il y a aussi le pansement, les morceaux de plâtre avec la forme d'un mollet, un billet d'avion, au nom de Richter, de La Guardia... On y fait en ce moment des recherches. J'aurai les résultats d'une seconde à l'autre... Ça ne te suffit pas tout ça ? Il y a encore une paire de chaussures du 43, alors que tu chausses du 38, à tout casser... Tu comprends maintenant ? Et puis, dis-moi, tu es arrivé au *Flamingo* avant-hier soir... Comment se fait-il que tu aies payé la note d'un certain M. Creken ? Qui c'est, ce gars-là ?

Tony commence à être sérieusement sonné. Je vois son regard se brouiller. Il n'est pas à la fête. Il n'essaie même plus d'en placer une. Baker, impitoyable, poursuit son avantage :

— A qui feras-tu croire que tu as réglé la note d'un monsieur que tu ne connais pas, hein ? Tu as pris la même chambre que Creken, qui, comme un fait exprès, oublie une valise que tu tentes curieusement de faire disparaître dans la nature !... Eh bien, dis donc ! Comme coincé, on fait pas mieux ! Allez, assez plaisanté, Zampa. Il est temps de dire la vérité, avant que je me foute en rogne... Et je t'avertis que ça commence !... Avec quelle clé es-tu entré au 1217 ?

Tony Zampa est accablé. Son masque se resserre. Qui a pu raconter tout ça ? Don Giuseppe les aurait-il envoyés sur un coup fourré ? Ce n'est pas possible ! Le Ricain, les Gaeta, auraient-ils bavardé ? Non, stupide ! Alors, qui ? D'où vient la fuite ?... Et ce salaud de fédé qui a l'air d'en savoir encore plus !

On frappe à la porte. Un adjoint en chemise noire tend un télégramme au shérif, qui le lit, puis le passe à Baker. L'agent spécial sourit largement, regarde Zampa droit dans les yeux, lui donne une tape sur l'épaule :

— Tiens, écoute un peu... C'est ton copain Briend qui nous envoie ça !

Baker se pourlèche les babines quelques secondes, tandis que Zampa se demande ce qui va encore lui tomber sur la tête.

— Ecoute bien, je te dis ! Toi qui ne sais rien, tu vas en apprendre des choses ! De La Guardia, on nous fait le portrait du fameux Richter, tu sais celui qui s'est envolé pour Vegas... Un grand et beau garçon, vêtu d'un élégant costume mastic, porteur de lunettes noires. Il avait sans doute eu un accident de voiture, ou quelque chose comme ça, vu qu'il avait la jambe dans le plâtre et qu'il pouvait à peine se traîner avec ses béquilles. On l'a baladé dans une chaise roulante... Tu vois comme tout se retrouve : le costume mastic, le plâtre, les béquilles...

Zampa persiste dans sa méthode du silence, mais je sens bien qu'il s'affole intérieurement. Il me semble qu'on pourrait le faire craquer, à cette minute, mais comment ? Je cherche la faille. Baker, lui, disparaît dans la pièce voisine, lançant seulement à Zampa :

— Deux minutes, mon gars, je vais pisser et je reviens.

Nous autres, les cinq flics, nous restons là, muets. Nous attendons aussi, à la fois partie prenante et spectateurs d'une pièce dans laquelle Richard Baker joue, pour Tony Zampa, le maître de la destinée.

Quand Baker revient, Zampa sait qu'a sonné le moment de l'hallali : le super G-Man débite, à la vitesse d'une mitrailleuse :

— Selon la loi fédérale, le seul fait d'enlever une personne contre son gré établit le délit. Là, c'est un avion entier qui a été détourné. Tu n'as pas participé au kidnapping, c'est sûr, mais tu as tenté de soustraire aux recherches les auteurs du coup. De plus, le *Federal Robbery Act* met sous la protection du F.B.I. toutes les banques et perceptions fédérales. Avec les preuves qu'on a contre toi, tu es cuit.

— Je n'ai rien à voir là-dedans, dit Zampa, machinalement.

— D'accord, d'accord, fait Baker, placide. Tu auras la nuit pour réfléchir. Mais pense d'abord à toi, Tony, pas à tes copains. Parce que tu vois, au point où on en est, on n'a pas besoin de toi pour les cravater. On en sait assez... Une dernière fois : à qui appartient ce que tu as jeté dans le ravin ?

— Je ne sais pas.

— Alors, tant pis. On reprendra cette petite conversation demain.

Zampa se lève d'un seul bond, hors de lui. Quatre mains puissantes ont tôt fait de le clouer sur sa chaise. Il trépigne, il hurle :

— Vous n'avez pas le droit de m'arrêter comme ça !

Baker éclate de rire :

— Je vais me gêner, bonhomme ! La nuit va te porter conseil. *Bye, bye !*

Nous nous retrouvons, Baker et moi, dans la pièce voisine. Il se frotte les mains, puis les pose sur mes épaules, familiarité inaccoutumée, signe d'une intense satisfaction :

— On tient le bon bout, Roger ! Il va craquer. Jusqu'à ce jour, on n'a jamais eu de preuves contre lui. Mais là, c'est du beau boulot... Surtout que j'ai eu la réception du *Flamingo,* tout à l'heure. Messina, l'homme aux béquilles, a bien séjourné dans la chambre 1217 sous le nom de Creken. Ils ne savent pas comment il est parti sans se faire remarquer, mais Zampa a dit ce nom quand il est venu prendre sa succession... Ce qu'il faudrait surtout, c'est retrouver le magot !

Ouais... Pour lui, sans doute. Pas pour moi.

Moi, c'est Rocco qu'il me faut.

Maintenant que la tension de l'interrogatoire s'est relâchée, je ressens la fatigue, et surtout la faim. Baker et ses G-Men aussi. Le shérif veut nous faire les honneurs de son bled :

— On va aller dîner au bord du lac, à Boulder. Ça nous détendra. Vous venez ?

Je ne suis pas chaud. Je suis vraiment épuisé. Depuis mon arrivée aux Etats-Unis, j'ai vécu à un rythme infernal. S'ils travaillent tous les jours comme ça, les policiers du F.B.I., je comprends qu'ils aient besoin de détente quand ils viennent à Paris... Moi, j'ai la migraine. Et puis, j'attends avec impatience le résultat de l'interrogatoire du lendemain. Nous avons de sérieux atouts en main... Reste à savoir si Tony ne va pas se reprendre ! Moi, quand je l'ai senti faiblir devant les précisions que Baker lui assenait, j'aurais continué. Je lui aurais même donné à boire, quand il l'a demandé. Mais, à chaque police sa méthode, celle des flics américains ne donne pas dans la tendresse...

— Allons, venez, Roger. Ça vous changera les idées.

Boulder n'est guère qu'à une quinzaine de kilomètres d'Henderson. Je ne regrette pas le déplacement. Ça me change un peu les idées, en effet, de voir le plus haut barrage du monde, le *Boulder Daw,* le « barrage du Rocher », à l'échelle du gigantisme américain. Le shérif m'explique qu'on l'a construit il y a une vingtaine d'années pour refouler les eaux du Colorado dans le lac Mead, approvisionner Los Angeles en électricité, et en eau les autres villes de Californie. Des barques font le tour de cette masse de béton haute de près de deux cent cinquante mètres. Tout est vert, alentour. Le shérif nous conduit à une petite auberge, plantée au milieu d'une pelouse impeccablement tondue, qui domine le paysage.

— Nous sommes à la frontière du Nevada et de l'Arizona, dit-il. Si vous passiez le pont, il vous faudrait avancer votre montre d'une heure, arrivé au milieu, because le fuseau horaire...

Le repas traîne en longueur. Il fait bon, sur la hauteur. Je savoure la caresse de la brise. Et aussi le vin de Californie, qui ressemble beaucoup à notre bourgogne, le steak saignant accompagné de l'inévitable pomme de terre en robe des champs remplie de crème fraîche et de ciboulette, l'énorme salade et l'encore plus énorme glace au café surmontée de chantilly. Une cigarette pour finir, et me voici de nouveau en forme. Mais pas au point d'oublier qu'on est à près de deux heures de route de Las Vegas :

— Où allons-nous coucher ?

C'est que je n'ai pris ni linge, ni rasoir, moi ! Baker a au moins son attaché-case dans le coffre de la Ford...

— On ne se couche pas, répond-il. La pause est finie, on va retâter du Zampa.

Ainsi, c'est sa technique à lui ! Zampa se tourne et retourne sur sa couchette de la prison du comté. Il se dit qu'il est au moins tranquille jusqu'au lendemain... Et nous allons, reposés, abreuvés, nourris, lui retomber sur le poil !

C'est un cauchemar pour lui, de nous voir débarquer. Les adjoints du shérif lui ont ôté sa cravate, ses lacets, ses chaussettes, et lié les mains derrière le dos. Baker fait signe qu'on le détache. Zampa reprend place sur sa chaise de douleur, massant ses poignets endoloris.

— Alors, Tony, dit Baker, l'air guilleret. Où on en est ?

La bande du magnétophone a repris son déroulement lent. Zampa la regarde, les yeux vides. Puis Baker. Puis moi, qu'il semble remarquer pour la première fois : je me suis placé derrière le bureau. Bien sûr, il ne répond pas.

— Toujours aussi peu bavard, dit Baker. Bon. Tant pis pour toi. Je me passerai de tes services. Nous, on va aller se coucher. Demain, on verra *l'Attorney* à ton sujet. En tout cas, que je te dise : maintenant, on sait tout. Alors, si tu ne veux pas limiter la casse, ça te regarde... J'ai l'impression que tu ne reverras pas de sitôt ton cher vieux Don et ton cher vieux Brooklyn. Ni tes copains.

Zampa hausse les épaules, découragé, vidé :

— Chez nous, on ne parle pas, vous devriez le savoir. Sinon...

— Mais oui, on le sait. Seulement, il y en a qui ont parlé quand même. On va repiquer les sacs de la banque, on va retrouver tes amis plus vite que tu ne crois, et c'est toi qui porteras le chapeau... Le Don et les Gaeta croiront que tu les as donnés, et tu y passeras quand même... Ça ne change rien !

— Ma conscience, qu'est-ce que vous en faites ? rugit Zampa.

Je sursaute. Ai-je bien entendu ?

Sa conscience ! Où peut-elle se placer, la conscience de ces syndiqués du meurtre qui jouent du colt, du pic à glace, du poinçon, des tenailles et de la dynamite, pour abattre, grassement payés, l'ami de la veille, que le *Capu* a condamné ? Briend m'a brossé le sinistre tableau de leur sauvagerie. Dieu sait que j'en ai vu, dans ma vie de flic, mais jamais je n'aurais cru que ça puisse exister... Au point que nos tueurs nationaux, avec leurs pistolets et leurs mitraillettes, font figures d'enfants de Marie !

Aux Etats-Unis, le sort des victimes est lié à leur degré de

« culpabilité ». Certaines sont lardées vives de coups de poinçon ou de couteau, ou bien découpées membre à membre, à la hachette... D'autres, glissées, au volant d'une voiture bonne pour la casse, entre les mâchoires de compresseurs de ferraille... Ou jetées dans une eau profonde, les pieds enchâssés dans un bloc de béton. Ou même, c'est encore Briend qui me l'a affirmé, moulinées, ça s'est vu ! dans une fabrique d'aliments pour chiens...

Alors, la conscience et l'honneur de Mr Tony Zampa !

Je me suis approché de la table du shérif. Pourquoi ai-je ouvert le portefeuille de Zampa, alors qu'il a déjà été fouillé et refouillé par les hommes du F.B.I. ? Baker a même arraché la doublure, espérant découvrir une cachette supplémentaire. Mais Tony Zampa n'est pas né de la dernière pluie. Les instructions, les numéros de téléphone, c'est dans sa tête qu'il les garde. Ce qui me saute aux yeux, au milieu de papiers sans importance, c'est la photo d'une belle jeune femme aux longs cheveux, dont le maillot de bain noir met en valeur les formes avantageuses. La bouche est sensuelle, le corps provocant... Je la montre à Zampa, je demande :

— *Chi é ?*

Il me dévisage, étonné. Il marque un temps avant de répondre, avec une douceur dans le ton, que je saisis au vol :

— *Mia moglie...*

— Dis donc, tu ne t'embêtes pas. Elle est drôlement jolie, ta femme...

Un léger frémissement parcourt sa narine, une seconde. J'ai compris. Malheur à qui toucherait un cheveu de Mme Zampa ! La brèche est ouverte. C'est par là qu'il faut s'infiltrer. J'adopte un ton badin :

— Tu parlais de ta conscience, à l'instant. Moi, je veux bien. Mais tu crois que Rocco y pense à sa conscience, quand il raconte l'affaire Battaglia, par exemple ? Il est dans ta situation, Rocco, à Yellowstone...

Le nom fait mouche. Il m'est venu naturellement aux lèvres... Association d'idées ? J'entends encore le *Dottore* Poggi me parler de la famille Messina, sur la terrasse ensoleillée du restaurant *La Terraza,* le bien-nommé, face au bleu de la Méditerranée... Et, la grosse June me demander si Las Vegas était loin de Yellowstone... Il suffit souvent, pour mettre un adversaire en difficulté, de glisser un mot, un nom, une phrase pleine de sous-entendus qui donnent l'impression que nous en savons beaucoup plus que nous voulons en dire... Huit fois sur dix, ça marche... Pour Zampa, ça court !

— Pourquoi vous parlez de Yellowstone ?

Je hausse les épaules, l'air mystérieux :

— Comme ça... Je dis seulement que l'histoire Battaglia va faire mal. Parce que le pauvre agent Robbins...

Je laisse en suspens la phrase lourde de menaces. Les yeux noirs de Zampa me fusillent, sous le front plissé :

— Je ne comprends pas...

Je tire une cigarette de ma poche, je prends tout mon temps pour l'allumer. Je m'assieds à califourchon sur une chaise, bien en face de Zampa. Baker et sa bande se demandent où je veux en venir...

— Tiens donc !

Mon accent français, mon parler bien imparfait, mon assurance, le mettent mal à l'aise. Ça le prend à contrepied. J'agis avec lui comme nous autres, ceux de la P.P., de la S.N. ou de la Gendarmerie, agissons avec les truands parisiens, marseillais ou stéphanois, les plus coriaces que je connaisse, entre parenthèses.

— Arrête ton cinéma, Tony, dis-je, tu vas finir par me faire pleurer. « Je ne connais pas Rocco, je ne connais pas les Gaeta, je ne comprends pas... » Tu crois que c'est par l'opération du Saint-Esprit que j'ai débarqué ici ? Non, n'est-ce pas ! Je vais être franc avec toi, moi... Si Rocco n'avait pas été aussi bavard à Paris, je ne serais pas là... Seulement, en France, il les roulait les mécaniques, le beau Rocco ! Tu parles, un caïd de la Mafia en promenade touristique ! Même Francis la Langouste n'en revenait pas. L'ennui, c'est qu'il a raté son coup chez deux braves vieilles de banlieue. Il les a bousillées pour les faucher en laissant heureusement ses empreintes... Alors, quand on lui a mis le marché en main, à Yellowstone, sa conscience, le Rocco, il s'est assis dessus ! Ça n'a pas traîné. Il est trop jeune pour finir ses jours en cabane.

Et il a parlé. De Battaglia, de la voiture piégée, de la Rouquine, du reste aussi... Ce n'est pas un dur comme toi, le Ricain ! On a juste eu le temps de débarquer pour ne pas te rater... Tu vois, je vais même aller plus loin pour te prouver que je ne te raconte pas d'histoires. La cachette des béquilles et du plâtre sous la baignoire de ta piaule, tu crois qu'on aurait pu l'inventer, ça ? Crois-moi, Tony, dans la vie, il faut savoir prendre ses responsabilités.

Le front de Zampa, ses joues, ruissellent de sueur. La peur, la haine ou l'atmosphère tendue, suffocante du bureau ?

— Tu entends, Tony ?

Il a retrouvé son self-contrôle, me regarde droit dans les yeux.

— Je vais vous dire un truc, moi aussi. Pour le cinéma, vous repasserez. Je préfère me taper vingt ans de taule plutôt que d'être un donneur...

— L'*Omerta ?* Votre fameuse loi du silence ?

Son visage prend une expression volontaire :

— L'honneur, tout simplement.

Je quitte la chaise pour me promener dans la pièce, les mains dans les poches.

— Si tu mets l'honneur en avant, évidemment, ça change tout ! Je n'y avais pas pensé... Reste à savoir si ta femme a le même sens de l'honneur que toi... On saura ça bientôt...

Il accuse le coup, serre les poings.

— Quoi, ma femme ? Qu'est-ce qu'elle a à voir là-dedans ?

Je soulève une épaule :

— Je ne sais pas encore... Suppose que le F.B.I. trouve un truc chez elle au cours de la perquisition... C'est qu'il y en a des moyens pour faire dégringoler la femme d'un truand...

— Elle est enceinte.

— Et alors ?

Je plante mes yeux dans les siens.

— Tu crois qu'on va faire de la philanthropie ? Enceinte ou pas, elle peut parler, non ? Elle doit les connaître tes copains de la *Cardiello's Tavern,* nous dire ce que tu es venu faire ici, nous expliquer par exemple pourquoi tu te baladais l'autre jour avec la bagnole de Joe le Blond...

— Là, vous vous gourez...

— Admettons... (Je fais marche arrière.) Si tu préfères te taper vingt ans de taule, ça te regarde. Il sera grand, ton gosse, quand tu sortiras... Et, pour une femme, ce ne doit pas être marrant de rester seule. Il y a des tentations...

Zampa est métamorphosé, décomposé par la fureur et l'angoïsse. Il me lance à la face, comme un crachat :

— Vous êtes tous des dégueulasses, vous, les flics...

J'ai une petite moue ironique :

— Des réalistes, surtout. Si ta femme se fait piquer, tu n'auras qu'à t'en prendre à toi-même. Voilà, j'en ai fini. Pour moi, c'était Rocco qui comptait. Ma mission est terminée.

Je regagne mon coin. Ce Zampa est une sacrée canaille, ça se voit, ça se sent, ça s'entend. Et pourtant, lorsque Baker lui annonce qu'il détient suffisamment d'arguments pour le conduire demain matin chez le *District Attorney,* il s'effondre :

— Je peux vous parler ?

Il me regarde et je lui fais, de la paupière, un signe d'encouragement. Les épaules tassées, il baisse la tête, la relève :

— Je ne suis pas dans ce coup-là, souffle-t-il. On m'a seulement demandé de déposer Rocco à Flagstaff et de récupérer les béquilles. C'est tout.

Je me garde d'intervenir. Lorsqu'un truand est en veine de confession, il faut le laisser s'épancher... Surtout, ne pas poser de questions qui pourraient modifier le cours du débit ou même le stopper. Pour ça, le Gros est un prodigieux confesseur.

— Si vous me donnez votre parole que je peux foutre le camp à l'étranger avec ma femme, je vous dis tout.

Jack-pot !

— Ça dépend de l'*Attorney,* dit Baker. Et de toi...

— Peut-être, mais je connais la loi... Celui qui fait des révélations bénéficie du statut de témoin. Il ne peut pas être poursuivi. Donc, si je m'accuse de ce que j'ai fait, je deviens témoin. Et on ne peut retenir aucun chef d'accusation contre moi !

Ça me la coupe, mais Baker a l'air d'approuver. C'est donc comme ça que ça se passe, dans leur code de procédure !

— Donc, je vous raconte ce que je sais, poursuit Zampa,

vous me donnez la liberté et je fais de votre *Attorney* le plus grand homme de l'Amérique... Je rentre à Brooklyn, le temps de récupérer ma femme et quelques affaires, et nous disparaissons. Je reviens juste pour les confrontations.

— Et tu maintiendras devant tes amis, à la Cour ?

— Pourquoi pas. Vous aurez trouvé les sacs de la banque et comme vous avez piqué Rocco avant moi, tous croiront que c'est lui qui a mangé le morceau. Je compte sur vous pour le faire savoir dans l'Organisation. Comme ça, je ne risque pas de me faire descendre... Voilà ma proposition. C'est à prendre ou à laisser.

— Je prends, dit Baker. Je veux seulement être couvert par mon directeur et par l'*Attorney*.

— Surtout, vous laissez ma femme tranquille, insiste Zampa.

Je n'interviens pas. J'ai vraiment touché le point faible de ce dur de durs !

Baker disparaît pendant un bon quart d'heure. Quand il rentre dans la pièce, il trouve une atmosphère nettement détendue.

— J'ai eu mon patron et l'*Attorney*, dit-il. Ils sont d'accord. Tu fais demain ta confession devant le greffier... C'est notre garantie, puisque tu déménages dès que tu nous as conduits au magot.

Eh oui, la capture de Rocco et la récupération des dollars de la *Bank of Union-America* valent bien quelques entorses au règlement. Il ne reste plus qu'à espérer que le petit Zampa joue correctement son rôle. En tout cas, pour ma chasse à moi, j'ai désormais la certitude que mon beau gibier est chez sa sœur, chez les fauves en liberté de Yellowstone.

Il me suffit d'aller le déloger !

25.

Le bureau du shérif Jeff Clipper, de la police du comté, fleure bon la forêt, l'immense forêt de sapins qui surplombe la cuvette de Jackson Hole. De la pièce de droite, en ouvrant la fenêtre, on peut caresser les narines des chevaux alignés aux piquets, le lasso enroulé au pommeau de la selle. A l'arrière de son baraquement de rondins, qui tient de la cabane de trappeur et du ranch rudimentaire, un bungalow fait, lui aussi, de troncs de sapins superposés, porte en énormes lettres noires : « JAIL ». C'est la prison. D'épais barreaux de fonte gris en protègent la porte et la fenêtre.

Le sexagénaire Jeff Clipper est un homme assez habile pour se faire réélire tous les quatre ans dans ses fonctions de shérif, auxquelles il est parfaitement rodé. Il a le visage ratatiné d'une vieille pomme. Son commando de douze agents suffit largement pour surveiller la vallée de la Wind River qui va du front montagneux du Teton Range jusqu'à Yellowstone National Park où il ne se passe jamais rien. Jeff Clipper entretient de bonnes relations avec les rangers du parc, des hommes amoureux de l'ordre et de la nature, comme lui-même, et avec le capitaine Ray Moose, de la police d'Etat de Cheyenne, capitale du Wyoming. Tout se passe en famille, dans cette contrée de l'Ouest, montagneuse et forestière, à l'écart du rythme américain, du modernisme et du *big business.*

L'hélicoptère du capitaine Moose s'est posé juste devant le quartier général du jovial shérif. La porte de plexiglas à peine ouverte, j'ai sauté à terre, les cheveux embroussaillés et surtout le cœur en marmelade. L'avion, passe encore, mais je me souviendrai longtemps de ma sautillante randonnée, coincé derrière le pilote et un imperturbable Moose, les fesses meurtries par la poignée de la boîte de secours d'urgence, les jambes pliées en accordéon entre des rouleaux de cordages et deux nourrices de carburant. Mon âme de navigateur s'est volatilisée au creux des trous d'air, dans la pétarade des rotors et les relents d'huile brûlée. J'ai survolé, paraît-il, des contrées historiques où plane le souvenir des Sioux, découpés par les mitrailleuses de la cavalerie américaine. Dans un louable excès de courtoisie, le pilote faisait du rase-mottes le long des anciennes pistes de Nuage Rouge et de Cheval Fou, battait de la pale au-dessus d'immensités désertiques sévèrement protégées d'un éventuel assaut touristique par des milliers et des milliers de kilomètres de fil de fer barbelé, piquait sur des hordes affolées de chevaux et de bisons. Moi, le fiel au bord des lèvres, je ne voyais que Rocco. Je ne pensais qu'à mon intervention-surprise dans le refuge familial, avec l'appui de la police la mieux organisée du monde.

Le matin même, guidé par un Zampa désemparé, Baker s'en était allé vers son heureux destin de récupérateur de trésor. Nous nous étions séparés après qu'il eut, du bureau du shérif, averti le capitaine Moose de ma visite et de l'importance de l'opération.

— Le capitaine est un type formidable, m'avait-il dit. Il a des antennes terribles dans son secteur. Et son ami, le shérif de Jackson, est tout aussi bien secondé. Donc, pas d'inquiétude, votre Rocco est dans la poche. Nous nous retrouvons à Washington, missions accomplies. O.K. ?

O.K. A Cheyenne, le chef de la police de l'Etat m'attendait à ma descente de Viscount. Le temps de m'installer dans mon ascenseur volant et la partie de saute-nuages commençait.

Les présentations faites, nous sacrifions au rite du café, dans la salle à manger rustique qui s'ouvre sur un salon d'autrefois, avec son piano mécanique et sa gigantesque cheminée où le shérif Clipper, les soirs d'hiver, aime à voir flamber les bûches. Les petits yeux de Moose, vifs et mouvants sous les sourcils gris, dénotent une préoccupation qui n'échappe pas à son ami.

Lorsque nous avons savouré notre seconde tasse d'eau teintée en échangeant nos impressions sur le fonctionnement de nos polices respectives, le capitaine Moose en vient au fait :

— Mon vieux Jeff, nous sommes venus pour une affaire ultra-confidentielle. Un dangereux mafioso se cache chez vous et je dois superviser son arrestation, à la demande du F.B.I.

S'il est d'abord étonné, le « vieux » Jeff n'en montre rien. Au contraire, un sourire éclaire sa face ridée. Il cligne de l'œil, de l'air de dire « on en a vu d'autres... » !

— C'est si important que cela ? demanda-t-il.

Le capitaine se renverse sur sa chaise, lisse avec soin sa moustache poivre et sel avant d'énoncer avec calme :

— Très. Le type n'est pas un gibier ordinaire. C'est l'homme qui monte dans l'Organisation. Cela ne vous dit certainement rien vu d'ici, mais c'est une vedette dans son genre, le Rocco Messina. La preuve, c'est que l'inspecteur Borniche court après lui depuis Paris et que le grand patron, J. Edgar Hoover, s'en occupe lui-même... On a le tuyau pour le coincer, mais pour qu'il n'y ait pas de bavures, il faut savoir exactement où il loge...

Le visage du shérif Clipper a perdu sa bonhomie. Moose me fait signe de poursuivre.

— La sœur de Messina habite le coin, une certaine Patricia, dis-je. Elle a épousé un garde forestier...

Le shérif ouvre des yeux ronds :

— Patricia Bennett ?

— Je ne connais pas le nom de famille. Mais mon information est sûre. Je l'ai obtenue de la police italienne. Comment est-il ce Bennett, du point de vue moralité ?

Clipper prend son temps avant de répondre. Il ramasse sur la table une courte pipe, la bourre avec soin... Son ami, le ranger Bennett, marié à la sœur d'un gangster de haut vol, qui de surcroît se cacherait sous son toit... C'est impensable ! Hier encore, ils sont venus faire une partie de gin rummy dans son salon. Patricia était charmante, comme toujours. Elle s'est même mise à chanter une complainte sicilienne. Le couple ne donnait pas l'impression d'héberger un mafioso. Pas du tout !

— Vous êtes certain de ne pas vous tromper? me dit-il enfin. Je connais ces gens depuis longtemps. Bennett est le type parfait du ranger service-service... Un ancien militaire... Ça me semble tellement énorme, ce que vous m'annoncez!

— L'indication est sérieuse, Jeff, croyez-moi, enchaîne Moose. Rocco Messina, alias Gino Cerini, alias Richter, Smith, et j'en passe, se trouve chez sa sœur Patricia... Depuis peu de temps, sans doute, mais il y est... Il faut que vous nous montriez la maison.

— En plein jour?

— Pourquoi pas? Faites-moi le plan, si vous ne voulez pas nous accompagner. M. Borniche et moi irons flâner par là...

Le shérif Clipper allume sa pipe, secoue la tête avec la lenteur d'un vieil homme prudent :

— Il vaudrait mieux se renseigner en douce, dit-il, bien que je n'y croie pas, à votre histoire. Si elle est vraie, si le Rocco est ce que vous dites, il vous verrait venir de loin. Vous ne ressemblez pas à un bûcheron du cru, mon cher Ray!... Encore une fois, je n'y crois pas...

— Vous avez tort, interrompt le capitaine Moose, agacé par la ténacité du vieux campagnard. Nous ne nous serions pas dérangés pour rien! Et le F.B.I. se trompe rarement. Surtout lorsque ses renseignements corroborent ceux de la police française!

— Bon!

Clipper grogne, remplit à nouveau les tasses de café, avale la sienne d'un coup, contemple les poutres du plafond avant de déclarer posément, sans relever la mauvaise humeur du capitaine :

— Puisque vous le dites... Bennett est le chef adjoint des rangers de Yellowstone. Il habite un ranch à Colter Bay. Un endroit d'accès difficile. Il faut laisser la US 89 sur la gauche, à hauteur de la pointe de Jackson Lake. Une pancarte indique *Rodeo Ranch*. Derrière, les terres s'étendent à l'infini, dans les contreforts des Rocheuses...

Le vieux shérif marque un temps. Malgré lui, il devient poète, dès qu'il évoque ce pays qu'il aime tant.

— ... Ce ne sont que prairies, forêts, cascades et torrents, où paissent et s'abreuvent les chevreuils et les wapitis, les coyotes et les ours...

— C'est bien ce que je pensais, interrompt le capitaine Moose, insensible à la beauté du décor. Il faut donc prévoir un sérieux contingent.

Clipper nous regarde fixement l'un après l'autre, fait une série de ronds de fumée avec sa pipe :

— Vous allez penser que je radote, dit-il enfin, mais cette histoire-là ne tient pas debout ! Patricia est une femme pieuse, très pieuse. Il se brûle plus de cierges dans sa maison que dans Cheyenne et Jackson Hole réunis ! Pas un jour, pas une heure, pas une seconde, qui ne soit mis sous la protection de la Madone... Tenez, quand des larmes ont coulé, un beau matin, sur le visage d'une image sainte de Syracuse, où habite son frère, le pharmacien, elle a collé des reproductions dans toutes les pièces de son ranch, y compris dans le corral, pour l'édification des chevaux, sans doute... Alors, vous voyez...

— Mais si, elle tient debout, mon histoire, dis-je un peu énervé malgré tout. J'ai fait mon enquête en Italie, puis dans le Nevada. Rocco Messina, embarqué à Flagstaff, a débarqué à Jackson. Il a détourné le courrier de la *Regional Airlines* Las Vegas-San Francisco. Il s'est emparé de centaines de millions...

La placidité du shérif me calme et c'est sur un ton au-dessous que je lui demande :

— Vous êtes vraiment ami avec les Bennett ?

— Très.

— Alors, peut-être pourriez-vous les interroger habilement ?... Patricia vous a parlé d'un frère pharmacien, elle vous dirait bien si son autre frère est venu lui dire bonjour ces temps-ci...

— Elle a, en effet, un autre frangin, dit Clipper. Mais, il taille du marbre en Sicile ! Je ne me souviens pas de son prénom, mais ce n'est pas Rocco...

— Dont, volontairement ou non, elle cache l'existence ! Ce qui compte pour moi, c'est sa présence à Jackson : ou il est là, ou il n'est pas là !

— Vous avez raison, dit le shérif en frappant dans sa main le culot de sa pipe. Ralf Morton, mon second, est au mieux avec le gardien du ranch. C'est un policier de valeur, Ralf, plein d'avenir. Il lui arrive d'aller chez les Bennett à l'improviste, histoire de leur dire bonjour. Je l'appelle. Mine de rien, il verra s'il y a quelqu'un.

— Mine de rien, surtout ! ajoute Moose. N'oubliez pas la consigne : mission confidentielle...

Vingt kilomètres d'une piste défoncée mènent au *Rodeo Ranch,* au travers d'une végétation luxuriante où règne un calme étrange, où résonne seulement, par instants, le hennissement d'un cheval. Morton connaît bien l'endroit. Il lui semble sinistre, aujourd'hui, quand il arrête sa Ford au bord de la pelouse, devant la maison. Son flair de vieux policier lui signale quelque chose d'insolite. Le break de Bennett n'est pas sous son abri de branchages... Normal, mais la vieille Dodge de Patricia ne stationne pas, comme à l'habitude, devant la porte-fenêtre de la cuisine.

Morton klaxonne, à tout hasard. Il va attendre... Au bout de quelques minutes, il descend de la voiture, regarde autour de lui. Contemple une fois encore le site magnifique, en façade sous le soleil, les glaciers du Grand Téton dans un ciel bleu, sans nuages. C'est vraiment le ranch du bout du monde... Il n'a pas tort, le capitaine Moose : si quelqu'un se cachait là, il faudrait un sérieux contingent pour l'encercler, et encore...

Le regard de Morton fait le tour des bâtiments et des terrains alentour. Comment empêcher quelqu'un de s'enfuir, de se perdre dans cette forêt si dense, qui n'a été autrefois explorée que par les « *mountain men* », grisés par l'esprit d'aventure et de liberté ?

Morton s'approche un peu plus, jette un coup d'œil aux portes de la baraque, toutes fermées, consulte sa montre. L'air est doux. Son ouïe fine perçoit, dans un arbre, le grignotement d'un écureuil. Il a un sourire attendri pour les chiens de prairie, ces rats à la tête pointue, à l'abdomen rebondi, qui viennent à ses pieds quémander une friandise... Avec la démarche lente du promeneur, il se dirige vers le corral, où sont parqués une trentaine de chevaux, prêts pour le rodeo. Chaque dimanche, Bennett prête son enclos, où se dresse une seule tribune, aux amoureux de la compétition, cow-boys du voisinage ou Indiens de la réserve Shoshone. De hautes cages de bois à claire-voie permettent aux bêtes de rejoindre le terrain, depuis le corral. Un immense cadran, sur la tribune, sert à calculer, en secondes, l'endurance des cavaliers sur les chevaux sans selle.

Une silhouette apparaît, marchant vers Morton, tenant les rênes d'un pur-sang. L'homme porte le large chapeau de l'Ouest, le pantalon à lanières, les hautes bottes boueuses. Le sergent le connaît bien, Tom, le *pick-up man,* l'aide à cheval, qui se tient prêt à intervenir en faveur des cow-boys en difficulté.

— Salut, Tom ! Pat n'est pas là ?

Les yeux de l'homme se fixent sur l'emplacement vide de la Dodge :

— Elle a dû aller faire le marché. Elle va sûrement pas tarder.

Puisque Patricia n'est pas là, autant en profiter... Tom n'est pas très malin. Il fait partie de cette race de déshérités, au service des riches éleveurs de bétail du Wyoming. L'argent ne le tente pas, lui... Ce qu'il aime, c'est la vie au grand air, les chevaux, le lasso... Quand il aura quelques économies, il achètera, d'occasion, un break comme celui de Bennett, avec les plaques minéralogiques ornées d'un cheval qui rue au-dessus des chiffres : l'écusson du Wyoming. Pour le moment, Mrs. Bennett lui prête la sienne, quand il a envie d'aller faire un tour à Jackson Hole... Morton détaille cette face anguleuse, ravinée par le soleil.

— Approche, Tom !

Tom s'avance, nonchalant. Quand il est tout près, les rênes du pur-sang fermement serrées dans sa main droite, le sergent chuchote :

— Tu n'as rien vu de bizarre, ici, ces temps-ci ? Un rôdeur ?

Tom fronce le sourcil. Il fait un visible effort de réflexion.

— Ma foi... non.

— Tu es sûr ?

— Ben, oui... Vous savez, il en passe des gens ! Des

touristes viennent caresser les chevaux, au risque de prendre un bon coup de pied où je pense... Même quand les patrons ne sont pas là... Mais des rôdeurs...

— Justement, on m'a dit que quand les Bennett ne sont pas là, et que tu es occupé avec les chevaux du corral, il y a un type qui tourne autour de la maison... Alors, des fois que Pat ait oublié de fermer une porte, je suis venu voir...

— J'ai jamais rien vu de ça...

— Ça m'étonnait aussi... Dis donc, quand les Bennett sont absents, il n'y a pas toujours quelqu'un, au ranch ?

— Ça dépend...

— Et le frère de Pat, il est gentil avec toi ?

— Quel frère ?

— Celui qui est arrivé ces jours-ci. Un grand type qui lui ressemble... C'est un ranger qui m'a appris ça... Il me disait encore hier : « Il est content, Bennett, il y a son beau-frère qui a débarqué... »

Le visage ébahi de Tom est passé par toutes les phases de l'étonnement. « Rien à en tirer », se dit Morton. Il enchaîne :

— Oui, eh bien, les gens racontent n'importe quoi ! Pas la peine d'en parler... Même à tes patrons ! Ils croiraient que c'est une blague. Et moi, je le connais, Bennett, c'est un sérieux, il n'aime pas les blagues. Tu lui dis pas que tu m'as vu. Des fois qu'il existe, ce rôdeur, faut pas non plus qu'il sache que je m'intéresse à lui, tu comprends ?

Rocco Messina compte les pas du sergent qui s'avance, le plus discrètement possible, sur les lattes de bois. Ça va mal... Il n'a pas d'arme, Rocco. Il a laissé son colt à Walpi, le chauffeur indien. Il se sent tout nu au *Rodeo Ranch.* Ce n'était pourtant pas une mauvaise idée, de se cacher chez Pat, dans ce trou perdu. Mais comment est-il arrivé là, ce flic dégingandé, avec sa Ford frappée de l'étoile de la police du comté ? Le chauffeur du taxi, sans doute...

Quand Rocco a entendu le moteur de la voiture, tout à l'heure, il était allongé sur son lit, soûl de fatigue. Son beau-frère, Bennett, ce brave plouc aux idées simples, a copieusement avalé l'histoire de la valise volée à Salt Lake City. Rocco n'a jamais manqué de se moquer des gens qui vivent à la campagne. Il se demande vraiment ce que Patricia, sa jolie sœur, est venue faire dans ce pays avec un ranger qui serait plus à son aise sur un tracteur que sur un cheval...

Ce flic déhanché ne lui dit rien qui vaille. Avec son air bonhomme et sa démarche de flâneur, il doit drôlement tromper son monde. Sauf Rocco. Son instinct l'avertit de se méfier. Il sent que le gars est plus malin qu'il n'en a l'air. Il n'a pas peur, non, mais il lui trouve une gueule de faux jeton, à ce bonhomme tranquille qui affecte de ne s'intéresser qu'aux chevaux et au paysage. Son allure lui rappelle le bookmaker filiforme qui plume tout le monde aux cartes, dans l'arrière-salle da la *Cardiello's Tavern* à Brooklyn...

Avant qu'il ne se rendorme, Patricia lui a proposé de l'accompagner à Jackson Hole, où elle allait faire le marché. Il a joué la grande fatigue :

— Voici quelques dollars, achète-moi de quoi me changer. Avec cette histoire de valise, je n'ai plus rien à me mettre. Demain, j'irai avec toi.

... Mais, qu'est-ce qu'il fait ce policier à l'air faussement désinvolte ?

Tout s'est bien passé, pourtant la veille. Le chauffeur de taxi n'a pas rechigné à prendre la piste semée d'ornières, entre les arbres à l'infini. Quand Rocco a aperçu le *Rodeo Ranch,* il s'est dit que son choix était bon. Pas très gai, l'endroit, mais idéal pour rester planqué quelques semaines, avant de faire surface pour aller cueillir sa part du magot. Les portes et les volets du ranch étaient clos. Le chauffeur laissait tourner le moteur, attendant d'être payé avant de faire demi-tour.

— Vous êtes sûr que c'est là qu'habitent les Bennett ?

— Sûr. Si le break n'est pas là, c'est qu'ils sont allés en ville. Mais ne vous en faites pas : Bennett n'aime pas rentrer tard. Ça m'étonnerait que vous les attendiez longtemps. Si vous voulez que je reste un moment, je vous fais un prix.

— O.K.

— Ils tapent peut-être le carton chez leur ami le shérif...

« Allons bon, s'était dit Rocco. Au fond, c'est peut-être dans la gueule du loup qu'on est le mieux caché... »

Ils n'avaient pas eu longtemps à attendre. Des phares ont

balayé le chemin, suivant le contour des ornières. Le chauffeur a récompensé d'un sourire édenté la générosité de Rocco. Pendant son discours sur la valise volée, le Ricain a observé la bonne tête d'honnête homme de son beau-frère aux cheveux blonds ras... Une vraie tête d'ami du shérif local... Oui, il sera tranquille dans ce bled.

Après les émotions des derniers jours, la nuit était presque trop calme. Plus que les hurlements des coyotes, c'était le silence qui réveillait Rocco. Ce n'est qu'au petit matin qu'il avait trouvé le sommeil. Quand il a jeté un œil par une fente du volet, Patricia et son grand dadais de mari étaient partis. Il ne restait plus dans le ranch que ce crétin aux oreilles décollées qui jouait les John Wayne dans le corral...

Rocco parcourait, pour tuer le temps, une histoire des pionniers du Far West, ornement essentiel du dessus de cheminée entre deux revolvers hors d'usage, souvenir de la guerre de Sécession, quand un lointain grondement de moteur lui a fait dresser l'oreille.

Une Ford surmontée d'un gyrophare, l'étoile géante sur les portières. Ce ne peut être que le shérif du coin. Pas le moment de se mettre à la fenêtre...

Ce type à l'air fouineur ne lui dit rien qui vaille. Voilà qu'il parle maintenant avec le débile déguisé en cow-boy... Et s'il entre dans la maison ? Rocco se voit déjà sautant dans la voiture de police, fonçant sur la piste... Folie ! Le meilleur moyen de se faire cueillir au premier carrefour. D'autant que Zampa le Rapide n'est pas là pour déblayer le terrain avec sa Thompson et sa grenade...

Assez d'imagination, Rocco ! Ce valet de ferme abruti ne sait pas que tu es là. Et ce n'est pas ce péquenot de flic qui va te faire peur. Ce qu'il faudra, par contre, c'est mettre Patricia dans le coup, dès qu'elle rentrera. Elle est Sicilienne, non ? Même mariée avec un ranger, elle sait ce qu'est l'*Omerta*. Elle trouvera bien une histoire à raconter à Bennett, pour que la présence de Rocco reste secrète... Dans le genre femme jalouse qui le poursuit, lui le beau brun, de sa vengeance, ou une connerie comme ça... Oui, avec la complicité de Pat, tout se passera bien...

Il se croit malin, ce sergent de malheur, quand il fait demi-tour pour reprendre l'allée entre les arbres ? Il s'imagine que c'est une feinte parce qu'il n'arrête pas son moteur ! Il rase les murs. Il se glisse au long de la façade, jusqu'au bâtiment principal. Rocco entend doucement tourner la poignée de la porte de la cuisine, puis le glissement des bottes dans la salle à manger. Ça se complique. Voilà la porte de la première chambre qui grince, maintenant.

Sortir par la fenêtre ? Elle est grillagée. Un coup d'épaule suffirait, bien sûr, mais ça fait du bruit...

Avec un sang-froid dont il n'a même pas le temps de s'étonner lui-même, Rocco voit s'entrouvrir la porte de sa chambre. Le temps de poser sur le drap l'histoire du Far West, il est déjà dans le placard-penderie. Son épaule effleure un énorme revolver d'ordonnance, pendu au mur à côté d'une cartouchière. Si le fouineur arrive jusque-là, il le braque, sort, l'enferme, part dans la Ford. Tant pis pour la corrida, après. Il n'a pas le choix, Rocco. Dans le grand silence de la campagne déserte, il l'entend ronronner, lancinant, ce moteur de voiture de flic qui tourne toujours...

La porte du placard s'est ouverte d'un coup. Le canon du Smith et Wesson est pointé sur lui, bien serré dans la main de l'escogriffe en uniforme. Rocco a juste eu le temps de dissimuler derrière son dos son artillerie de campagne, provisoirement inutile. La main gauche du flic l'invite à quitter le placard. Rocco n'a pas peur. L'air surpris, il sourit :

— Bonjour...

Il a réussi à glisser le revolver dans sa ceinture. Le barillet lui meurtrit les reins.

— Merci de me sortir de là... Un courant d'air avait claqué la porte...

Morton fronce le sourcil :

— Dis donc, tu me prends pour un con, Messina ? Avance, pour commencer, les mains en l'air. Bien... Maintenant reste là. On va causer. Il va être content, ton beau-frère, le ranger de première classe, médaillé militaire, et tout et tout ! Je croyais qu'on respectait la famille, chez les Ritals ! Je t'en fous, oui ! On ne respecte même pas sa sœur. Tu entends, mon salaud ! Ils vont avoir bonne mine, l'un et l'autre, après ça, les copains du shérif ! Bouge pas, je te dis... Ce qui m'ennuie, tu vois, c'est que je l'aime bien mon shérif ! Bennett, aussi, bien sûr ! Ça me contrarie, ce qui va lui arriver. Tiens, je te vide mon sac. Si j'étais un type à la redresse, un mafioso comme toi, tu sais ce que je ferais ? Je te flanquerais une balle dans la tête, et j'irais te balancer dans un ravin : les rochers s'éboulent facilement par ici. Pat croirait que tu es parti. Elle n'aurait pas d'ennuis, son mari non plus, tout redeviendrait comme avant... Alors, tu me dis où tu l'as mis ton paquet de dollars ?

— Qu'est-ce que vous racontez ?

— Ça, si tu ne veux pas comprendre, c'est autre chose ! Sûr que tu t'es entraîné, surentraîné même, prêt à parer tous les coups ! Seulement, moi je ne suis pas un mec de la ville, un G-Man aux muscles de fer, avec un holster de luxe et un regard d'acier. Je suis un plouc, moi, un minus, comme mon père, et comme mon grand-père. Il y a une chose que je n'ai jamais supportée : les tas d'ordures au bord des routes, sous les grands arbres. Ou un tas d'ordures comme toi, dans la maison d'un ami...

Rocco ne cesse pas de sourire, comme s'il entendait les élucubrations d'un débile mental. Il a légèrement baissé les mains, les garde un peu écartées du corps. Jamais il n'aura le temps de sortir le revolver de sa ceinture. Et, à supposer qu'il soit chargé, l'autre aura déjà tiré...

— Ça ne t'ennuierait pas de relever les coudes, mon gars ? Oui, regarde-le bien mon Smith, comme le pilote de la *Regional Air Lines* devait regarder le tien : les flics de Cheyenne m'ont tout raconté. Un brave type, sûrement, ce pilote. Un type comme moi. Son boulot, son salaire. Un petit extra de temps en temps, lui avec les hôtesses moi avec les touristes... Tu sais combien ça gagne un flic, au fait ? Ça te ferait rigoler... D'après Moose, tu t'es fait un sacré magot, hein ? Tiens, si j'étais à ta place, tu sais ce que je me dirais ? « Ce mec, en face de moi, on doit pouvoir discuter avec lui. Si je bouge, il flingue, mais il n'a rien à y gagner... » Oui, mon cher ! Alors, comme ça, je lui dirais, à ce plouc de sergent : « On fait moitié-moitié, et tu me laisses quitter le pays tranquille. Ni vu, ni connu... »

Rocco ne sourit plus. Pas besoin de garder une façade. Il a compris. Il est vicieux, le bonhomme, avec son allure de troisième rôle de western.

— Et qu'est-ce que vous vous diriez encore, si vous étiez à ma place ?

— Pas grand-chose, mon gars, par exemple : « La moitié de tout vaut mieux que rien... Avec la moitié qui me reste, je retourne en Sicile. » Il paraît que c'est un beau pays... Il y a aussi la France, la Côte d'Azur. J'ai vu des photos de Cannes, dans le journal du comté... Tu dois connaître tout ça, toi qui as voyagé... Si on arrivait à s'entendre, j'irais bien y faire un tour, moi aussi... Ça me changerait de ce pays. Je n'ai jamais voyagé, il est temps d'y penser... J'ai quarante ans, mon gars... Dis, c'est pas pour ça qu'il faut baisser les bras !

— Et si on ne se retrouve pas en Europe, comme deux vieux copains, qu'est-ce qu'on fait ?

— Deux solutions. Ou je te livre aux collègues qui m'attendent au bureau et tu restes à l'ombre pour le restant de tes jours, ou je te flingue à bout portant, parce que ta gueule de voyou ne me revient pas. Voilà.

Rocco a fini par s'asseoir sur le lit. Le policeman a pris place sur la chaise de bois rustique. Son pistolet reste pointé sur le Ricain.

— Il s'en passe des choses dans votre tête, dit Rocco, admiratif.

Il écrit, sur une feuille de papier posée sur un journal plié en quatre, ce que l'autre a exigé : « Je soussigné, Rocco Messina, reconnais avoir détourné l'avion de la *Regional Air Lines* transportant les fonds de la banque de Las Vegas. Ma sœur Patricia et mon beau-frère, le ranger Bennett, m'ont hébergé en connaissance de cause, moyennant une récompense de dix mille dollars chacun... »

— Ça vous va comme ça ? demande le Ricain.

— Signe seulement, ordonne le sergent. Si tu ne tiens pas

parole, je la fais tomber avec son connard de mari, ta petite sœur chérie... A la date que je voudrai !

— Il ne fait pas bon être votre ami, plaisante Rocco.

— Tu sais, moi, l'amitié... J'ai appris une chose, à force de traîner mes bottes dans ce pays de minables : dans la vie, c'est chacun pour soi.

Rocco se lève, s'étire comme un fauve au réveil, adresse un large sourire au policier de Jackson.

— Dis donc, papa, fait-il, je ne te laisse pas la moitié de ma part pour écouter tes conneries ! Allez, en route ! On va en faire du chemin dans ta bagnole de flic... Pour le prix qu'elle me coûte...

Il plonge la main dans le dos, jette le revolver d'ordonnance sur le lit :

— Ah, elle est chouette la police dans votre pays ! Etonnez-vous après qu'il y ait la Mafia...

— Le taxi ? Il est complètement siphonné depuis qu'il a perdu sa femme, me dit Clipper. Le jour, entre deux tournées de bistrots, il fait visiter la ville aux touristes. Le matin et le soir, il fait le taxi à l'aéroport.

— Pourtant, il a été formel. Il reconnaît Messina qu'il a déposé hier soir au *Rodeo Ranch*...

C'est la chance qui m'a mis sur la trace du chauffeur-guide de Jackson. Pendant que Clipper et Moose discutaient entre eux de service en attendant le retour de Morton, je suis allé arpenter les trottoirs de bois de la pittoresque bourgade. Un taxi stationnait devant la place centrale, là où se dressent, en un énorme arc de triomphe, les crânes desséchés des wapitis aux cornes entremêlées. Le chauffeur astiquait sa plaque d'immatriculation.

— Dites donc, lui ai-je demandé en lui glissant sous le nez la photographie de Rocco, ça ne vous dit rien cette tête-là ?

Il l'a examinée du bout de ses doigts graisseux, a hoché la tête, presque immédiatement.

— C'est le type qu'est descendu hier soir chez les Bennett... Il m'a filé un chouette pourboire... Pourquoi ?

— Pour rien... C'est un ami touriste que j'ai perdu...

Le shérif Clipper hausse le sourcil :

— Il reconnaîtrait n'importe qui, ce vieux poivrot... Croyez-moi : si Messina était chez sa sœur, Morton l'aurait déniché. Il n'y a pas plus débrouillard que lui à cent miles à la ronde...

Et il ajoute, sur un ton compatissant :

— Que voulez-vous, ça nous arrive aussi, à nous, d'avoir des tuyaux crevés ! Il ne faut pas en faire une montagne !

26.

— Disparu sans laisser de trace. Ce petit flic français s'est moqué de nous !

La voix de J. Edgar Hoover assène la phrase, sur le ton habituel du grand patron qui préside la conférence quotidienne de dix heures. Le regard filtre sous les lourdes paupières, examine les huit collaborateurs qui forment le cerveau de la police la plus perfectionnée du monde. A la droite du maître, son vieux complice joue avec un coupe-papier. Cela fait plus de vingt ans que Clyde A. Tolson est entré au F.B.I., par la petite porte, avant de se hisser, par son travail, au rang de directeur adjoint.

C'est un célibataire endurci, Clyde A. Tolson, comme J. Edgar Hoover. Leur maîtresse commune, c'est le Bureau. Ils l'ont créé, vu grandir, sans l'aube d'une dispute. Ils en ont éliminé peu à peu les éléments douteux qui s'y étaient infiltrés, au début. Ils en ont fait cette étonnante mécanique à décimer les criminels. Du droit commun à la politique et à l'espionnage, ils se sont fixé pour mission de défendre l'ordre américain.

La Cadillac blindée qui, chaque matin, à huit heures trente, prend Hoover à son domicile, s'arrête à huit heures trente-cinq devant la petite maison de Colson. Les deux amis évoquent la croissance de leurs rosiers et l'appétit de leurs chiens, avant de quitter le lourd véhicule, à neuf heures moins dix très exactement. C'est à pied, souvent bras dessus, bras dessous, qu'ils terminent leur marche sur Pennsylvania Avenue. A neuf heures pile, ils franchissent le porche, gagnent leur bureau respectif. Les messages de la nuit sont passés au peigne fin, puis les rapports des chefs d'agence. Chaque agent du F.B.I. doit rendre compte de ses faits et gestes, toutes les trois heures, à quelque endroit qu'il se trouve.

A dix heures, ceux que les journalistes ont surnommés « les neuf anonymes » se réunissent sous les lambris du cabinet directorial.

— Ils devraient vous surnommer la bande des « i », plaisante souvent Hoover : initiative, intelligence, intransigeance, intégrité, oui, c'est cela qu'ils diraient ces reporters, s'ils avaient un peu d'esprit...

Le longiligne Louis B. Nichols se tient à sa gauche. Il est le responsable des archives et des communications. Sa stupéfiante mémoire lui permettrait de réciter, ligne par ligne, le contenu des rapports qui lui sont journellement adressés. Il peut indiquer, sans la moindre erreur, la position de tous les agents en mission, même dans les endroits les plus reculés de l'immense territoire américain. Comme Nichols, Leland V. Boardman, plus spécialement chargé de la coordination des services, a le grade d'adjoint au directeur. Il contrôle l'activité des agences régionales. Il est en rapport constant avec les responsables de la police d'Etat qui, de leur côté, supervisent les shérifs des comtés. Ainsi fonctionne le système policier de la fédération la plus puissante du monde.

Le petit homme trapu à tête de bouledogue explique avec une autorité tranquille :

— Baker a fait un travail remarquable, messieurs. Son opiniâtreté, son flair, sa façon astucieuse d'interroger Tony Zampa ont permis de récupérer la totalité des fonds de la banque de Las Vegas. Cette découverte tient du miracle. Personne n'aurait pu soupçonner l'activité des Indiens de la réserve... et nos hélicoptères auraient pu tourner cent ans au-dessus des Chuskas Mountains sans déceler l'invisible cachette... Diplomate, en plus, Baker ! Je vous propose de le nommer *Supervisor.* Il a réussi à convaincre le chef de la tribu de lui laisser le libre passage en lui promettant d'oublier le rôle du chauffeur Walpi... Il ira loin. C'est un garçon remarquable.

— Vous ne trouvez pas que cela fait beaucoup de concessions ? remarque le directeur de la Sûreté. Zampa, Walpi... A ce train-là, nous n'arrêterons jamais personne...

J. Edgar Hoover le considère, sans dissimuler son ironie :

— Bien au contraire ! L'essentiel c'est que les aveux de Zampa demeurent secrets le plus longtemps possible... Il ne faudrait pas que le Syndicat nous refasse le coup de Reles. Vous vous souvenez, ce mafioso qui avait viré de bord et que l'on a retrouvé, aplati comme une crêpe, sur le carrelage de l'*Hôtel de la Demi-lune* à Coney Island, malgré la vigilance continuelle de cinq policiers ! Nous avons besoin de Zampa pour appâter les frères Gaeta et Rocco Messina. Quant tout ce beau monde sera au frais, nous nous attaquerons à Don Giuseppe Guidoni. Nous démantèlerons alors l'organisation du crime. Je me suis assez battu contre le fait qu'il n'y ait aucun texte, dans l'arsenal des lois fédérales, qui nous permettait de faire tomber les grosses têtes ! J'ai fini par avoir gain de cause, même si je me suis fait beaucoup d'ennemis... ! Les *punks,* ces tueurs à la petite semaine, et les *troops,* le grade au-dessus, vont se retrouver au chômage, dès que Don Giuseppe et ses acolytes s'assoieront sur la chaise électrique...

Un long silence suit le discours du patron. Tous regardent les lourdes paupières à demi baissées, le front de lutteur obstiné, le nez cassé. Tous approuvent son inébranlable foi, sa volonté d'assainir la colossale nation américaine, de l'expurger de la racaille italienne qui a tissé, depuis le début de l'immigration, sa funeste toile d'araignée.

— Encore faut-il mettre la main sur Messina, dit Boardman. Baker pensait le faire interpeller à Yellowstone. Il a alerté mon ami Moose de la police du Wyoming qui s'est déplacé spécialement à Jackson avec le policier parisien ! Moose a rencontré Clipper, le shérif, un vieux rêveur un peu gâteux qui connaît le coin aussi bien que le fond de son holster...

— Je vois, dit Hoover avec un bon sourire. L'amoureux des bêtes et des fleurs des champs...

— ... Clipper a envoyé son adjoint au *Rodeo Ranch,* avec la circonspection dont il le sait capable... Pas de Messina... Le valet, habilement cuisiné, n'a jamais vu personne chez la sœur et le beau-frère de Rocco, un type sérieux, excellement noté par le capitaine des rangers... Conclusion, le flic français n'a émis que des hypothèses gratuites, et nous a fait perdre un temps précieux !

— Ce qui prouve, enchaîne Hoover, que nous ne devons jamais tenir compte d'informations d'étrangers au service ! D'ailleurs, quand Baker a vu opérer les Français à Paris, il n'y a pas traîné ! Méthodes surannées, locaux vétustes, flics folkloriques auxquels il ne manque que le béret basque et la baguette de pain sous le bras... Il m'a raconté qu'ils passaient leur temps à se faire des entourloupettes entre services et à picoler dans les bistrots...

L'équipe de choc de J. Edgar Hoover échange des regards amusés. Il s'y connaît, le patron, en bonne police...

— Donc, questionne Colson, pour le moment ?

— Vous poursuivez les recherches, vous piquez les Gaeta et Messina. Au besoin, vous intoxiquez la Mafia en lui faisant croire que ce Ricain est notre informateur numéro un. Le reste, je m'en charge : je téléphone à Moose de m'envoyer le flic français. Je le félicite et il reprend le premier avion pour Paris. Je n'aime pas que des rigolos viennent fourrer leur nez dans des affaires qui les dépassent... Alors, bons baisers et à bientôt... Excellente journée, messieurs.

La poignée de main termine la conférence. Resté seul, J. Edgar Hoover contemple, de la fenêtre, le spectacle quotidien de Pennsylvania Avenue, inondée de soleil. Il envie, un instant, l'assurance tranquille du flic qui dirige le torrent de la circulation. Le téléphone retentit sur la ligne directe. Il tend le bras. C'est le Quartier général de la police à New York.

— L'agitateur Martin Luther King fait encore parler de lui, monsieur le directeur. Il vous met personnellement en cause... Il vous accuse d'encourager le racisme...

— J'ai l'habitude, dit Hoover avec calme... Je le retrouverai bien un jour ou l'autre... Et puis ?

— Pas mal de viols, d'agressions et de meurtres, ces dernières vingt-quatre heures... dont deux à Brooklyn. Nos effectifs sont sur les dents...

Hoover hausse les épaules, grogne dans le téléphone :

— Eh bien, cela fait du travail pour Briend. Les histoires de mœurs et de la Mafia, c'est sa grande spécialité, non ? Dites-lui donc si, par hasard, il avait une information sur Messina, de ne pas y toucher pour l'instant... Le F.B.I., lui aussi, a besoin d'indics...

Mon échec de Jackson m'est resté sur l'estomac. Au point de me procurer des nausées, comme en donnent l'angoisse ou la grande fatigue. J'ai beau tâcher de me calmer en me disant que chaque heure, chaque minute qui s'écoulent me rapprochent de mon envol vers le ciel de France, cela ne suffit pas à me réconforter. Une mélancolie obsessionnelle me ronge. Je ne peux pas m'empêcher de me répéter que Rocco était au *Rodeo Ranch.* Et je m'épuise à me demander quel grain de sable, pour le moment inexplicable, est venu gripper un rouage de la formidable machinerie policière américaine. Le chauffeur de taxi qui avait conduit Rocco s'était montré on ne peut plus catégorique, sûr de lui. Il ne savait rien de l'affaire, ce chauffeur, et pourtant il confirmait les sous-entendus de Zampa, lors de son interrogatoire.

Ce que je ne me pardonne pas, c'est d'avoir manqué de réflexe, de n'être pas monté d'office dans la voiture du sergent Morton pour me rendre au *Rodeo Ranch...* Facile à dire, après coup, mais que pouvais-je tenter, sans l'approbation du shérif Clipper et du capitaine Moose ? Ce n'était pas à moi à leur dicter leur stratégie. Ni à mendier l'appui matériel sans lequel j'étais impuissant : le ranch des Bennett était bien trop loin, au milieu de son désert, pour que je puisse y faire le moindre repérage, sans parler d'une intervention...

Non, mes pensées n'étaient pas roses, dans l'hélicoptère qui me ramenait sur Cheyenne... Je maudissais le sort. Je jetais des coups d'œil de rancune à Moose, qui ne disait rien, lui non plus. Il me semblait songeur, préoccupé, même. Bien sûr, il m'avait affirmé être convaincu, comme Clipper, que Messina n'était jamais venu dans la région, mais quelque chose me disait qu'il n'avait pas l'âme aussi sereine que ça...

A Cheyenne, un message radio attendait le chef de la police de l'Etat. Ma mission était terminée. Je devais me rendre à Washington pour recevoir les remerciements du grand patron du F.B.I., John E. Hoover en personne. Au diable ! Après tout, je n'ai plus rien à faire aux Etats-Unis, sauf repasser par New York pour réserver ma place sur le vol Air France qui me ramènera au pays.

J'ai une journée devant moi. J'ai retrouvé la chambre de mes débuts new-yorkais, à l'hôtel *Commodore*. J'ai passé un coup de fil à l'inspecteur-chef assistant Briend, sous le prétexte désintéressé de lui faire mes adieux, mais dans l'intention moins avouable de lui tirer les vers du nez. Il plane trop de pans d'ombre sur cette enquête américaine. Les dés sont pipés quelque part, j'en suis sûr...

Briend ne peut guère m'en vouloir ouvertement de ma disparition et de ma collaboration avec le F.B.I. à Las Vegas, puisque cela s'est passé en dehors de mon secteur. Mais l'accueil a été glacial, comme je m'y attendais. L'avorton grisonnant m'a considéré du haut de sa supériorité administrative, lâchant du bout des lèvres :

— Vous avez eu une longue conversation avec June Bickman. La moindre des corrections eût été de m'en faire un compte rendu. Cela m'aurait évité de la convoquer.

J'ai éludé le reproche pour demander :

— Et que vous a-t-elle appris de plus qu'à moi ?

— Rien... sinon que vous avez joué le gangster à la perfection, monsieur René Moustache ! Félicitations. Vous l'avez si bien convaincue qu'il a fallu que je l'interroge pendant plus d'une matinée, et que je la confronte même aux serveuses du *delicatessen* où vous avez dîné avec elle, pour qu'elle avoue qu'elle vous avait bien rencontré ! Ça vous fait rire ?

Je souris seulement, en revoyant la scène : la grosse June suant sang et eau dans le corsage qui découvre les seins aux trois quarts... La jupe de satin rose où éclatent les hanches trop fortes...

— Mais, dis-je, vous a-t-elle appris quelque chose d'autre sur la Rouquine, sur Messina ?

— Hélas non, avoue l'inspecteur-chef assistant, avec une moue déçue. Je l'ai pourtant menacée de la faire tomber chaque jour de la semaine si elle n'était pas plus coopérative...

Mais qu'est-ce que vous voulez faire, avec une pareille tête de mule ?

— Vous, rien... Mais moi, qu'elle imagine être le truand Moustache, je peux lui rendre visite avant mon départ !

Briend, perplexe quelques secondes, me regarde, consulte sa montre, se décide :

— Ce n'est pas une mauvaise idée... L'ennui, c'est qu'à cette heure-ci, elle n'est pas encore dans la rue. Elle ne commence son... service qu'à huit heures du soir. Et il est six heures. Elle doit se préparer...

— Et moi, je n'ai pas son adresse, dis-je.

Une lueur ironique, presque inquiétante, brille dans les yeux froids de Briend :

— Rassurez-vous, très cher collègue... Je l'ai bien en tête. Le 427 Thompson Avenue, dans le Queens... Le sergent Diamond est de service de jour, ça tombe bien. Il va nous conduire. Un détail cependant : comment serez-vous censé connaître son domicile, si elle ne vous en a pas parlé ?

— Et Manzoni, son ancien amant, qu'en faites-vous, très cher collègue ?...

Je ne suis pas rassuré, ballotté d'un bout à l'autre de la banquette arrière de la Ford. Ce serait trop bête que mon expédition américaine se termine dans une masse de ferraille tordue, calcinée... Mais cela ne suffit pas à expliquer l'angoisse qui ne me quitte pas, comme si ce pays finissait par me faire peur, sournoisement, mais d'une façon de plus en plus nette... Ces hurlements de pneus me portent sur les nerfs.

J'interroge :

— Comment se rend-elle à son travail ? Elle possède une voiture ?

— Non, répond Briend sans se retourner. Par un taxi, ou le métro... Il faut être fou pour avoir une voiture à New York...

Je pense soudain que ma valise est restée au *Commodore,* où j'ai réglé ma chambre en attendant de la récupérer. Mon avion n'est qu'à dix heures, mais l'enregistrement à neuf. Jamais je n'aurai le temps de revenir à Manhattan, après avoir vu la grosse June !

Décidément, tout me semble absurde aujourd'hui. Mes nerfs me jouent des tours. Il est temps que je quitte le pays... Je commence à m'agiter sur la banquette de la Ford en folie...

— Dites, monsieur l'inspecteur-chef, je ne pensais plus à mon avion... Je m'en aperçois parce que nous suivons la route de l'aéroport... Je n'aurai jamais le temps...

Cette fois, Briend se tourne vers moi. La lueur sarcastique n'a pas quitté ses yeux.

— Je vous fais remarquer que c'est vous qui avez voulu rencontrer June, dit-il. Ne vous tracassez pas pour autant. Vous l'aurez votre avion !

Il décroche le combiné-radio du tableau de bord.

— Unité A 93, inspecteur-chef assistant Briend. Qui est là ?

— Sergent Gordon.

— Bon, écoutez-moi, sergent...

Ça ne traîne pas chez les flics d'outre-Atlantique. Je me détends un peu : maintenant, je suis sûr de pouvoir partir. Ordre a été donné de récupérer la valise de l'inspecteur Borniche à l'hôtel *Commodore* et de la déposer au guichet d'Air France à l'aéroport d'Idlewild, où il la prendra tout à l'heure... Je remercie Briend.

— Pas de quoi, grommelle-t-il. Vraiment pas de quoi... Dites donc, Diamond, vous vous endormez ? Avancez, que diable !

Il ne faut pas le lui dire deux fois, à Diamond ! Cette fois, il met la gomme ! Il déclenche la sirène et le gyrophare. Le grand jeu. J'ai l'impression d'être dans un film. Un film pas rassurant du tout, à vrai dire. Elle me semble bien étroite la brèche qui s'ouvre devant nous, entre des rochers de voitures. Et pourtant, on passe ! Tout juste : une Chrysler doublée fait un écart, les pneus de notre Ford miaulent, je m'en vais valser contre la portière de droite... Ouf ! On est passés. Le virtuose Diamond slalome de plus en plus vite. Un camion géant envahit le pare-brise... Je ferme les yeux. On est encore passés...

Dans le cyclone de notre allure infernale, je vois défiler le Queensboro Bridge, qui surplombe l'East River. Puis, sur la droite du Queens Boulevard, Diamond se jette dans Thompson Avenue. Pour porter à son comble l'impression d'affolement général, les avions d'Idlewild et de La Guardia tournent en un ballet assourdissant. Leur vacarme perce les épaisses vitres de la Ford. Diamond ralentit. Le cou tendu, il déchiffre les numéros. Nous approchons !

— Tiens ! dit-il, un accident, là-bas...

Un rassemblement au milieu de la Thompson Avenue l'oblige à ralentir davantage encore. Je devine les exclamations, je vois les gestes. Des têtes curieuses pointent aux fenêtres.

— On dirait que c'est devant le meublé où on va, dit Briend. Arrêtez-vous là, Diamond, si vous ne voulez pas que June nous repère...

C'est à ce moment précis que la radio nasille dans l'habitacle :

— Central à toutes unités de police... Assassinat 427 Thompson Avenue... Avis à toutes voitures les plus proches...

Déjà Briend a sauté sur le micro, s'égosille :

— Unité A 93, inspecteur-chef assistant Briend, sur les lieux... Faites le nécessaire ! Ambulance, médecin, identité...

Il raccroche le micro, se retourne, visage fermé. Ses yeux ne reflètent plus qu'une froideur polaire, qui me met terriblement mal à l'aise. Glaciale aussi est sa voix, qui articule :

— Il ne manquerait plus que ce soit votre June... Avec une salope pareille, il faut s'attendre à tout...

Le *Sand Hotel* sue la tristesse, mais sa propriétaire a l'air d'une brave femme. Elle accueille visiblement le gyrophare de la Ford comme l'annonce d'un salut. Elle se précipite vers nous, haletante :

— Ça alors ! Je viens à peine de téléphoner, et vous êtes déjà là...

Briend, plus fermé que jamais, ne répond pas. A grandes enjambées, sans regarder autour de lui, il gagne le meublé aux murs gris, dont la façade évoque à la fois la vie morne, et le drame aujourd'hui. La maison s'étire interminablement, au long de son unique étage. Je songe à une caserne, à une prison. C'est sans doute un peu tout ça, en effet, pour les gens qui vivent là-dedans...

Quelque chose me choque, cherche à se faire jour dans mon esprit. Et je trouve ce qui m'étonne : Briend n'a pas demandé à la logeuse qui est la victime...

J'essaie de me persuader qu'il est mû par une prescience extraordinaire, l'inspecteur-chef assistant Briend. Il en faut, pour tout savoir quand on ne devrait rien savoir... Tel un robot téléguidé par une force inconnue, il fend la foule des badauds. Je me colle à ses trousses. La vitesse de ses petites jambes défie les miennes, pourtant longues.

Quand il fonce vers le premier étage, je n'y tiens plus, mon malaise explose :

— Comment savez-vous que ça se passe à cet étage, dans cette chambre ?

Sans m'accorder un regard, il hausse les épaules. Il me répond, avec une hostilité sourde, presque agressive :

— Il n'y en a qu'une à qui ça pouvait arriver... Quand on joue au malin avec la Mafia...

Je me fige. Quelle curieuse réaction... Je sens un regard sur moi. Je me retourne. C'est Diamond. Je rêve, ou il cligne des paupières ?

Non, je ne rêve pas... Je frissonne... Curieux pays, curieuses méthodes...

Je ne comprends rien, ou je ne comprends que trop ?

Je n'ai pas le temps de me poser deux fois la question. Ce que je découvre est insoutenable. Par la porte de la chambre entrouverte, je n'aperçois d'abord que deux pieds, à une trentaine de centimètres du sol. Une pantoufle pend, encore accrochée au pied gauche, l'autre est tombée sur le sol.

J'avance d'un pas. Je me force à lever lentement les yeux, jusqu'à une jupe de satin rose, sur un côté de laquelle le sang a coulé en larges traînées, jusqu'au carrelage.

Je réprime ma nausée. Mes yeux remontent courageusement les flaques de sang jusqu'au corps de la grosse June. Comme la bile me vient aux lèvres, les récits des exécutions de la Mafia hantent mon esprit...

Il savait donc ce qu'il allait trouver, Briend ? C'est bien la grosse June, les yeux exorbités, les lèvres figées en un affreux rictus. Pauvre June, misérable victime de l'Organisation qui ne pardonne pas, d'une société qui n'a d'honorable que le nom... *Onorata Società...* June suspendue au plafond de sa cuisine. Un croc de boucher a traversé le cou. La pique est ressortie par la joue gauche. Un poisson mort baigne entre les seins sanglants — les fameux gros seins de June...

Désespoir, révolte... J'ai vieilli de quelques années, en quelques instants. Je fais un effort pour revenir à moi. Emergeant du cauchemar, je reçois en pleine gueule la puanteur qui règne dans la chambre souillée. Urine, excréments, derniers spasmes de la morte... Je note machinalement, comme si ça avait de l'importance, maintenant, que le meurtre est assez récent, d'après la coagulation du sang... Et puis je vois la main droite coupée, au ras du poignet...

La propriétaire se colle un mouchoir sur le nez. C'est vrai qu'elle a déjà résisté au premier choc, tout à l'heure. Je lui demande comment elle a découvert le massacre :

— C'est le locataire du rez-de-chaussée qui s'est aperçu, tout à l'heure, que son plafond devenait rouge... Je suis montée. Je n'ai pas eu à frapper, la porte était entrouverte... Voilà !

Voilà, eh oui... Voilà...

Voilà quoi ? Que veut dire, une fois encore, le mouvement de paupières de Diamond, figé dans son uniforme bleu, cet exaspérant mouvement de paupières qui me désigne Briend, pour signifier quoi ? Ce que je ne veux pas, ce que je n'ai pas le droit de savoir...

Pas ému pour deux sous devant la boucherie, Briend...

— Vous voyez, cher collègue, dit-il, plus avorton hautain que jamais, grâce à vous, nous sommes les premiers sur les lieux... Une nouvelle affaire commence... Pour moi, bien sûr ! Car, vous si vous ne voulez pas rater votre avion...

Oh, non, je ne veux pas le rater, mon avion. Pour rien au monde.

Non, ce curieux, trop curieux pays, dans lequel m'a jeté la poursuite du Ricain, m'inspire trop d'admiration et de terreur. Est-ce le destin du gigantisme, que de sécréter à la fois la grandeur et la misère ?

Merci, sergent Diamond, de m'avoir déposé à Idlewild, où j'ai retrouvé ma valise. Vous avez cessé de cligner des yeux, vous m'avez à peine souri en me faisant de la main un « au revoir » sans conviction... Vous avez compris que je repartais vers mon pays à moi, ma police à moi, mes méthodes à moi. Peut-être, aussi, avez-vous compris que j'avais plus de chance de prendre ma revanche sur le Ricain, hors de votre pays, où la Mafia et la corruption jouent décidément un grand rôle !

Curieux, dangereux pays...

Au restaurant de l'aéroport, mon hamburger refroidit dans l'assiette. Je n'ai pas faim. Plus faim, pour un bon bout de temps. Faim, en revanche, des journaux du soir, envahis par des titres énormes : « Trésor de Las Vegas retrouvé... » « Le F.B.I. enquête... » « Le *Special Agent* Baker déclare : »

Je regrette tout ça à côté de mon hamburger. Si après ce cirque, ils ont encore l'espoir de mettre la main sur Messina...

Air France, heureusement, invite ses passagers à destination d'Orly. Quel soulagement d'entendre parler français ! Je franchis des barrages officiels. Mais si, messieurs de la douane, j'en aurais des choses à déclarer !...

Adieu l'Amérique.

Déjà, en haut de la passerelle, me parviennent les grognements du Gros. Qu'on le veuille ou non, ils ont quand même quelque chose de sympathique et d'humain.

LE K.O.

27.

Paris s'est éveillé sous la neige. Les arbres du boulevard Arago, secoués par le vent glacial, se débarrassent du trop lourd fardeau de leurs branches sur le passant malchanceux. Le thermomètre s'est figé à − 7. Devant l'arrêt de bus Glacière, le bien-nommé, la marchande de journaux bat la semelle, en évoquant la Sibérie.

Le nez rougi par le froid, le col de la gabardine relevé, les mains bien enfouies dans les poches, je trotte vers la Santé, en crachant, comme une locomotive, des ballonnets de buée. Je n'ai que cinq cents mètres à faire pour franchir le porche de la prison dont la masse sinistre écrase un quadrilatère de rues désertes. Je vais retrouver la bienfaisante chaleur du parloir... Si j'avais le temps, je me taperais un crème croissant au bistrot d'en face, « *A la Bonne Santé* ». Tout un programme ! C'est une oasis, ce bistrot. Le monde de la prison s'y retrouve : gardiens assoiffés, parents de détenus qui viennent là déposer leurs colis pour éviter l'attente au guichet, jeunes avocats racoleurs de clientèle, flics et gendarmes en instance de convois... La vie y grouille. Les nouvelles y prennent une importance démesurée. Car « *A la Bonne Santé* » est aussi l'escale des libérés. Marcel, le patron, est un finaud. Il a toujours une bonne blague à raconter.

Je n'ai pas de temps à perdre, hélas. Le Gros ne me l'a pas envoyé dire :

— Le juge Boussingeaux a téléphoné. Massiac aurait des révélations à faire. Et vous, depuis votre fiasco américain, vous avez besoin de vous distinguer. Alors, foncez chercher un permis et rappliquez ici avant onze heures. Je dois m'absenter tout l'après-midi.

Le temps de plaindre le malheureux gardien de la paix, recroquevillé transi dans sa guérite, et je franchis la porte piétonnière qui donne dans la cour d'honneur de la prison. Ça pue l'hiver, la tristesse. Le pavé est gras. Le lierre, qui tapisse les bâtiments de pierre meulière, est moucheté de givre. Un fourgon cellulaire, moteur en marche et ventre ouvert, attend sa cargaison de détenus. Destination : le Palais de Justice. Son marchepied arrière affleure les trois degrés qui mènent à la détention. C'est là qu'au petit jour se dresse parfois la guillotine.

Pas besoin de montrer ma carte de police : tout le monde me connaît, à la Santé. J'y suis venu des centaines de fois, depuis la Libération, soit pour y déposer des inculpés, soit pour les extraire comme on dit chez nous, soit, comme aujourd'hui, pour les interroger... La porte vitrée s'entrouvre et se cadenasse derrière moi, dans un cliquetis de clés. Devant le greffe, un gardien à la casquette étoilée d'argent fait l'appel des partants, sous l'œil attentif de deux gardes mobiles, le mousqueton à l'épaule. Aucune ébauche de sourire, sur ces visages amaigris, dont beaucoup ont de la fièvre aux yeux...

— Salut, Borniche. Ça caille, ce matin, dis donc !

Je serre les mains par-dessus le comptoir, frontière séculaire entre l'ordre et la délinquance. Le délabrement du mur de face disparaît sous l'accumulation de volumineux registres d'écrou dont la toile noire est devenue violette à force d'être manipulée. L'énorme horloge à chiffres romains indique dix heures. J'exhibe le permis de communiquer que le juge Boussingeaux a préparé à mon intention. Son greffier à manches de lustrine me l'a remis entre deux griffonnages de procès-verbal d'interrogatoire.

Les cabines des parloirs sont ouvertes, de chaque côté du couloir qui mène au quartier bas. Je me glisse dans la 7. C'est mon chiffre favori. Je sors une plaquette de chewing-gum de ma poche. Depuis que je suis revenu en France, je ne fume plus et — ô contradictions de la nature humaine — je mastique aussi bien qu'un policier américain. Le jour gris et sale filtre au-dessus de moi, par l'immense verrière du toit... Le haut-parleur du rond-point tonitrue l'ordre à travers les divisions :

— Massiac Etienne, parloir !

Puis le silence engloutit cette poubelle sociale, troué çà et là par un cri sur l'étroite coursive, devant les cellules numérotées, un grincement de serrure, un martèlement de sabots sur le ciment d'une division...

Non, je n'ai pas été accueilli avec un enthousiasme délirant, à mon retour des U.S.A., l'été dernier. Elle était loin, la réception triomphale de Richard Baker, l'as du F.B.I., dans le hall d'Orly, le brave Crocbois portant sa superbe valise en cuir... Il était là, pourtant, Crocbois, mais Vieuchêne y était aussi, avec son masque des mauvais jours :

— Bravo, Borniche. Félicitations... Pour un succès, c'est un succès !

Pour une fois, j'avoue qu'il n'avait pas tort. Les vérifications de Morton à Jackson, chez les Bennett, n'avaient pas donné grand-chose. Elles n'avaient même rien donné du tout.

— Vous êtes encore plus mauvais flic que je ne le pensais, Borniche. A quoi sert donc tout ce que je vous ai appris ? Vous aviez un tuyau, il suffisait de foncer seul à Jackson et que faites-vous ? Vous allez faire des confidences au F.B.I. ! Alors, ça...

Sitôt arrivé au bureau, la charmante aubade avait repris de plus belle, un ton au-dessus :

— Quelle idée j'ai eue de ne pas vous laisser partir en Corrèze et de mettre quelqu'un d'autre sur l'affaire ! Et quand je pense à ce que vous avez dépensé en Sicile, tout ça pour rien ! Ça devait être du joli, en Sicile ! Je vous vois d'ici, en train de papillonner devant le *Dottore* Poggi, pour vous faire valoir à mes dépens... Vous avez dû m'y arranger, en Sicile, comme ailleurs, selon votre habitude ! « Et c'est moi qui ai arrêté Buisson, et c'est moi qui ai cravaté Girier, et c'est moi qui ai piqué Pierrot le Fou, et patati, et patata, tout ça pendant que Vieuchêne se prélasse dans son fauteuil... » Ne dites pas non, je vous connais ! Je voudrais pourtant que vous compreniez une chose, Borniche : je suis votre chef. Je ne vais peut-être pas sur les coups mais, sans mon autorisation, vous ne pourriez pas y aller non plus. C'est clair.

Il s'en étranglait, le Gros ! Il a eu une quinte de toux qui lui a secoué la voix, rempli les yeux de larmes :

— La Sicile, encore... Au lieu de rentrer dare-dare par avion, ce qui aurait permis de gagner au moins vingt-quatre heures et de sucrer Rocco à Médan, qu'est-ce que vous faites, vous, jusqu'à Naples ? De la navigation ! Je vous demande un peu ! Et bien entendu, le joli cœur, pour appâter les voyageuses... Tout a foiré à cause de cela. Vous vous en expliquerez avec le directeur. Parce que je vous fiche mon billet, que je vais lui en toucher deux mots, au directeur... Au ministre aussi. Si vous croyez qu'il va être heureux, le ministre, avec le sous-secrétaire d'Etat marinier sur le dos !

Il fallait laisser passer l'orage. J'ai l'habitude. Ensuite, comme il se laissait tomber, exténué, dans son fauteuil, j'ai mené ma contre-attaque, point par point. Le détail de mes faits et gestes l'a peu à peu calmé. Il a fini par soupirer :

— Les Ricains vous ont quand même possédé, ne dites pas le contraire ! Dans le fond, ce F.B.I. dont vous me rabâchez les oreilles, avec leurs méthodes, leur organisation, leurs états de frais, c'est pareil que la P.P. Tous des salopards !

Puis, nous avons débattu de la nécessité d'interpeller la Langouste, de le mettre à l'ombre pour recel de malfaiteur. J'ai fait valoir mes arguments. Où cela nous mènerait-il, puisque Rocco était toujours en Amérique, pourchassé par les shérifs, les inspecteurs-chefs assistants et les agents spéciaux ? Autant garder cet atout dans notre manche, pour plus tard...

Restait Liliane. Le cas était identique. A quoi nous servirait-elle en prison ? Il valait mieux la conserver comme appât si jamais Messina réapparaissait.

La discussion a duré une heure, entremêlée d'exclamations, de soupirs, d'allées et venues dans le bureau du Gros, aux fesses rebondies dans le pantalon trop tendu.

Nous étions finalement convenus d'attendre un élément nouveau... Qui tardait à se manifester. Le mandat d'arrêt pour meurtres, délivré contre Rocco Messina et diffusé par l'Organisation internationale de Police criminelle, continuait à courir derrière l'insaisissable Ricain...

Le temps passait. L'implacable routine policière...

— Alors, Massiac, ce parloir, ça vient ?

Le haut-parleur a de nouveau mugi.

Mais oui, ça vient. Il est même déjà là, Pépé Massiac, précédé du surveillant court et ventru que la clientèle très spéciale de l'établissement a baptisé, avec le sens des formules imagées qui la caractérise, « Bas des Miches »...

L'empereur du *Paris-by-Night* n'a pas tellement changé, depuis dix ans que je ne l'ai vu [1]. Un peu vieilli, bien sûr, mais toujours impressionnant avec la haie broussailleuse des sourcils au-dessus des yeux marron, le crâne luisant, lisse comme un œuf, et la cicatrice étoilée à la joue gauche, souvenir d'une orageuse discussion au couteau avec un irrégulier de la profession. Il serait toujours vain de chercher dans le regard la moindre lueur d'humanité. Ni la prison, ni l'âge n'ont rendu plus humain le redoutable Auvergnat.

Bas des Miches verrouille la porte. C'est l'heure où les avocats arrivent au parloir pour s'entretenir avec leurs clients. Il va avoir l'œil, le maton, et le bon, pour tenter de surprendre une sortie de courrier clandestine. Une fois de plus, son va-et-vient d'homme-tronc devant les baies vitrées va le faire transpirer. A la fin des visites, il sera épuisé, la casquette en bataille et les joues écrevisse.

Pépé Massiac s'est assis en face de moi, le dos tourné à la porte. Il en a sa claque, des surveillants. L'ampoule électrique noire de chiures de mouches, suspendue au bout du fil torsadé, fait briller le crâne, souligne les cernes autour des petits yeux jamais au repos, et les commissures des lèvres qui s'abaissent en une moue désabusée.

Il est bien déchu, le roi des boîtes de nuit !

— Tu as écrit au juge Boussingeaux, dis-je. Comme il nous préfère à la P.P., il nous a transmis ta demande... Des ennuis ?

1. Voir *l'Indic*.

Sa main nervurée de veines saillantes décrit dans l'air une courte trajectoire :

— Bah, comme tout le monde, fait-il. Un coup de cafard !

— Qu'es aco ?

Ma sollicitude soudaine n'a rien de joué. Le malheur des autres m'a toujours chagriné. Et là, je sens que ça ne va pas, vraiment pas, dans la tête de Pépé Massiac.

Il gratte sa calvitie, pour finalement se décider :

— C'est rapport à Liliane. Elle va se faire la malle... Partir pour l'Italie retrouver son nouveau Jules...

— Qui c'est, son nouveau Jules ?

— Le Ricain.

On peut dire que je ne m'y attendais pas ! J'en ai la tête qui bourdonne. Je fais répéter :

— Le Ricain... Messina ?

Pépé Massiac, les yeux pleins de haine, hoche la tête d'un air convaincu.

— Oui, Messina. Il est rentré des Etats-Unis et, dès son arrivée, il m'a piqué Liliane... Tout ça, c'est la faute à la Langouste ! Ils se voyaient chez lui avant, pendant que j'étais en taule. Et maintenant qu'il y a goûté, à ma Liliane...

Son air de rancune, de dégoût mêlé de fureur, fait peine à voir. Je réfléchis vite. D'abord, est-ce qu'il ne radote pas, le vieil Etienne ? Il a soixante-dix ans sonnés, et, vu la vie agitée qu'il a menée, ça fait beaucoup... Assez en tout cas pour qu'il se fasse des idées, dans la solitude de la prison, et qu'il raconte un peu n'importe quoi... Parce qu'il faut bien dire que ce qu'il m'annonce est difficile à croire : Rocco Messina, inculpé de meurtres, de kidnapping, de vol qualifié, que tout le F.B.I. recherche en Amérique, serait revenu en Europe ? Ou c'est lui qui est fou, ou c'est Massiac !

Dans la nudité de cette cabine-parloir, l'atmosphère est tendue comme dans une cour d'Assises, lors de la déposition du témoin principal, quand je demande, le plus calmement que je peux :

— Qu'est-ce qui te fait dire que le Ricain est revenu ?

Pépé Massiac se retourne, jette un coup d'œil à l'homme-tronc dont la casquette commence à chavirer, revient à moi :

— Liliane s'est confiée à son amie Pénélope, l'associée de Charlot la Ronflette, qui a touché aussitôt mon avocat pour me prévenir...

Il marque un temps d'arrêt, comme si la suite était pénible à exprimer. Je demande :

— Qu'est-ce qu'elle lui a donc raconté ?

— Que j'étais vieux, que j'en avais encore pour deux ans à tirer, qu'elle ne pouvait plus attendre pour refaire sa vie, tout le cinéma, quoi... Quand je pense que je l'ai sortie de sa fiente italienne, que je l'ai nippée, installée, couverte de fourrures... Même pas la reconnaissance du ventre ! Ah, Charlot, c'est pas pareil. Avec les femmes, il ne s'emmerde pas, lui ! Ce sont des compteurs, rien que ça. Il en a des kilos sur le bitume, sous les ordres de sa Pénélope, et jamais le moindre accroc ! Seulement, Charlot c'est pas un sentimental !

— Pourquoi on l'appelle la Ronflette ?

— Parce que les affaires, ça ronfle avec lui. Mais, attention, un brave mec... Les salopards, il ne peut pas les piffer...

— Moi, non plus...

Il est à point, dans sa fureur, Pépé. C'est le moment de le remettre sur la bonne voie des confidences spontanées :

— Qu'est-ce que je peux faire pour toi ?

— Encrister Rocco !

— Pas possible en Italie ! Un pays n'extrade pas ses ressortissants...

— Vous me faites marrer avec votre Italie ! Il se planque je ne sais où, à proximité de la frontière française, parce qu'il a été obligé de quitter l'Amérique... Certains disent qu'il a fait dégringoler ses amis en les balançant au F.B.I. Dommage, entre nous, qu'il n'y soit pas resté, là-bas, il aurait fait un beau macchabée... Et surtout, il aurait foutu la paix à Liliane !

Je peux dire que, ce matin, je ne suis pas au bout de mes découvertes !

— Qu'est-ce que tu chantes ? La Mafia rechercherait Rocco ?

— Pas toute. Il était le protégé de Don Calo Puzzoli qui vient de casser sa pipe. Et le nouveau *Capu* est un copain de

Guidoni, le *mustachio* de New York, en cavale lui aussi... Alors, forcément, il se sent protégé, le Ricain. Entre nous, il aurait besoin de se racheter s'il veut garder ses osselets intacts ! Monter un gros coup pour l'Organisation. Ça le remettrait en selle...

Je hausse les épaules :

— Pour moi, ça ne change rien au problème. Il est italien et, en Italie, je ne puis rien faire. C'est dommage.

— D'accord, mais en France ?

— Ça changerait tout, bien sûr ! Il a déjà l'affaire de Neuilly sur le dos...

Le visage de Pépé Massiac se transforme. Ses yeux sont devenus durs. Il n'a pas l'air de débloquer du tout :

— Neuilly ? Sûrement pas. Je vais vous dire une chose qui va vous surprendre, inspecteur... Dieu sait que je lui crache dessus, à ce salaud de Ricain, et que j'aimerais bien avoir sa peau. Mais il ne faut pas vous tromper de tir pour autant : ce n'est pas lui qui a buté les vieilles de Neuilly !

Mon air médusé lui arrache un sourire étriqué. Je murmure :

— Qu'est-ce que tu fais de ses empreintes ?

— D'accord, il y a ses empreintes... Seulement, lui, il ne venait que pour faucher... Quand il est arrivé dans la pièce, le coffre était ouvert. Quelqu'un était passé juste avant lui ! Ce con a vu les cadavres et il en a laissé tomber sa lampe ! Il s'est débiné par là où il était venu. L'opération ne lui a pas rapporté un flèche ! Si vous voulez piquer l'assassin, cherchez dans l'entourage des victimes, les gens qu'elles ont pu faire travailler. Le Ricain est tout ce qu'on veut mais ce n'est pas un tueur.

— Tu parles ! Alors, aide-moi dans l'affaire de Neuilly et je ferai quelque chose pour toi...

— Vous ne pouvez rien faire, et je ne veux rien... Tout ce que je vous demande, c'est d'emballer Rocco quand il vient en France, en douce, pour qu'il laisse ma femme tranquille... D'accord ?

— D'accord, mais comment ?

Pépé Massiac se lève, frappe au carreau, me serre la main.

- Pour le coup de Neuilly, je vous fais déjà une belle

fleur : voyez le type qui a monté le système d'alarme... Une idée comme ça. La Langouste avait un copain installateur, bien qu'il ait fait croire au Ricain que c'est une fille qui lui avait donné le tuyau. Je ne suis pas flic, moi. Mais, si je l'étais, j'ai comme l'impression que j'avancerais plus vite que vous dans mes enquêtes. Pour le reste, on verra. Salut...

Il a repris du poil de la bête, le Pépé. L'idée de sa vengeance contre le beau Ricain et la Langouste le rajeunit. D'ici peu, il me filera une autre information sur la venue de Rocco en France. Je le sens. Il n'y a plus qu'à attendre.

Je touche du bois. Si le Gros n'est pas satisfait avec ça ! Lui qui veut jouer à John Edgar Hoover..

28.

La police est un éternel recommencement.

J'ai mis à profit les mini-confidences de Pépé Massiac, qui se morfond dans son cul de basse-fosse de la Santé. J'ai retrouvé la rue Lekain et les planques à Passy au cours desquelles Crocbois ne cesse de faire la navette entre la camionnette bâchée mise à ma disposition par le chef du garage, et le central téléphonique qui, cette fois, ne livre que des conversations d'une affligeante banalité. Ou Liliane est d'une prudence rare, ou, contrairement à ce que prétend son jaloux et embastillé concubin, elle a rompu ses relations avec le Ricain et la Langouste. Sa seule amie, c'est Pénélope. Et encore, il n'est question que de Chanel, de Guerlain et d'Alexandre !

Le Gros a parfaitement résumé la situation. Hier soir, il m'a apostrophé au téléphone :

— On ne va pas camper là-dessus toute la semaine. J'ai mis la moitié de la section à votre disposition. Vous transformez Passy en poulailler ! Faut revoir Massiac.

— Il ne sait rien de plus, pour le moment, patron.

— Eh bien, moi, je sais ! Je ne suis pas votre ami Hoover, moi ! Si après-demain il n'y a pas de nouveau, on lève la séance... Compris ? Et pour Neuilly ?

— Je m'en occupe...

En fait, je ne m'en occupe pas du tout. Mais le travail se fait quand même. A l'insu du Gros. L'autre jour, en sortant de la Santé, je suis entré au bistrot d'en face. Le froid glacial me guidait vers un café chaud. J'ai commandé un « double serré ». Mes yeux se sont posés sur le téléphone, à côté de la caisse. Décidément, les voyages forment la jeunesse : j'ai eu soudain l'envie d'enterrer la hache de guerre avec la P.P... J'ai composé le numéro Turbigo 92.00. Pas libre. J'ai hésité à recommencer. Si Vieuchêne apprenait ça... Tant pis. J'ai refait Danton 44.20. Ce coup-ci, ça marche.

— Pomarède. J'écoute.

Il allait avoir une belle surprise, l'inspecteur-artiste-poète de la Criminelle.

— Borniche de la S.N.

Trois secondes de silence traduisent bien sa stupeur, en effet...

— Oui ?

— J'ai besoin de vous voir, dix minutes, pas plus. Je crois que vous ne le regretterez pas.

Nouveau silence. Derrière la vitre, les flocons de neige ont recommencé à tourbillonner. L'odeur du café me chatouille les narines... Si Pomarède tarde encore à répondre, s'il fait le difficile, tant pis pour lui, je passe le tuyau à quelqu'un d'autre. Après tout, est-ce qu'il m'a prévenu, lui, quand il est venu me piquer Gravona en Corse, dans mon secteur, espérant mettre la main au collet de Malaggione[1] ?

— C'est pas pour l'affaire La Morlière ?

Pomarède a du flair, c'est indiscutable. Il demeure fidèle à sa légende. Je n'ai prononcé aucun nom, et il a deviné du premier coup...

— Peut-être, dis-je sans me compromettre. Pouvez-vous être dans vingt minutes au *Café du Palais ?*

— Oui, mais pas plus !

Juste aimable avec ça ! J'avale mon café, trottine jusqu'à l'arrêt du 21, sous les flocons qui s'agrippent à ma chevelure et me transforment en bonhomme de neige ambulant. La marchande de journaux est toujours aussi frigorifiée. Et ce bon sang d'autobus qui n'arrive pas. Je me gèle. Il me dépose enfin, le 21, devant la grille d'honneur du Palais de Justice. Le *Café du Palais,* surchauffé, retentit du tumulte matinal des

1. Voir *l'Archange.*

conversations de flics, d'avocats et de plaideurs, qui se retrouvent là avant l'audience de treize heures. Je cherche la seule tenue insolite en ce lieu, le taupé et la lavallière bouffante de Pomarède, que je déniche derrière le pilier de la caisse. Le peintre du dimanche s'est installé devant un verre d'eau. Il sourit aimablement, comme à distance, et sa main est molle. Le moment est historique, j'ai des années de guéguerre à me faire pardonner...

— Quel temps !

Sur ces mots peu compromettants, je m'ébroue, m'assieds en face de lui. Dans son dos, je repère de suite un collègue massif, à la figure noiraude, qui tend l'oreille avec maladresse. Pomarède n'est pas venu seul. Il ne redoute tout de même pas un guet-apens dans cette annexe limonadière du Palais !

— Je vous écoute, dit-il gravement, les doigts joints.

Je n'aime pas le ton. On dirait le professeur qui interroge l'élève. J'ai envie de lever la séance. Mais, puisque c'est moi qui l'ai provoquée.... En plus, il va me rendre service. N'en déplaise au Gros, je n'ai pas le temps de courir deux affaires à la fois.

— C'est pour La Morlière, en effet.

Bien sûr, je ne trahis pas ma source d'information. Avec calme, j'expose à Pomarède que l'enquête pourrait s'orienter vers l'installateur du système d'alarme...

— J'y ai pensé avant vous. Mais les empreintes de Messina, qu'est-ce que vous en faites ?

J'en étais sûr. J'adopte un ton convaincant :

— D'après ce qui m'a été rapporté, il a tenté le casse. Mais, quand il est arrivé sur les lieux, il a trouvé le coffre vide et les victimes égorgées...

— Joli roman, persifle Pomarède Monté sans doute par les amis du Ricain pour essayer de le blanchir... Vous avez des témoins de ce que vous avancez ? Et vous savez qui a fait le coup ?

— Non... Mais ça vaut peut-être la peine de vérifier !

L'inspecteur principal artiste m'adresse un sourire en coin qui en dit long sur ce qu'il pense de ma bonne foi.

— Je vais vous parler franchement, collègue Je n'ai pas

attendu après vous pour faire les vérifications. Si votre affaire était si claire que cela et si facile à élucider, vous ne seriez pas là en train de me la refiler. On les connaît vos méthodes à la bande de Vieuchêne...

Le comble, c'est qu'il n'a pas tort. Je ne me tiens pas battu pour autant.

— Ecoutez, dis-je, je propose qu'on se partage le travail. Vous, vous enquêtez sur Neuilly. Moi, sur Rocco. On joint nos efforts, pour une fois ! A force de nous tirer dans les pattes, ce sont les truands qui en profitent...

Il me regarde, pensif. Il se déride un peu. J'ajoute :

— Je ne vous demande qu'une chose, de n'en parler à personne. Si Vieuchêne apprenait ça, je serais bon pour aller tamponner les passeports à la frontière espagnole ! Après tout, ce sont les grands chefs qui se tirent dans les pattes, pas nous...

Nous avons scellé notre accord, lui avec son verre d'eau, moi avec un grog. J'ai regagné mon bureau. Le Gros n'était plus là. Sur ma machine à écrire, bien en évidence, j'ai trouvé un mot de son écriture arrondie : « Vous deviez être là à onze heures. Je constate, une fois de plus, que vous vous êtes encore baladé. Téléphonez-moi ce soir chez Victor. Sans faute ! »

Me voici à nouveau assis sur le plateau arrière de la camionnette. Pour ce qui est du confort, je suis gâté ! Je me suis glissé sous la bâche à six heures, alors que le quartier dormait encore. Marlyse m'a préparé deux sandwiches et une bouteille Thermos de café noir... Il est dix heures.

Liliane est chez elle. La lumière est allumée et les témoins, ces petits morceaux de papier à cigarettes, pliés en forme d'accordéon, qu'Hidoine a glissés la veille dans la rainure de la porte, avant de lever la planque ne sont pas tombés. Il me relèvera à quatorze heures, Hidoine. Et, à dix heures du soir, ce sera au tour de Poiret de villégiaturer devant l'immeuble Cerisole.

Pour m'installer dans mon repaire, je dois prendre des précautions de Sioux. Le patron corrézien du *Café de la Poste* risque de me reconnaître. Et, malgré le froid, il ne perd pas une miette du spectacle de la rue, celui-là ! Je ne suis tranquille que lorsqu'il s'attelle entre les bras de sa carriole pour aller livrer ses sacs de charbon.

De mon observatoire, à travers le trou de la bâche, j'ai le couloir du 5 en enfilade. Personne ne peut entrer ni sortir à mon insu. Là-bas, au bout de la rue, à l'angle de la rue Singer, la Citroën de Crocbois stationne, prête à toute éventualité Emmitouflés dans leur canadienne, deux collègues du groupe Ligard se calfeutrent sur le siège arrière.

Onze heures. En cette fin de matinée glaciale, la rue de l'Annonciation joue les pistes de sports d'hiver. Les passants foncent droit devant eux, les oreilles et le nez rougis, à travers le brouillard qui noie les maisons d'une autre époque.

Je suis frigorifié. Je change sans cesse de position, car l'air froid, à travers le trou de la bâche, fait pleurer mon œil. Servitude et grandeur policières ! Les ouvriers du garage du 3 ont de la chance, eux. C'est l'heure de la pause. Je les vois quitter le travail, les mains dans les poches de leur bleu de mécanos...

Qu'est-ce qu'elle fabrique, cette maudite Liliane ? Elle se cloître chez elle ? Elle est malade ? J'essaie de bouger ma jambe droite, ankylosée... Ça y est, les fourmis grimpent au long de mes cuisses, jusqu'à mes fesses meurtries. Pour agrémenter mon triste sort, j'étudie les habitudes du quartier. Ce n'est pas New York, ni Las Vegas, mais le moindre détail est passionnant, lorsqu'on observe sans être vu... La concierge sort son corniaud à sept heures vingt précises, fait son tour de rues, revient dix minutes plus tard, *le Parisien libéré* sous le bras. A sept heures trente, c'est le locataire du premier. Il travaille sûrement dans les Pompes funèbres. Pas une seule fois, il n'a mis une cravate de couleur sur sa chemise blanche. Il a bien l'allure d'un ordonnateur, avec son chapeau noir et son parapluie... Le frère jumeau du Gros, sans doute... Sa voisine de palier, au nez mutin, à la tignasse décolorée de starlette, écarte régulièrement ses persiennes en chemise de nuit rose, à falbalas, à huit heures moins trois. Elle expédie, du bout des doigts, un baiser à son représentant de mari, qui se retourne pour lui répondre du même geste touchant.

Au deuxième étage, un vieillard crache ses poumons. Du fond de ma boîte bâchée, je perçois ses quintes prolongées, malgré les fenêtres fermées. Une bonne sœur vient le soulager, chaque jour, la trousse de piqûres à la main. Son voisin de droite est en voyage, sans doute : les volets demeurent obstinément clos.

Et, au troisième étage, dans les deux appartements réunis en un seul...

Au troisième habite Liliane, l'invisible Liliane !

Midi ! Marlyse vient me réconforter de sa présence. Elle dissimule une nouvelle Thermos de café, qui fera tout à l'heure le bonheur d'Hidoine, quand il me remplacera... Je l'aperçois qui s'avance là-bas, ma Marlyse, fine et gracieuse dans son manteau de lapin que j'ai acheté chez *Macy's,* le matin de mon départ de New York. C'est joli, de loin, le lapin. Presque aussi joli que du renard gris. Et ça tient aussi chaud, j'en suis sûr. Je ne sais pas pourquoi les femmes veulent toujours des fourrures de prix ! Elle s'arrête près de la Citroën de Crocbois qui a baissé sa glace, serre des mains, penche sa jolie frimousse derrière la vitre embuée, regarde dans ma direction... Dans trois secondes, elle sera là. Elle me glissera la bouteille par la fente de la bâche. Puis elle retournera m'attendre dans l'habitacle enfumé de la Citroën...

... Le ronflement caractéristique d'un moteur diesel, soudain près de moi ! Je recolle mon œil au minuscule trou. Ce n'est qu'un taxi qui vient de s'arrêter derrière ma camionnette.

Une femme engoncée dans un manteau de léopard, toque assortie sur ses cheveux blonds, lunettes d'écaille sur le nez, s'engouffre dans l'immeuble. La voilà, la fourrure de prix... Il en faut des années de salaire de flic pour se payer cela ! Le taxi attend, drapeau baissé, moteur haletant. De ma place, je ne peux voir chez qui va la dame-léopard. En tout cas, elle ne s'absente pas longtemps, puisque la voici qui réapparaît, une valise Vuitton à la main. Un départ en voyage ! La portière claque, le taxi démarre.

Je reprends mon observation. Là-haut, chez Liliane, la

lumière est toujours allumée... Quel gâchis d'électricité ! Plus que cinquante minutes et je lève la séance. Mes membres frigorifiés réclament une douche chaude. Si je n'ai pas attrapé un rhume, avec ça...

... Mais qu'est-ce qu'il fait, Crocbois ? Sa Citroën, dans un emballement de moteur en seconde, passe devant ma camionnette, vire rue de l'Annonciation... Il a abandonné sur le trottoir les collègues en canadienne qui se séparent et se glissent sous une porte cochère. Et il a emmené Marlyse avec lui... Pour aller au central chercher le résultat d'écoutes éventuelles, ce n'est vraiment pas la peine de jouer au superflic, style Richard Baker ! Il est comme Vieuchêne, Crocbois : dès qu'une jolie femme se pointe, il faut qu'il lui en mette plein la vue !

L'ennui, c'est que les quarts d'heure passent et qu'elle ne revient pas, Marlyse. Qu'est-ce qu'ils peuvent fabriquer, tous les deux ? Si je descendais pour téléphoner au central ? Je ne peux même pas faire signe à Bonnefay et Nazerol, les deux plantons du bout de la rue, de venir m'expliquer...

Je recolle mon œil au petit trou... juste au moment où Liliane sort enfin de l'immeuble ! C'est bien ma veine ! Elle passe près de la bâche, si près que son manteau d'astrakan me cache la vue. Elle disparaît à son tour dans la rue de l'Annonciation, vers l'église. Et Crocbois qui n'est pas là ! Mes acolytes en canadienne l'ont repérée, heureusement. Ils la prennent en filature. Au passage, Nazerol tapote la toile de ma bâche.

Je n'y tiens plus. Un coup d'œil vers le café, et je bondis de ma cachette. Ma jambe droite, paralysée par l'immobilité et le froid, a failli plier sous mon poids. Je m'éloigne, en faisant quelques mouvements pour me réchauffer le sang. J'arrive à l'angle de la rue Singer. Hidoine n'est pas là non plus... Voici la Citroën de Crocbois, en revanche, qui se range devant moi. Marlyse appuie sur la poignée arrière, m'ouvre la portière. Je m'installe au fond. Je râle sec :

— Liliane est partie ! Ce n'est pas malin ! Si elle prend un taxi, Bonnefay et Nazerol l'ont dans le baba...

— Elle en a pris un de taxi, dit Marlyse. Sous ton nez !

Muet de stupeur, je regarde tour à tour Marlyse et Crocbois. Ils se foutent de moi, ou quoi ?

— Eh oui ! poursuit-elle. Le taxi, tout à l'heure, derrière la camionnette... La femme en manteau de léopard... qui est repartie presque aussitôt...

— Oui, eh bien quoi ?

— Eh bien, mon Roger, c'est une copine de Liliane qui est montée, et c'est Liliane qui est descendue, avec la valise. Elle t'a possédé ! L'autre lui a simplement passé sa toque et son manteau de léopard... Tu sais, pour une femme, il y a des détails qui ne trompent pas... surtout avec les jumelles de Crocbois ! Ce qui m'a alerté, c'est que l'inconnue avait des talons Louis XV, et Liliane les bottes de cuir que tu n'as jamais été fichu de m'offrir ! Elle n'a pas pensé à les changer, question de pointure sans doute !

Je ne peux pas y croire... Je m'entends dire, comme dans un rêve :

— ... La fille qui est venue était blonde, et Liliane est brune... De plus, elle avait d'énormes lunettes de chez *Marly*...

— Bien sûr, mon petit poulet... L'ennui, c'est que Liliane portait une perruque blonde qu'elle a ôtée, comme les lunettes, dans les toilettes de la gare de Lyon. Je ne l'ai pas quittée... Elle a pris le *Mistral* pour Nice à treize heures dix, compartiment 9, place 32, sens de la marche. Voilà !

Je suis catastrophé :

— Et l'autre, celle que Nazerol et Bonnefay ont prise en filature ?

— S'ils ne l'ont pas perdue, ils te diront peut-être qui c'était...

Pénélope suit tranquillement la rue Raynouard, puis s'engage dans la rue de l'Alboni, jusqu'à la station du métro aérien. Elle laisse passer une rame avant de semer ses suiveurs, ces deux grands maladroits dont elle n'a aucun mal à se débarrasser. Elle monte dans le wagon de première classe, direction Etoile. Elle attend que les deux chasseurs grimpent dans le wagon voisin et saute sur le quai au moment où les portes se ferment. Elle n'a même pas un regard pour les deux faces ahuries qui la dévisagent au passage avant de disparaître dans le souterrain.

Pénélope quitte la station, descend les marches de l'escalier jusqu'au quai de New York, traverse à pied le pont de Bir-Hakeim. Elle se retourne fréquemment, s'assure qu'elle n'est plus suivie. Elle pénètre dans l'annexe des P.T.T. de l'avenue de Suffren, demande le 59.92 à Bordighera. Quand l'opératrice lui désigne la cabine 3, elle s'y enferme et décroche :

— Rocco ? Tout s'est bien passé. Elle sera à onze heures et quelque à Nice. Je garde son appartement quelque temps... Soyez prudents ! J'avais deux connards, qui essayaient de me filer le train... Si tu as besoin de me joindre, tu laisses la commission au *Bar des Théâtres*... Je t'embrasse...

« *Direction des Services de Police Judiciaire, 11 rue des Saussaies, Paris 8e. A Commissaires Divisionnaires chefs services régionaux de P.J. Dijon, Lyon, Marseille pour répercussion détachement 9e brigade Nice. Stop. Prière surveiller très discrètement voyageuse Mistral ayant quitté Paris ce jour destination de Nice. Place 32, compartiment 9. Stop. Signalement : 28 ans. Brune yeux bleus, vêtue toque et manteau léopard. Porte valise marque Vuitton cuir marron avec motifs jaunes et initiales L. V., bottes cuir fauve. Susceptible mettre perruque blonde et lunettes écaille. Ne pas interpeller mais rendre compte urgence Inspecteur Borniche, Anjou. 28.30 après relèves Lyon et Marseille. Prévoir suite opérations à partir de Nice. Fin.* »

Le détachement niçois de la 9e brigade régionale de police judiciaire de Marseille est spécialement chargé du département des Alpes-Maritimes. Il tient ses assises dans un hôtel particulier de l'avenue André-Theuriet, au sein d'un étonnant jardin tropical, à deux pas de la place de la Libération. Seul le panneau accroché à la grille du parc témoigne de la présence de l'antenne policière dans ce quartier de résidences huppées. Le patron du service est le commissaire principal Tordeur, quarante ans, les mouvements secs, nerveux. Il commande à une quinzaine de fonctionnaires, parmi lesquels Charbonnier, le pilier du groupe, un grand gaillard sympathique, ouvert et gai, aussi malin que son collègue Rondinet est balourd.

— Marseille a téléphoné, dit Tordeur, une affaire très recommandée... Une femme en manteau de léopard, une poule de luxe, sans doute. Lyon l'a suivie jusqu'à Saint-Charles où Poli a pris le relais. Le *Mistral* arrive à vingt-trois heures dix. Vous relayez Poli. Elle devrait passer en Italie. Pour une fois, on nous donne le droit de la filocher chez les Ritals, discrètement s'entend...

— C'est aussi important que ça ? demande Charbonnier.

— Il paraît. La Direction y tient à sa mémère... Voici son signalement...

Tordeur arrache un feuillet de son bloc-notes, le tend à Charbonnier qui demande :

— J'y vais seul ?

— Avec Forini, le chauffeur-vedette. A deux, ça suffit. Poli vous donnera, au besoin, un coup de main à l'arrivée.

Noyée dans une rafale de pluie, la Citroën de service trouve une place devant le bâtiment du syndicat d'initiative de la gare de Nice. Charbonnier se hâte vers le hall, relevant d'une main le col de son imperméable. Le temps de planter sa carte de police sous le nez de l'employé de la S.N.C.F. et il accède au quai au moment même où le *Mistral* accoste. La pluie redouble de violence. Une pluie agressive du Midi, qui cogne dur, et de biais, en plus. « Tant mieux, se dit Charbonnier. Dans ce déluge, on nous remarquera moins ! »

Poli, l'inspecteur marseillais, a déjà mis pied à terre à l'extrémité de la voiture 9. Il désigne discrètement du menton la voyageuse élégante qui apparaît sur le marchepied du wagon. « Pas mal, pense Charbonnier. Du beau linge, en tout cas ! » Il devance la foule des voyageurs, se planque dans un coin du hall. L'inconnue franchit le contrôle, perdue dans la masse. C'est là que la filature va se compliquer. Le temps que Charbonnier retrouve la Citroën de Forini, la fille a le temps de sauter dans un taxi et de filer... Charbonnier se rapproche. Au-dessus du flot de têtes, il aperçoit un homme au visage raviné, au front dégarni, aux yeux gris, durs, perçants, qui s'avance vers la femme-léopard, lui serre la main, s'empare de la valise...

— C'est Soubertat, lui souffle Poli au passage. Francis la Langouste. Un beau truand marseillais. Fais gaffe !

Le couple gagne la sortie en bavardant, s'installe dans un taxi Mercedes. Le chauffeur pose la valise sur le siège avant, démarre. Les feux rouges ont à peine disparu dans la rue de Belgique que Forini est là, portières ouvertes :

— Vite, les gars...

Il embraie sur les chapeaux de roue, projetant Poli sur le siège arrière. Les essuie-glaces couinent tandis qu'il suit, à distance, la Mercedes noire au long de l'avenue de la Victoire. Place Masséna, le taxi vire à gauche, emprunte le boulevard Jean-Jaurès, tourne place Garibaldi pour attaquer la Moyenne Corniche après la rue Bonaparte. Dans la montée, Forini ralentit :

— Si je les suis de trop près, je vais me faire renifler, se lamente-t-il. De toute façon, elle ne tire pas, cette foutue bagnole...

A la hauteur du col d'Eze, le taxi accélère. Toujours prudent, Forini garde ses distances. Les feux rouges qui le précèdent l'avertissent des virages.

— Ils filent bien sur l'Italie, dit enfin Charbonnier. On a dépassé Monaco.

Forini ne répond pas, se concentre sur la conduite, s'applique à faire donner le maximum à la vétuste onze-chevaux. C'est de lui, il le sait, que dépend la réussite de l'opération. Sa petite tête de musaraigne adhère au pare-brise.

— Eh bien, moi, les gars, j'ai comme l'impression qu'on va rester en carafe, suppute-t-il enfin. Vous parlez d'une tire... Il faudra faire gaffe au poste-frontière qu'ils ne nous reniflent pas, si on a le pot d'y arriver !

De fait, le taxi reprend de la vitesse, laissant au-dessous de lui les illuminations du casino de Monte-Carlo. Il fonce dans la grande descente de Roquebrune.

Menton.

Soudain, la Mercedes ralentit dans l'avenue de Verdun, stoppe devant l'entrée de l'*Hôtel du Parc*. La jeune femme descend, adresse un salut amical à Soubertat qui continue, lui, jusqu'à l'hôtel *Europ,* une cinquantaine de mètres plus loin. La Langouste règle le taxi.

— Ils vont se pieuter séparément, dit Charbonnier. Ça m'étonnait aussi qu'une pépée comme ça soit à la colle avec un pareil gorille. On reste là une heure et je vais au commissariat pour téléphoner. C'est demain matin qu'elle va foutre le camp. Faudra faire gaffe. En attendant, on va planquer à tour de rôle. T'as des couvertures, au moins, Forini ?

« *Commissaire principal Tordeur à Direction P.J. Paris, Inspecteur Borniche. Urgent. Vous signale que surveillance effectuée a permis de localiser nommée Cerisole Liliane, commerçante, à l'hôtel du Parc, Menton. A retrouvé à Nice Soubertat Francis, dit la Langouste, repris de justice connu S.R.P.J. de Marseille. Femme Cerisole a passé seule la frontière ce matin à onze heures dans taxi Mercedes. Arrivée Bordighera sans possibilité de poursuivre. Véhicule en panne !* »

29.

Vais-je l'appeler Fougeroux, le client marseillais que j'ai convoqué en désespoir de cause dans mon bureau ? Ou Charlot ? Ou la Ronflette, son surnom du Milieu que m'a dévoilé Pépé Massiac ? Je choisis Charlot, c'est le plus court.

Il se tortille sur la chaise. Ses petits yeux à peine ouverts me disent qu'il n'a pas beaucoup dormi. Il ne s'attendait guère à trouver sous sa porte le papier bleu libellé, sans politesse excessive, sous la forme laconique que nous savons si bien employer, nous autres flics, pour inquiéter ceux-là mêmes qui n'ont rien à se reprocher, et affoler carrément les oiseaux du genre de mon Charlot. Oui, elle a dû lui assener un drôle de coup, après une nuit de ripailles, la formule impérative : « Vous êtes prié de vous présenter à neuf heures précises à la Direction des services de Police judiciaire, 11, rue des Saussaies à Paris (8e) pour affaire vous concernant. » Pour décupler l'anxiété, j'ai souligné le « vous » de deux traits d'encre rouge... Bien sûr, on a la possibilité d'interroger un témoin à domicile, mais on n'en tire jamais autant dans son propre cadre de vie, devant une éventuelle tasse de café, que dans le bureau qui manifeste, dans sa rigueur administrative, l'autorité policière.

Rien ne vaut quatre murs, dans leur excessive sobriété, pour créer l'état de choc, faire éclore les confidences. C'est comme une serre... L'essentiel est le climat que nous y entretenons. C'est dans ce climat-là que Charles Fougeroux, son chapeau de chez Gelot sur le crâne et sa pelisse de daim à col de vison sur le dos, a débarqué à neuf heures précises, la min. ınquiète, tendant sa convocation à l'appariteur.

— Qu'il attende !

Ma voix a résonné majestueusement à travers la cloison vitrée qui sépare mon repaire du boyau qui nous sert de hall de réception. Juste de quoi l'impressionner à souhait.

Faire mariner un témoin, c'est aussi une des cartes maîtresses de la P.J. Assis sur le canapé défoncé du couloir ou faisant les cent pas devant le gardien impassible, tâchant confusément de rassembler ses idées, il est mis en condition. Sa seule envie, c'est de déguerpir au plus vite de ces lieux maudits, d'en finir avec des questions qui frisent l'inquisition et provoquent des réponses qu'il est bien obligé de fournir, mais qui ne font qu'entraîner d'autres questions... Il laisse violer le secret de sa conscience sous peine de paraître coupable ! D'éminents avocats appellent ça la contrainte morale ! Je veux bien. Encore devraient-ils me prouver que ces sadiques de flics ne harcèlent que les honnêtes gens !

Charlot la Ronflette manque d'entraînement pour la partie qui va s'engager. C'est la première fois qu'il se trouve dans les locaux de la Sûreté nationale. Roblin, notre lord-archiviste, m'a fait parvenir le dossier individuel, qui m'a édifié sur sa personnalité de seigneur des plaisirs. Il ne manque pas d'aplomb, Charlot : dans les procès-verbaux déjà anciens, marseillais, niçois ou de la P.P. qui me sont tombés sous le nez, il a refusé le qualificatif de proxénète pour celui, plus distingué, de médiateur... Il fallait y penser !

Pour un médiateur, c'est un médiateur ! Ses rabatteurs ne laissent échapper aucune des proies que leur offrent les bals populaires, de la Bastille à l'avenue de Wagram, où s'agglutinent, le samedi soir et le dimanche, les bonnes espagnoles ou bretonnes fraîchement débarquées dans la capitale. La Ronflette, au début de sa carrière, a créé un bureau de recrutement à Marseille, sa ville natale, où abondent de jeunes et expertes Indochinoises. Il a été le tout premier à lancer, avec succès, la mode des massages thaïlandais. Il a le chic pour déceler le « beau sujet » chez la midinette ou la coiffeuse et la commercialiser, après quelques cours de maintien, dans les établissements trois étoiles de la rue Paul-Valéry, de la rue de Boulainvilliers ou de la Villa Montespan. Le grand public ignore que plusieurs de ses protégées, leur stage de call-girls chez les dames patronesses terminé, sont devenues des vedettes de cinéma, et pas des moindres...

Monsieur Fougeroux, personnage considéré, exerce ses fonctions de placier avec le sérieux d'un conseiller à la Cour des comptes. Sa conscience professionnelle est irréprochable. Jamais, au grand jamais, il n'a subi les reproches d'un tenancier insatisfait. C'est qu'il ne s'endort pas sur ses lauriers, la Ronflette. Il devance les doléances, inévitables dans un métier aussi délicat, et y met tout de suite bon ordre. Il ne se contente pas de dédommager. Il remplace la « défaillante » par une call-girl plus expérimentée, tout en expédiant la maladroite dans une maison à sa mesure. En dehors de cette profession d'entremetteur, si lucrative et des « kilos de filles » qui, selon Pépé Massiac, travaillent pour assurer ses fins de mois, Charlot ne fréquente que des gens de bon ton. Il hait la violence. Pour un empire, il ne salirait les ongles qu'une manucure stylée vient lui polir chaque matin dans son luxueux duplex de l'avenue de la Motte-Picquet qui fait face au dôme des Invalides...

— Si tu veux venir...

Charlot s'installe sur la chaise que je lui désigne, le chapeau sur les genoux. Est-ce l'odeur de tabac refroidi ou la pauvreté des lieux qui fait frémir ses narines ? Ça doit le dégoûter, évidemment, au regard des salons feutrés des maisons closes où il a l'habitude de se vautrer, une coupe de champagne à la main.

— Tu sais pourquoi tu es là ?

J'observe sa réaction. Peut-être ne l'ai-je pas laissé assez longtemps baigner dans son jus, de l'autre côté ?

Il s'est mis en frais, le médiateur. La rosette du Ouissam Alaouite fleurit à sa boutonnière. C'est fou ce que cette décoration marocaine peut orner de vestons de maquereaux, depuis la Libération ! Un savant mouvement d'ondulation conduit les cheveux argentés jusqu'à l'arrière du crâne. Il porte beau, la Ronflette... J'imagine la Rolls, avec chauffeur en livrée, à la porte de la rue des Saussaies, les gardiens médusés se mirant dans les portières. L'auriculaire plie sous le poids d'une énorme chevalière à rubis. A l'échelle industrielle, la prostitution rapporte gros...

Les yeux m'interrogent, tandis que la tête se secoue de droite à gauche... Non, visiblement, il ne sait pas pourquoi je l'ai convoqué, le digne homme :

— Ma foi non, monsieur l'inspecteur...

Sa voix chante le Midi.

— Je croyais...

Je parais déçu. Il me dévisage, la garde haute.

— Non, vraiment, je ne vois pas.

Son sourire d'incompréhension ou de roublardise m'énerve. Il me faut le sonner, vite, d'entrée :

— Pour te coller au trou !

Il ne s'attendait pas à ce crochet du droit. Il s'ébroue, amorce un mouvement de recul. J'enchaîne aussitôt, profitant de l'ouverture :

— On parle beaucoup de toi, en ce moment, Charlot. Beaucoup trop à mon gré. Jusqu'alors, tes activités ne m'intéressaient pas. Elles sont du domaine des Mœurs. Mais puisque tu t'amuses à piétiner mes plates-bandes, je me fâche. Et je t'expédie au ballon.

Il a récupéré, le médiateur ! Ses yeux étincellent comme son rubis.

— Comment cela je piétine vos plates-bandes, monsieur l'inspecteur ?

On lui donnerait l'hostie sans confession.

— Ne me prends pas pour un imbécile, veux-tu ? Tu ne vas pas me dire que tu ignores ce que fait Pénélope ?

— Pénélope ?

— Oui, Pénélope. La blonde Pénélope qui tient ses assises au *bar des Théâtres*... Pénélope qui fricote à tout va avec ton ami Soubertat, la Langouste, si tu préfères... Pénélope que ta concierge et tes voisins considèrent comme ta collaboratrice la plus fidèle, la plus zélée, la plus sexy...

Il enregistre, imperturbable, Charlot. Je poursuis dans la foulée :

— Pénélope qui figure aussi en bonne place dans tous les dossiers de police, à la Mondaine, particulièrement... A ce sujet, tu as de sacrés appuis, à la Mondaine... Tu ne t'es pas trop mal débrouillé, depuis quelques années...

— ...

— Remarque, je ne te le reproche pas. Il faut toujours être bien avec la police quand on fait, comme toi, de la corde raide... Un accident est vite arrivé ! Tu leur rends service, ils te couvrent, c'est normal... Ça te regarde ! Le principal, c'est qu'on te fiche la paix ! C'est peut-être pour ça que Robideau est intervenu en ta faveur quand tu as été emballé par la première brigade pour un détournement de mineures...

— J'étais innocent.

— Je n'en doute pas, puisqu'on t'a relâché. Il s'est quand même déplacé, Robideau. Et pour qu'un Robideau se remue, il faut que cela en vaille la peine. Tu crois qu'il va se déranger à nouveau, lorsqu'il va savoir que je t'envoie à la Santé ?

— Vous êtes dur, monsieur l'inspecteur. Je ne vois pas pourquoi, je vous ai dit...

— Tu rigoles ? Et Pénélope dont je te parle... J'attends que tu m'expliques ce qu'elle magouille avec la Langouste. C'est dans tes possibilités, non ?

— Monsieur l'inspecteur...

— Quoi, monsieur l'inspecteur ? (Il faut le frapper fort, au menton ou au foie, pour qu'il accuse le coup !) Ou tu me dis ce que je veux savoir et nous nous quittons bons amis, ou tu ne dis rien. Dans ce cas... J'ai suffisamment d'éléments pour te faire dégringoler : proxénétisme, recel de malfaiteur, non-dénonciation de crime...

Il a le front d'esquiver, le salaud :

— Je ne recèle personne et je ne me mêle jamais des affaires des autres...

— Alors, ce sont les autres qui se mêlent des tiennes ! Excuse-moi, mais le résultat est le même. Parce qu'elles peuvent te coûter cher, les conneries de tes amis... Suppose — c'est un exemple que je prends, comme ça, au hasard —, suppose que Pénélope soit en cheville, par la Langouste, avec Liliane, la maîtresse de Messina... Tu sais qui c'est Messina, au moins ? Le Ricain...

Il a avalé sa salive. Je l'ai vu nettement mais je fais semblant de ne pas m'en être rendu compte. Je continue :

— ... J'essaie de t'expliquer pourquoi les relations de Pénélope peuvent te mener loin. Le Ricain, c'est un tueur. Pas n'importe quel tueur. Un dur de la Mafia qui a trucidé deux vieilles, à Neuilly, quand il habitait comme par hasard à Médan, chez ton copain la Langouste... Il est retourné en Amérique pour détourner un avion, bourré de dollars de la banque de l'Union Américaine, ce qui lui a mis le F.B.I. aux fesses, d'autant plus qu'il avait déjà un autre macchabée sur la conscience à Manhattan... Il a donc rappliqué par ici, le Ricain, à la frontière franco-italienne, à ce que je me suis laissé dire. Et c'est Pénélope qui sert d'agent de liaison avec Liliane... Tu piges, maintenant ? Elle est où, en ce moment, Pénélope ?

— Chez elle, boulevard de la Tour-Maubourg...

— Non ! 5, rue Lekain, troisième étage ! Elle occupe l'appartement de Liliane partie rejoindre la Langouste sur la Côte. Et le Ricain par la même occasion. Drôle de chassé-croisé, hein ? Alors, toi, quand tu veux me faire croire que tu n'es pas au courant ! Les écoutes téléphoniques nous sont bien utiles, souvent... Que tu ne veuilles pas me raconter ta vie, c'est ton affaire. A la rigueur, je le comprends... L'ennui c'est que je vais être obligé de cravater Pénélope et j'en sais suffisamment pour la faire tomber ! Elle va me parler de toi et la Ronflette va se retrouver au séchoir, comme un grand ! Le juge Boussingeaux n'est pas tendre ! C'est lui qui s'est justement occupé de Massiac... Deux ans encore à tirer, le Pépé !... Entre nous, tu crois qu'il n'en a pas marre, lui, du Ricain, de la Langouste et de toutes leurs emmerdes... Il ne me l'a pas envoyé dire...

— Pourquoi, vous l'avez vu ?

— Tu parles, si je l'ai vu... Et revu, même... Je dois te dire qu'il t'a à la bonne...

J'ai marqué des points. Une tempête se déchaîne sous la toison d'argent du distingué la Ronflette. Il articule, légèrement groggy :

— Moi, le Ricain, je n'en ai entendu parler que par les journaux...

— Et par Pénélope.

— Un peu, pas tellement...

— Ne sois pas modeste, Charlot... Un peu plus, quand même...

Il ne faut plus grand-chose pour le faire basculer, je le sens, j'en suis sûr. La preuve !

— C'est-à-dire que c'est Francis qui l'empoisonne avec toutes ses combines, Pénélope...

J'adopte un ton paternel :

— Je le sais, Massiac m'a mis au courant. Tu es contre, je le sais aussi. Mais... si elle continue à s'occuper comme ça du Ricain, Pénélope, elle ne va rien t'apporter d'autre que des années de cabane...

L'œil a chaviré. Le dernier assaut ?

— Réfléchis, Charlot, avant qu'il ne soit trop tard. Parce qu'en plus de Pénélope, j'ai toute une flopée de filles à interroger ! Tes compteurs, comme tu les appelles. Qui est-ce qui va les relever, les compteurs, quand vous serez tous les deux en taule ? Si tes petits copains ne te les fauchent pas ! Et ce n'est pas la Mondaine qui viendra te sortir du merdier dans lequel la Langouste et le Ricain t'auront filé ! Je te le répète, Charlot, le juge Boussingeaux n'est pas un tendre. Cela fait dix ans que je le connais. Si tes filles t'assistent, il est capable de te notifier une inculpation supplémentaire pour l'exercice du métier de souteneur. Même en taule !

— Je ne sais pas grand-chose, je vous assure...

La pomme d'Adam monte et descend à plusieurs reprises, les doigts frémissent, le chapeau danse sur les genoux.

— Je ne te demande pas de savoir mais de faire !

— Quoi donc, monsieur l'inspecteur ?

Je me penche et sur un ton de confidence :

— Voilà ce que tu vas dire à ton ami la Langouste...

30.

Le soleil de midi filtre à travers les branches d'oliviers de la Riviera ligure, dessine sur la nappe immaculée de délicates arabesques. Francis repose son verre, fait claquer sa langue :

— Au poil, glousse-t-il, c'est aussi chouette ici que sur la Côte d'Azur !

— C'est mieux, beaucoup mieux, surenchérit Rocco. C'est le printemps douze mois sur douze. Quand il neige ailleurs, comme en ce moment, nous on a le soleil ! Les montagnes, derrière, arrêtent les vents du Nord.

La villa *Mauna Loa* domine un vaste paysage. Son propriétaire, un vulcanologue, un curieux bonhomme longiligne avec une drôle de tête en pain de sucre, l'a ainsi baptisée en souvenir de l'éruption de juin 1950 aux îles Hawaï. Un décor de carte postale. La *strada dei Colli* sillonne les champs d'œillets et les plantations d'arbres fruitiers, jusqu'à la vieille cité de Bordighera aux ruelles tortueuses, aux bâtisses accrochées au flanc du mont Sant'Ampelio, à l'antique église dont la façade a été modernisée. Au loin, tout en bas, la côte s'étire en un immense arc marin, de Vintimille à San Remo.

— Tu comptes rester là combien de temps ? demande la Langouste.

Rocco a une moue d'ignorance :

— Je ne sais pas... Mon bail est de six mois, renouvelable... Tout dépend du Don... et du succès de l'opération ! Si le professeur revient avant, je chercherai autre chose. Quoique, ça m'étonnerait, il a dix-sept volcans à se taper à Java et autant à Sumatra... Hier, j'ai dégoté un compte rendu de ses travaux dans un tiroir. C'est passionnant, mais ça vous fout la trouille... Imagine-toi que, lorsque le Krakatoa s'est réveillé, l'île a explosé et le raz de marée qui s'est ensuivi a fait trente-six mille morts dans les îles de la Sonde ! Tu te rends compte ! Ça s'est même répercuté jusqu'en Australie, à des milliers de kilomètres. Le vieux a écrit que les cendres ont provoqué des aurores boréales pendant plusieurs années !

La Langouste écoute, subjugué, les explications de Rocco. Décidément, il l'étonnera toujours, le Ricain ! Non seulement il a de la classe, mais il a surtout, en plus, une sacrée érudition !

— T'en connais des choses, toi ! Où c'est ça, les îles de la Sonde ?

— En Indonésie. C'est stupéfiant, hein ?

— C'est sûrement pas là que j'irai finir mes jours, conclut Francis en hochant la tête. A propos de stupéfiant, tu crois qu'elle va marcher, notre affaire ? Parce qu'après un coup comme ça, on peut se retirer à la campagne...

Rocco emplit les verres de vin frais avant de répondre, posément, en reposant la bouteille dans le seau à glace :

— Pourquoi ne marcherait-elle pas ?

La Langouste tire un cigare de sa poche, le hume, selon son habitude, l'allume avec un soin amoureux :

— Je dis ça comme ça... J'ai tellement été échaudé avec l'histoire de Neuilly ! C'était pourtant un truc tout cuit...

— Tu parles, dit Rocco, soudain songeur. Tellement cuit que c'est moi qui suis carbonisé. Je me retrouve avec un mandat d'arrêt aux fesses pour des meurtres que je n'ai pas commis. Si je connaissais l'enfant de salaud qui m'a devancé...

La Langouste lui jette un regard en dessous. Il ne croit Rocco qu'à moitié, mais se garde bien de faire la moindre réflexion. Il éprouve une vague peur... Il observe le silence quelques secondes, tétant, pensif, le bout de son havane :

— Au fait, dit-il enfin, j'ai bien étudié la question du labo. Ce qui me paraît le plus compliqué, du moins en plein jour, c'est d'arriver à la bergerie sans se faire repérer. La baraque est sur un éperon rocheux, au bas de Castellar, à un kilomètre de la frontière à vol d'oiseau. Par la route, cela fait plus, évidemment...

Il repousse son assiette pour faire place aux photographies, à la carte et au crayon qu'il tire de sa poche.

— Trois fois j'y suis allé pour pouvoir bien t'expliquer les lieux. Les bâtiments étaient déserts. La dernière fois, on a joué les touristes, avec Liliane, le *Canon* sur la poitrine. On n'a rencontré personne. La Ronflette m'avait prévenu que les gars sont des méfiants.

— Qui est-ce, la Ronflette ?

— Un copain du Panier[1] recyclé dans la monte. Il m'a affranchi sur un certain Rascassi qui raffine dans le Midi. Prudent, le gars. Il déménage sans arrêt son laboratoire pour ne pas se faire piéger par les poulets. Il a un coup de patte terrible pour transformer la morphine-base en héroïne extra-pure à ce qu'il paraît. Un artiste, quoi...

— Comment as-tu su que ça se passait à Castellar ?

— Le pot ! Quand je suis à Marseille, je fais souvent la pétanque avec Tosoni, un copain d'enfance. Un sacré malin aussi. Tout le monde sait qu'il fait la came depuis longtemps, et son beurre par la même occasion. Quand je dis que tout le monde le sait, en fait, on ne sait rien du tout. On suppose, c'est pas pareil ! Lui est du genre discret, comme un confesseur. N'empêche que l'autre jour, lorsque j'ai vu *Castellar* griffonné sur le bout de papier qu'il a sorti de sa poche pour noter mon nouveau numéro de téléphone, j'ai tout de suite pigé. Il n'a rien à foutre à Castellar, Tosoni, c'est un bled perdu. J'ai fait le rapprochement avec Rascassi et, au flan, j'ai demandé après lui à la poste du coin. Inconnu, naturellement. Mais Rascassi, lui, on le connaît. Propriétaire terrien, la vache ! Il vient de faire l'acquisition d'une bergerie avec une subvention du ministère de l'agriculture ! On me file le numéro de téléphone et l'endroit. Voilà le travail !

La Langouste tire une longue bouffée de son cigare, satisfait de son astuce. Il attend un compliment qui ne vient pas. Légèrement décontenancé, il tend à Rocco une photographie :

1. Quartier de Marseille.

— Ça, c'est une vue d'ensemble des bâtiments avec le mas en vieilles pierres sur la gauche. Ça a de la gueule, hein ? Le toit que tu vois, sur l'autre versant, c'est la bergerie. C'est sûrement là qu'il y a le labo. On l'aperçoit mieux sur cette photo prise au télé derrière Liliane qui se marre...

— Formidable, coupe Rocco.

La Langouste se rengorge :

— Et encore, à 11 d'ouverture, par temps couvert..

— Je parle de Liliane, dit Rocco. Les moutons, dans tout ça ?

— Il n'y en a pas de moutons. La bergerie, c'est la coupure. Ils seraient intoxiqués, les moutons, par les vapeurs. Déjà qu'il faut mettre un masque à gaz quand on chauffe la morphine-base à l'acétone ! Et c'est dangereux, tout peut sauter. La poisse, c'est que je n'ai pas pu entrer à l'intérieur, c'est bouclé de partout. Mais je suis persuadé que le matériel est planqué sous les bottes de foin : le four à thermostat, la pompe à vide, les séchoirs, les tamis et tout le tremblement. J'ai eu beau coller mon œil à une fente, zéro, on n'y voit goutte. Que de la paille. Pour moi, ils débarquent avec les acides, le bicarbonate et l'acétone quand ils montent de Marseille.

Rocco, pensif, secoue la tête.

— Il faudrait donc surprendre les convoyeurs non pas quand ils arrivent mais quand ils ressortent avec l'héroïne. On les braque, on les pousse dans la bergerie et on récupère le fric en même temps.

La Langouste se lève, marche de long en large sur la terrasse, s'arrête pour s'accouder à la balustrade, laisse ses yeux errer un moment sur le panorama qui s'étale devant lui, à travers la fumée de son cigare.

— Evidemment, la nuit, ce serait au poil, dit-il. Même s'ils mettent un guetteur, ils ne te verraient pas arriver...

Rocco le fixe d'un regard volontaire :

— Alors, il faut te débrouiller pour savoir quand la came est livrée. La date, surtout, pour que je planque le moins de temps possible. Je sais que ce n'est pas facile mais l'enjeu est de taille. Il faut le réussir, ce quarté, pour le Don et pour nous. Le *mustachio* sera content, les concurrents français l'auront doublement dans le dos et nous, en plus du fric, on revendra la came. Tout bénéfice. Et ce n'est ni Tosoni ni Rascassi qui iront pleurnicher dans le giron de la poulaille...

— Oui, se dit Rocco, le coup est jouable...

Il se souvient de sa chevauchée américaine qui a failli tourner mal, au dernier moment. Il revoit son arrivée chez sa sœur, au *Rodeo Ranch,* l'irruption de ce vicieux d'adjoint de shérif à l'étoile bien astiquée, à l'œil torve du vendu d'avance...

Puis sa cavale vers Pocatello, dans l'Idaho, où il a débarqué au volant d'un motor home piqué à deux amoureux épris d'ébats naturistes, hors de leur coquille mobile. Il connaissait le coup, Rocco. Las de l'interminable route dans le motor home qui ressemble à une chambre sans en être une, les couples aiment à se délasser loin de la carapace brûlante, à l'orée d'un bois, sur les bords d'un ruisseau...

Ils n'avaient pas eu de chance, ces enamourés-là... Comment poursuivre, dans leur nudité, le studio roulant dont ils n'avaient payé que la première traite ? Ils avaient eu le courage de crier, et même de courir, dans ce désert où ils se cachaient d'une main et gesticulaient de l'autre...

« Braves gosses, s'était dit Rocco, en accélérant. La solitude ne leur a pas réussi ! »

Le rétroviseur lui renvoyait les silhouettes de plus en plus petites. C'est pour cette image d'un couple heureux que, lui, le mafioso solitaire, a sorti de sa poche une poignée de billets de dix dollars, quand il a abandonné le motor home sur le parking de la gare de Pocatello. Il les a déposés à leur intention dans le coffre à gants. Il a fermé les portières et il a glissé discrètement le trousseau de clés dans une boîte aux lettres marquée *U.S. Mail.* Après quoi, il a alerté Don Giuseppe. De Highstown, on l'a renvoyé à l'appartement de Brooklyn, une grande maison en briques à un étage, dans le quartier de Bath Beach.

Familier, dans son dialecte sicilien, Don Giuseppe avait essayé de lui remonter le moral :

— Je me doutais que quelque chose ne tournait pas rond,

quand j'ai vu que Tony ne me téléphonait pas de Vegas, comme convenu... Si tu as reçu la visite du shérif, c'est qu'il n'a pas su se montrer discret ! Tu vois, fils, il faut toujours se méfier des « presse-boutons[1] » qui ont de jolies femmes ! Dommage.

Le ton de Don Giuseppe contredisait la bonhomie des paroles. Il méditait déjà une vengeance exemplaire contre le traître. Après un temps de silence, il avait ajouté :

— File à O'Hare, au comptoir de la T.W.A. Tu y trouveras ce qu'il te faut... Expédie d'abord deux photos à Giulio... Quand tu seras de l'autre côté, embrasse Don Genco... Il compensera ce que tu as perdu... Je le préviens, ainsi que nos amis. Moi, je vais visiter nos plantations d'Amérique du Sud, en attendant d'y voir plus clair...

Pour gagner Chicago, Rocco a utilisé tous les moyens de locomotion. En cette période touristique, il n'a eu aucun mal à se mêler à la clientèle des *Greyhound,* ces autocars bon marché qui relient entre elles les grandes villes des Etats-Unis. La chance lui avait souri. A trois reprises, les cars avaient subi un contrôle policier. Et, les trois fois, Rocco avait pu se soustraire à la présentation des papiers, faisant semblant de dormir, mais la main prête à faire basculer la poignée de la porte arrière, tout en se rendant parfaitement compte qu'il n'aurait pu aller bien loin... Il n'entrevoyait qu'une solution désespérée : sauter sur une des énormes motos, ou dans une des voitures de la *Highway Patrol...*

Giulio l'attendait bien à l'aéroport d'O'Hare, pour lui remettre un passeport au nom de Vito Spezzini, imprésario, domicilié à la Scala de Milan, et mille dollars accompagnés d'un aller et retour pour Naples.

— Je n'ai pas l'intention de revenir pour le moment, avait plaisanté Rocco.

— Il vaut mieux leur laisser croire le contraire. Quand ils savent qu'on revient, ils épluchent moins les papiers.

Après l'inévitable moment d'inquiétude au passage du contrôle de l'immigration, le Ricain s'était vu, avec soulagement, emporté au-dessus des Grands Lacs...

1. Tueurs à gages.

Le retour en Europe s'était déroulé sans histoire. A Naples, Rocco avait pris la correspondance pour Palerme. De là, un taxi l'avait conduit à Agrigente. Il s'étonnait lui-même de la joie qui l'étreignait, comme il revoyait les lourds balcons de la cité médiévale, les rues sombres lovées au pied de la cathédrale, les temples dorés par les feux du couchant...

L'échec de l'opération de Las Vegas ne le chagrinait guère : on ne peut pas gagner à tous les coups. L'essentiel était d'avoir participé à cette exaltante aventure... Il lui arrivait même d'éclater de rire quand il pensait à la tête qu'avait dû faire cet abruti d'adjoint du shérif de Jackson lorsque le magot avait été récupéré... Il n'était pas prêt de le quitter, son bled de ploucs, ce minus. La crainte des représailles lui avait, en tout cas, cloué le bec ! Les Bennett n'avaient pas été inquiétés, selon ce que lui avait appris Patricia, au téléphone...

Dès le lendemain de son arrivée, le nouveau *Capu,* le successeur de Don Calo, avait reçu Rocco en bras de chemise, le veston sur le bras, le front luisant de sueur sous le chapeau de paille claire.

— *Baccio i mani...*

A peine Rocco avait-il prononcé la formule sacramentelle, que le rusé Genco Russo, l'ancien berger, l'invitait familièrement à déjeuner.

Trois *pisciotti* en veston noir et casquette gardaient la porte de la salle à manger. Rocco se remémorait le récit qu'on lui faisait des funérailles de Don Calo : le cercueil, recouvert du drapeau national, avait parcouru les treize rues de Villalba dans le concert de gémissements des pleureuses. Les carabiniers avaient présenté les armes ! Les édifices communaux avaient porté le deuil pendant huit jours. Toutes les fenêtres du village étalaient des drapeaux voilés de crêpe.

A la fin du repas, le masque de Don Genco s'était fermé :

— Mon frère Guidoni m'a mis au courant des bruits qui courent à ton sujet à New York.

Le Ricain retrouvait, chez Don Genco, l'énergie du regard de Don Calo. La même moustache poivre et sel. La même façon de fumer à demi le cigare toscan.

— Moi, j'ai confiance en toi, poursuivait le nouveau *Capu*. Don Calo a eu le tort de s'appuyer un peu trop sur la vieille Mafia. Il faut renouveler les cadres. Pour l'instant, tu te mets au vert sur la Riviera, près de la frontière française. Il paraît que des équipes incontrôlées se livrent à de drôles de trafics entre Marseille et Menton. Il faut s'occuper de ces marginaux. La Langouste t'aidera. Il connaît bien le Midi. La plupart de ses amis sont de Marseille. Si tu arrives à monter un coup, je t'accorderai une récompense dont tu ne seras pas déçu.

— Merci, Don.

— Une fameuse récompense, fais-moi confiance. Et je te redonne ta chance de rentrer dans l'Organisation...

Rocco a pris le chemin de San Remo. Une agence de location lui a fait visiter plusieurs villas. Il s'est décidé pour celle du vulcanologue de Bordighera, *Mauna Loa*. Elle est isolée, la vue est splendide. Et, par temps clair, on peut, paraît-il, apercevoir la Corse. Le Ricain a signé le contrat de location sous son nouveau nom de Spezzini. Il a versé trois mois de caution. Une fois ces détails matériels réglés, il téléphonait à la Langouste et Francis lui confirmait ce qu'avait soupçonné le Don. Depuis quelques mois, des laboratoires clandestins tournent à tour de rôle dans le Midi. La morphine-base vient d'Alep et de Beyrouth. Elle arrive par bateaux dans des sacs étanches, jetés à la mer et ramassés par des pêcheurs. On la transporte aux labos dans des voitures spéciales où l'on a aménagé des caches... Rascassi, le roi des chimistes, gagne une fortune mais personne n'a pensé à verser à la Mafia le pourcentage qui lui revient...

Les volets de la bergerie de Castellar sont longtemps restés fermés. Puis, le Ricain, qui exerce sa surveillance en franchissant clandestinement la frontière par le chemin muletier au-dessus de Garavan, dans les roches et les garrigues, a constaté, ces jours derniers, une agitation insolite. De la terrasse du *Café des Alpes*, à Castellar, il a pu suivre, à la jumelle, les allées et venues d'une camionnette et d'une Citroën noire dans les parages du Baousset. Le labo fonctionne ! Il a prévenu Pénélope à mots couverts, qui a fait la jonction, comme d'habitude.

Ce matin même, la Langouste a débarqué de nouveau...

Francis écrase son cigare sur le carreau de grès de la terrasse. Il se lève à son tour, vient s'accouder à la balustrade, à côté de Rocco.

— Tu sais, dit-il, le mieux c'est que je revoie Tosoni. J'arriverai peut-être à savoir quand ils monteront chercher la came. A partir de là, il n'y aura plus qu'à foncer...

Rocco acquiesce de la tête.

— Pour ça, fais-moi confiance, dit-il.

— Il te faudra quelqu'un de solide pour opérer parce qu'ils peuvent être coriaces, les mecs... et moi, je ne peux pas apparaître, forcément...

— Forcément, confirme Rocco. Ne t'inquiète pas, j'ai ce qu'il me faut. Joe le Blond va me donner un sacré coup de main... Une affaire comme ça, ça ne se rate pas...

31.

C'est toujours avec l'agréable sentiment des vieilles retrouvailles que Francis la Langouste commande son pastis au bar *Chez Fanny,* non loin de l'étal de poissonnerie paternel, revendu déjà deux fois depuis que Francis a jugé plus lucratif d'abandonner pêche et poissons au profit d'activités moins avouables.

Antonin Tosoni contemple la bouteille de Ricard que le patron de *Chez Fanny* laisse traîner devant les verres de ses clients de marque. Antonin et Francis ne se voient pas souvent mais, chaque fois qu'ils se rencontrent, ils ont l'impression de ne s'être jamais quittés. C'est toute leur adolescence qui défile, dans l'odeur de l'anis, entre les cendriers jaunes et bleus et l'agrandissement d'un dessin de Dubout représentant la partie de cartes de Pagnol. Ces deux cancres invétérés, le désespoir de leurs instituteurs, n'avaient mis fin à leurs séries de coups à la petite semaine que le jour où Antonin, laissant Francis patauger dans la glace fondue de la poissonnerie Soubertat, s'est engagé comme matelot aux Messageries Maritimes pour aller voir un peu, comme il disait, à quoi ressemblait la mer de l'autre côté du Château d'If. Très vite, le Liban, les Indes, l'Extrême-Orient n'avaient plus eu de secret pour lui. Pas plus que les bénéfices certains de la revente de l'opium, de retour à Marseille. Les caches dans les navires changeaient assez souvent pour que les douaniers s'évertuent en vain... Les économies d'Antonin grossissaient d'autant plus vite que les rois de Marseille d'alors, Carbone et Spirito, étendaient à la drogue leur empire du crime et de la prostitution... Antonin ne devait pas rester longtemps matelot aux Messageries. Il n'avait plus qu'à se servir de ses anciens camarades pour créer discrètement son propre réseau. Lequel devenait le premier de France, à la Libération, après la disparition du tandem Carbone-Spirito, englouti dans les eaux troubles de la collaboration avec la Gestapo nazie.

Bien placé à Pigalle, où il prenait des actions dans trois boîtes de streap-tease, et à Mexico, où il joignait au trafic des filles la fabrication des valises à double fond, idéales pour passer l'héroïne en Amérique du Nord, Antonin Tosoni œuvrait dans la plus totale impunité. Sa renommée s'était accrue du fait qu'il avait recruté un élément précieux, Rascassi, son ancien camarade des Messageries, passionne par la chimie qui, avec trois laboratoires clandestins, allait devenir l'un des meilleurs fabricants d'héroïne du marché international.

Il a fière allure, Antonin. Grand, mince, habillé avec goût, il fait très P.-D.G. respectable. Son camarade Francis, au même âge, a tout du viveur fatigué, gras, des poches sous les yeux, le nez couperosé. Avec sa couronne de cheveux poivre et sel, il évoque l'un de ces moines qu'affectionnent, pour leurs étiquettes, les fabricants de camembert.

— Je ne sais pas comment tu fais, soupire la Langouste. Plus je te vois, plus tu rajeunis...

Les minces lèvres de Tosoni dessinent un sourire satisfait.

— Le régime, mon cher... Pas de tabac, peu d'alcool, et, pour les femmes, juste ce qu'il en faut... Tes affaires ?

— Ça va, dit la Langouste. Il n'y a jamais de chômeurs, dans ma spécialité. Tant qu'il y aura des riches, il y aura des casseurs. Et tant qu'il y aura des casseurs, il y aura des fourgues...

— C'est vrai, dit Tosoni, rêveur. Quand je pense qu'on nous considérait comme des bons à rien, tous les deux. De futurs clochards... Tu parles ! Regarde Betolio, le premier de la classe... Il est receveur sur les tramways, ce con-là ! Il se fait à peine douze cents balles par mois... Je l'ai aperçu l'autre jour, à Carry-le-Rouet, sous un parasol, avec sa dondon. Il se sentait si minable qu'il n'a même pas osé me saluer !

Francis sirote son Ricard, amusé : il ne l'aimait pas, ce Betolio, ce lèche-cul toujours le doigt levé pour répondre au maître ! Un mouchard en puissance... Etonnant qu'il n'ait pas fini dans la peau d'un flic...

— A part ça, toujours aussi vadrouilleur ?

— Toujours, dit Antonin. Je pars demain matin pour Tanger... Puis de là, chez les Ricains...

Les Ricains... Le Ricain...

Il attend l'information pour opérer, le Ricain ! Le coup de téléphone libérateur. Francis est là pour ça. Pour tirer, mine de rien, les vers du nez à Antonin. Pas facile, c'est un rusé. Ce n'est qu'après un long échange de banalités que l'information tombe, toute seule :

— Si on se tapait une bouillabaisse aux *Catalans ?* propose Antonin.

— Maintenant ?

— Pourquoi pas. A quatre heures on est libres. Après, j'ai un déplacement à faire, au-dessus de Nice...

Francis le Malin sait sagement repousser l'invitation.

— Manque de pot. Félix m'attend à une heure et demie à L'Isle-sur-la-Sorgue pour déjeuner. Ce soir, si tu veux, je suis ton homme...

C'est au tour de Tosoni de secouer négativement la tête :

— Pas possible non plus ! Je vais rentrer très tard. Une importante affaire de fric à régler...

Ça y est. Antonin s'est dévoilé. Le fric, c'est la contrepartie de la drogue. Et Tanger, demain, c'est la livraison de la came. C'est clair. Il n'a rien eu à demander, donc Tosoni ne pourra pas le soupçonner, après coup. Tout ce qu'il voulait savoir, c'est que l'opération est pour ce soir... Il faut prévenir Rocco. Et ce soir, lui, Francis, il y sera, aux *Catalans,* le fameux restaurant de Michel, où tous les amis le verront savourer la divine bouillabaisse.

Il faut toujours savoir allier l'utile à l'agréable...

Le visage de Rascassi, comme sa silhouette aux larges épaules semble taillé dans le marbre. Les lunettes à grosse monture en soulignent la dureté impassible. Les cheveux en brosse, les yeux glauques très mobiles, achèvent de composer une inquiétante figure de médecin S.S. ou de para de choc.

Le laboratoire, installé dans l'ancienne bergerie, ne ressemble en rien à l'usine ultra-moderne dont le chimiste a toujours rêvé… La prudence et la discrétion l'emportent sur la volonté de modernisme et l'esprit de perfection de l'honorable Rascassi… Ce n'est pas sans un certain dégoût qu'il regarde le ventilateur qui ne suffit pas à dissiper l'âcre odeur de l'acide et la chaleur des armoires où sont superposés les plateaux de séchage… Non, ce n'est pas la propreté clinique dont il rêve… Qui pourrait croire qu'on puisse bâtir une fortune sur un matériel aussi peu reluisant ? Sur des tréteaux rudimentaires, les réchauds à butagaz supportent les alambics d'acétylisation. Dans un coin, au bout d'une allée de terre battue, s'entassent en vrac les réserves d'acétone, d'acide tartrique, de noir animal, de carbonate de soude… Alignées à même le sol, des valises ouvertes regorgent d'une bonne centaine de kilos d'héroïne pure. A l'autre bout de la buanderie, des sacs de morphine-base attendent d'être traités par les mains habiles du spécialiste, l'indispensable Rascassi, assisté de son fidèle aide principal, le gardien de la paix retraité Rafali, préposé au conditionnement des éléments chimiques et à la surveillance des locaux.

Lorsque Rascassi s'adresse à ce zélé serviteur, on croirait toujours qu'il l'insulte. Mais l'autre n'en a cure, habitué à ce ton de commandement, à cette voix de quartier-maître impatienté.

— Il faut que tout soit prêt pour ce soir, aboie Rascassi. Tu en as combien encore, à empaqueter ?

— Vingt-cinq kilos.

— Alors, ça doit coller.

Rascassi se concentre de nouveau à la surveillance des fourneaux. Songe-t-il au chemin qu'il a fait, l'ancien matelot des Messageries Maritimes ? Habile, certes, mais prudent aussi : jamais il ne se ravitaille chez le même droguiste. Il a mis au point un réseau de fournisseurs très particulier, qui s'étale jusqu'à la frontière alsacienne. Ça lui revient cher, mais ça élimine les bavardages qui sont souvent, dans ce métier, à la source des pires catastrophes... C'est pour cela, aussi, que les lieux de transformation changent de place souvent... Oui, on peut dire qu'il a réussi, Rascassi ! Dans peu de temps, il s'offrira une splendide villa à Megève, alors que sa résidence du Trayas n'est même pas finie de construire... C'est sain, l'air de Megève, ça rince les poumons de toutes ces vapeurs d'acide. Et ce n'est pas loin de la Suisse... Quand son compte numéroté à l'Union des Banques de Genève sera suffisamment garni, il s'expatriera six mois par an. Il fera le tour du monde avec Josette, sa nouvelle compagne, qui l'aide dans son labeur sans rechigner à la tâche. Une perle, Josette. Un miracle d'efficacité et de discrétion. Elle a bien mérité qu'il lui offre un peu de bon temps, cette ancienne serveuse montante du *Panier Fleuri*, joyau du quartier réservé toulonnais...

Il est si discret, l'opulent Rascassi, qu'il ne s'est pas montré plus de deux fois au village depuis qu'il a acheté la bergerie sous l'évident prétexte d'y faire l'élevage des moutons.

Ce pays désert n'est pas drôle tous les jours, mais ce n'est qu'un mauvais moment à passer... D'ailleurs, on lui distribue des sourires, à Rascassi, il est très bien vu. N'a-t-il pas fait un don de deux mille francs à la caisse des pauvres de la paroisse ? Le maire n'a pas tardé à lui proposer de lui faire obtenir le mérite agricole. Ce que Rascassi a poliment refusé avec le dédain des honneurs qui est la marque des grands hommes... surtout quand ils veulent passer le plus inaperçus possible !

— Faites-le plutôt donner à votre adjoint...

Cette phrase lui avait valu un rapport si élogieux, en réponse à la demande de renseignements de la brigade de gendarmerie de Menton, que le premier mouvement de curiosité de la maréchaussée avait vite avorté. Le nouvel exploitant agricole faisait désormais partie du décor... C'est loin, Castellar, surtout quand on n'a pas beaucoup d'essence à sa disposition... Les gendarmes se contentent des rapports des maires. Nul ne s'étonne de l'absence de moutons de l'exploitation future. C'est que le propriétaire, que l'on ne voit guère que dix jours tous les trois mois, n'en finit pas de refaire ses calculs de rentabilité... L'élevage de la laine sur pattes n'est pas aussi simple qu'on le croit. Dans les commentaires du *café de la Mairie,* on le félicite de sa prudence. Il ne risque pas de faire comme ces écervelés de la ville qui se ruinent périodiquement avec des chèvres ou des volailles invendables...

Il ne fait pas d'esbroufe, le propriétaire de la bergerie. On ne lui connaît qu'une vieille camionnette, qui jure avec les longues voitures basses des quelques amis qui viennent de temps en temps prendre l'apéritif chez lui... Bref, un homme tranquille...

Josette, très maîtresse de maison campagnarde, se campe sur la porte du bâtiment principal, les mains dans les poches de son tablier. Après un coup d'œil circulaire sur la campagne alentour, elle va appuyer sur une sonnette dissimulée derrière une poutre. Elle sonne trois fois, avec des espacements codés, comme du morse. La porte se déverrouille :

— C'est l'heure du dîner, les mecs !

Comme deux bons ouvriers attentifs aux ordres de la ménagère, Rascassi et Rafali viennent prendre place à la table familiale... Qui pourrait supposer, en les regardant vivre, qu'ils distribuent la mort à distance ?

— Tout à l'heure, dit Josette en servant les ravioli, je suis allée à Castagnin pour téléphoner. A onze heures précises, Tonin est là avec le fric... Et nous, aussitôt après, on se taille...

32.

— Ne nous faites pas languir plus longtemps, commissaire... Vous nous disiez que la Ronflette...

La Ronflette ! Dans le silence du vaste bureau aux lourdes tentures bordeaux, le sobriquet de Fougeroux a curieusement jailli de la bouche de l'élégant ministre de l'Intérieur. Vieuchêne, en stratège avisé, prolonge la pause. Il considère l'assemblée, réunie sous le lustre imposant et illuminé de l'hôtel Beauvau, pour bien laisser à chacun le temps de s'imprégner de sa narration. J'en profite pour jeter un coup d'œil de l'autre côté de la cour circulaire où deux gardiens de la paix, mitraillette à l'épaule, protègent le portail de fer forgé surmonté des armes de la République.

Il en a vu défiler des ministres, le Gros, depuis son entrée dans la boîte ! Cinquante exactement, m'avait-il un jour précisé. De la IIIe et de la IVe. Tous cravatés de bleu, comme celui qui me fait face, tous officiers de la Légion d'Honneur, tous avec ce regard clair, décidé, qui est la marque de l'homme politique de carrière. Les républiques passent, prophétise l'affiche réclame d'une célèbre marque de peinture, dans les couloirs du métro... Les ministres de l'Intérieur aussi...

Très à l'aise dans son costume du dimanche, Vieuchêne parcourt d'un œil malicieux l'aréopage des hauts fonctionnaires qui l'écoutent comme le grand prophète policier. Nous en sommes à la troisième reprise. Déjà ont défilé les évolutions du Ricain en France et mon enquête en Sicile. Il connaît son dossier à fond, Vieuchêne. Il captive l'auditoire qui a le yeux rivés sur lui.

Je m'amuse à les détailler, les gros bonnets. A la droite du patron de l'Intérieur, rigide derrière le tapis vert de la table de conférence, le fameux sous-secrétaire d'Etat à la Marine, le cousin des La Morlière. Petit, pas beau, l'air renfrogné, avec cette sorte de nez bourbonien qu'on attribue aux aristocrates. Un homme à particule, évidemment. De l'autre côté du ministre, chauve et tassé, le directeur général de la Sûreté qui couve le Gros d'un regard protecteur. Les « salopards » de la P.P. sont là aussi : le Préfet, qui se farfouille le nez, pensant qu'on ne l'observe pas, et Pomarède, cantonné dans un coin opposé au mien. Il est superbe, l'inspecteur principal artiste Pomarède. Il a troqué sa lavallière noire contre une mauve. Son taupé à bords plats repose sur ses genoux tel un chat en pelote. Son œil de poète plane sur la scène qu'il aurait sûrement aimé peindre. Une grande scène de cirque !

Force m'est de reconnaître que le Gros possède un sacré talent de conteur ! C'est le champion incontesté de la voltige ! Il virevolte avec aisance sur le parquet vernissé. Ses acrobaties oratoires font mouche à tous les coups. Un souffle d'angoisse passe sur l'assistance.

Quand il a attaqué la troisième reprise par le détournement de l'avion de la *Regional Air Lines* et l'interrogatoire musclé de l'émissaire de Don Guidoni, j'en suis resté baba ! Gauche, droite, uppercut, K.O. de Zampa :

— Face à l'entêtement du tueur, il me fallait, messieurs, prendre une décision. Je risquais de voir la police américaine enlever le morceau. Borniche, selon mes ordres formels, me tenait heureusement au courant. Les aveux de Zampa sont un triomphe des méthodes que nous avons mises au point à la Sûreté. Je harcelais Zampa de questions précises. Borniche, à l'autre bout du fil, transmettait. Ballotté, désemparé, Zampa a fini par capituler !

J'ai beau en avoir l'habitude, j'en restais sidéré ! Et il enchaînait, le Gros ! Passé ce coup d'éclat, il expliquait avec quelle minutie il m'avait enseigné la manière de provoquer les confidences de Pépé Massiac, l'empereur des boîtes de nuit, jadis arrêté par ses soins... Aucune allusion au juge Boussingeaux...

Pas une seconde, il ne me regardait. On aurait même dit qu'il me cherchait dans la direction opposée à ma place... Moi, abasourdi, je ne me lassais pas de contempler son dos de pachyderme, sa taille grasse, l'étroitesse du pantalon déséquilibrant la silhouette... Son apprenti tailleur de fils a encore beaucoup de progrès à faire...

Lorsqu'il s'est mis à parler de la rue Lekain, je ne l'ai plus écouté...

— Ne nous faites pas languir, insistait alors le ministre... Vous nous disiez que la Ronflette...

Vieuchêne a un discret hochement de tête. Puis, d'une voix égale, il reprend son exposé :

— La Ronflette ne voulait rien savoir, monsieur le ministre ! Il se savait protégé. Alors, je l'ai simplement fixé, nez contre nez, les yeux dans les yeux. Et j'ai prononcé un seul mot : Pénélope...

— Le mot de passe, en somme...

— Sans jeu de mots, oui, monsieur le ministre. La Ronflette s'est décomposé. Il m'a tendu la main. Je l'ai serrée. La Ronflette venait de craquer !

— Bon Dieu de bon Dieu de putain de nom de Dieu de bon Dieu ! Jamais, vous m'entendez, Borniche, jamais je n'ai connu un tel bordel dans mon service que depuis que vous vous êtes collé sur l'affaire Messina !

Il glapit, le Gros, il fulmine, il éructe. Il a bondi de son fauteuil. Le visage écarlate, il arpente la pièce de long en large, les mains derrière le dos, agitées de tremblements. A chacun de ses passages, il me décoche un regard furibond. La bourrasque a balayé les couloirs de la P.J. de toute présence policière. Je résiste, silencieux, au tourbillon, coincé entre la bibliothèque aux étagères éternellement vides et le boa empaillé.

— Ce n'est pas la peine de sourire intérieurement, vocifère Vieuchêne en se plantant soudain devant moi. Elle est foutue l'affaire du Ricain, vous m'entendez, que vous le vouliez ou non. Foutue comme pas permis ! Deux fois vous avez raté l'occasion : à Médan et à Jackson. J'espérais que vous vous rattraperiez en interrogeant Pépé Massiac à la Santé. Pensez-vous ! Une fois encore, j'ai trop présumé de vos capacités ! Dieu sait que ce n'était pas difficile : l'autre ne demandait qu'à faire des confidences. Eh bien non, même pas ça ! Liliane, je n'en parle pas ! Elle vous a filé sous le nez rue Lekain ! Non mais, Borniche, est-ce que vous ne vous moqueriez pas de moi par hasard ?

Il reprend ses allées et venues saccadées, se faufile entre deux fauteuils, ouvre brutalement la porte du secrétariat, la referme avec force.

— Et ces branques de Niçois, reprend-il en lançant à la volée ses lunettes d'écaille sur le bureau. Ceux-là, ce sont les plus forts ! Pour filer une Mercedes, ils n'ont rien trouvé de mieux que de dégoter la voiture la plus toquarde de la Sûreté ! Pourquoi pas un fiacre, pendant qu'ils y étaient ! Trois cylindres, pas un de plus ! Et ils s'étonnent, après ça, de s'être fait semer ! A se demander s'ils ne l'ont pas fait exprès, eux aussi !

Une brusque volte-face et le Gros est à nouveau devant moi, les yeux dans les miens, chargés de reproches :

— On dirait que vous en profitez tous pendant que je suis occupé ailleurs. Vous vous en foutez, hein, si je rate la contre-enquête sur le triple meurtre du Lubéron ! Votre réputation n'est pas en jeu, à vous. Je voudrais vous y voir, avec tous les journalistes aux basques, les méridionaux surtout, les plus venimeux ! Déjà que j'ai les pires difficultés avec Marseille qui me tire dans les pattes sans arrêt ! Tenez, Marseille... Le commissaire Pedroni pour ne pas le nommer ! En voilà un que je charge de surveiller deux trafiquants de coco, Tosoni, le commanditaire, et Rascassi, le fabricant, que le *Narcotics Bureau* m'a signalés ! Eh bien ! vous savez ce qu'il fait, votre Pedroni ? Il colle aux fesses des deux lascars son indicateur le plus minable, celui qui porte un chapeau aussi haut que Notre-Dame-de-la-Garde ! Résultat, on l'a repêché dans le Vieux-Port, l'informateur numéro un de Pedroni, saucissonné comme un rosbif ! Les autres lui ont même attaché une étiquette autour du cou : « A Fanfan, qui aimait tellement se mouiller ! »

Voici Vieuchêne reparti, les mains dans les poches, la veste soulevée. Sa colère s'amenuise pourtant quand s'annonce l'ère des menaces :

— Croyez-moi, Borniche, tout ça va changer. Le directeur est d'accord pour mettre de l'ordre dans cette baraque. Il va y en avoir des mutations ! Ce ne sont pas les postes frontières qui manquent. Désormais, celui qui ne marchera pas droit, plus de cadeaux : déplacement dans l'intérêt du service. Et il pourra toujours saisir son syndicat, c'est moi qui vous le dis. Pour commencer, vous, vous allez me supprimer vos stations debout et vos pastis au *Santa-Maria* devant les appareils à sous. Est-ce que j'y joue, moi, aux flippers ?...

Je ne l'écoute plus, le Gros. Quand il a prononcé les noms de Tosoni et de Rascassi, une idée a soudain germé. Pedroni les connaît bien, les deux trafiquants qu'il n'a jamais pu coincer en flagrant délit. C'est un bon flic, Pedroni [1]. Il les soupçonne d'avoir des indicateurs à eux dans la place, à l'Evêché [2]. Oui, cela a fait tilt dans ma tête. La tirade de Vieuchêne touche à sa fin, tel le soufflé qui s'effondre. Il contourne son bureau, se laisse choir, cramoisi, dans son fauteuil. C'est le précieux moment d'accalmie dont il me faut profiter.

— J'ai un moyen, patron, dis-je. Puisque la police ne peut pas venir à bout de ces zèbres-là, on va leur envoyer la Mafia !

Il me fixe avec des yeux tout d'un coup arrondis :

— Quels zèbres et quelle mafia, Borniche ? finit-il par articuler.

— Vous me dites que vous n'avez jamais connu un tel bordel que depuis l'affaire Messina...

Il se redresse, déjà sur la défensive :

— C'est vrai. Je le maintiens... Qu'est-ce que vous allez encore insinuer...

— Eh bien, le bordel, c'est le Ricain qui va le coller chez les trafiquants de drogue ! Mes déplacements en Sicile et aux U.S.A. m'auront au moins enseigné quelque chose. Vous

1. Voir *le Play-boy*.
2. Hôtel de police de Marseille.

savez que le grand patron de la Mafia perçoit une dîme sur chaque gramme de morphine-base transformée en héroïne, dans les laboratoires, et revendue. C'est l'usage. Or Pedroni nous a vingt fois répété que Tosoni et Rascassi ne font pas partie de la Mafia. Ce sont des autonomes, donc des concurrents pour le Don...

— Et alors, que voulez-vous que ça me fasse ?

— ... S'ils sont concurrents, ils n'acquittent donc pas l'impôt mafioso prévu. Ils lèsent l'*Onorata Società* qui verrait, j'en suis sûr, d'un bon œil le moyen de les ramener dans la légalité de l'illégalité. Une expédition punitive, par exemple...

Les doigts du Gros tambourinent le sous-main que nous lui avons offert pour son anniversaire. Il secoue la tête d'un air affligé.

— Vous devriez écrire des scénarios, Borniche ! Est-ce que vous pensez un seul instant ce que vous me racontez là ?

— Tout à fait. Si on dit au Ricain qu'un labo tourne sur la Côte d'Azur, il va automatiquement en référer à son vénérable Don qui va le charger de le repérer et de le neutraliser. Ça se passe comme ça, aux Etats-Unis. Baker m'en a cité des exemples semblables... Pépé Massiac est formel : Messina doit monter un gros coup s'il veut rentrer en grâce...

— Et, comment allez-vous dire ça au Ricain, s'il vous plaît, monsieur Sherlock Holmès ?

— Ce n'est pas moi qui le dirai. C'est la Langouste... Soubertat est un intime de Rocco, nous le savons. Mais, il est aussi l'ami de la Ronflette, Charles Fougeroux, le protecteur bien connu de Pénélope et le protégé de la P.P. La Ronflette se prétend médiateur, c'est le moment de lui faire assumer ses fonctions !

Vieuchêne s'accorde un délai de réflexion. Son visage a retrouvé sa sérénité habituelle. Ses doigts continuent à marteler le sous-main. Enfin :

— Votre idée n'est pas si mauvaise que ça, dans le fond. Mais croyez-vous que Fougeroux marchera ?

— On va lui mettre le couteau sur la gorge. On l'intéressera même à la prise. Les Douanes distribuent des primes à leurs informateurs...

— Feu vert, Borniche. Et que ça saute.

— Je ne te demande pas de savoir, mais de faire...
— ... Quoi donc, monsieur l'inspecteur ?
Je me penche vers la Ronflette et, sur un ton de confidence :
— Tu vas dire à ton ami la Langouste qu'un labo tourne sur la Côte, à plein rendement, et que ses commanditaires se vantent de foutre la Mafia à genoux dans les prochains mois tant ils la concurrencent sur le marché international...
— Ce n'est pas nouveau, ça !
— Peut-être. Mais ce qui est nouveau, c'est que toi, tu lances un cri d'alarme. Tu avertis la Mafia du danger qui la menace. Tu gagnes son estime et sa protection. En même temps, tu sollicites ta petite récompense comme cela se pratique aux Etats-Unis. Rassure-toi, ils ont l'habitude...
— Une récompense sur quoi, monsieur l'inspecteur...
— Sur la came qui sera piquée lors de leur descente au labo et revendue. Cela aussi, tu le glisses à la Langouste... En même temps que les noms des marginaux, Tosoni et Rascassi, le chimiste.
Charlot a un brusque mouvement de révolte :
— Tosoni ? Mais c'est le copain d'enfance de la Langouste...
Je l'apaise d'un geste de la main.
— Ça ne peut pas mieux tomber ! Comme ça, tu sauras quand cela se passe et nous, par la même occasion...
— Il va le prévenir, voyons...
— Non. La Langouste fait partie de l'Organisation, à un échelon moindre que le Ricain, bien sûr, mais il est quand même l'antenne du *Capu* pour la région parisienne... Il ne peut pas le trahir... Il préférera gagner la protection éternelle du Don plutôt que d'alerter un camarade de trottoir... Ce qui m'intéresse, moi, c'est le Ricain... La Langouste l'appâte, l'autre en réfère au grand patron et, quand il débarque en France pour régler le problème, je suis là... Tu piges ? Ce qu'il me faut, c'est donc la date et l'heure de sa visite...
Charlot proteste dans un ultime sursaut :
— Et l'endroit, en même temps ! Ils vont me buter, après,

quand ils s'apercevront que c'est moi qui ai donné l'affaire !

— Pas du tout. L'endroit, je ne te le demande pas, c'est là ta garantie... Il ne me faut que la date et l'heure... Tant que tu ne connais pas l'endroit, les autres ne penseront jamais à toi... Je te le répète, Charlot, dans ce coup-là, tu n'as rien à perdre mais tout à gagner...

— Remarquablement monté, monsieur le commissaire. Toutes mes félicitations...

Il en rosit de plaisir, le chef suprême du F.B.I. français !

— Ensuite, mon cher commissaire ?

— La routine, monsieur le ministre. Il me suffisait de localiser Messina à Bordighera. Je ne m'étendrai pas là-dessus, monsieur le ministre. De la routine, de la simple routine...

Ça non, il ne peut s'étendre là-dessus, Vieuchêne, et pour cause ! Nous n'avons pas le droit d'opérer en Italie et mon aventure sur la Riviera ligure, il a préféré ne pas en connaître les détails...

— Je vais faire un saut en douce à Bordighera, patron...

— Ah ça, non, Borniche... Sûrement pas ! Vous vous rendez compte, en Italie, s'il vous arrivait quelque chose ?

— Quoi donc ?

— Je ne sais pas, une jambe cassée, un accident de circulation ! Vous le connaissez votre destin, vous ? Vous rendez-vous seulement compte des complications pour moi, des rapports à rédiger, des explications à fournir... Pas question, Borniche, n'insistez pas.

— Le Ricain, patron...

— Ah, là là, votre Ricain... Vous le faites exprès, hein ?

— On touche au but, il n'y a qu'à le localiser. Charbonnier est persuadé qu'il est à Bordighera, puisque la filature de Liliane a été perdue après que la Mercedes l'eut déposée à la gare où, par précaution, elle a changé de taxi...

— Si vous voulez me faire plaisir, ne me parlez plus de ce guignol, Borniche ! Naturellement, vous allez encore partir avec Marlyse, sous prétexte de passer inaperçu? Je me trompe ?

— Non, patron. Avec Marlyse, en effet, comme pour Buisson.

Un grognement pendant que je referme la porte :

— Oui, eh bien, les frais de Marlyse, n'y comptez pas, mon vieux. C'est moi qui vous le dis...

Marlyse rayonne. Notre chambre au *Bellavista* n'est peut-être pas très, très luxueuse, mais elle donne sur la mer. Une mer sinistre, d'ailleurs, qui enveloppe de bruine le cap Martin. Une mer aussi verdâtre que le visage de belette de l'employé qui, la main sur la poignée de la porte, guette le verdict de notre sondage sommier respectif. Ça peut aller, les ressorts ne sont pas aussi détendus que je le craignais. Le masque de carnassier se déride, lorsque Marlyse tend son billet. Le mien se ferme. Une pièce aurait suffi. Je n'ai pas encore eu le temps de changer mes francs Vieuchêne en lires et la générosité de Marlyse m'effraie quelque peu.

La ville de Bordighera est cataloguée comme une station climatique et balnéaire sur le guide Bleu qu'Hidoine m'a prêté. Si elle n'est pas importante du point de vue de la population, elle me semble, en revanche, assez étendue. Elle regorge d'hôtels et de pensions de famille à m'en donner la chair de poulet ! Pas question, en tout cas, de renouveler l'opération téléphone du consulat de Manhattan pour tenter de découvrir le repaire du tandem Messina-Cerisole ! Ont-ils seulement rempli des fiches d'hôtel, les tourtereaux, même sous de faux noms ?

— Tu penses aussi à la location d'une villa, hein ? suggère Marlyse, déjà sous la douche.

La chambre est privée d'annuaire, puisque le téléphone est au rez-de-chaussée, près de la caisse.

— Je fais un saut à la poste et je te retrouve ici.

Je marche, au long d'une rue qui enjambe la voie ferrée, le dos à la promenade de la mer. Le temps est maussade. Moi aussi. J'ai, dans mon portefeuille, les photographies du couple, empruntées à leurs dossiers individuels. Mais comment les exhiber sans attirer l'attention ? Pas facile !

Je me suis donné une heure pour aller à la poste, consulter l'annuaire téléphonique et me propulser jusqu'au syndicat d'initiative. Avec un peu de chance, apercevrais-je Rocco et Liliane flânant, main dans la main, dans la ville basse ? Optimiste maintenant, Borniche ?

Le centre téléphonique campe sur la *via Vittorio-Emmanuele* et le bureau des postes et télégraphes, *piazza della Stazione.* C'eût été trop beau de centraliser le tout. La liste des hôtels est longue, longue... Jamais, je n'aurais le temps de recopier tout ça ! De plus, je n'ai pas de papier. Je déchire la page, la glisse discrètement au fond de ma poche.

Le receveur des postes m'écoute, le menton sur les poings :

— Messina et Cerisole ? Je poserai la question ce soir ou demain matin à mes facteurs. Repassez vers dix heures. Si nous les trouvons, vos amis, pouvons-nous leur donner votre adresse ?

Trop aimable, le bonhomme !

— Ma femme préfère leur faire la surprise. Quelle idiotie d'avoir perdu leur carte !

Je ne suis pas certain que le regard du receveur ne m'accompagne pas lorsque je traverse la place. Je n'ose pas me retourner. Cap sur l'*Azienda di Soggiorno,* corso Italia, maintenant. Même litanie, même réponse négative. En revanche, la liste complète des agences de locations m'est fournie. Elles ne sont pas si nombreuses. Huit au total. Quatre pour Marlyse, quatre pour moi, à interroger cet après-midi. L'employée aux lunettes d'institutrice ne me laisse pas beaucoup d'espoir :

— Bordighera est une station touristique recherchée. On y loue des villas depuis San Remo, tout à côté, mais aussi de Florence, de Rome, de Naples et d'ailleurs... Il n'existe aucune organisation centrale où pouvoir vous renseigner... Vous devez attendre que vos amis se manifestent, je ne vois pas d'autre solution.

Moi non plus. Bien sûr, il y a la police locale, mais cela me donnera quoi ? Tout au plus une indiscrétion au profit de la

Mafia... Non, il faut me débrouiller tout seul. Le gibier est trop important...

La beauté du site, les merveilleux jardins floraux, les vastes palmeraies, même Marlyse que je retrouve fraîche et gaie dans la chambre du *Bellavista*, en haut de l'escalier aux marches pavées de carreaux rouges, n'effacent pas mon désenchantement. Fatigue de la nuit, sans doute, passée à cogiter sous la couverture poussiéreuse de la couchette de seconde classe.

— Prends une douche, chéri, après tu verras clair. Tu ne penses tout de même pas qu'on va les dénicher du premier coup ! Et puis, on n'est pas mal ici, tous les deux... J'ai retenu une table au *Belvédère* pour midi. J'ai une de ces faims !

J'en ai vu des hôtels, des pensions et des agences, de tous les genres et de toutes les couleurs, depuis quatre jours que je suis à Bordighera ! De la promenade de la mer à la *piazza del Capo*, en empruntant les ruelles pittoresques de la vieille cité jusqu'aux premières maisons de Vallecrosia, disséminées dans les oliviers et les fleurs, je n'ignore plus rien des établissements de la station. Le temps s'est adouci, mais la plante de mes pieds s'orne de fameux durillons. Ils m'empêchent d'emprunter la longue et sinueuse *strada dei Colli* qui s'élève dans les hauteurs au-delà de l'église Santa Maria Maddalena. C'est la seule qu'il me reste à visiter. Je n'en ai pas le courage. Il me faudrait une voiture.

— A propos de voiture, dit Marlyse, on n'a pas pensé aux garages et aux pompes à essence... Rocco n'est pas le type à se déplacer à pied, j'imagine.

Les suggestions de Marlyse, je commence à en avoir ras le bol. Elles n'en finiront jamais. C'est elle qui devrait être flic, pas moi ! D'autant plus qu'à Paris, le Gros s'impatiente. Je l'ai eu ce matin au téléphone :

— Vous vous rendez compte si c'est pratique, votre hôtel ! Vous mettez une heure à répondre. Dites, il n'a pas l'air de se manifester beaucoup votre Ronflette... Il roupille, comme vous probablement ! Ça avance ?

— Pas beaucoup.

— Ça, vous ne m'apprenez rien... On ne peut pas prendre des vacances à deux et travailler en même temps !

L'ingrat !

— La région est étendue, patron ! Il me faudrait une voiture... Si je pouvais en louer une...

— Louez-en une !

— Les frais...

Un silence, puis :

— Je dis à Tordeur de vous envoyer Forini et sa trois cylindres. Pour vous balader, c'est suffisant !

Le temps de dégoiser aux trois garagistes et aux quatre pompistes du coin mon refrain coutumier, et il est là, Forini, qui m'attend à l'hôtel en compagnie de Charbonnier. La Citroën, objet des sarcasmes du Gros, est devant la porte.

— Il n'y a pas trente-six solutions, décrète Charbonnier. Puisque vous avez écumé Bordighera, on attaque San Remo. On est à ta disposition. Maintenant, on sait de quoi il s'agit.

Le cauchemar ! Les heures s'écoulent dans la monotonie de notre comptine journalière, le découragement progressif. Nouvelle journée de recherches. La voiture de Forini s'arrête à la porte de la vieille cité.

— Si je m'engage là-dedans, je ne pourrai pas m'en dépêtrer. C'est pire que le vieux Nice. Je vous attends ici sur la place Colombo.

Il ne reste, pour ce soir, que l'agence Vercelli à visiter. Je marche au long d'une ruelle du quartier de la Pigna si étroite qu'un triporteur aurait du mal à s'y fourvoyer. C'est calme, cela respire les vieilles pierres, cela sent bon le passé. Marlyse s'accroche à mon bras. Nous nous glissons dans un labyrinthe de venelles et d'escaliers qui serpentent entre les hautes façades. L'agence Vercelli est nichée dans une antique bâtisse, près de l'église San Stefano. J'aperçois, à travers la vitre, un vieil homme qui scrute la rue. Son nez est surmonté d'étranges besicles. De longs cheveux blancs, rares sur le sommet du crâne, dégringolent sur les épaules d'une blouse grise d'où émerge un nœud papillon noir. C'est plus un savant qu'un agent immobilier.

— J'y vais seule, dit Marlyse. Les femmes ont toujours plus de chance avec les hommes. Planque-toi.

Je me planque. Je trouve asile sur un banc de pierre usé par les siècles, dans l'angle d'une haute maison. J'attends. Combien de temps ? Trente minutes, quarante peut-être ? Je ne compte pas. J'ai les jambes lourdes, les pieds meurtris. La position assise me fait du bien. Je mâchonne mon chewing-gum. D'où je suis, le panorama est admirable. Le regard embrasse la colline et la ville moderne qui, pareille à un jardin unique, s'étend du cap Vert au cap Noir. Je m'en fous. Que fait Marlyse ? Il y a au moins une heure qu'elle est partie ! La voici enfin qui débouche, l'œil étincelant. Elle me saute au cou :

— Ça y est, chéri, j'ai l'adresse. Viens.

Elle répète à mes amis niçois ce qu'elle vient de m'apprendre en cours de route. L'espoir me gagne.

— Je lui ai fait la scène du trois, dit Marlyse : la fiancée enceinte abandonnée par un grand méchant dont elle ne se souvenait plus exactement de l'adresse... Il fallait le récupérer. Pour l'enfant à venir... J'ai montré la photo... Rocco réside à Bordighera, villa *Mauna Loa,* dans la seule rue que nous n'avons pas visitée ! Il s'était adressé à l'agence Oltremare qui n'avait rien de disponible et l'a répercuté sur Vercelli... Le vieil homme est l'ami d'un vulcanologue absent pour plusieurs mois...

— La fille que nous avons perdue est donc avec lui, dit Charbonnier.

Je confirme :

— Bien sûr, puisque c'est sa maîtresse. Maintenant, on y fonce...

La voici, la villa, cachée au fond du verger. Les rayons de lune projettent les ombres des branches d'oliviers sur la façade claire. Devant la porte stationne une Fiat blanche dont je relève instinctivement le numéro.

Le Gros s'éponge le front. Il rengaine son mouchoir quand le ministre, quelque peu impatient, demande :

— Voici donc Messina localisé, commissaire. Que se passe-t-il ensuite ?

Il regarde sa montre. Le Gros ne s'éternise-t-il pas un peu

trop dans sa narration de contacts imaginaires avec la police italienne ?

— Nouveau problème, monsieur le ministre. Mission difficile. Nous ne pouvons pas opérer en Italie. Je donne donc l'ordre de surveiller les frontières. Mais que faire alors ? Se saisir de la personne de Messina quand il entre en France ou le suivre pour qu'il nous amène au laboratoire clandestin ? Puisque j'ai tous les atouts en main, j'adopte cette solution. Et tout se déroule comme je l'ai prévu...

Je me dis qu'il vaut encore mieux entendre ça qu'être sourd !

Le Ricain savoure le poids de l'épaule de Liliane sur son épaule, la douceur des oreillers dans son dos. Cent vingt kilos d'héroïne pure, premier choix sur le marché, cela donne des rêves dorés. Pauvres Marseillais, qui n'en verront pas la couleur... Il ne s'est jamais occupé de drogue, Rocco, il n'aime pas ça, même... Mais sa conversation avec le Don l'a convaincu : il faut démanteler les marginaux qui refusent de payer leur dîme à l'*Onorata Società*.

Elle est là, sa chance de devenir le bras droit du nouveau *Capu*. Une caresse, la main de Liliane sur son ventre.

— Tu me rejoindras à quelle heure ? demande-t-elle.

— Aucune idée. Cela dépend du bateau de Joe le Blond. Il m'attend. Il faut y aller...

Je nous sens aussi repérables, tous les quatre, dans cette voiture étrangère à la région, qu'un char d'assaut sur les Champs-Elysées. Si nous ne nous faisons pas frimer, au fond de ce cul-de-sac de Bordighera ! Il ne manquerait plus que les carabiniers nous tombent dessus, avertis par quelque voisin apeuré.

Certes, on ne peut pas nous voir de la villa *Mauna Loa*, cachée par un détour du chemin. L'ennui, c'est que nous ne la voyons pas non plus ! Heureusement, de temps à autre, Marlyse, au bras de Charbonnier, me renseigne après un court aller et retour, histoire de se dégourdir les jambes. Mes pieds n'en peuvent plus. Je pense au Gros qui sirote son pastis chez Victor en attendant que je lui rende compte de notre mission clandestine en Italie.

— Surtout, ne m'appelez que lorsque vous serez en France, m'a-t-il recommandé. Je refuse d'être au courant de ce que vous pouvez trafiquer à Bordighera... Vous avez bien compris, Borniche ? Au courant de rien du tout...

La nuit est tombée. Des nuages courent sur la lune.

— Dire qu'il flotte à Nice, dit Charbonnier. Salauds de Ritals ! Il fait beau chez eux quand il pleut chez nous...

Je me fous du chauvinisme de Charbonnier. Au contraire, je la souhaite la bonne pluie française ! Plus il pleuvra, plus nous aurons de chances de passer inaperçus... Le décor est d'une beauté lugubre. A mesure que l'attente se prolonge, les lumières isolées, qui brillent çà et là dans la campagne, deviennent plus sinistres, comme si chacune signalait un repaire de brigands.

Marlyse rejoint précipitamment sa place.

— La lumière de la villa s'est éteinte, dit-elle. Je crois qu'ils ouvrent la voiture. La Ronflette n'a pas raconté d'histoires...

Nous nous aplatissons au fond de la Citroën, ne respirant plus, tendant l'oreille. C'est fou comme le temps peut sembler interminable, cassés en deux dans une semblable position !

Au moment où je commence à me demander si Marlyse n'a pas eu des visions, un ronflement de moteur me parvient, suivi de quelques accélérations assourdies... Le ronflement se rapproche. Je risque mon nez au-dessus du siège avant, le temps de voir passer, à dix mètres devant nous à peine, la Fiat aux phares blancs. Pas besoin de relever le numéro, ni la couleur. J'ai distingué deux ombres à l'intérieur... Un mouvement de longs cheveux du côté du volant : c'est Liliane qui conduit...

— Qu'est-ce qu'on fait ? me demande Forini qui s'est redressé.

— On suit, pardi ! Charbonnier, aide-moi à pousser la bagnole pour démarrer sans bruit...

Déjà, je suis à terre. Nous nous arc-boutons autour de la Citroën Nous la guidons vers la pente, hors du cul-de-sac. En contrebas, les phares de la Fiat balaient les virages de la route en épingles à cheveux.

— Maintenant, tu fonces !

Forini se laisse glisser dans la descente, passe la seconde, embraie. Le moteur se met en marche, en douceur. Je m'efforce de respirer fort, pour desserrer l'étau qui oppresse ma poitrine... Je prie pour que Forini ne rate pas un virage. Je le mésestime. C'est un as du volant, Forini. Il le faut, pour foncer maintenant, tous feux éteints, sur la route étroite qui plonge vers la mer. Si des carabiniers nous voyaient ainsi surgir de la nuit comme des fantômes !

La Fiat a pris quelque distance. Je ne perds pas de vue ses feux rouges. Nous voilà sur la voie Aurélia qui longe la Méditerranée, nous approchons de Vintimille, nous franchissons un pont, puis un autre, au-dessus d'un torrent...

— Allume tes lanternes, dis-je. On est en ville !

— C'est déjà fait !

Il pense à tout, le chauffeur acrobate qui freine tout à coup et précipite la voiture dans un cul-de-sac.

— Ils viennent de s'arrêter devant la cathédrale, dit-il.

Je me dévisse le cou. La Fiat, moteur tournant, est bien là. L'angoisse, à nouveau. Serions-nous grillés ? Une silhouette s'en approche. Les lampadaires l'éclairent. Je reste muet de saisissement. Le pêcheur en suroît jaune, une lampe à acétylène à la main, qui ouvre la portière arrière et s'engouffre dans la Fiat, c'est Joe le Blond ! Joe Gaeta, le tueur de Brooklyn, l'inséparable du Ricain ! L'affaire se complique... ou se simplifie ! Le coup sera triple ! Quoique, avec le Dingue, il risque d'y avoir du grabuge.

— Qu'est-ce qu'ils foutent ? s'inquiète Charbonnier. Le Ricain ne va quand même pas aller à la pêche à cette heure-ci ? C'est ça qui t'étonne que tu ne dis rien ?

Je viens de réaliser. Rocco va contourner les postes frontières en bateau. Je connais le procédé. J'évoque l'*Esclave des Mers,* l'embarcation de Fernand Ravol, fendant la grande bleue avec le trésor des P.T.T., subtilisé par Pierrot le Fou à la poste centrale de Nice[1]... Trente-trois millions 1946 ! C'est

1. Voir *le Gang.*

loin déjà... Oui, mais le bateau est toujours le plus sûr moyen de déjouer les douaniers et les flics. La mer est vaste et noire... Ma filature, elle, est à l'eau... Comment vais-je cueillir Rocco à Menton ? S'il y vient !

La Fiat s'est arrêtée sur le quai du petit port. J'identifie de loin Messina à sa haute taille. Il endosse un suroît foncé qu'il a tiré du coffre. Je me coule dans l'obscurité pour m'approcher le plus discrètement possible. Joe le Blond allume la lampe à acétylène. Sa lumière donne une allure fantomatique aux deux hommes qui avancent sur le quai désert, au long duquel dansent les barques de pêche. Quoi de plus simplement génial pour franchir les quelques kilomètres surveillés ?

Le bateau de pêche s'éloigne maintenant de la rive. Je perçois le teuf-teuf régulier, tandis que les deux ombres, assises côte à côte sur le banc de nage, se fondent dans la nuit. Leur lampe scintille. L'embarcation, amarres larguées, tangue vers la sortie du port...

Soudain, la Fiat rugit, fait demi-tour, prend la direction de la France.

— Suis-la, bon Dieu !

Forini embraye. Nous filons vers la frontière. A la douane de Pont-Saint-Louis, Liliane présente ses papiers. Elle semble avoir droit au sourire attentionné du jeune inspecteur des R.G., récemment nommé. Visiblement, nous lui faisons moins d'effet quand nous surgissons à notre tour à sa hauteur. La carte de flic de Forini n'arrive même pas à le dérider.

La chasse à distance continue... Mais vais-je retrouver le Ricain et Joe le Blond ?

Liliane a traversé Garavan, puis Menton. Elle suit maintenant la route côtière de Cap-Martin... Voici un endroit quasi désert. Est-ce le lieu de rendez-vous avec le bateau, ce promontoire dans les pins ? Forini-le-Rapide a déjà stoppé la voiture devant l'*Hippocampe*, un restaurant de luxe fermé en morte saison.

Je n'ai aucune idée de l'heure, tant l'attente se prolonge...

— Tu n'as pas une cigarette ?

Forini me tend une gauloise. Fébrile, je me remets à fumer...

J'en suis à ma sixième cigarette quand mon cœur cogne à tout rompre... Perceptible dans le silence de la nuit, le teuf-teuf d'une barque se rapproche... Une lumière clignote trois fois... Ça y est ! Le fil est renoué ! Le Ricain est là ! Il va débarquer...

— Monsieur le ministre, dit le Gros, emphatique, tous les ordres que j'avais donnés pour surveiller la frontière se sont révélés payants. Je tiens enfin le Ricain et Joe le Blond. Les deux complices amarrent le bateau, rejoignent la fille Cerisole. La Fiat démarre... Elle va nous conduire au laboratoire clandestin.

Quelle sérénité, quelle hauteur dans la voix de Vieuchêne... J'ai l'impression qu'il enfle, qu'il éclate dans son complet Bodygraph, à mesure qu'il installe son *suspense*. Il le tient, son auditoire officiel ! Les choses sont à la fois plus simples et plus complexes... Pourvu que les trois cylindres de la Citroën de Forini tiennent le coup... Pourvu que... Pourvu que...

Un instant, je pense à rester là, caché dans les taillis qui surplombent le bateau vide... Rocco et Joe le Blond reviennent de leur expédition... Nous les ceinturons, récupérons du même coup l'héroïne et les tueurs. Ce serait moins risqué que d'entreprendre une filature nocturne dans un endroit que je ne connais que par la carte d'état-major...

Oui, mais Charbonnier le connaît, lui, l'endroit.

— Ils foncent vers la Condamine et Saint-Vincent, dit-il à Forini. On se démerdera mieux après...

Tous feux éteints et moteur coupé, nous suivons la Fiat dans une descente. Les abattoirs, le Baousset, Castellar.

Surprise. On se démerde, en effet. Un sentier piétonnier nous amène, silencieux, derrière une bergerie. C'était donc là le labo clandestin ! Les fenêtres sont éclairées. Il y a quelque chose d'irréel dans cette usine à héroïne qui tourne à plein rendement dans le désert campagnard. J'entends ronronner le ventilateur !

Forini a planqué la Citroën. Des phares trouent les ténèbres. Une voiture américaine s'arrête au début d'un chemin. Deux ombres, qui me paraissent immenses sous des chapeaux démesurés, atteignent la porte, attendent, disparaissent à l'intérieur de la bergerie.

Et, voici que deux autres ombres s'avancent à leur tour, pliées en deux, qui me fascinent à distance. Je devine, plus que je ne les vois, Rocco Messina et Joe Gaeta. Ils s'approchent à pas de félins, se collent de chaque côté de la porte.

Pourquoi les fabricants de poison n'ont-ils pas des chiens ou des systèmes d'alarme qui les préviendraient de ce genre d'arrivée intempestive ? Ils ont trop confiance en eux, sans doute... Tant mieux. Je n'ai plus qu'à attendre. Vais-je suivre le scénario prévu, malgré la présence de Joe le Blond ?

— La porte s'ouvre, dit Vieuchêne... La lumière du local éclaire le chemin pierreux. Tosoni et Vilaqua apparaissent, une lourde valise dans chaque main. Que peuvent-ils tenter, face aux deux tueurs qui surgissent dans l'encadrement ? Rien ! Ils laissent choir les valises, lèvent les mains. Le Ricain et le Blond les poussent dans le bâtiment. Désormais, c'est à nous d'agir !

Le Gros reprend son souffle, s'assure, d'un coup d'œil, de la fascination que son récit, en forme d'épopée, exerce sur l'assistance. Puis, dans la foulée :

— Moment crucial, messieurs, pour un chef de service qui pense à la vie de ses hommes... Le Ricain est un des cerveaux de la Mafia... Mais Joe le Blond, lui, est un tueur... Dois-je donner le signal de l'attaque à mes troupes pour investir la bergerie ?

Nous ne sommes que trois : Charbonnier, Forini et moi. Marlyse, anxieuse, est restée dans la Citroën, dissimulée dans une clairière. Nous voici collés à notre tour à la porte.

Derrière le battant, je perçois une voix américaine, sèche, énergique :

— On fait donc des stups sans prévenir le Don ?

Un brouhaha... La confusion. Puis, le silence.

L'anxiété me ronge. Que peuvent-ils trafiquer ? La pluie redouble. Je suis trempé. Dès que je remue un orteil dans mes chaussettes, j'ai l'impression de patauger dans une mare. Les arbres dégoulinent, sinistres, dans la campagne noyée. Le vent plaque des rafales d'eau contre les vitres de la bergerie. Qu'est-ce qu'on ramasse, Charbonnier et moi, la tête dans les épaules ! Forini, plus petit, a réussi à se nicher sous le tronc d'un olivier centenaire.

Dieu, que c'est long !

A quelques mètres, le rectangle d'une fenêtre m'offre sa pâle lumière.

Je me glisse jusque-là. Rocco et Joe le Blond ont ficelé les trois hommes, mains levées, à une barre de bois. Je regagne mon poste.

Bizarre, insupportable état de tension ! Pris d'une envie de témérité, et les jambes molles, tout à coup ! J'ai de plus en plus de mal à contrôler mes nerfs...

Et si la porte de la bergerie n'était pas fermée ?

Ma gorge se serre, j'entends chaque battement de mon cœur quand, malgré moi, je tente ma chance... Doucement, très doucement ! Elle est là, ma chance, sous ma main : la poignée de porcelaine, qui tourne... Si la serrure se met à couiner, c'est foutu !

— Vous allez voir comme la Mafia a de bonnes idées pour décourager les concurrents, dit enfin Joe le Blond.

Elle tourne, cette poignée de porcelaine, douce dans ma main... La voici à fond de course... J'y vais ou je n'y vais pas ? Une pensée pour Marlyse, là-bas, dans la voiture. J'y vais !

Ça vaut combien une vie de flic ? La mienne et celle des deux inspecteurs niçois, qui me suivent à un mètre...

— Police ! *Hold it !*

J'ai bondi, de toute la force de mes jarrets transis, dont je redoutais tout à l'heure la faiblesse. Ils tiennent le coup, mes bons jarrets de flic.

Mes bras de flic aussi. Ils enserrent ceux de Rocco, qui, de surprise, lâche son arme.

Un coup de feu, une balle qui miaule au-dessus de ma tête... Joe couvre sa retraite, là-bas, du fond de la bergerie... Une seconde détonation, une fenêtre qui s'ouvre... Le Blond disparaît dans la nuit. Charbonnier et Forini se relèvent, livides, hésitent à le poursuivre... A quoi bon...

— La vache, dit Charbonnier, t'aurais pu au moins nous prévenir avant d'entrer. On serait arrivés en force !

Le Ricain, lui, ne bouge pas. Il me regarde. Il ne me défie pas. Nous nous sommes enfin rencontrés, c'est tout. Non, je ne rêve pas. Il me sourit :

— Comment êtes-vous venu ? demande-t-il, d'une voix parfaitement décontractée.

J'ai beaucoup de mal à trouver ma réponse :

— A la nage, derrière le bateau, dis-je. Je suis content d'avoir pu te rattraper. Je commençais à m'essouffler !

— Félicitations, commissaire ! Ce Joe le Blond est un gibier moins important... Et vous le rattraperez, j'en suis sûr, avec votre technique...

Le ministre, debout, déborde d'enthousiasme. Pour un peu, il embrasserait le Napoléon de la police. Son collègue de la Marine, lui aussi, tient à congratuler Pomarède pour sa remarquable intervention dans l'affaire La Morlière...

Nous ne nous sommes pas parlé, Pomarède et moi. Nous échangeons simplement un coup d'œil.

Quand le patron de la Marine lui demande comment il a pu dénouer une affaire aussi délicate, l'artiste flic n'essaie même pas de répondre. Le préfet de police, son Gros à lui, est déjà lancé :

— Question de flair, de doigté, de déduction, monsieur le ministre ! Mes hommes savent travailler dans l'ombre... L'Identité avait relevé des empreintes de pas différentes... L'installateur du signal d'alarme a tout avoué. Son train de vie l'a perdu...

J'écoute à peine... Je retiens tout de même un sourire quand le préfet ajoute, à l'attention du Gros :

— Nous, contrairement à ceux de la S.N., nous n'avons aucun besoin d'indicateurs... Nos méthodes de police moderne et scientifique...

Je laisse le Ricain, enchaîné, dans une des voitures que la P.J. niçoise a appelées en renfort. La douane a investi la bergerie. La prise est bonne. D'autres têtes vont tomber. Je m'assois dans la Fiat de Liliane.

— Cette salope de Langouste, dit-elle.

— Quelle langouste ?

— Vous me prenez pour une conne, inspecteur ? C'est pas la Langouste qui nous a balancés ? Il n'y a que lui qui était au courant. Médan, New York, la bergerie... Ça en fait pas mal, hein ? Lui et Pénélope. Mais, Pénélope n'est pas une donneuse...

Elle est belle, Liliane. J'apprécie le regard dur qu'elle porte sur le carrousel des voitures qui ne cessent de bourdonner. Ce n'est plus une bergerie en vieilles pierres, plantée dans un coin isolé. C'est la place de la Concorde à six heures du soir.

Je ne suis pas près d'oublier les yeux de Rocco, dans les reflets de la vitre de la voiture des flics niçois, quand ils passent devant moi. Ils ne sont pas comme ceux des truands que j'ai déjà arrêtés, ils ne sont ni ternes, ni abattus... Ils étincellent de vie et de joie.

Le Ricain... Sacré bonhomme ! Il aurait pu succéder à tous les Don de Sicile et d'Amérique...

Est-ce la fatigue de la longue chasse ? J'éprouve un curieux sentiment... Je ne vais pas me mettre à l'aimer, ce gibier-là ?

ÉPILOGUE

33.

A dix kilomètres au sud de Paris Notre-Dame, la prison de Fresnes dresse le granit de ses bâtiments au milieu d'un parterre de jardins potagers.

Un drôle d'univers, Fresnes, tombeau des espérances des voyous, sur le territoire d'une banlieue au souvenir de campagne. Quand je m'y transporte, à la belle saison surtout, accoudé à la rambarde de l'autobus 187 qui traverse Gentilly et L'Haÿ-les-Roses, j'ai l'illusion de partir en vacances. Cela me change des éternelles processions à la Santé où je renifle à pleines narines les odeurs de crasse et de moisissure.

A deux cents mètres des locaux de détention, le long de la voie qu'un humoriste a baptisée avenue de la Liberté, le blockhaus de l'infirmerie centrale est percé de deux portes : l'une, monumentale, pour le passage des fourgons, l'autre, plus modeste, réservée au personnel et aux visiteurs.

Les détenus, tout le monde le sait, ont besoin du secours moral de leurs proches. On a donc transformé en parloir une pièce du pavillon de médecine. Entre deux cloisons grillagées, le surveillant de service se meut, l'œil soupçonneux et l'oreille attentive. Les cris fusent de part et d'autre, tandis que les doigts se crispent sur le grillage.

Depuis six jours qu'il occupe la chambre 143, dans le nez du bâtiment de l'infirmerie, face à l'impassible muraille, le Ricain ressasse ses chances de réussite. Cela fait un bout de temps que l'idée de sauter le mur lui trotte dans la tête. Chaque prison a son point faible, le tout est de le trouver.

Dès son transfert de Nice à Fresnes, il a eu droit à la considération due à son rang. Les journalistes ont vanté son appartenance au monde mystérieux de la Mafia, étalé à profusion sa participation au détournement d'avion du siècle et au braquage du laboratoire clandestin du Midi. Rocco n'a pas perdu son temps. Vite, il a repéré que les rondes de nuit s'effectuent avec une régularité de métronome. Il a comparé ce rythme avec le tintement de la grosse horloge dont les quarts, les demies et les heures s'égrènent au-dessus de la prison endormie.

Dans le dos de l'Evangile, dont il ne se sépare jamais, il dissimule une lame en acier suédois que Joe le Blond lui a fait parvenir dans une semelle d'espadrille, entre deux couches de gomme. Le préposé au contrôle l'a laissé filer. On ne découpe pas des pantoufles comme des rondelles de saucisson. D'un naturel méfiant, le maton les a pourtant pliées, à défaut de les passer à l'appareil à rayons malencontreusement tombé en panne, mais la mince lame a suivi le mouvement, discrète, invisible.

Souvent, Rocco a pensé s'évader de l'infirmerie. Il y est venu plusieurs fois, pour des bricoles : un mauvais rhume, une intoxication alimentaire due à des conserves douteuses. C'est au cours d'un de ces séjours que le déclic s'est produit.

De la cellule qu'il partageait avec Fredo la Moralité — Alfred Parlange recommande toujours la prudence à ses complices avant un cambriolage —, il dominait l'enclos et, au loin, la terre labourée où les surveillants taquinent le tubercule, le soir, après le service.

— T'as vu ces cons, disait Fredo, ils ont planté un mélèze dans la cour.

Rocco regardait le sombre conifère, droit, haut, dont la cime dépasse le mur d'enceinte. Il rêvait quelques minutes aux exploits de monte-en-l'air de sa jeunesse avant de conclure qu'un bond de vingt mètres est impossible à réaliser, même lorsque l'on a, comme lui, l'habitude des rattrapages in extremis, tout au bord des gouttières.

— Et alors, il te dérange ce mélèze ? a-t-il demandé avec son inimitable accent italo-américain.

— Ma foi, non ! Mais je trouve qu'un mélèze dans une taule, ça fait con !

Bavardages de prisonniers qui s'ennuient, mais paroles riches en conséquences. Puisque le mélèze ne peut servir de tremplin, Rocco l'utilisera autrement. Comme point de repère, par exemple. Il suffit que, dans la nuit, on lui lance une corde par-dessus le mur, dans l'axe de l'arbre...

Embryonnaire au début, puis confuse, l'idée germait, rejoignait d'autres méditations toutes proches... Peu à peu, tout s'emboîtait et Rocco était de plus en plus certain de son coup : il se faisait transférer à l'infirmerie, sciait un barreau, descendait dans la cour jusqu'au mélèze, attendait le filin libérateur.

Oui, il suffisait que Joe le Blond s'enfonce dans les jardins potagers. Il suffisait qu'il jette de l'autre côté de la muraille un objet lourd — une pierre, une clé anglaise —, auquel serait attachée une ficelle reliée à une corde à nœuds. En tirant dessus, Rocco faisait franchir le mur au cordage. Cela ne posait aucun problème. Le tout était de se faire hospitaliser.

Il s'est tout d'un coup souvenu qu'un mafioso, las de subir les brimades journalières d'un gardien, à la prison de Palerme, s'était enfoncé un clou rouillé dans la main. Justement, Rocco en a repéré un au cours de la promenade, dans l'aire réservée aux fortes têtes. Le prisonnier a commencé par élargir la ronde. Puis, il a frôlé le mur. A chaque passage, ses doigts serrés comme des pinces ont agrippé le clou, l'ont trituré au point qu'au bout de trois semaines, il a fini par l'arracher.

Rocco, le soir même, a expédié le bol de bouillon malodorant. Il s'est allongé sur le lit. Auparavant, comme le règlement l'exige, il a déposé ses vêtements de jour devant la porte. Dans la faible lumière de la lampe bleutée, il attend la ronde de vingt heures. Il n'y voit pas grand-chose.

Las, la pointe du clou, trop émoussée, ne s'enfonce pas dans la main ! Rocco essaie le bras. En vain. L'épaisseur de la rouille a rendu le clou rugueux. Il pense à la scie. Il sort la lame de la reliure, soulève sa chemise.

Du pouce et de l'index de la main gauche, il pince le muscle interne de la cuisse, en fait une boursouflure qu'il ouvre d'un coup sec. La plaie bâille, le sang coule.

Rocco juge de l'effet produit, donne un nouveau coup de scie. Avec force, il introduit le clou rouillé dans l'ouverture sanglante. Son index pousse la tête écrasée si profondément dans les chairs qu'un rictus étire ses traits. Lorsqu'elle a disparu, Rocco comprime la cuisse à l'aide de deux chaussettes nouées, puis il remet furtivement la lame dans sa Bible.

Les jours passent. Le phlegmon tarde. Il faut hâter l'infection.

— Une injection de térébenthine, il y a que ça pour provoquer un abcès artificiel, avait décrété Fredo.

Le yoyo, l'indispensable ficelle à laquelle les prisonniers attachent des messages et qu'ils laissent pendre ou font tournoyer à travers les barreaux pour atteindre les fenêtres latérales, lui a apporté un tube échantillon de parfum, rempli de térébenthine. C'est Murraciole, un détenu affecté aux travaux de peinture, qui s'est montré compréhensif en échange d'une promesse d'aide de la Mafia.

Rocco surveille l'évolution de l'abcès comme, de l'autre côté du mur, les jardiniers regardent pousser leurs tomates. Il a retiré le clou avant la visite médicale qui l'a expédié à l'infirmerie. La fièvre ne cesse de monter. Il transpire dans la tenue rayée bleue et blanche qu'on lui a remise dès son hospitalisation. On l'a conduit dans une chambre-cellule du premier étage, dans l'aile droite du bâtiment.

Le médecin-chef, un petit gros à calotte blanche, n'a pas été dupe.

— Dis donc, le Ricain, tu ne te foutrais pas de ma fiole, par hasard ?

Ce disant, il a tranché l'abcès d'un coup de bistouri, fait les points de suture. Et il a conclu, plus familier :

— Huit jours de convalo. Mais, la prochaine fois, pense au tétanos...

Rocco n'a pas bronché. Intérieurement, il a remercié le toubib. Une semaine d'infirmerie, c'est plus qu'il n'en faut.

Le troisième jour, il a pu se rendre au parloir. Entre deux allées et venues du maton, il a donné ses instructions à

Pénélope, qui bénéficie d'un permis de visite depuis son incarcération :

— Quand tu sors d'ici, à droite, tu suis le mur jusqu'à l'angle. Tu tombes dans les terres labourées. Tu fais encore quarante mètres. En t'écartant, tu dois voir le mélèze.

Et, comme le gardien s'approchait :

— Je suis content que le petit aille bien. Embrasse-le pour moi. Sa mère aussi. Dis-leur que je serai bientôt dehors.

Le gardien s'éloignait en ricanant. La blonde et sculpturale Pénélope n'avait rien d'une mère de famille. Rocco poursuivait :

— Tu n'as pas à te tromper, c'est le seul arbre dans le coin. Si Joe me balance une corde plombée à deux heures du matin, juste dans l'axe, ça peut être bon...

— Compris, disait Pénélope. Comment tu sauras l'heure ?

— L'horloge.

Cette nuit, c'est l'angoisse.

Entre deux rondes, une fois de plus, Rocco a attaqué le barreau du milieu. La scie a mordu l'acier au ras du béton. Il suffira de pousser le barreau vers l'extérieur.

A huit heures du soir, la cellule s'éclaire. Enfoui sous ses couvertures, Rocco feint de dormir. Le pas du gardien décroît dans le couloir. Selon l'immuable régularité des rondes, la chambre s'illumine à dix heures, puis à minuit. Rocco sent l'œil du maton collé au judas. L'œilleton retombe avec un léger bruit métallique.

Toujours prudent, Rocco retient son souffle, attend quelques secondes. Quand il est rassuré, il repousse du pied sa couverture, se lève, sort la lame de scie, abaisse le vasistas. Il prend soin, entre chaque opération, de calfeutrer l'entaille avec de la mie de pain noircie. Le bout de la lame fait sauter ce curieux enduit. Rocco s'attaque à nouveau au barreau. Des gouttes de sueur perlent à son front. Les dents mordent le métal, le traversent enfin. Un peu hébété, Rocco contemple son œuvre, colmate la fente avec la mie de pain, se recouche.

L'horloge égrène les quarts, les demies. Deux heures du matin. Nouvelle vérification. Le frôlement des chaussons sur le plancher s'éloigne, ponctué d'arrêts devant les portes du couloir.

Rocco quitte sa couche. Il déchire ses draps par le milieu, les torsade, les noue l'un à l'autre. Il colle son oreille au panneau de la porte. L'infirmerie sommeille. Il bande ses muscles pour écarter le barreau. Les veines de son front saillent. L'ouverture est à peine suffisante. Il faut faire un essai. Il enjambe l'appui de la lucarne, glisse sa tête vers l'extérieur. Les épaules passent tout juste. Moment de panique. Rocco rentre son buste avec difficulté. Il reprend son souffle. Il fixe à un barreau le bout d'un des draps qu'il a liés entre eux, lance l'autre extrémité dans le vide. Une seconde fois, il enjambe le rebord, s'assure de la solidité des liens, passe la tête et le buste. Il se laisse enfin glisser. La descente, rapide, lui brûle les paumes.

Rocco s'est laissé tomber, au jugé, dans le noir. Il longe l'infirmerie, rampe sous les arbustes qui la bordent, s'écorche les mains et les genoux. Il jure à voix basse. Il est en face du mélèze. Il s'élance. Son cœur bat la breloque. Si la sentinelle du mirador aperçoit le sillon blanc des draps accrochés à la fenêtre, c'est foutu. Rocco ferme les yeux. C'est cela ou la prison à vie.

Dans le noir, il attend. Puis, il lui vient l'idée de signaler sa présence. Le caillou qu'il jette par-dessus le mur retombe de l'autre côté avec un bruit mat qui l'effraie. Il se terre.

Des nuages courent sur la lune. Le ciel, couleur d'encre, s'étend à l'infini, lugubre. Rocco lutte contre le découragement.

Soudain, un choc dans la terre meuble, presque à ses pieds. Il se ressaisit. Un colt ! L'arme aurait pu l'assommer dans sa chute... Rocco ramasse le pistolet, attaché à une ficelle. Rocco la tire avec précaution. Il ne faut surtout pas que les aspérités du mur l'effilent, la coupent. Le fil se tend, se fait de plus en plus lourd. Rocco, gonflé d'espoir, tire toujours, doucement, en silence. Une corde à nœuds apparaît qui touche le sol. D'une traction, Rocco évalue sa résistance. Elle semble solidement maintenue. Revigoré, il s'élance. Insensible à la douleur, le Ricain s'aide de ses mains plus que de ses pieds. Une appréhension soudain : comment pourra-t-il redescendre de l'autre côté ? La corde n'aura aucun point d'appui à l'intérieur de la prison...

Rocco atteint le faîte de la muraille. Ses yeux se sont habitués à l'obscurité. Dans le champ, en dessous de lui, Joe Gaeta lui fait des signes. Où fixer le bout du cordage ? Rien sur la surface râpeuse sur laquelle il tâtonne maintenant, le canon du colt entre les dents, la corde serrée dans la main gauche. Ses mains saignent, ses genoux sont à vif. Il va falloir sauter.

Le tout pour le tout.

Dans le mirador, là-bas, le garde mobile rêve. Comment devinerait-il que le danger se rapproche, dans la nuit noire, de sa cahute ?

Il est trop tard quand il comprend. Une apparition fantomatique surgit devant lui. Un démon en tenue rayée lui plante, sous le nez, la gueule noire d'un revolver.

— Fais ce que je te dis ou tu es mort.

Déjà, Rocco l'a désarmé, jette le fusil dans le terrain vague.

— Le Ricain...

— T'occupe. Tiens-moi ça.

Il tend le bout de la corde. Le garde, terrorisé, demeure figé.

— Tiens-moi ça, je te dis. Et, si tu lâches, je flingue...

Le hululement des sirènes déchire soudain la nuit. Des projecteurs s'allument, la prison s'embrase. Les faisceaux de lumière convergent dans la direction du mirador. Rocco détourne la tête, aveuglé. Le colt dans la main droite, la main gauche crispée sur le chanvre qui laboure les chairs, les pieds collés aux rugosités de la pierre, il se laisse glisser violemment le long du cordage. Au-dessus de lui, arc-bouté contre le mirador, le garde n'a d'yeux que pour le trou noir d'une arme braquée dans sa direction.

— Le Ricain ! répète-t-il lorsque Messina a enfin disparu. Qu'est-ce que je vais me faire sonner ! Après tout, je ne suis pas payé pour faire la guerre à la Mafia...

34.

C'est une belle journée de printemps. Perché sur un tabouret, dans l'ambiance raffinée du *Santa-Maria,* le bar voisin de la Sûreté nationale, je parcours les titres du *Figaro* que le barman a glissé devant ma tasse de café. J'attends Hidoine. Je l'accompagne, histoire de prendre l'air, à Conflans-Sainte-Honorine où un marinier a retiré de la Seine le tronc d'un homme qui a aussi eu la mauvaise idée d'abandonner trois de ses membres lors de sa promenade aquatique. Demain, je pars pour la Bretagne. Avec Marlyse. Quelques jours de repos bien gagnés. Le Gros est d'accord.

— Venez vite, a recommandé le commissaire de la ville, l'autopsie débute à dix heures. Ça commence à cocoter...

Déjà, devant le bar, Crocbois fait ronfler son moteur. Il adore les balades en banlieue, notre jeune premier chauffeur, ça lui permet de s'épancher. Pendant que nous nous démenons à interroger les témoins, il joue les play-boys auprès des serveuses de bistrots, l'œil incendiaire et le cheveu cranté à souhait, sous la couche de gomina. Cocagne, le photographe de l'Identité, nous a devancés. Il a vissé son appareil à soufflet sur le trépied de bois et il attend l'arrivée du Parquet. Son vice, au champion de la plaque, c'est de se dissimuler sous le drap noir, de centrer comme il faut le cadavre et de crier « Ne bougez plus » en appuyant sur la poire. Cela l'amuse. Pas nous.

Soudain, la porte du *Santa-Maria* s'ouvre à la volée. Le

ventre en avant, le Gros déboule vers le comptoir à la vitesse d'un météore :

— C'est bien ce que je pensais, vocifère-t-il, les joues violacées de fureur. Vous êtes encore là ! Tenez, lisez.

Il me lance un télégramme que je rattrape in extremis. Je lis :

« Préfecture de police, Direction de la Police judiciaire, à tous services Préfecture de Police, Sûreté nationale, Gendarmerie. Stop. Il y a lieu de rechercher très activement le nommé : Messina Rocco, dit le Ricain, alias Cerini Gino, Richter Samuel, Creken James, Smith Carl, Crack John, Spezzini Vito, né à Bagheria (Sicile) le 15 août 1930, sans domicile connu. Taille : 1 m 80, cheveux noirs, yeux bleus, allure sportive. Messina dirigé sur infirmerie centrale de Fresnes pour intervention médicale alors qu'il fait l'objet de nombreuses fiches de recherches pour vols, détournement d'aéronef, s'est enfui de cet établissement en sciant les barreaux de sa cellule. Stop. Cette évasion a été réalisée à l'aide de complicités extérieures. Stop. Des traces de chaussures ont été relevées dans jardin potager. Peut se trouver en compagnie de la nommée Cerisole Liliane, concubine Massiac, disparue de son domicile, 5 rue Lekain à Paris (16e) sans laisser d'adresse. Et de Gaeta Joe dit le Blond. Alibi de Marigaux Pénélope, mannequin, autorisée par le magistrat à visiter Messina, indiscutable : en cas de découverte, procéder arrestation et aviser d'urgence Préfecture de Police, Direction Police judiciaire, 36 quai des Orfèvres, Paris, téléphone Turbigo 92.00, postes 357 et 865 qui enverra instructions. Signé : Pomarède, inspecteur. Fin. »

D'un geste rageur, Vieuchêne récupère le télégramme, fait un brusque demi-tour, quitte le *Santa-Maria* sans prononcer un mot. Peu après, Hidoine apparaît. Il me tend la main, pose sa serviette sur le comptoir.

— Tu as vu le Gros ? souffle-t-il en se hissant sur le tabouret voisin.

— Il sort d'ici...

— Et il ne t'a rien dit ?

— Il m'a montré un télégramme. Le Ricain s'est évadé. Qu'est-ce que tu veux que j'y fasse ?

Le barman s'affaire devant son usine à café. Soudain, la sonnerie du téléphone troue le silence matinal.

— C'est pour vous, dit le barman, en me désignant la cabine, au fond de la salle.

Je me fraye un chemin, agilement, entre les tables. Je tire la porte sur moi. C'est le Gros.

— J'ai réfléchi, Borniche. Hidoine part seul à Conflans avec Crocbois. Ce n'est pas parce que vous serez deux que ça ressuscitera le macchabée... Le directeur veut vous voir. Remontez.

La gorge sèche, je raccroche lentement le combiné. Je regagne mon tabouret.

— Tu en fais une tête, dit Hidoine. Qu'est-ce qui se passe ?

— Le Gros a ses vapeurs... Le cirque Messina recommence... Elle va être contente, Marlyse... Déjà que ses valises sont faites...

Hidoine s'écarte de moi, gonfle son ventre.

— Désolé de me répéter, dit-il, singeant Vieuchêne, oui, vraiment désolé, Borniche, mais un vrai flic ne prend pas de vacances...

TABLE DES MATIÈRES

Achevé d'imprimer le 28 février 1980
sur presse CAMERON
dans les ateliers de la S.E.P.C.
à Saint-Amand-Montrond (Cher)
pour le compte de France Loisirs
123, boulevard de Grenelle, Paris

Dépôt légal : 1er trimestre 1980.
N° d'Édition : 4994. N° d'Impression : 198.
Imprimé en France